U0510306

天空建筑师

Jean-Pierre Luminet

天 空 的 对 决

开普勒
与
第谷·布拉赫
的财富

［法］让—皮埃尔·卢米涅

著

张莉

译

上海人民出版社

"天文学家们所进行的严谨计算，使他们的思想和身躯永垂不朽：哥白尼、伽利略、开普勒、牛顿。"

——勒内·夏尔

"天空建筑师"系列序言

　　您手中的这套系列小说，不仅是为了消遣而作，还具有教育意义。所谓"寓教于乐"，大仲马用他无可比拟的小说，将法兰西的历史娓娓道来时，已经有这样的设想。

　　科学的历史，尤其是创造它的那些科学巨匠们自身的历史，长久以来鲜为人知。而这一历史充满了崇高与卑微，既英杰辈出，也不乏叛卖小人，王侯将相，平民百姓，勇者与懦夫，可谓无所不包。简言之，他们都是对天际与大地充满激情的儿女，既有对智慧的追求，也有对物质的渴望，精神至上与七情六欲兼而有之。在探寻宇宙奥秘的征途中，与嫉妒心、权力欲、追名逐利、贪婪懈怠同行的则是无私忘我、敢于牺牲和精神的光辉。

　　埃皮纳勒＊版画中的学者形象往往漫不经心，始终仰望星空，若有所思。然而，真实的历史远非如此，伟大的科学家们在他们所处的时代都历经磨难，尝尽人生悲苦。他们具有革命性的先进思想，总是与知识界的权威、教会或者政权统治者相抵触而招致迫害。他们是先驱、发明家和天才的鼓动者。不过，人们通常会忘记他们本身也是非凡之人，个性鲜明——这或许因为他们在科学上的杰出成就令世人仰慕不已，以至于忽略了科学家本人所遭受的坎坷，人生跌宕起伏，未解之谜不断，极

　　＊　埃皮纳勒（Épinal）：位于法国东北部洛林大区，18世纪末起以色彩鲜艳、雕刻精细的木版画著称。——译注

富戏剧性。一句话，他们称得上是真正的小说主人公……

由此，加之已故好友安德烈·巴朗的鼓励，在拉特斯出版社的大力支持下，我在1990年代末开始构思以"科学小说"的形式，再现这些鲜为人知的科学家中某几位的生平与成就。第一部《与金星之约》（*Le Rendez-vous de Vénus*）讲述启蒙时代科学领域重要的一段历史：各国的学者为了观测罕见又短暂的"金星凌日"现象在世界各地探索，进而使人类首次测量出从地球到太阳的距离。

之后，我继续创作《欧几里得的手杖》（*Le Bâton d'Euclide*），纵览亚历山大图书馆和在此从事科学研究的天文学者、博学之士和哲学家近千年跌宕起伏的历史。事实上，这正是西方科学史的起点：在世纪更替的漫长岁月中，几何学的奠基人欧几里得、天才发明家阿基米德、最早支持"日心说"却鲜有人知的萨默斯的阿里斯塔克斯、精确测量出地球圆周的非凡地理学家埃拉托斯特尼、其学说持续影响世界15个世纪的权威托勒密，以及兼具美貌与智慧的希帕提娅，这些科学的先驱者在探寻真理的战斗中不惜以自由乃至生命为代价。我仿佛置身于一场旷日持久的接力赛中，欧几里得在亚历山大城沙地上用来描绘几何图形的小木棍则成为一代又一代科学家传递知识的"接力棒"，无论何种政治、社会或者宗教的纷争，都不能阻止他们奋勇前行的步伐。比赛的"终点"是在亚历山大图书馆在大火化为灰烬的几个世纪之后，"接力棒"最终传递到一个叫尼古拉·哥白尼的人手中……

至此，书写天文学家传奇故事的"天空建筑师"系列一切准备就绪，书中将会展现16、17世纪一小批"奇异"之人如何彻底改变人类认识与思考世界的方式。简而言之，由四部小说构成的这个系列将把山鲁佐德在第849夜对苏丹讲出的那句名言表现得淋漓尽致："哦，我的苏丹大人，那些学者，尤其是天文学家，从来都不走常人所走之路。正因为如此，他们的冒险经历必定与众不同。"这个系列将会把哥白尼、第谷·布拉赫、约翰·开普勒、伽利略·伽利雷、艾萨克·牛顿等人类的英雄形象有血有肉、活灵活现地展示出来。当然，其中还包括一些名气虽不及上述科学巨人，但他们依然为前者所取得的成就所处不可或缺的贡献……所有这些人都致力于创立一种全新的世界观，与哥伦布和古滕堡一样，奠定了建立现代文明的基石。

达尔文、巴斯德、麦克斯韦、爱因斯坦为何没有名列其中？这是因为16、17世纪标志科学——尤其是天文学的历史及人类整个文明历史的一个关键阶段。为了更好地加以审视，有必要回顾当时人类对于世界的本源与构建所具有的认知与争议。

亚里士多德创立的宇宙论在托勒密天文学的推动下日臻完美，中世纪时神学家们为满足自身的需要进行整理和修订。因而，古代与中世纪的宇宙被认为已完成演变过程，且规模极小，绝对静止的地球则是其中心，其他星辰围绕地球运转。世俗与精神的权威这种等级森严的"地心说"构造中自然占据着中心地位，这种宇宙观统治世界，并将其不容置疑的至高无上地位一直保持到17世纪。

"完美"宇宙第一道"裂痕"的出现与一个名叫尼古拉·哥白尼（1473—1543）的波兰议事司铎息息相关。他意识到托勒密天体系统的缺陷，试图发现宇宙运行中的整体协调机制，进而将萨默斯的阿里斯塔克斯（Aristarque de Samos）早已提出却被遗忘千年之久的"日心说"重新引入天文学研究之中。哥白尼的《天体运行论》直到他去世那一年才正式出版，这部论著确认太阳是世界的中心，地球围绕太阳运行，同时自身不断旋转。不过，哥白尼依然坚持宇宙是一个封闭的整体，其边缘由固定不动的天体构成。《哥白尼的秘密》* 探寻这一科学创举的奥秘所

---

　　* "天空建筑师"系列第一种。下文提到的《天空的对决》《伽利略之眼》《牛顿的假发》，分别为该系列第二、三、四部。——译注

在，展现科学家的犹疑、漂泊和缓慢的成长历程，仿佛在漆黑的迷宫中摸索，最终方能发现一丝真理的曙光，这正是伟大的科学家在实验室中探究奥秘的必经之路。

事实上，哥白尼的著作当时无人问津，无人理解。几十年之后，亚里士多德宇宙系统才又出现了新的"裂痕"。1572 年，贵族出身的丹麦天文学家第谷·布拉赫（1546—1601）观测到一颗新的恒星，并确认它位于极为遥远的星际，而那里一直被视为是一片固定不变的区域。他还观测彗星的运行轨迹，发现这些"天外来客"毫不费力的穿透亚里士多德天际所谓水晶般坚固的边缘。第谷亲自督造欧洲第一座天文台，命名为"天王堡"。他在这座无与伦比的巴洛克式殿堂中，连续 30 多年对日月星辰的运行进行细致精确的观察，收集当时最好的观测数据。令人遗憾的是第谷，直至生命即将结束时，也未能将这些数据组织起来，从而构建起一个更为合理的新的宇宙体系，最终他把"接力棒"传递到一位出身贫寒的年轻数学家手中——约翰·开普勒。有关宇宙的新的真相在两人充满激烈辩争的合作中逐渐呈现在世人面前，这正是《天空的对决》一书的主题。

开普勒（1571—1630）与伽利略（1564—1642）同为天文学革命的伟大推动者。他通过研究第谷·布拉赫提供的观测数据，发现行星运行轨道的椭圆形特征，创立光学与晶体学理论法则，最早探寻各类现象的物理学原因，尤其是预见到万有引力定义，而他所制定出的音乐理论对后世整个西方的音乐产生影响！开普勒性格特别讨人喜欢，具有人道主义精神，成为这部"天空建筑师"系列中真正的主角，甚至超过《伽利略之眼》中他的意大利同行。开普勒的确是小说家和历史学家所推崇的人物，而他本人更是把实现其科学理想的道路记录下来，同时对其中的错误与偏差进行反思。然而，伟大的科学家中极少有人敢于将自己创造性思想漫长又复杂的历程公布于世。通常，他们只公开最终的成功所在，却将所遭遇的艰难困苦掩盖起来。开普勒恰好与之相反，他把科学研究中的心路历程完全展现给我们。

说到伽利略，他最初既不是数学家，也不是天文学家，而是一位唯理性主义的物理学家，一位天才的实验者，却最终成为历史上最伟大的天文学家。1609 年，伽利略得知有一种光学仪器可以将所见物体放大，立即对这种仪器进行复制并改良，然后将这台"望远镜"朝向天际。一年之后，他将所观察到的结果汇集成书。这本小册子一经发表，立刻引起"公愤"：通过伽利略发明的望远镜观测到的一切都与亚里士多德物理学的教义背道而驰！从此，伽利略投身于一场捍卫哥白尼天体理论的卓绝斗争中，目的就在于证明地球物理学与天体物理学的共性所在。而科学家因此遭受宗教裁判所的审判，最终被迫"发誓弃绝"，引发极大轰动，促使他成为整个欧洲家喻户晓的人物。

伽利略和开普勒之后，人类对世界的认知发生了彻底的变革。地球不再是宇宙的中心，亚里士多德物理学受到挑战，这一切促使人们重新思考物体运动的法则，从而提出更为合理和精确的阐释。法国的勒内·笛卡尔（1596—1650）所创立的新的哲学体系影响深远，宣扬以精确的数学方式研究物理学，同时强调物质与精神二者之间的对立关系。笛卡尔认为无论是地球，还是太阳，或者其他星辰，都不是宇宙的中心。恒星就是无数与太阳相似或不同的天体，宇宙则由连绵不绝而呈旋涡状的物质构成，向着各个方向无限延展。

对原有宇宙观的彻底改造由艾萨克·牛顿（1642—1727）最终完成。他揭示出万有引力、光的折射、微积分等科学定律，编写成有史以来最为宏大的科学巨著。在《牛顿的假发》下，却隐藏着一位极其古怪的人，他令人生厌的性格让小说家感到头疼：记仇、善妒、宗教狂热。但是，正是他将一个半世纪前由哥白尼发起的科学革命画上了圆满的句号，现代文明就此拉开序幕。事实上，牛顿的哲学思想并不满足与对天文学乃至整个科学的革命性改造，更要将人类活动的各个方面囊括其中，为西方社会之后的发展演变奠定基础。如同在《圣经》中一样，牛顿在自然中追寻上帝，但他却为世人留下一个不再被宗教所掌控的世界。正因为有了牛顿，科学使知识从长期控制人类思想的宗教中有力地脱离出来，并且自由地引领着人类探索宇宙无尽的奥秘，从而感受到所生活的这颗行星自身的渺小和脆弱。

对科学的历史简要梳理之后，我们会发现"天空建筑师"传奇的续篇其实已经书写完成，准确地说就是之前提到的我的第一部小说：《与金星之约》（按照常规，这本应该最后阅读！）。小说的故事发生在 18 世纪，当时牛顿的科学理论已获得公认，天体运行机制通过数学计算达到完美，据此准确预测哈雷彗星的回归或者月球运行轨迹的细微之处，人们利用天文望远镜发现第一颗肉眼无法辨识的行星：天王星，并且制订出第一份星云表，甚至最早提出"黑洞"学说。从更为广泛的文化角度审视这个世纪，一批杰出的知识分子在"沙龙"中高谈阔论，伏尔泰、狄德罗、达朗贝尔以及其他思想家的声音回荡其中，科学、社会、风俗、政治，无不信手拈来。

遗憾的是，如今的哲学家和文学家却无法从容应对"大爆炸宇宙论""超导理论""超弦理论"这些话题！究其原因，则是自 19 世纪开始在理科与文科之间出现的"灾难性"的对立。我既是学者又是小说家，撰写这套系列小说的目的之一（或许有些理想主义色彩）就是要在一定程度上重建科学、哲学、艺术和文学之间丧失的联系。

故事的关键所在

本系列的每部小说都通过科学家的著作——这一点是理所当然的，同时还特别注重结合他们与亲人、朋友、社会、政治及所处时代的风俗习惯之间充满情感与矛盾的关系，讲述这些知识界的探险家们非凡的一生。人类历史证明，科学发展的每一个阶段都与具体的社会背景息息相关。少数天才人物则与所生活时代的政治、宗教和文化的历史产生共鸣，这个过程孕育出科学突飞猛进并具有决定意义的进步。

四部传记小说形式上是对科学的思考，却并非科学读物，而在于引起读者的兴趣。这些作品的首要目的并非传播知识——尽管这的确是作品希望达到的次要目标，传奇故事的形式能够有血有肉地展现人物，使那些初次接触时枯燥无味，甚至令人生厌的"科学"理论描述得更为生动。话语、思想都充满人性，从而证明知识从来都离不开丰富的情感。

每当小说中的情节涉及真实历史事件时，读者自然会思考一个问题：小说家自由发挥的程度究竟多大？甚至，读者有时会因为无法分辨真实与虚构而感到焦虑。这一点大可不必担心：每部小说的"后记"中提供了一些线索，能够满足那些想要深入探究历史的读者们的好奇心。我在"后记"中标注出部分写作素材的源头，加入图片和图表，以此解读这位或者那位科学家对宇宙体系的不同阐释。尤其值得注意的是这里提供了更为完整的科学家生平（此处绝对精确），使读者能够对在阅读中接触到的众多人物进行"定位"，从而将真实的历史与出于写作需要而虚构的故事清晰地区分开来。当然，这样做并非是要显示小说家创作的"诀窍"，不过是为了保证故事情节深深根植于所处时代历史与科学的真实之中。每部小说的主人公都是完全真实可靠的，虚构的人物极少，不过是一些配角。故事中的日期、事件以及人物的功绩和冒险经历绝大多数都是真实存在的，即便我偶尔喜欢夸大一些，甚至根据推测，虚构出某些人物之间的友情、爱情或对立。

读者将会通过各种方式游历欧洲，那些同世俗和宗教权力关系密切的学者—冒险家始终陪伴左右。这些学者无畏艰险，博学多闻，正直无私，又善于交际，有时也会显露出一点点野心，但不管怎样，他们都是人道主义者。每当他们与其他文明接触时，所有人都会表现出世界主义者的宽容，所有人都愿意为人类的进步做出努力。由此，读者在一页一页的阅读中不仅会发现科学发展的步伐，更加会体验到"一个欧洲"的想法从萌芽到成熟的历程。

"天空建筑师"系列希望为读者奉上一部科学、欢乐与勇敢精神的颂歌。正是归功于这些敢于冒险的杰出人物，人类才第一次对我们置身其中的宇宙有了正确的认识。浩瀚的宇宙无法测量它的边界，但凭借人类的智慧、创造力与想象力，完全能够探究它无尽的奥秘。

目录

序 言

我刚刚结束一次欧洲大陆的旅行，从日内瓦到斯德哥尔摩，经过了战火纷飞的德国。三年间，我假装成一个古怪而阔绰的英国旅客，就像人们常常在陆路和海路上碰到的众多英国旅客一样。但 1629—1632 年间的那次旅行，我并非出于个人意愿而为之。查理一世陛下交给我一份秘密的外交任务：支持那些信奉新教的王公贵族与强大的奥地利哈布斯堡家族作战。这一任务完成得很出色，因为在此后的十八年间，在我们今天称之为"三十年战争"的这场战争中，伤亡者人数大大减少。而我，约翰·奥斯基，不是自夸，这当中也有我的些许功劳。

年近花甲，我决定，是时候该从这些国际事务中抽身，只做自己的事了，在这座我现在正置身其中进行写作的哈尔莱克斯顿庄园里，打理着我的农场、果园和那些散养在格兰瑟姆周围宁静山村中的牛羊。

不久后，我众多子孙中有一人来探望我。想让我把他引荐给我在海军司令部认识的一位朋友。这个 15 岁的小男孩儿想当一名水手。我告诉他，要想登上军舰的甲板，首先要学好数学和天文。然后，我一点一点地告诉他，我在他这个年纪，是如何受到天文学的启示的。年轻时，作为苏格兰詹姆士六世，即未来的英格兰雅克一世的侍从，我有幸跟随国王到访维努西亚岛，也就是在那里，著名的第谷·布拉赫建造了令人称奇的星空之城。

从那时起，旅途中，我就一直在遇见这些出色的人。这些天空建筑师，通过计算和观察，重建了宇宙，并非像我们看到的那样，而是还原了它本来的样子。我跟我的孙子提到，我在佛罗伦萨拜访伽利略，在图宾根拜访迈克尔·马斯特林，在阿姆斯特丹拜访笛卡尔，在巴黎拜访皮埃尔·伽森狄。特别是，尤其是，约翰·开普勒这位帝国的天文学家、天文学中的帝王，与我在布拉格等地的多次会面。

我还在讲述我的经历，而这个小家伙叫道："登陆！"这个傻小子居然睡着了，还做起了白日梦。我生气地举起沉重的橄榄木手杖，威胁这个没礼貌的家伙如果不立马消失，就打断他的腰。后来我很久都没见过他。现在他供职海军部，任诉讼部门助理副官，从未登上军舰的甲板，除了可能会为了把舰长给的信封偷偷装进口袋去过泰晤士河岸……

我温柔的妻子海伦尽其所能让我冷静下来：

——"亲爱的约翰，既然没人听你讲述那些往事，为什么不用笔记录下来呢？"

我很赞同这个想法，但当时我并未付诸实践。几年后，我收到了我的法国朋友皮埃尔·伽森狄的一本书，在这位自由思想者看来，我显得过于虔诚了。他在书中讲述了第谷·布拉赫的其人其事。由于这本书是题献给丹麦的腓特烈三世国王，而其父克里斯蒂安四世与第谷间的不和人尽皆知，因此该书的行文风格十分趋俗：天文学家与其君主在书中被描绘成了天使般的人。在随书寄来的信中，伽森狄讽刺地解释道。

于是我就想，我来描绘一个毫无粉饰的第谷，一个我所了解的、我所听说的第谷。我究竟是想干什么呢？用简单的方式去告诉那些最卑微的人：跟其他行星一样，地球是围绕太阳转的，它同时还围绕地轴自转。要是我的用人、我农场里的雇工、我的牛倌和羊倌都能明白这一点，我那些蒙昧的子孙们又怎么会不明白呢？

我想起我的同胞威廉·莎士比亚曾经用大量的隐喻和寓意手法描述

过当时在英国哥白尼宇宙体系与第谷宇宙体系之间的对立。那是1601年，我快25岁了，外交生涯初露锋芒，在前往七省共和国出差的前夜，我有幸观看了宫廷大臣剧团演出的《哈姆雷特》。莎士比亚本人也登台了，扮演了阴森的幽灵。戏剧的张力让我完全不能自已，于是在剧院的出口，我千方百计想要认识这位著名的戏剧家。但是如何在一群将他团团围住的粉丝——当中不乏貌美的女性——之中，脱颖而出，吸引他的注意力呢? 我突然隐约有种预感。我当然没有忘记故事发生的地点，曾一度被布拉赫家族掌管、位于赫尔辛格的克伦堡城堡。我顺着这一细微的线索，在喧哗的交谈声中，慢慢谈到我十年前，亲眼见到了第谷·布拉赫位于乌拉尼亚堡的天空之城。莎士比亚顿时中断了与两位漂亮小姐的寒暄，扭头转向我，盯着我看了几秒，没有跟任何人道别便拉着我离开了人群，快步领我进了一家他熟悉的小酒馆。在那儿，他打开话匣，讲述自己年轻时，是怎样成为天文学家托马斯·迪格斯的家中常客的，后者老年时举办过交际沙龙。这位于1575年，也就是我出生那年，写就《天体轨道详述》（*Parfaite description des orbes célestes*）一书的著名作者，很早就显露为狂热的哥白尼派，有力地捍卫着波兰教士的日心说。莎士比亚喜欢与这位思维一直很活跃的老人接触，欣赏后者对于无尽的天空以及宇宙的构成所持有的独特又稍许"有失体统"的观点。迪格斯的餐厅里挂了一大幅第谷·布拉赫的肖像画。就是在这个房间，在丹麦人威严的凝视下，莎士比亚开始接触精深的天文学，开始参与令哲学家们兴奋、关于宇宙奥秘的重大讨论。也是在那里，他萌发出一个想法，他告诉我，他要编一部剧来讲述一段丹麦统治下的血腥时期，但在这部剧中，他要把很多出处或多或少隐秘于我们当时关于宇宙学的危险讨论中，只有内行观众才能发现。于是，他用第谷两个曾祖父的姓氏给剧中人物分别取名为罗生克兰和盖登思邓。剧中，这两个人物被当做强大又狡猾的国王克劳狄乌斯——当然是暗指克罗狄斯·托勒密——的信使。

哈姆雷特曾在维腾贝格求学，雷迪库斯也曾在这座城市教授哥白尼学说。而当福汀布拉斯从波兰回国拜访英国大使之时，哥白尼的波兰模式与迪格斯的英国模式应该有了最终的契合，这两个模式与第谷的丹麦模式相比，均占上风……

这些话让我感到很吃惊，我向莎士比亚承认自己的确有些愚笨，因为所有的这些影射我压根儿没注意到。他反而大笑着安慰我说，直到现在也没有任何人察觉出丝毫寓意，而我还是第一个在他面前提到第谷这个名字的人！刚刚与他的单独交流让我感到受宠若惊……

总之，这件事过去30年后，我认为在我的教学方案中采用戏剧语言是很有帮助的。啊，当然啦，我在戏剧方面的建树远不及光辉的前辈，不过，应该让有关天文的奇谈更加明晰。于是我撰写了一部短喜剧，以呈现史上最伟大的两个天文学家——约翰·开普勒与第谷·布拉赫在波希米亚一座城堡中的会面。我让人整理出城堡腹地一间废弃的马厩。我的铁匠是一个大个子，扮演第谷；大管家体型瘦削，如我所望扮演开普勒；一位在我看来性情宽容的贴身女仆，扮演第谷的女儿伊丽莎白；我胖胖的厨娘，扮演芭芭拉·开普勒；而我呢，自然是扮演鲁道夫皇帝。来了很多观众，还有从周围的城堡和小屋来的人。大家都笑得很欢。但他们笑的，并不是我预想的。他们笑开普勒这个疯子，笑他认为地球是自转的，却为他的妻子喝彩，因为她痛打自己的丈夫，反驳他：若他这个不着边际的想法是真的话，人和动物就会飞向宇宙不再回来。

我的戏剧生涯就此告终。我得放下我的一时兴起，尽可能多地待在我的小阁楼里，一只眼紧盯我亲手做的蹩脚折射望远镜。

去年春天，亲戚们都来看我了，为我过八十大寿。"庆祝"这个词对于这样一个年纪而言有些不合时宜！聊了很多，聊了很久，我累了，就让人帮我在外面放一把长椅，放在台阶边我习惯的位置上，从那里我可以看到公园和小树林的美景。披着毯子，4月的阳光微弱地温暖着我的脸，我很快就陷入了昏昏欲睡中，处在半梦半醒之间。突然，我听到有人压着声儿在笑，有人在小声说话，还有揉纸的声音。睁开眼才发现，我的两个曾孙女正趴在草坪上，读着一本泛黄的厚手稿。这幅场景很令人着迷，但我还是用祖父严苛的语气要求她们给我看看是什么让她们这么开心。她们很惊慌，赶紧按我的要求办了，就好像犯下大错一样。

我看了一眼这本手稿的第一页，感到十分震惊：这是一封60年前的旧信，用拉丁文写的，是图宾根大学的数学教授米歇尔·马斯特林写给他曾经的学生约翰·开普勒的。

——小姐们，是谁允许你们进我的书房的？你们的父母没有告诉你们这是明令禁止的吗？

这回，我是真的生气了。两个女孩儿中年龄稍长的那个，眼里含着泪说没有进过我的书房圣地，她又指着我的手杖，横倒在草坪上，显然已经断了，因为手杖的杖柄滚到了不远处。我命她们把我那断成两截的心爱之物给捡回来，并毫不客气地让她们立马滚蛋。

好在手杖还没坏。这两个小淘气已经发现了手杖的秘密：手杖的杖柄，是用漂亮的象牙刻成的斯芬克斯，可以拧开。手杖被凿了个槽，里面可以藏很厚的纸卷。

我想起开普勒把这件他的贴身之物托付给我时的情景。他喜欢讲跟它有关的故事，根据心情能说出很多不同版本。和这个奇怪的人在一起，永远都不知道他究竟是开玩笑还是认真的。他说，这个橄榄木，是用欧几里得在亚历山大海滩上绘制几何图形所使用的棍子做成的；手杖的杖槽是由阿里斯塔克斯·德·萨摩斯开凿的，用来藏匿危险的莎草纸；象牙制杖柄经由我不认识的某个巴比伦或波斯法师雕刻而成，由颇具传奇色彩的浮士德医生，或至少是由帕拉塞尔苏斯，把它献给了自己的朋友哥白尼，迈克尔·马斯特林在哥白尼死后从他家里偷走了这根手杖，又把它转手卖给了第谷·布拉赫，后者在临终的床前，将手杖赠给了他自己，开普勒。

确实不该取笑他乐于在信中讲述的那些无稽之谈，比如他的火星之旅或月球之旅。那是 1629 年年初，我们在萨根，督军府的不祥之邦。我出任外国秘史一职，负责协调丹麦与神圣罗马帝国皇帝签署和平协议前的准备工作。开普勒当时是华伦斯坦将军的数学家和占星家。他对这个国家、对他的新主人感到厌腻，为自己和家人感到担忧。我以英格兰查理一世国王的名义，多次邀请他来我们的岛国。他回答我说可能有一天他会到伦敦寻找他的"欧几里得手杖"。这位天才天文学家真的很想这样，却永远没机会这么做了。因为几个月后，他不幸离世了。

哎呀，我又本末倒置了！言归正传，回到序言上。等那些乱闯的孩子一走，我就冲进了书房，面前的手杖如长剑一般，我拧下杖头，取出了放在杖槽里的手稿。这是一叠马斯特林在 1595 年写给开普勒的信。我之前居然没发现！信的最后，缺失了无关紧要的一两页。信中，这位图宾根大学的教授亦虚亦实地讲述了那位将太阳置于宇宙中心的人——尼古拉·哥白尼的生平，要是没有哥白尼，他们可能什么也不是。

读这些信让我感到很惬意。从中我认出了在斯图加特接受符腾堡大公召见后，遇见的那位性格活泼的老师。我很感激马斯特林，因为他的信让我知道该如何尊重我亡妻的想法，通过写作来讲述那些没有人愿意听的事儿。于是我就想效仿这位杰出的教授讲述哥白尼生平的方式，来探寻开普勒和第谷的秘密，正如他们探寻宇宙的奥秘那般。与马斯特林相比，我有着很大的优势：拥有大量与两位天文学家相关的资料，很多还是他们亲笔所书。将我的书房压垮的成堆的文献就是证明。

第谷、开普勒……诚然，这二者并非天生一对。从年龄、出身、命运、思想、性格，直到外表，都是如此截然不同。哪怕在星相学这门两人都信仰的艺术中，最洞察入微的占星家，都无法通过星相看到他们有一天会当面相遇。

两人中，年长的是雄狮，年轻的是狐狸。一个生在北方，在布满塔楼和堡垒、被惊涛拍浪的大海环抱的冰天雪地里；他的祖先们乘着龙头船航行远方进行杀戮，逆流而上直到伦敦和巴黎，横渡了直布罗陀海峡，抵达西西里岛，直到圣地。第谷继承了祖先维京海盗火焰般的红发、海洋般的眼睛、魁梧的身材、巨大的食量以及一触即发的蛮族的粗野。

另一个于四分之一个世纪后出生在黑森林山脚下符腾堡的一个穷困小村庄中，一间一贫如洗的小屋里。冬至的夜是喧嚣的夜，女巫们、吸血女鬼们、幽灵们、魔鬼们跳着舞，而被关在茅屋里的农民们瑟瑟发抖，畏惧魔鬼，也畏惧上帝。约翰·开普勒，出生时奄奄一息；在穷苦人家，女人们多次怀孕，就是想在每年出生的婴儿里，有两到三个孩子能存活，长大了可以去耕地、去伐木、开小客栈、经营皮革厂或者开磨坊。开普勒活了下来，由于小儿天花，他的脸和手都受到了严重的摧残；近视的眼神带着奇怪的深沉；瘦削而不是苗条；身材修长，但是驼背；吃得很少，喝得更少；从来都不笑；总是为潜在的不幸所困扰，与不幸也与权贵作斗争。他总是因一种名为"反抗"的狂热而颤抖。

第谷·布拉赫与约翰·开普勒，这两个在当时，也可以说一直，都堪称最伟大的天文学家，是绝对不可能相遇的。然而，他们还是相遇了。但是为了遇见彼此，他们得走多少路啊！第谷坐在华丽的金色四轮马车里，行进在一条宽阔的林荫道上，两旁种了些令人称道的小榆树，在这条笔直的道路上，与王公贵族交错而过；开普勒步行在山间散落着碎石的小道上，随时都有小偷或野兽出没。而他们的相遇居然如此的短暂又猛烈，相互间有那么多误解，以至于让人觉得这次相遇就是科学家间无数次的争论中的某一次。然而，在这次双方短暂的相遇中，诞生了一位伟大的胜利者：宇宙的真理。

如何整理这一切？我的首要任务就是要初步整理大量与他们相关的手稿及书籍。在这项工作结束之时，我把我五十来页的手稿卷起来，藏在欧几里得的手杖中，压在马斯特林的信件上。接着，拿着手杖，我要开始忙这段时间耽搁下来的事儿了。游荡在这片小树林里，寻找我想与之畅聊的牧羊人或农夫，我觉得自己一直有些不适。

当时，我正走在一条通往伍尔斯索普的路上，去找某个亲戚解决一个有关航行标桩的问题，突然我发现我持着手杖的那只手上有强烈的灼热感。我松开这个老年人的第三只腿，它掉落在地；里面的两卷纸跑了出来。我这么一个不信鬼神的人，这么一个思想和行为毫不迷信的人，在这件事上看到了某种征兆。我捡起欧几里得手杖，把那两卷纸重新放回，拧紧了杖头。我正准备继续赶路，突然听到了一个声音，我发誓，一个强有力的声音对我说：

——"完成你的任务，约翰·艾斯库。告诉他们一切，告诉他们真相。去证明！"

这是约翰·开普勒的声音。当时我相信，我现在也仍然相信，我那时候一定得了跟我父亲一样的老年疾病。他在临终前不久，曾与挂在城堡长廊里的我们家族祖先的肖像对话。他一会儿辱骂他们，一会儿毫无条理地对他们发表长篇大论。甚至有一天，他打了他们中的一个，弄破了画布。

我拖着两条老腿，以最快的速度回到了哈尔莱克斯顿庄园，"告诉他们一切！"他们……他们是谁？马斯特林，至少他知道自己的话是说给谁听的。但是我，这个愤世嫉俗的孤寡老人，这个被别人称为林肯郡孤僻老头的人，我对谁说？为什么是要我，这个凡人中的凡人，来向未来的一代人传递这些精英中的精英的言与行？向谁？最重要的是，向谁传达？在当时，我还没想过这个问题。由于充满了焦虑不安，我只花了三个月，撰写了下文。

而我现在，舒舒服服地坐在自家庄园的台阶下，沐浴着春天温暖的阳光，等待着纸上的墨迹干透，再将这份手稿放入欧几里得手杖的凹槽中。

I　王子

01

　　这是一对双胞胎。这是一个重大事件，丹麦王国和挪威王国想要占星家做的一切，都与这个日期有关：1546 年 12 月 13 日，星期二，22 时 47 分及 22 时 48 分。

　　布拉赫家族与奥克斯家族及比尔家族构成了王国的三大家族，当然，王国势力最强大的家族，是执政君主克里斯蒂安三世的家族，也是最富有的家族。但是这一家族恐怕后继无人。布拉赫家族的老大，乔根·布拉赫已过而立之年；他的妻子，来自奥克斯家族的英格，从未与他生育子嗣。布拉赫家族的小儿子奥托·布拉赫家的情况也差不多，他的妻子，来自比尔家族的贝亚特，直到这个了不起的晚上，只给他生了个女儿，名叫伊丽莎白。闲言碎语越传越离谱：不是奥克斯家族或比尔家族无法生育，而是布拉赫家族的问题。终于，奥托家生了一对双胞胎男孩；他长叹一声，撼动了赫尔辛堡这座由他出任典吏的城堡。

　　整个家族都聚集在这座高大的城堡中，城堡一面俯临波罗的海的松德海峡，另一面俯临厄勒海峡。当奶妈抱着双胞胎进到大厅时，所有人都在那儿等着，乔根伯父起身问道：

　　——"双胞胎里，哪个是哥哥？"

　　奶妈用她的双下巴指了指窝在她右臂中的婴儿。

　　——"那我就要他了。"布拉赫家族的长子宣布。

　　他弟弟的脸上，愤怒一下子取代了愉悦：

　　"你当我是傻子吗，乔根？你觉得我会不懂规矩吗？我答应过你给你我第二个儿子，你会得到的。但你跟我一样，我们都知道，那个才是小儿子。"

　　奥托的食指，戴着刻了姓名缩写的金戒指，指了指左边那个新生儿的额头。乔根耸了耸肩。如此美好的一天不应该以决斗告终。在当时，丹麦贵族以同一种方式互相杀戮或缔结姻亲，那就是组建家庭。他们几乎别无他选，他们都源于同一血脉。去国外寻找女人或争端，则有失地位。

　　乔根还是更倾向避免决斗，去收养双胞胎中的弟弟。他用自己岳父的名字给新生儿起名为：第格·奥腾森·布拉赫。年轻人后来又用拉丁语将自己的名字写为 Tychonis Brahensis，不久又缩写为 Tycho Brahé（第谷·布拉赫），这个让世人永远铭记的名字。

　　奥托和乔根依据北方地区的习俗，签订孩子的收养条约，一办完他们就设宴直至清晨。最后两人趴在桌上睡着了，打着鼾，连姿势都一模一样。看上去就像是一对儿双胞胎。乔根一醒来，就决定立即返回哥本哈根。他想把他今后的儿子，才出生几小时的小第谷带回去。海湾里，狂风大作、暴雨不止，冲走了波罗的海的巨冰。天寒地冻，雪花纷飞。他的妻子英格，十分喜欢小第谷，将他视同己出。英格乞求她的丈夫缓一阵儿再动身，不仅是出于自身的考虑，也是考虑到刚出生的婴儿。乔根同意了。中午时分，暴风雨一停歇，布拉赫家族的长子，带着他的妻子和随从，返回了哥本哈根。他们没带上孩子，想着等来年春天再回来接走他。

　　一个月后，这两兄弟在向克里斯蒂安三世国王朝觐后，参加完大议院的会议时碰头了。奥托告诉自己的哥哥，双胞胎中有一个夭折了。

　　——"应该是原本要给我的那个孩子，夭折了吧？"乔根挖苦地问。

　　奥托感到很为难。要是在其他时候，撒谎比用鞭子打死仆人更令他痛苦。但这事关一个孩子，难以言状的迷信使他无法明确作答。

——"这怎么知道呢？他们俩这么小，长得那么像。哎，双胞胎……就是奶妈也说不出到底是哪个。但不论如何，活下来的那一个，从今以后就是哥哥了。乔根，你还得再耐心等等……"

——"骗子！你胆敢亵渎最神圣的事！"

乔根说完就从鞘中拔出了一把圆头短剑，像剃刀一样锋利。这是他的祖先在诺曼底时就已使用的武器，刀柄和刀镡均镶有宝石。奥托也做出了相同的回应。议员们围了过来，兴奋地等着看这场热闹：王宫里这种决斗并不是每天都能见到的。国王曾命令过臣子要私下解决问题，不要当着那些嘴巴不严的人的面，即不要当着那些在暗地里嘲笑丹麦人野蛮习俗的外国外交官的面。

——"好啦，先生们，这是要干什么？"

接到秘书通报后的克里斯蒂安三世，适才穿过围观的人群，命大家散开。国王把两兄弟单独叫到一个小房间里，以所罗门王的姿态下令，这个没人知道究竟是哥哥还是弟弟的婴儿，暂由其生父抚养，若再有男孩诞生，这个男孩即成为奥托家的长子，而双胞胎中幸存的那个则以第谷的名字，成为乔根的孩子。在国王舒心的笑颜中，这两兄弟相拥，金色的小胡子贴着浅褐色的小胡子。

整整十八个月，乔根都强压心中怒火，直至他的弟妹又生下一个小男孩，又过了几周终于能将第谷过继到自己家。实际上，奥托格外喜欢这个苗壮成长的孩子，就好像他从死去的双胞胎兄弟的灵魂里汲取了力量和健康。孩子的一举一动，将他伸过去的手指头用力抓紧的小拳头，这些都令这位父亲惊叹不已。他觉得这个孩子将来会成为的海军元帅，会成为向他一样的大典吏，统治波罗的海，以及赫尔辛堡和厄勒这两片隔海相望的堡垒。

当另一个孩子出生后，他给孩子取教名为斯蒂恩，他想让乔根收养这个孩子，而不是第谷。这也没太大区别。乔根回应道，18 个月大的孩子比一个刚出生几天的婴儿能更快长大成人。除此之外，这也是国王诏书的意思，乔根从哥本哈根带了两艘船来，逆流而上，在城堡的脚下抛锚，为的就是这件事。尽管满腔怒火，奥托也不得不让步。令人意外的是，后来在丹麦，布拉赫家族的这两兄弟都没有再拔刀相向。

02

　　第谷的童年，是在日德兰的伯父家度过的，在这里反而比在赫尔辛堡要轻松自在。窗户和柱廊取代了城墙枪眼和瞭望口。乔根伯父崇尚意大利风格，而他的妻子英格，对第谷比他的亲生母亲还要温柔慈爱。

　　克里斯蒂安三世国王已宣布丹麦及挪威世袭继承王位，此举损害了王子们利益。作为交换，他宣布国内变革运动以使各大臣从天主教教士那边分得更多的利益，同时分配给他的王氏家族新的事务和新的荣誉。于是乔根·布拉赫也当上了沃尔丁堡地区的海军元帅及总督，掌管波罗的海与自由海之间的另一处海峡。汉莎（德国）和瑞典的轮船只有向丹麦征税处缴纳入市税后，才能进行买卖。布拉赫家族于是就成为了大洋口岸的海关。但不止一个与他们的司法权打过交道的海员或商人宁愿称他们为海盗。

　　克里斯蒂安三世不仅是北方地区最强之国的一国之主，还是参与变革运动的最强大民族的领袖。然而令他感到十分悲伤的是：同一教派德意志各公国及各大公国均大兴高等教育，最负盛名的老师培养出未来著名的神学家、哲学家、法官、数学家和艺术家。而相比之下，国王费尽心血在哥本哈根创办的学院则显得尤为荒凉。王公贵族家的大人和小孩都觉得，了解柏拉图、欧几里得或是托勒密，对航海、经商或打仗而言没什么意义。国王无法强制他们学习。他也让自己的妻子去说服那些做母亲的。她们当中第一个被说服的，就是英格·布拉赫，对她而言，为自己的养子做什么都愿意。她几乎没费多大周折就征得了丈夫乔根的同意。因为后者，尽管是个大老粗，却打心底里明白，想要治国，光会打仗是不够的。

他从罗斯托克请来了一位穷困潦倒的年轻牧师，向孩子灌输一切能使之保持良好出身的知识。乔根让他待在不为人知的地方，以防朝廷上有人，尤其是奥托，知道他的养子在学拉丁文。六年间，换了很多家庭教师。他们都只待了几个月就跑了，因为，尽管第谷在所有方面都表现出异于常人的天赋，乔根还是像对待最卑贱的仆人那样对待这些可怜的家庭教师，甚至会打他们，他说那是为了压制他们。

克里斯蒂安三世国王于 1559 年春驾崩。他的葬礼在距哥本哈根两里地的罗斯基勒大教堂举行，这座教堂对于丹麦人民而言就好比威斯敏斯特大教堂对于英国人而言或是圣丹尼斯大教堂对于法国人而言，但相较于后两者，罗斯基勒大教堂则显得朴素得多。国王的儿子腓特烈二世未等奥克斯、比尔和布拉赫家族商议，便继承了王位。新的君王接受过一位意大利家庭教师的教育，并娶了来自梅克伦堡的普鲁士公主索菲为妻。这些都减少了他身上诺曼底人的野蛮粗俗。此外，作为一名虔诚的新教徒，他希望提升哥本哈根的教育水平，以达到经梅兰希通改革后的威登堡和图宾根大学的高度。他先后多次召见了大臣们，再是小贵族，最后是商人，要求这些家族的一家之主让他们的孩子在全新的哥本哈根大学接受教育，仅仅是为了向他们灌输法律概念。在波罗的海所控范围，腓特烈二世比他的父亲想得更长远，他的父亲仅满足于在这一地区征税。他还想要占领宿敌——瑞典王国。为了在征战中取得胜利，他控制着众多船舰和士兵。但是，在这些船员和战士之中，却没有几个能够管理这片他一心想要建成一个波罗的海帝国、一个斯堪的纳维亚帝国的广阔土地。

商人们满怀热情地让自己的某个孩子进入到这个最后才向他们开放的大学学习。小贵族们则效仿商人们。而在大臣之中，却只有一位将他们家唯一的孩子交由从刚刚经历了改革运动的德意志请来的老师管教，这位大臣自然是乔根·布拉赫。他让自己的养子第谷成为了一名十三岁的大学生。

奥托得知此事后，在日德兰堡的宫中勃然大怒，冲着自己的哥哥怒吼，指责其要把自己的儿子变成教士、变成窝囊废。这要是在一个月前，兄弟间早就拔刀相向了，但由于新国王刚即位，布拉赫家族的两兄弟便成为了王国的左膀右臂，分别掌管陆路和水路。于是他们决定用拳头解决问题，后来，两人一杯接一杯地喝光了大半桶酒，都晕头转向。冷静下来之后，两人达成一致：第谷可以继续学业，但不能忽视对军事技巧的学习。至于第谷的弟弟斯蒂恩，也需要学习一点法律、修辞学及哲学。他们要把第谷培养成王国最伟大的政治家，将斯蒂恩培养成陆军和海军的首领。

之后的三年，一切都向着最好的方向发展着。第谷和斯蒂恩分别在十三岁和十二岁进入了大学，就读于同一个班，而并未将哥哥在智力方面所具有的巨大优势考虑在内。这也是奥托和乔根之间所达成的协议之一。从那时起，两个男孩儿就对彼此抱有不共戴天之仇。他们俩不是打架，就是互不理睬。由于不被允许与身份低下的同学往来，他们的校园生活过得十分孤单。

1560 年 8 月 14 日，他们的数学老师，一个穿着一身黑的人，黄黄的脸埋在浓密的大胡子下，搓着双手，乐呵呵地走进教室。这个巴伐利亚修士不得不离开他的家乡奥格斯堡，因为在那里，路德教教徒并不受天主教势力的欢迎，尽管这两个教派才在此地达成和平协议。

——"先生们"，他说道，"下周我们会看到一次难得的天文现象：日食。太阳将会被月亮遮住，而我们将会长时间处在黑暗之中"。

第谷举手，以并非出于年少而是出于贵族阶级的傲慢语气问道：

——"老师，您以为您是上帝吗？能决定天空中将要发生的事?"

　　这一傲慢之举让老师有些意外。在他曾经供职的奥格斯堡学院，这样的孩子是会被罚戒尺或关禁闭的，不论何等出身。而在这里，在这些野蛮的地盘，他只能如此回应：

　　——"当然不是了，斯蒂恩先生……"

　　——"我的名字叫第谷！"

　　——"不好意思，我认错人了。您的弟弟和您长得实在是太像了！"

　　——"他不是我的弟弟，他是我的堂弟！"

　　老师瞬间感到学生的怒气，便继续哄道：

　　——"我怎么敢企图自比造物主？不，我要是敢做这样的预言，那也是多亏了先辈们，从巴比伦到亚历山大，无数个夜晚，他们都在观察天空，计算星球和太阳在清晰的轨道上围着地球旋转的周期。"

　　他转身走向黑板，用粉笔画了一个圈，在中间写上"地球"二字。几条曲线就画出了一个球形。一只手又在地球周围稳稳地画了一个圈，再在里面打了个小叉。

　　——"战斗准备，土耳其人来了！"斯蒂恩大叫道。

　　全班哄堂大笑。

　　——"安静！"第谷大声说，"让老师画完！谁要是敢再发出一丁点儿声音，我就揍谁！"

　　——"谢谢您的帮助"，老师背对着大家说，"但是您弟弟的观点……抱歉！您堂弟的观点，也有一定的道理。实际上，穆罕默德的信徒们就是利用月相来制定出他们的年历的。而基督徒则依据太阳距离地平线的角度来判断其运行一周的时间，进而制定出年历，也就是说365天多一点。正如你们所看到的，我教给你们的就好比数学，并非一点用也没有。但是在谈到太阳之前，我得先画出被误认为流星的两颗星体运行的轨道。因为它们的运行轨迹始终如一，更确切地说，这是两颗'行星'：一颗是水星，一颗是祖母绿色的金星。"

嘎吱一声，粉笔断了，有几个学生开始窃窃私语。被第谷瞪了一眼，便立刻安静下来。

——"……好，来说说围绕地球旋转的太阳，绕一圈需要一天一夜的时间，即短短二十四小时。在太阳的后面，也就是说离我们更远的地方，是最后的三个行星：红色的火星以及木星和土星。"

他伸出手臂，几乎是沿着黑板的边，画了一个更大的圈。

——"先生们，这是一个罩子。世界就是在这个圆顶中存在与变化。在这个巨大的深邃空间里，驻扎着上千个固定的星球。"

——"在这之后还有什么呢?"第谷问道。

——"先生，这已经超出我的能力范围了。您可以以后去问您的神学老师。但我也不确定他是否能回答您。"

——"好吧，那就继续讲日食吧。"第谷抱怨道。

——"嗯，好"，修士用具有穿透力的声音继续，"你们可以看到，行星距离地球越远，运行的轨道圈就越大。所以呢，距离地球越近的行星，绕一圈所用的时间就越短。肯定会有某个时刻，就像赛马一样，一匹马追上另一匹马，并超越它。在这个关键时刻，要是观众的位置好，就能看见快马瞬间遮住慢马。"

——"那么，一整天都是黑的吗?"第谷问道，好像他是唯一一个对此感兴趣的学生。

——"那样只是偶尔，太阳会被完全遮住，因此白天会突然出现月亮。太阳被月亮完全遮挡住的时间不会超过七分钟。而大多数时候，发生的是日偏食，日光只会微微减弱，要观察日偏食，还需要借助烟色玻璃。"

——"那怎么才能知道究竟是日全食还是日偏食呢?"第谷的问题越来越多。

——"因为行星的运行速度是固定的。而前人在很多个夜晚观察这一现象，他们知道某年某月某日的某时，月球会升到地平线上的这个高度，会处在天空中的这个位置。通过多次计算，可以得出月球遮住整个太阳或部分太阳的具体时刻，也能知道在地球上的哪个地方才能看到日食。第谷先生，这就是为什么，我可以确切地告诉你，一周后，具体时间是 13 时，在哥本哈根会出现 3 分 30 秒的黑夜。"

——"那这是您计算出来的吗？"第谷不屑地问道。

——"我当然没这个能力。我是在一些根据其复杂性被称为天文历书或星历表的纸张中翻到的。里面记录了全年，在各地的天空中会发生的一切。但我觉得这个主题会令你们感兴趣，所以想邀请你们跟我一起来观察这一现象。"

第谷接受了这一邀请。心想着要是日食没有发生，他就会看不起这位哥本哈根学院的数学老师。当然，日食发生了。尽管在哥本哈根只有日偏食，还是令少年惊叹不已。由此，人们可以预言天空中将会发生的事，也能说出从前发生过什么。尽管预言并非绝对准确：关于地球哪些地方能看到完整的日食还存在一定的不确定性。人类的命运和帝国的命运只能屈从于这些永恒的规律，也就是时间的规律。

而第谷自己的命运，从那时候起，就已被书写。但这就是第谷，不是另一个吗？会是那个他从未听人提及名字的双胞胎吗？他得知道这些。出于对预言未来的渴望，他开始学习天文力学。天天缠着数学老师，不断地提问，让他连喘息的时间都没有。可怜的老师回到家，好不容易能安静一会儿了，第谷又突然半夜登门，他拉着老师观察星空密布的苍穹，直至拂晓时分。可怜的巴伐利亚修士肯定想溜走，但怎么溜呢？带着四个孩子渡海吗？

他没有冒这个险。斯蒂恩，在学院里和他的哥哥同屋，窥伺着哥哥的一举一动。他很快就发现第谷把大部分时间都拿来学习天文，一天到晚缠着老师，对其他功课一律不感兴趣，尤其对法律和修辞学。小男孩一有机会就把这件事告诉了他的父亲奥托。数学老师的讲台上，空空如也，它曾经的主人，被指控教坏了优秀的丹麦少年，遭到武力驱逐。

他的离开毫无意义：第谷已经不需要数学老师了。他像一头狮子，榨干了巴伐利亚人身上所有的知识，只剩下一副躯壳。但他却变得越来越饥渴。无论走到哪里，他都在收集海图、天体平面球形图、天文表、历书和往年的星相表。奥托很开心，因为他的儿子会成为大元帅。而乔根就没那么开心了，要是第谷以后不走外交官仕途，那他就永远无法成为宫廷的主宰者，即丹麦总理。

两人都错了。一心想要探寻宇宙奥秘的第谷，暗中与自己生母的一位兄弟——斯蒂恩·比尔舅舅来往。此人在家族中十分孤僻，不与他人往来。既不关心战争，也不关心航海，尽管受到大贵族阶级的嘲讽，这个怪人还是在克里斯蒂安和腓特烈两位国王的支持下，在一座古老的寺庙里建起了丹麦第一间印刷厂、第一间玻璃厂以及第一间造纸厂。在这个僧人遭到驱逐、农民们觉得鬼神出没的地方，斯蒂恩潜心进行神秘的试验。曾经的食堂经常有浓烟升起，伴着血红色的火星。刮北风的时候，这些火星子就飘过海峡，给对面的埃尔希诺尔堡带去阵阵恶臭。

利用父亲和伯父间的势不两立，第谷在十五岁的时候，便享有充分的自由。从那以后，乔根和奥托两兄弟不再相互诋毁，而是竞相取得孩子的好感。小布拉赫觉得自己赢了哥哥，因为他自以为他的儿子对跟海洋有关的东西感兴趣，认为孩子更愿意到靠瑞典这边的海峡来找他，而不愿去哥本哈根大岛南部的大城堡中去找他哥哥。很快他就发现，第谷不是来看他，而是来看他的妻弟，炼金术士斯蒂恩·比尔。年轻人和他一起，整整好几天，待在赫雷瓦德修道院里闭门不出。奥托想去跟斯蒂恩这个疯子决斗，但被妻子拦住了。她告诉自己的老公，这不是因为她对自己的弟兄还有些感情，而是因为一场决斗会摧毁比尔和布拉赫这两个家族原本就脆弱的关系，也会导致国内两个最有势力的家族间的冲突。

　　奥托只好放下面子，去到自己哥哥家，商量怎么处理"他们的"儿子这件事。他是想要求乔根这位将来的大元帅，把孩子送去沃尔丁堡的海军兵工厂，或者让他担任海军少尉。但是乔根在第谷的前途这件事上，跟弟弟的想法截然不同。这是他唯一的孩子，为了一份工作而破坏他费力打造的家族派系，并不是他想要的。两兄弟在一点上达成了一致：要避免第谷这个布拉赫家族未来的首领受到斯蒂恩舅舅不好的影响。最后，比弟弟狡猾的乔根，迫使自己的弟弟接受了他长久以来的想法：让第谷离开丹麦一阵子。弟弟一开始是拒绝的。什么？在这个战争一触即发的时候，离开自己的祖国？

　　酒过三巡，乔根差不多说服了奥托：等到丹麦这个掌控冰岛、格陵兰岛、挪威以及整个日德兰半岛的国家，努力成为对宗教改革而言好比哈布斯堡帝国之于天主教徒之时，这个强大的国家需要的就不再是作战的元帅，而是懂得治国之人。最后使奥托做出让步的理由，则是游历世界，能让这个未来的家族掌门人见多识广，认识其他的王公贵族，了解其他的法律。于是，弟弟便心甘情愿地让"他们的"儿子去德国深造。

　　但是去哪所大学呢？他们俩都一无所知，只想到了罗斯托克大学。这是欧洲大陆距哥本哈根最近的一个港口，当时归梅克伦堡王子，也就是丹麦女王的父亲管辖。可以说，这就是在哥本哈根，或者说是属于丹麦的地盘，至少是类似其办事处。

　　还没等海面上的冰融化，乔根就陪着他的侄子开始这场短途横渡了。院长来到码头，亲自迎接这位重要人物。但事情远远比布拉赫家族的长子所想的要复杂。他得知罗斯托克学院隶属位于萨克森地区的莱比锡学院，距此整整一周的行程。第谷必须在那里至少完成第一年的学习。乔根再怎么强烈反对也没用，后来他又想收买院长，但也无济于事。由改革家梅兰希通定下的大学规定，任何人都无法通融。少年必须前往那里进行学习，远离所有监护人的监管。于是院长建议乔根给孩子找个家庭教师，以打消顾虑。家庭教师可以监督新生，以便严格执行伯父定下的学习计划：法律、修辞学、神学，而绝对不能碰任何炼金术或占星术这些他的数学启蒙老师和着了魔的斯蒂恩灌输给他的无稽之谈。

在乔根看来，院长推荐的家庭教师是个难得的人才。安德斯·索伦森·韦德尔拥有丹麦人最大的优势：他的前途、财富甚至性命均取决于他侍奉布拉赫家族的虔诚心。他才二十岁，没任何不良嗜好，生活检点。这个满怀激情的年轻人只有一个抱负：就是成为丹麦新时期的歌颂者，成为歌颂奥登伯格王朝北欧传奇的诗坛宗匠。对他而言，最重要的就是国家的强大。布拉赫家族的老大将自己的孩子托付给他，像无比虚荣的马西尔·菲辛那样让孩子成为一个跟自己一样的斯堪的纳维亚贵族。此外，阅人无数的乔根，在他身上看到了另一个优点：韦德尔有口臭，因此这是一个刚毅的人。不需向他支付高工资；家庭教师很遵守约定，每周都会给乔根写信，信中详细汇报第谷的一举一动及所有开支。另外，出于谨慎，安排在侄子身边的四个随从同时也监督韦德尔的一举一动，随从之间亦会相互监督。

第谷可不傻，但他会视而不见。离开家乡越远，他就越是无拘无束。韦德尔怎么知道他身后是否藏了从学院图书馆借来的某本数学书或天文学书呢？此外，出发前，他还偷偷从那位从不对他说不的伯母那里骗了不小一笔钱。

03

1562 年 3 月 24 日，韦德尔和第谷来到莱比锡，住在一个离学校略远的大房子里，以尽可能避免第谷和同学间来往。韦德尔制定了一个详细的学习计划，让他没有一点空余时间来研究星体。十六岁的小爵爷表面上对这项铁律言听计从。他在等待时机，很快就等到了。实际上，家庭教师自己也在大学里注册了，但是他不能跟自己的学生在同一个班上课：一年前，他就在罗斯托克取得了神学硕士学位。这样一来，韦德尔自己去上课的时候，第谷就脱离了他的监视。除此之外呢，他还很走运。第一节修辞学课上，小爵爷边上坐着的正是之前在哥本哈根念书时的老同学。以前，他并没注意到这个与自己身份悬殊的商人之子乔安·菲尔德曼。但在这里，由于身处异国他乡，出身的障碍便不复存在了，他们一下子就成了世界上最好的朋友。菲尔德曼用拉丁文将自己的名字写为 Pratensis（普拉登希斯），第谷·奥腾森·布拉赫则用拉丁文将自己的名字写为 Tychonis Brahensis（第谷尼斯·布拉赫尼斯）。

普拉登希斯跟第谷一样，十分热爱天文学和数学，但他没被禁止做相关的实验和研究。一周后，为了让第谷能听上约翰尼斯·荷姆留斯教授的天文学课，这两个好朋友想出了一个好办法。这次他的运气又很好，因为这个课的授课时间正好跟韦德尔要听的拉丁文诗歌课程重合。

第谷迫不及待地想要去上这位享誉整个欧洲的老师的第一堂课。但令他吃惊的是，走上讲台的并不是荷姆留斯，而是院长。他告诉大家，年迈的荷姆留斯在前一天夜里离开了人世。简短的致敬之后，他告诉学生们，新老师会从维腾贝格来，在新老师还没来之前，只有数学课会继续授课，天文课暂停。

要转运了吗？直到第二天在学院礼拜天举行葬礼，第谷才相信。葬礼由死者的助手巴尔多洛梅·舒尔茨（又名舒尔特图斯）致悼词。本应由他来接自己导师的班的，但这个才22岁的年轻人因为要准备论文答辩而没法担此重任。"我需要这个人"，葬礼期间第谷一直在想。仪式一结束，第谷就想去找他，但韦德尔对第谷盯得很紧。他向普拉登希斯投去失望的目光。后者立马反应过来，于是就用丹麦语跟韦德尔攀谈。家庭教师吓了一跳，因为在这儿所有人都只用拉丁语交流。他们很快就发现两人有一些共同朋友，甚至是亲戚。第谷跟他的朋友详细描述过这位"监守"的特点。此人唯一的偏好，就是特别热爱萨克索·格拉玛提库斯，这位修道士作家于四个世纪前写就《丹麦之歌》。这本书用拉丁文讲述了斯堪的纳维亚半岛历史上或传说中的国王，比如强大的哈丁古斯，勇敢的弗罗迪，还有后来启发了莎士比亚创作的谨慎的哈姆雷特。普拉登希斯只需稍稍提及，韦德尔便开始慷慨激昂地就他最喜欢的话题侃侃而谈，完全不顾及在葬礼这天做出这一不当之举所招致的不满。

第谷借此脱身，单独把年轻的助教舒尔特图斯叫住，请求他能够在第二天抽空和自己见上一面，趁着韦德尔没法监视他的时候。一和舒尔特图斯约定好，第谷便立马回到韦德尔身边，这位家庭教师还沉迷在萨克索之中，对一切浑然不知。除此之外，韦德尔还让他向普拉登希斯学习，要对祖国的光辉历史感兴趣，做一个优秀的丹麦人。从那以后，第谷便知道如何欺瞒这个由伯父安排在自己身边的间谍了。每天晚上，放学路上，他都表现出对叙事史诗的兴趣，甚至还会抑扬顿挫地朗诵几句。

他就是这样慢慢和韦德尔套近乎的，一年后，韦德尔终于羞涩地告诉他，自己也效仿先辈们的做法，创作诗歌。这是一个真正具有诗人天赋的人，尤其具备了诗人特有的自负。而实际上，这个可怜人正处在一个十分微妙的处境之中。他的命运完全掌握在乔根·布拉赫手中。他所肩负的任务中，最微不足道的小瑕疵，比如说购买一本天文学的书，都可以叫他沦落街头。同时，他也不想成为第谷这个最强大的丹麦王朝未来领导者的敌人。

　　然而，第谷在与舒尔特图斯的第一次见面中就得到了自己所想要的一切。他开门见山地说明了自己的情况：他对于天文学、星相学有着不可磨灭的兴趣，而全家都明令禁止他走这条路，他随时都处在监视之中，一旦被发现在观星象或是研究托勒密或雷格蒙塔努斯，就会即刻被送回哥本哈根。

　　巴尔多洛梅·舒尔茨很乐意给这个比自己小六岁的男孩私下授课。这个单纯的大男孩来自葛利兹这座富饶的小镇，对于第谷的家族既没什么好怕的，也没什么好指望的。他是地主家的长子，家里最不起眼的产业就是啤酒厂，制造出的啤酒在全国都享誉盛名。啤酒花的汁水不仅带来了利益，也带来了很多乐趣。舒尔茨家族愈发对自然哲学和新式机器感兴趣。想一拿到博士文凭就回家的巴尔多洛梅，觉得先培养个徒弟也很有意思，没准这个徒弟以后能成为自己的顾客；最好是开个分店：舒尔茨父子啤酒，丹麦王室的专供商，这样说来，这也是个不容小觑的人物……

　　于是，整整三年，第谷和普拉登希斯成为了一名连教授都算不上的老师仅有的两个学生。一开始是学生，很快又成为助理。因为舒尔特图斯需要继续完成荷姆留斯的遗著。第谷对此有些震惊，其实是对老师有些失望。因为他是想把自己的时间用来观察苍穹，计算星宿的运行，以及星座、日食、彗星或者流星向人们所传递的信息。但是现在他还得学习地理、绘图法、航行术，甚至是如何制造日晷以及十字测天仪。诚然，他对这些体力活很感兴趣，但是他想要做的，是在宇宙中，在众多恒星所处的浩瀚空间中，发现属于他自己的，或者说属于他双胞胎兄弟的那颗恒星。

失去了双胞胎兄弟，他把舒尔特图斯当作了大哥哥。卢萨斯的有产者与丹麦的大贵族之间，谁也不倚靠谁。他们地位平等。只有在学识上，两者中年长的那一个勉强占有优势，而他并不会妄用自己的学识。这样一来他们便成为了志同道合的朋友。

丹麦和瑞典间的战争一触即发。海军司令乔根任海军统帅，而他的弟弟典吏奥托，负责掌管哥本哈根借以保卫松德海峡地区的所有堡垒，而松德海峡这一地区正是这两个波罗的海王国的主要争端。

第谷刚满17岁，到了参军打仗的年龄，但他自己完全不想这样做。韦德尔却十分高兴。他马上就能颂扬腓特烈二世的丰功伟绩了，而且已经构思好一些诗句去赞颂自己学生第谷·布拉赫的英勇壮举。他还以此给乔根写了一封信。这一次，学生感到很惶恐。他根据几个概念而模糊勾勒出的星座运势，会不会弄错了？一次占卜令他确信，他的出生，1546年12月13日，周二，22时47分，注定要让他成为另一位托勒密。若这不是他的命运，而是他已逝的双胞胎兄弟的命运，那他就得战死沙场吗？

他要去问那个他唯一信得过的人：舒尔特图斯。后者跟他解释说占卜术需要长时间的奉行，且占卜术更多地被用来说明帝国的命运而非个人的命运，试图以此说服他。在内心深处，这位啤酒商之子对战争给这位年轻的丹麦王子所带来的恐惧感到震惊。这同样也给他带来了内心的满足感：这个目空一切、走起路来佩剑总是拍打着大腿的大高个，这个从不放过任何机会炫耀军人世家出身的人，也很难掩饰其隐藏在占星术背后的对于痛苦和死亡的恐惧，这令爱好和平的有产者感到高兴。而且，若是这个在数学上表现出如此天赋并急于渴望发现和学习的小男孩，因为一枚瑞典圆炮的过错，而无法满足他所给予的厚望，那他应该会为天文学感到遗憾。他为小男孩想了如下计策：第谷和他一同，尽可能详细地绘制一幅波罗的海海岸图，再一同编订一部关于如何使用星盘及水手专用的十字测天仪的实践性教材。最后他们制定出了一份模棱两可的战争星相图。

整整一个星期，夜以继日，在巴尔多洛梅位于城外的一间小屋子里，他们全身心投入在这项任务中。而韦德尔，想到自己要丢了工作，发了疯般四处寻找他的学生，被一个名叫普拉登希斯的幸灾乐祸的人引入歧途的学生。接着第谷把他们的工作成果印了两份，一份寄给了挪威及丹麦国王，一份寄给海军司令。于是，腓特烈二世和乔根明白了，与其把这个奇怪的大学生放在受军舰保护的城堡之中，不如让其身处莱比锡，这对他们而言更有帮助。

从那以后，第谷就可以全身心做他感兴趣的事情。至于韦德尔，也收到了乔根的新指示，嘱咐他只要孩子能在第一时间拿出地图、航海术这类实用的成果，就允许孩子学习数学和天文。家庭教师对这些科目一无所知。于是他和第谷约好：第谷向伯父保证自己在修辞学和法律这两门科目中，取得一两个等级的进步；作为交换，韦德尔就对第谷观星象等夜间活动，装作不知晓。

这样一来，第谷就能相当安逸地在莱比锡度过接下来的两年。为了讨好伯父，他偶尔会给他寄去某个航海工具的说明书，比如星盘、十字测天仪，或是指南针。他和巴尔多洛梅两人觉得这件事很可笑。巴尔多洛梅告诉他，在波罗的海这片封闭的海域，人们向来都是估程航行。维京人的后代从来都不会因为担心出丑而甘愿使用这些设备。

晚上，他就在屋子的露台上数星星。白天，他研习并修正那些三个世纪前，在英明的西班牙卡斯蒂利亚王国国王阿方索十世王统治下，由一些基督教、犹太教和摩尔人学者等权威人士基于喜帕恰斯和托勒密的研究所制定的天文学表。此外，他还研习并修正另一些相当新的计算表，这些表也被称作是普鲁士表，因为它们是由于十年前逝世的伊拉斯谟·莱茵霍尔德在哥白尼的观察基础上制定的。如此一来，第谷就了解了这位波兰学者的日心说理论了吗？可能还没有，或者说他只是把这一理论当作是年迈力衰的老者之言。除此之外，对于宇宙是如何运转的，他并不感兴趣。他一点一滴地积累观察经验，就像一个吝啬鬼，将金币一枚枚攒在小盒子里，却从来不拿出来花。

04

战争打得很艰难。瑞典人试图夺取位于波罗的海的丹麦前哨博恩霍尔姆岛。当地驻军顽强抵抗，给海军从哥本哈根前来支援提供了机会。眼看行动失败了，瑞典人准备逃跑。海军统帅特罗勒下令追击，而不是去再次攻入要塞岛屿，这迫使敌军撤回至安全地带。事实上特罗勒正感到他的头衔受到一位强有力竞争者的威胁，那人就是乔根·布拉赫。而当他的队伍追上一艘由于丢失桅杆而滞后的敌军船只时，他第一个就登上了敌船。不幸的是：这是一艘士兵运输船。船上的士兵冲向他，要将他撕成碎片。特罗勒的人赶忙前来营救，血流遍地。统帅刚被救回舱内，接过指挥权的船长就冷静地下令撤退，并派遣一艘快船前去向国王禀报博恩霍尔姆岛的解放和大统帅身负重伤一事。

腓特烈二世登上了他的豪华军舰，前去探望自己的舰队，并陪伴大统帅走完最后一程。统帅的继任者，既乔根·布拉赫也伴其左右。特罗勒躺在船舱里，一条腿被砍掉了，但依旧神志清醒，他要求按照旧时传统，给国王和乔根倒上国酒：蜂蜜酒。他醉着死去了。

军舰逐渐靠近首都的码头，航行在连接王宫和阿迈厄岛的桥下时，国王和他的新任大统帅也明显处于醉酒状态。舷梯下，马倌们已为国王及其随从备好了马。酒醉让腓特烈感到心情愉悦，一时把礼仪和已故的大统帅抛到了脑后，像个年轻的传令兵一样，一跃而上自己的坐骑。接着他用马刺刺马，驰骋在还处于施工中的通往王宫卫门的桥上。但国王的马，由于一直以来习惯了阅兵时高雅、慢速的步伐，这会儿受了惊，直立起来，溜缰了。马蹄踢坏了一块路砖。国王没坐稳，一下就掉入码头冰冷的海水中。乔根紧跟着他，毫不犹豫地下马跳入水中。他一把拉住受到惊吓地腓特烈，把他拖到岸上，但这位新上任的大统帅自己也喝了很多酒。他的脸色发紫，动作也很不协调。码头的水涌进他大张着的嘴里。岸上，国王的随从才缓过神来，他们争先恐后跳入水中为了成为第一个将国王和乔根救出来的人。两个一动不动的身体被拉上岸。半小时后，在王宫的病榻上，一群医生围着这两个身体。

第二天，未满而立之年的腓特烈二世已经可以起身；十七天后，五十几岁的乔根却离开了人世。他作为拯救溺水的国王而牺牲的英雄大元帅而被载入史册。

腓特烈和乔根落水后不久，得知伯父已遭遇不测的第谷，急匆匆地赶了很远的路，从莱比锡到罗斯托克，再登上去往哥本哈根的船。他想抢在伯父逝世之前，以最快的速度赶到伯父的床边。这并非出于对自己监护人一种过度的爱，而是因为他知道他日再想找回这笔可观的遗产并非易事。事实上，在这件事发生的前几天，乔根就已嘱咐他回国参战了：一位被统帅差去监视第谷和韦德尔的仆人汇报说第谷现在把时间都用在观天象上，而韦德尔一天到晚都在研究诗歌。

其实，第谷最近正忙于研究一个相当罕见的天文事件，因为这个现象每二十年才会发生一次：两个超级星球——土星和木星的大相合。这次的双星相合发生在 1563 年八月末，当这两颗行星处在巨蟹座和狮子座交接之时。第谷没有任何精密仪器能够对此次天体之合进行分毫不差的观测；于是他想到用一个大量规，夹角处贴着眼睛，量规的两条腿分别着两颗行星。完成这些操作之后，他明确指出阿方索天文表和普鲁士天文表中所推算出的时刻，与天体的实际情况并不相符：阿方索天文表中的日期与此次天体之合的时间差了整整一个月，而哥白尼的天文表则差了几天时间。这一发现吊足了第谷的胃口，他着手努力研究行星中最变幻莫测的一颗——火星。据说这颗行星快把雷蒂库斯给整疯了。第谷认为已经笼络了韦德尔，也完全没必要为满足自己对天文学的激情而担心了，却出现了个告密的仆人……碰巧国王和国家大统帅又落水了……

当着国王的面，第谷遵从了伯父的遗愿，并为他合上双眼。他又一次在想，星星是与他同在的。他继承了伯父所有的领土和财富。或者说，三年后，在他成年时才会正式继承。现在，他只能享受一笔可观的利息，这也是已故伯父的遗愿，为了让第谷完成学业。

然而他的生父，奥托，成为了布拉赫家族的首领。他召开家族议会，以轻率为名打压自己儿子，并且延长他的未成年时间，多加四年。这一说辞对他而言并不难办：他完全知道第谷，尽管有家庭教师的监视，在莱比锡都学了些什么、干了些什么。而且，乔根葬礼的当晚，这个年轻人就已经爬上了露台，手里拿着天文量规，旁边有个叫普拉登希思的庶民陪着，还有那个被国王选为近侍，却被人当作令丹麦王室蒙羞的巫师斯蒂恩舅舅。

家庭议会持续了很长时间。反对奥托的有奥克斯家族和比尔家族，两大家族都想要削弱自己强大的表亲。还有另外一个他根本想象不到的敌人，他甚至都忽略了这个人的存在：那个名叫安德斯·索伦森·韦德尔，瘦得皮包骨头的诗人。事实上这个年轻的家庭教师早就明白自己和第谷在一条船上。要是生父奥托取胜，那他就会像苍蝇一样被捏个粉碎。于是他开始研读一些晦涩难懂的古书，从一些世家传奇中，剥离出长长的家谱。最终他发现，自古以来，通常都是由侄儿继承叔伯之位。至于那些巧取豪夺斯堪的纳维亚宝座的王室叔侄们，也就十来个，当今奥登堡地区王朝的缔造就是如此。韦德尔用拉丁文巧妙地加上"舅舅"一词，撰写了一封长长的报告，交给了斯蒂恩·比尔，这位朝廷近侍又转交给了国王。

腓特烈二世当机立断。他会出于对第谷伯父的救命之恩的感激而偏向第谷吗？这不一定，因为感恩并不是君主们最大的美德。但是，为了不与奥托·布拉赫这位权尊势重的将领为敌，他只能找到一个折中的办法：二十五岁之前，第谷都必须处在监护下。在此期间，由他的生父管理已故伯父的财产，年轻人则可以自己希望的方式在欧洲大陆继续求学。这样一来事情就解决了。生父却还在喋喋不休地说自己儿子是个懒鬼，后者也反击说生父只是个粗人。国王当时也在场，便下令奥托把剑插回鞘中，这一武器毫无用处，而且小心谨慎的第谷完全可以在与生父决斗前逃走。

05

冬天来了，海面上都结冰了。第谷应该可以经由日特兰半岛重新出发了。但他觉得此时航行有些太冒险，更倾向于等到冰融化之后再动身。直到初春，他才抵达罗斯托克，也没在此地多耽搁，四月一到便抵达了符腾堡。

符腾堡大学！宗教改革时期全世界一流且最具盛名的大学！梅兰希通任校长，伊拉斯谟·莱茵霍尔德、雷蒂库斯以及其他很多教授在此授课。一心想要成为第二个托勒密的第谷·布拉赫，再也想不出另一个地方比这里更适合自己完成数学和天文的学习。然而，他这回失望了：在这里，人们很少观察，却十分注重理论。在莱比锡的时候，他就看过了雷蒂库斯的《初讲》，但却对有关日心说的假想鲜有兴趣。地球和其他行星一起绕太阳转，抑或脚下的地球才是宇宙中心，这对他而言都没什么区别：托勒密给教学带来的，并非这种不合时宜的混乱，而是简化了计算和预测。

于是第谷脑子里屏蔽了这些对解读天体现象所传递的信息而言毫无用处的无稽之谈。他想要的是尽可能拥有观测天体的最佳工具。他在一本20年前问世且销量甚好的书里找到了玄机，这本书是由彼得鲁斯·阿皮亚努斯写的《统治者的天文学》，此人曾在英格尔施塔特任教。书中尤其提到了很多用于重现天体运行情况的仪器。书中的每幅画，都被当作是纸质星盘，设计得十分精巧。阿皮亚努斯，又名彼得·比内茨，逝世快15年了，他的儿子菲利普只是个平庸之辈，在图宾根大学教数学。所以第谷要找在当时能够培养顶尖天文学者的地方。诚然，一个像他这样的人不是要找一个导师，更确切地说，是要找一个能够帮他很快成为顶尖天文学者的人，尽管他只有20岁。

很显然，符腾堡大学里基本上没有人在这些方面具有一技之长。第谷只能去其他地方寻找，到南方，到符腾堡，到巴伐利亚，甚至到瑞士。在这儿，人们几乎只对理论和法律感兴趣。于是，仅仅学习了半年时间，他便决定出发并改信加尔文教。但他的计划面临泡汤。事实上，有传言说在符腾堡周边地区，鼠疫正在蔓延。而在他从丹麦出发前草拟的星座运势中，他写道，1566年的9月，世上一个辜负了老师的重要人物，很可能会突然死去。这只可能在说他自己。于是他放弃了一切，他从学校逃走，前往罗斯托克避难。在那儿，他注册进入法学院。这样一来，一旦有任何情况，他就可以用一天的时间，渡回自己的祖国。

在这段战争期间，罗斯托克实际上已经成为了丹麦的军火库。第谷完全不想在街上遇到自己的同胞，他们穿着海军制服，穿着皮盔甲或铁盔甲，大大的匕首敲击着高筒靴。而他，作为一个星相学家，衣着打扮很巴黎范儿，穿着绿饰带红上衣，戴着羽毛帽，花边垂着，胖胖的脸表情生硬、红彤彤的脸蛋上有着长长的小胡子，就像一个摆放在银质餐盘上的南瓜。

刚到的那天，走在路上，很多路人都朝第谷投来轻蔑地笑或是在他身后窃窃私语。作为奥托·布拉赫的亲生儿子，他本应该迅速拔剑，但脑子里关于火星和双子星的构想，以及面前一只过马路的黑猫，让他在那天放弃了决斗的想法。

城内城外都没有任何地方能配得上成为布拉赫家族成员的住所。丹麦驻军占领了一切。第谷只能像其他学生那样：成为自己一位老师家的租客。他就暂时住在了罗斯托克学院神学教授卢卡斯·巴赫迈斯特的家中。一张床、一张桌子、一把椅子，对于一个童年在伯父的行宫中度过，之后在莱比锡拥有私人豪宅的孩子来说，这里只能是一个蹩脚的住所。他甚至不得不把他最后的仆人打发回哥本哈根。

于是，一连好几周他都过得闷闷不乐：专心上修辞学和法律课程，为了多少能利用一下在这个灾难四伏的港口勉为其难度过的旅居生活。

06

　　十月的一天早晨，在寄宿家庭下楼吃早餐的时候，第谷很惊讶地看到了自己的同乡，一位名叫曼德鲁·帕斯伯格的表亲。其父母是母亲家这边比较小的兄弟姐妹，因此他比第谷小很多。他也跟第谷一样，先是在莱比锡，之后又去维腾贝格求学。但是布拉赫家的儿子之前跟他往来甚少。人们不愿与帕斯伯格家的人为伍……可他无法抑制自己的热情：

　　——"真想不到是你啊，曼德鲁！我就说过，我早就料到！一切征兆都表明：鼠疫将会蔓延，所有人都会在死亡的黑色恐惧下逃离维腾贝格！"

　　——"帕斯伯格家的人在魔鬼面前是绝不会逃跑的，我的表兄。对于我来说，疫情只是一个借口，为的是放弃对我来说毫无用处的学业，而我的职责，是为我的国王而战。"

　　曼德鲁是一个很瘦的少年，几乎是瘦骨嶙峋的，一头金发，面色宛如少女。第谷比他高出一头，肩很宽，有着火红的头发和胡子。与他的胡子形成强烈对比的是他的远亲又细又尖的鼻子下淡淡的绒毛。在体格强健者和瘦弱的人之间，没人会赌后者赢。

　　双方都充满火药味的对话本应导致两人剑拔弩张。幸亏这个时候屋子的主人来到了餐厅，一起来的，还有他的妻子、18岁的女儿和三个儿子。他们围着桌子坐下来，仆人端上了菜汤，神学教授饭前祷告。接着大家静静地吃饭，曼德鲁冷冰冰地看着第谷，而后者完全被饭菜吸引了。卢卡斯·巴赫迈斯特察觉到了家里紧张的气氛。于是，午餐一结束，他就开心地宣告了不久后女儿的婚事，并邀请这两位丹麦绅士参加仪式后的舞会。突然，第谷用他洪亮的嗓门轻松地说：

——"很荣幸被邀请，但同时也非常遗憾不是嫁给我。"

——"但是，迎娶平民也不是布拉赫家族的儿子第一次不按理出牌了。"为了不让主人家听懂，曼德鲁用丹麦语说道。

——"先生们，我得提醒你们，在我家或者在教室里，只能说拉丁语。"神学老师温和地说道。

第谷躲回了自己的房间，窥视着曼德鲁的窗户，等他出门。

接下来的几周，在学校里，第谷躲着他，而他却在到处找第谷。整座城、整个港区都在谈论这两个堂兄弟之间的下一次论战。哥本哈根很快传来了消息。十一月底的时候，第谷收到了生父奥托寄来的一封信，里面满是拼写错误，要求他润笔。还有一封伯母寄来的信，希望他能逃回维腾贝格，认为宁愿经历鼠疫，也不要经历战争。他自己也很摇摆不定，不停地制作和修改星相图，而星相图反复向他预示：从现在开始到今年（1566）年末，都不要陷入麻烦中。

12月10日这一天，他在想，到底是去参加寄宿家主人女儿的婚礼，还是在新年来临前，整整三周时间足不出户。突然，他有了想法：在结合了穆斯林常用的月历和基督教日历之后，他发现自己与苏莱曼大帝的星座是一样的，后者两个月前在匈牙利的一场战争前夜死去。当然，死的不该是这个强大的人物，而应该是土耳其人！于是他穿上了自己最华丽的衣服，迈着坚定的步伐，来到了学校的宴会厅，仪式和舞会就在这里举行。

自从开始在德国学习，他就没再练习剑术了，也放弃了其他的锻炼：这位未来的天文巨人也无需在意自己的形体。此外，尽管才二十来岁，他硬朗的骨骼也有点儿发胖了。但是，与瘦弱的曼德鲁相比，他对自己的身体有着绝对的自信，这也让他觉得没必要去罗斯托克的剑术老师那儿再上几次课。总之，要是有一天两人对决，最好推迟到1月1日。

婚礼的宗教仪式期间，他在圣堂里四处张望，但令他松了口气的是，他的合租者并没有出现。他洋洋得意地想，越小的贵族，越不愿意与有产者搅和在一块儿。帕斯伯格家的人应该很担心被人当作是有产者，而布拉赫家的人就算是伪装成农民也没用，最没见过世面的人也能看出他们身上大贵族的气质。

宴会厅里，除了几个穿着礼服的工作人员，教授和学生都穿着深色的衣服，刚好凸显出貂毛的光泽。女士们穿着圣洁的黑色长裙或蓝色长裙，外面罩着毛皮大衣：尽管壁炉里的熊熊烈火在呼呼作响，依旧是十分寒冷。当新娘的父亲与新娘第一个起舞之后，一袭红衣搭配厚重皱领的第谷吸引了年轻女孩们的注意，这也让牧师发愁。第谷邀请寄宿家庭男主人的小女儿跳了一曲兰德勒，这是一曲现在被称为"德国舞曲"的慢舞。乐队的三个鲁特琴师弹奏得一般般，配合得很差。他的舞伴也仅仅拥有十五岁这个年纪的魅力，但是丹麦人知道他这么做，会让尊敬的神学教授感到开心，因为这会让后者憧憬一场美妙的婚礼。时机一到，第谷就放下年轻女孩，转而加入游戏桌那边一群正讨论得热火朝天的人。在这群人当中，第谷认出了自己的数学老师。

人们正在议论高层政治，尤其是苏莱曼大帝在希盖特堡过世后会给帝国带来的影响。

——"对此事起决定性作用的，并不是历史，而是能够向我们预示未来的星相和天空。"带着年少气盛的自负和出身给予的傲慢，第谷插话道。

——"你还懂天文？"数学老师的语气里带着一丝讽刺的猜疑，"很久以来我都只用我自己的眼睛来观察，我承认直到现在，都没能看到有说服力的任何东西。"

——"而我却看到了！很容易能预见到苏莱曼大帝在去年十月的月

食发生前 49 天会过世。"

——"那您预言了此事吗？请您跟我们具体解释一下吧！"

——"四和九，加起来，就正好是十三，是吧？这也是构成了 Jéhovah，Abraham，Sinaï，Joseph，Jacob，Isaac，Moïse，Israël et Thora 这些词的希伯来字母的总数。在最后的晚餐上，也是 13 个人，当中还有犹大。"

——"祝贺您！布拉赫先生，您完全掌握了先知的语言"，天文学博士说的话越来越尖酸刻薄，"我都不知道我们的小宇宙还有一位杰出的犹太教神秘哲学家。"

第谷没有回避，却有点脸红，他之前在一本丹麦语小册子上读到过，那是他的舅舅炼金术士斯蒂恩送给他的小作品集。但现在，他这个，堂堂的布拉赫家族一员，居然无法在一个平民面前得以申辩。相反，后者却不依不饶：

——"这些，全都是数秘术。哪里跟天文有关？"

——"月神塞勒涅。还有去年 10 月 28 日晚上发生的超级月食。众所周知，奥斯曼人的旗帜体现的是红色背景上的白月牙，而那天晚上，旗帜是血色的。此外，还有让苏莱曼献出生命的战神马斯，以及维纳斯，苏莱曼在宫殿里关了一大群女人，他们当时都处在某种……"

一阵轻轻地掌声打断了他，他转过身，曼德鲁·帕斯伯格拍打着带有十个指环的手套，他淡淡的眼神盯着第谷，带着露出獠牙的微笑。

——"恭喜啊，我的表哥。我也预料到了苏莱曼的死亡，但没你这么精确。我只是觉得，这位伟大的土耳其人，在 70 岁的时候，我们就几乎没有机会继续追随他了。确实，我没办法借助犹太人或撒拉逊人来计算，巴赫迈斯特老师会说这是由果溯因的推算。"

脸涨得通红，第谷恨不得冲过去掐住他的喉咙。要是有人告诉他，当国家面临战争时，像他这样的不是懦夫就是叛徒，他会接受；他将来一定能证明，他过人的才华会比最勇猛的战士给丹麦带来更多的荣耀。但要是有人敢断言说他是在波斯苏丹过世之后再利用星相弄虚作假来预言其死亡，他是不会接受的、不能够容忍的。但是，怎么才能向这个好为人者解释这一切都是通过推理得来呢？第谷冲他吼道：

——"可怜的曼德鲁！你自以为说的在理。可我只从你的口中听到了臭虫而已！"

曼德鲁一只手握住剑鞘。围观的人群将他们团团围住。决斗终于要开始了，人们就要看到两个来自以强大的占领国（指丹麦）的侨民自相残杀，都难以掩饰内心的兴奋。这时，院长发话了：

——"年轻人，我得提醒你们，你们这是在学院里。而且，根据菲利普·梅兰希通立下的规定，学校里是不允许打架的，不仅在学校的院墙之内，更不能在教友之间。要是让我向腓特烈二世陛下解释为什么我不得不将他的两个子民关进罗斯托克监狱，我会感到十分生气。"

——"那我们出去吧！第谷，我们在城墙下决斗！"

——"这么冷，在暴风雨中？你真是比我想象的还要蠢。"

——"那，我就等下一次天晴，再约你。"

等了两周，终于天晴了。这天气还不适合让两个决斗者在外决斗，况且还有一个是天文学家。圣诞前夜的晚上，天空终于放晴了。一手拿着指南针，一手拿着文具包，第谷赶紧冲上寄宿家庭主人的小阁楼。在那儿，他待了一个晚上，一个北方的长夜，如此澄净、如此纯粹，恰恰证明了这个丹麦人在收集星星这件事情上所体现出的非理性热情。裹在毛皮大衣里，他试图去寻找逝去的时光：11 天前的 22 时 47 分，由于一场暴风雨，他没能观测自己和双胞胎兄弟二十岁的星宿位形。

他睡得很晚，也忘了要庆祝圣诞节。直到傍晚，他才下楼，从来不在这些事上开玩笑的男主人，严厉地提醒第谷要履行应尽的宗教职责。耶稣基督的生日得高高兴兴地庆祝：吃一顿丰盛的饭菜。在餐前祷告的时候，第谷和曼德鲁相互拥抱，这一举动另巴赫迈斯特老师十分满意，而他的小女儿看到这个场景，都湿了眼眶。第谷感到很放松，又爬上了小阁楼。第二天过得很平静，曼德鲁没有出现。但是 27 号这天的一大早，第谷观了一整晚星象，刚刚躺下正要睡着，曼德鲁却突然出现在了他的房间里。

——"圣诞期间的休战已经结束了，布拉赫，三天后，将会有一支舰队出来重新夺取哥得兰。我的哥哥任舰队指挥，并把我们俩都招为海军中尉。这将是史无前例的大胆之举。瑞典人民不会在隆冬时节等待我们。但是天气这么暖和以至于海上没什么冰。你做好准备！明早天一亮，我们在埃尔希诺尔的龙桥上见。"

——"你在跟我胡扯些什么啊？谁允许你擅自替我做决定的？"第谷睡得迷迷糊糊，抱怨道。

——"你是懦夫吗？难道你不想要为你的国王和你的国家而战吗？"

第谷气疯了，他跳下床，一把拽住曼德鲁的衣领，像拎羽毛一样拎起他，把他扔下了楼梯。

——"这次，我们俩打一回，第谷"，曼德鲁一边站起来一边说，"明天我就给你下战书。"

"我不需要你的战书，这次决斗，会有的。但必须是明年 1 月 1 日。不能提前！"

曼德鲁站起来，朝地上吐了口唾沫，便溜走了。第谷的火气，来得快也消得快。他打开一叠厚厚的资料，从里面拿出了他从 16 岁起就开始描绘的星相图，拿它们跟今年，也就是 1566 年的记事做比较、印证……但也没什么收获：还是同样的结果，他可能与苏莱曼在同一年死亡。他可以改变这一切吗？五天，只剩下五天。之后，一切就会充满希望。但是曼德鲁会给他这些时间吗？从现在到年底最后一天，他必须消失。离开……但是去哪儿呢？唯一的藏身之处就是维腾贝格。但糟糕的是，鼠疫让他没办法去那儿。他把自己锁在房间里，不让任何人进来，只有男主人的小女儿在晚上给他送来她从厨房里偷来的面包块儿。但是第二天，她没来：她的一个弟弟揭发了她。于是，由于饥饿，他只能在吃饭的时候下楼。在空无一人的餐厅里，曼德鲁在等着他。

——"没有人吗？"第谷嘟囔着说。

——"哎呀"，一个怯生生的声音悄声说道，"他们都去我叔叔家吃饭了……"

——他转过身，是家里的小女儿。一位年迈的女管家严厉地望着她，语气强硬地补充道：

——"小姐是因为偷面包而受罚。"

曼德鲁，双臂十字交叉在胸前，冷笑道：

——"真是勇敢啊！布拉赫家的儿子！你现在躲在女人的衬裙里。来吧！都拖了够久的了。我们现在就出去，干一架！"

——"你就这么急着去死？"第谷吼道，"再耐心点儿，我们会相战的，就在一月一号这天。"

——"不可能，你这个懦夫！到时候我就已经在海上了，以挪威和丹麦国王的名义而战斗。去找出你的剑，跟我来！"

——"但……但我们还没有战书……"

——"你是意大利人还是法国人啊？怎么还受这种懦夫仪式的牵制？我就是我忠诚的见证，你也是你忠诚的见证，如果你还有这份忠诚的话。"

夜里，只有地上的白雪像块毯子一样照亮了漆黑的夜。两把剑盲目地挥舞了一会儿。最终，两剑相击，碰出一阵火星。第谷吓了一跳，原地转了一圈。曼德鲁举起武器，像拿着斧头一样，砍了下去，想要把第谷的头劈成两半。他一下没砍到，剑划在了第谷的额头和脸上，第谷瘫倒在地。曼德鲁把剑插回鞘中，交叉双臂，等着。路的另一边亮起了十根火把。是巴赫迈斯特老师和他的仆人们，一边跑一边喊：

——"快停下！放下武器！"

小女儿先前逃脱了女管家的监视，跑去向父亲报告。借着火把的光，神学老师俯身查看第谷的伤情，后者满是鲜血的脸，倒在雪地里，雪也被染红了。老师摸了摸第谷的脖子。还有心跳。巴赫迈斯特起身：

——"你们两个"，他对自己的仆人说，"把他抬进大厅，让他在桌上躺着。库尔特，你去叫醒勒文努斯·巴图斯医生，用最快的速度。而您，帕斯伯格先生，我明天会召集学校学校参议院，对您这一严重违反纪律的行为做出裁决。"

曼德鲁不屑地耸了耸肩，消失在了黑夜里。之后就再没有人在罗斯托克见过他：天一亮，他就出海去参战了。

07

对这次决斗的原因有很多猜测。一些人认定最开始的争吵是缘于某个数学问题。对于那些了解当时丹麦人的人而言，这种猜想十分可笑。除了决斗本身，并没有其他导致决斗的原因。

两个多月的时间，第谷的整张脸都绑着纱布，只露出两只眼睛一张嘴巴。巴托医生，又名勒文努斯·巴图斯，与第谷成为了朋友，他认为第谷灵敏的思维体现出犹太教，尤其是犹太教神秘哲学的影响。年轻的医生每天都强迫他呼吸新鲜空气，并陪伴他沿着港口散步。看见这个满脸绷带的人，孩子们都尖叫着跑开，巴托放声大笑道：

——"他们把您当成了有生命的假人格尔木，而把我当作是他的塑造者本·列维教士。"

医生向他讲述了这个传说：在马加比家族统治时期，一位犹太教士制作了一个有着人的外表的生命，这个生命完全听从缔造者的意愿。第谷对此坚信不疑。

当他凝视镜子里自己那张拆去绷带的脸时，震惊了：原来有鼻子的地方，现在只剩下一个洞。前额还有一道粉红色的伤疤。他用一块儿皮质的黑手帕包住自己的脸，这是勒文努斯·巴图斯特意请鞋匠制作的。这让他看上去像是一位有着大胡子的战士，就像他的生父和伯父那样。而这却不是他想要的。他是如此想如印在作品卷首的哲学家们一般，有着长长的黑色络腮胡，目光智慧且深沉，胡须下露出温和的笑容。犹太医生建议他一起去实验室，以便给他做一个人造鼻子，并同时向他灌输一些炼金术概念。

没人知道第谷的假鼻子是什么做的。有人说是水银和黄金做的，第谷也就任由他说。有时候，他会当众摘下假鼻子，这让他看上去真的很像格尔木，某些人在他额上的伤疤里看到了"Emeth"——生命这个词，或许也可能是"Meth"——死亡。人们都觉得他这一举措有些过于出风头了。但是当他在苏格兰国王，也就是未来的英国国王面前给自己小面具内部涂抹某种膏药时，国王的一位14岁年轻侍从，在第谷那张平坦的、那张像猪嘴筒一样被挖了两个洞的脸上，清楚地看见了他异常痛苦的表情。外面是打了蜡的，一种粉色的蜡，尽量模仿了皮肤的颜色。但为了尽可能不让人发现，第谷很快地完成了这一举动。而这个玩具一样的假体正好凸显出额头上那道他用软膏尽力遮掩的长长的伤疤，凸显出暗淡又冷静的蓝色目光，凸显出长长的红棕色小胡子。第谷一直没能在下巴和没胡子的脸颊上长出与智者和哲人相称的、像一把扇子那样摊开并延伸至胸口的大胡子。

身体一康复，他就决定结束法律和修辞的学习，为了永远不再遭受家族纷争的困扰。直到四月，出现日食的时候，他才有机会摆脱这些苦差事。但是决斗及康复所耽误的时间，让他没能在暑假之前拿到学位。他只能再等上一年。

那场决斗才过去七个月，但金鼻人的传说就已传遍了整个王国。作为一个信守承诺的人，曼德鲁并没有提及过他对手的对这场决斗的犹豫不定，尤其是因为这件事会削弱胜利的意义。因此，所有的荣耀都落在了第谷和他那极具魅力的伤口上。他的生父，奥托，逢人便说自己因为有一个为了布拉赫家族尊严付出血的代价的儿子而感到欣慰。尽管如此，他有时候又很后悔宣扬这次战功，后悔没有缄口不言。但这些都不重要！他的儿子已经尝到了兵器的味道，这一点是肯定的。结束拉丁文、数学以及其他不值得浪费时间的事儿！第谷最终还是会投身战斗的。

大典吏要失望了。在召开新一次的家庭议会以决定第谷的寄宿延期问题之前，第谷就已向国王请求面见。腓特烈二世无法拒绝自己救命恩人的侄儿。除此之外，他还很好奇想要好好看看那个可拆卸的鼻子，那个所有人都在谈论的鼻子。第谷用搞笑的鼻音，满怀激情地主张要在哥本哈根建立一个由学者组成的社团，致力于从事地理技术、数学、炼金术及建筑领域的工作，以便催生出一个实力最强的海军、打造最先进的炮兵部队、建立坚不可摧的防御工事……

腓特烈被这朝气蓬勃的激情吸引了，这份激情与他不得不去妥协的、来自大家族首领们的持续请愿形成鲜明对比。反复无常的请愿也使得瑞典战争耽搁了很久。但他也没忘记站在自己面前的是一位布拉赫家族的人。

——"亲爱的第谷，我认为，想要办好这件事，你还是太年轻了。和谁一起来做呢？我的王国里，会打仗的人太多了，而会思考的人不够多。"

——"陛下，我并不想要什么。除了想继续我的学业。至于善于思考的人，陛下您并不缺少，但您没看见他们，因为他们都谦卑了。"

他提到了自己在莱比锡的朋友约翰·菲尔德曼·普拉登希思，哥本哈根大学的数学老师约翰·阿尔伯格，又名约翰尼斯·阿尔伯更斯，当然还有他过去的家庭教师兼学监安德斯·韦德尔，那位用平凡的语言歌颂丹麦国王丰功伟绩的诗人。至于他自己，则利用在德国的学习机会为王国吸引最优秀的学者和艺术家，就像法国国王和波兰国王从意大利引进学者和艺术家到自己国家那样。腓特烈同意了，不仅如此，他还给予这个年轻人一个令人十分羡慕职位：让他管理罗斯基勒教堂，也就是奥尔登堡王朝统治时期的陵墓。这一职位自从他的伯父乔根过世后，就一

直空缺。而各大家族为争得这一职位，机关算尽、刀剑相接。国王将这
一职责委任于第谷，是希望平息一切争斗：罗斯基勒议事司铎的俸禄和
职位应当是可世袭的，这也算是君王对自己救命恩人生后的一种感激。
尽管如此，腓特烈还是命令第谷先完成最后的学业，以取得法学博士
文凭。

　　尽管受到了父亲的责难，第谷还是在春天登船前往罗斯托克。在那
儿，他没有住回原来在神学老师家的房间，而是借住在假鼻的塑造
者——勒文努斯·巴图斯医生家。消息很快就传遍了整个波罗的海，而
在哥本哈根成了一桩丑闻：第谷·布拉赫和一个犹太巫师生活在一起！

　　这位帕拉塞尔苏斯的门徒向他的房客传授了一些医学概念，以及一
些炼金术的基本知识。而在天文学方面，第谷比他懂的多得多。在罗斯
托克，甚至在维腾贝格，都没人能在这一领域，给予这位对天文学充满
激情的丹麦年轻人任何指导。他就只能在这所杰出的大学继续学习法律
以获得腓特烈二世承诺给他的议事司铎职位。一旦学成，他就离开。

　　他自己坐骑的枪套里、仆人们随身以及他们的马匹的枪套里，都装
满了他的笔记本。本子上记录着近十年来的大量观察计算，还有他积
攒的大量可在富格尔银行的所有分支机构无限使用的汇票。他的坐骑侧
腹，皮套里好好保护着的是他亲手制作的十字测天仪，舞起来跟剑一
样。他与这个粗糙的丈量工具分秒不离，那是他的护身符。他几乎穿越
了整个德国，从北到南，并没有在马格德堡和莱比锡这些美丽的城市多
作耽搁，他听说自己的老朋友舒尔特图斯已经回到自己的家乡莱比锡担
任市长了。

08

　　纽伦堡的夜幕降临，第谷走出旅社，来到围墙下，手中握着十字架。一个在邻桌吃了晚餐，同样也是大学生的年轻人跟在他后面。对于陌生人的接近，第谷已经拒绝了好几次。一位丹麦王子不应该随便与别人来往，哪怕这个人看上去是个好人。他爬上通往巡逻道的楼梯，大学生一直跟着他。忍无可忍，第谷转身回头对他说：

　　——"您究竟想要我做什么？"

　　——"请原谅，布拉赫大人，我只是……"

　　大学生尴尬的目光扫过他的假鼻子，第谷明白了自己是如何被认出来的。他已经习惯了。

　　——"……只是"，陌生人继续说道，"我们有一个共同的朋友，他告诉我我可能会在半路遇上您。这个朋友就是巴托洛莫斯·舒尔特图斯。"

　　——"舒尔特兹？途径莱比锡的时候，我差点没见上他，当时他刚刚返回家中。"

　　——"我就是在那段时间见到他的。他很确定地告诉我说我有可能会在半路遇上您。抱歉，我还没有自我介绍……迈克尔·马斯特林，海德堡大学的艺术生、几何学家，和您一样也和舒尔特兹一样，热爱乌拉尼亚。我们能否换个地方，而不是在楼梯上继续谈？"

　　看见第谷举着他的十字测天仪，马斯特林耸耸肩轻描淡写地说，从现在开始到明天夜里，星星都不会亮。这一说，丹麦人不高兴了。一个大学生，一个明显比他还要年轻的大学生，还是个一文不名的平民百姓，竟敢如此无礼地跟他说话，这让第谷感到震惊。尤其是这个人取得了第谷没法就读的学科的学位，还是在海德堡。第谷对这个笑嘻嘻又稚气未脱的小男孩，产生了本能的厌恶，此时又多了一份嫉妒。为什么这个马斯特林没按照惯例，将自己的姓氏翻译成拉丁文来做自我介绍？为什么他穿着牧师的黑衣？为什么他没有携带其他的武器，而是带了这个巨大的象牙柄手杖？总之，第谷对这个"乌拉尼亚的爱慕者"充满了好奇，跟着他来到了丢勒家旁的小酒馆，这是所有途径纽伦堡的大学生的必到之处。

马斯特林轻车熟路地走进小酒馆，在一张他确定倍海姆、丢勒、帕拉塞尔斯、哥白尼、雷迪库斯习惯就坐的桌子边坐下。第谷试图挖苦，便问道："毕达哥拉斯是不是和亚里士多德一块，在这儿买过众神之食？"马斯特林只是回以礼貌的微笑。当女服务员来的时候，丹麦人已经准备要点两大杯啤酒，女服务员问："迈克尔先生是否想跟往常一样，开那瓶托卡伊葡萄酒"？马斯特林轻吻她的指尖以回复。

马斯特林很健谈。他兴致勃勃地讲述自己为了上雷迪库斯的课，是如何从海德堡到克拉科夫。他十分自豪地称雷迪库斯为"我的导师"，以至于第谷在想跟自己聊天的这个人是不是个鸡奸者，这对于他来说是最不可饶恕的罪行。之后，在回去的路上，德国大学生绕了个圈，去瞻仰"大师中的大师"——尼古拉·哥白尼，当时哥白尼已经过世近三十年了。关于这个名字，第谷并不是很了解，他只知道这是一个出身富裕却有点儿疯狂的波兰教士。但是他完全没必要在马斯特林面前承认自己的无知。总之，在托勒密和他之间，没有第二个人。

瞻仰完哥白尼，马斯特林说自己已经准备好要去意大利旅行了，他要去帕多瓦、博洛涅、佛罗伦萨、罗马等地。"天主教徒加鸡奸者，可以定性了"，第谷这么认为，尽管此人在滔滔不绝中一再宣称自己对女性的爱及路德教教徒的忠诚。

这酒喝起来跟喝水一样。第谷用粗鲁的口气要了一瓶梨子烧酒，一连喝了三杯。第谷喝够了。马斯特林自言自语、自娱自乐，他的莱茵河口音让第谷觉得很娘娘腔，第谷不知道他在说些什么，觉得他这样傻乎乎的。马斯特林敢在这儿嘲讽先人们，他似乎很了解他们。把他们放在一块儿嘲笑；在发现神圣的真理这件事情上，把他们与哥白尼的智慧与天资做比较。怎么才能在这个滔滔不绝的人面前提出反对意见，而又不暴露出自己的无知呢？他只能装出一副全神贯注听讲的样子，像畅饮梨子烧酒那样，还会点头或撇撇嘴以表示赞同。

而他身旁的马斯特林，正一步一步达成目的。舒尔特兹提醒过他：第谷是个贪食者，一个贪吃星星的人。他计算星星的数据，不是像一只往树洞里塞坚果以过冬的刺猬，而是像普劳图斯的作品《一坛黄金》中的吝啬鬼一样：出于怪癖。丹麦人没有针对事物寻找宇宙的奥秘，也从来没有想过这些是为什么、是怎样的。不，他就只是记录数据而已。简而言之，在舒尔特兹看来，第谷就是个蠢货；一个自以为地位高、家境好的野蛮人，自以为天生就高人一等，认为自己的庶民同学只是为了服务于他而存在。除此之外，要是给他观天象的贪婪劲儿找个理由，那肯定不是为了王国命运要去读懂神的旨意，而是为了他自己，就好像整个宇宙都是为他而建的。

马斯特林觉得舒尔特兹说的不无道理。而尽管演得很像那么回事儿，第谷对于哥白尼的无知还是暴露无遗，这也让马斯特林更急迫地想把第谷引入正题。他所谓的正题，就是钱。但怎么才能不像个乞丐一样，就让第谷这个酒鬼明白他的意思呢？其实马斯特林不费吹灰之力，就能从他居住在纽伦堡的一位亲戚那里得到一大笔钱用来返回帕多瓦。但这位亲戚不巧去雷根斯堡出差了。而他绕路去位于弗龙堡的哥白尼天文台，钱就已经差不多花光了。于是他决定以一种轻描淡写且诙谐的口吻来讲述他的旅行，就像中学毕业生在旅社中跟别人讲述自己的旅行那样。为了避免一切对他和雷迪库斯之间关系的误解，他开心地、还有些夸张地谈到了旅社的姑娘们和宿营地搔首弄姿的妓女们。他认为，第谷跟很多王公贵族子弟一样，只是个放荡的酒色之徒。丹麦人红润的面色恰恰给人这一印象。

他搞错了。第谷其实是个正直又害羞之人。对于天文观察和计算的绝对激情让他认为其他事都毫无意义，总之就是浪费时间。好饭好菜、啤酒和烈酒才是他喜欢的，当他在外度过漫漫长夜、一连好些天整理数据时，激发他的能量。其余的，这位奥托·布拉赫的儿子可能二十三岁了，都没干过荒唐的勾当。

马斯特林终于明白他没用对方法让对方松开钱包。他改变了战术。

——"在攀爬弗龙堡这座通往大师中的大师的工作室的塔楼楼梯时，我就有种进到圣殿的神圣感。到处游荡着哥白尼的身影。雷迪库斯也曾告诉我，给我指路的老妇人曾陪伴他度过了他最困难的时期。在这个宽敞的大厅里，一切井井有条，就好像新的普罗米修斯随时都会到来一样。老妇人给了我这个穷困的毕业生一大笔钱，让我查阅《天体运行论》以及计算表的手稿原件。这些计算表被称为普鲁提尼克表或普鲁士表，但其实应该被称为'哥白尼表'"。

第谷终于明白这个马斯特林一直在说、说到他耳朵都长茧的哥白尼，曾经帮助过雷迪库斯和莱因霍尔德制作这些著名的计算表，他实在是忍不住要去打断这个滔滔不绝的话痨：

——"这些表我都研究过，我在当中发现了大量错误，简直难以置信，比亚历山大里亚星表和阿方索星表中的错误还要多。我们还是谈谈前辈们吧，马斯特林兄弟。"

这其实是最敏感的地方。马斯特林也从他的老师雷迪库斯那儿得知，哥白尼曾有意造假，为了使计算表面上成立，以证明地球跟其他星球一样是围绕太阳转动的。很显然，第谷全然否定了日心说，这个哥白尼的伟大发现在他死后次日，被本是反目兄弟的天主教教徒及路德教教徒在这场对抗宇宙真相的斗争中联合起来，密谋扑灭了。

自从在克拉科夫受到雷迪库斯的启蒙后，马斯特林就肩负着向全世界披露这一真相的任务，尽管当时他只有十九岁。不是站在屋顶上大声吼出来，而是按照毕达哥拉斯的戒律，只告诉那些少有的、能够欣赏这份造物者所希冀的和谐的人，而绝不能对牛弹琴。他曾经和巴托洛莫斯·舒尔特图斯一同开始日心说的福音布道。辩论持续了很久，因为荷姆留斯的前助手坚定不移地遵循其老师的教导，荷姆留斯在当时强烈反对哥白尼及其日心说。但想要向这个坚定不移、满心自负、迷信得跟个老农民一样、像最狂热的教徒一样对所有怀疑都无动于衷的第谷传授哥白尼的"大运行"，还是一个无法完成的任务。此外，这并不是马斯特林的目的，他的目的是钱。于是他也没反驳这个自负的对话者，继续说道：

——"我并不想空手离开那个神圣的地方。而这件复制品，就是珍贵的纪念品。"

他用手指头指了指故意放在桌边的那根又粗又长的象牙柄手杖。

——"这东西太棒了"，第谷像个识货的人一样说道，"我觉得这个斯芬克斯雕像相当有年头了"，他一边抚摸着因历经岁月而泛黄的象牙手柄，一边补充道。

——"应该比你想的要久远得多"，马斯特林反驳道。传说，用来制作这个物件的橄榄木曾被欧几里得拿来在沙地上画几何图形。也有人说，在将手杖献给阿里斯塔克斯之前，是由阿基米德对其进行加工制作的。

——"您说的是，萨莫色雷斯的阿利斯塔克，亚历山大里亚的语法学家和图书管理员……"第谷迫不及待地咬文嚼字。

鱼上钩了。此外，马斯特林想，这个一窍不通的人，像尊重金科玉律般重视欧几里得手杖的传说，其实并不了解萨莫色雷斯的阿利斯塔克，这个在波兰天文学家哥白尼死后第二天被重新发现的先驱者。他装作接受了第谷的纠正，并继续讲述。手杖从一个阿利斯塔克人的手中，到了巴比伦占星师的手中，经阿拉伯数学家之手，才到帕拉塞尔苏斯、雷迪库斯手中，并最终归哥白尼所有。

——"为了从弗龙堡的老太太手中得到这根手杖，我把钱都花光了"，马斯特林撒谎说，"我也不知道是怎么顺利抵达格尔利茨的。在那儿，我还完成了一项壮举：问舒尔特兹借钱以便让我可以去到纽伦堡，我可以在那里拿到一些钱。但是，您也知道，我们的朋友让我明白了一条欧几里得自己都不会否认的数学法则：债主的慷慨程度是与他的富有程度成反比的。"

第谷要是没明白这个暗示，那只能是因为他傻，或是他小气。也可能他既傻又小气。

——"请继续跟我说说您这一路吧"，丹麦人提议道，"我要去拜访希普利安·雷欧维特，还要去见见奥斯堡的机械师们，别人告诉我他们做出了特别尺寸的工具。要是有一个像您一样，对我来说十分有用且能协助我的人能陪我一起去，就好了。

成为这位自视甚高的王子的秘书，也就是服务于他，对于像迈克尔·马斯特林一样果敢且独立的人而言，并不是最令人满意的前景。换成其他人，马斯特林早就甩手走人了。找了很多借口，马斯特林还是婉拒了这一提议。总之，他解释说，在他的叔叔从雷根斯堡回来之前，尤其是他叔叔的钱回来之前，他只要坚持两周时间。在等待期间，他不情愿地补充道，要是有面包、有水、能睡在学校马厩里的稻草上，他就满足了。

第谷完全明白了他的对话者想从他这儿得到什么。之前就遇到过很多，只对他的钱感兴趣的大学生……以往，第谷都只会傲慢地给这些大学生一些硬币好让这些寄生虫不要打扰他。然而这次，第谷觉得这个大学生会对他有用。马斯特林已经展现出自己在天文学方面的才识。但是，既然他拒绝为第谷服务，而之前有舒尔特兹借钱给他，就至少要让他受到自己的恩惠。而马斯特林还能拉自己一把，或者至少用手杖拉。

——"那你那根欧几里得手杖，是不是什么象征？或者有其他什么秘密？"他装作有点醉问道。

马斯特林用街头魔术师的手法，拧开了象牙手柄。手杖是空心的。

——"这个洞，是用来让毕达哥斯拉学派的信徒存放宇宙奥秘的，他们深知文字记录的记忆和语言已渐渐被淡忘。"

第谷突然感到，一扇通往神秘未知的门打开了。他需要这个东西。布拉赫家族的徽章是否就是蓝色盾牌上的金色权杖？但愿这根手杖就是欧几里得的那根；这应该是属于他，这个天文界未来统治者的权杖。马斯特林只是个传递者，是命运的指示，仅此而已。

第谷拿着木头，把手伸进了洞里，他的手像女孩的一样纤细、苍白。

——"是空的！"他带着无法掩饰的失落说道。

——"当然啦！我的导师雷迪库斯临终前说过，我会找到那个东西。我一发现就将它寄去了图宾根大学的图书馆，他们承诺等我从意大利回去给我提供教授的职位。"

——"那你在洞里找到了什么呢？"

——"《哥白尼其人其事——由弟子雷迪库斯讲述》。"

又是哥白尼。他就只会说哥白尼，第谷又气又恼地想。他学着父亲用统帅的语气大声说道：

——"把这根杖子卖给我！价格你随便出。"

他把一个鼓鼓囊囊、用金线镶边的钱袋放在了桌上。

——"我可是不会随随便便就离开的。"马斯特林夸张地说。

他的目的达到了,但他没法不去看对方戴着红色指套的食指。一颗漂亮的钻石闪闪发亮。第谷注意到了这一目光。他漫不经心地从手指上摘下了这颗布拉赫家族世代相传的宝石,据说这颗宝石是由一位祖先,埃里克·瑟瓦尔德森的随同从远方的岛屿带回的。交易完成了。马斯特林和第谷可以心满意足地分道扬镳了。前者绝对可以在意大利好好享受旅行了,后者得到了欧几里得手杖而得意忘形,坚信这根手杖将会让他登上巅峰,甚至乌拉尼亚的王权,他的双胞胎兄弟就在那儿等他。

马斯特林还是有些疑虑。在结束这段关于物质事宜的对话的同时,他觉得自己没有履行被赋予的神圣职责:宣扬那个自波兰教士哥白尼死后就被当时的神学家们竭力掩盖的伟大发现,并借由探讨,而唤醒独自沉睡了三十年的天文学,同时唤醒整个自然哲学。

——"我知道这样做很无礼,但是我还是希望能从您那儿把这根对我来说比什么都宝贵的手杖要回来。山穷水尽的时候,做事儿会欠考虑,甚至可能犯下罪行……"

"犯罪,您严重啦",第谷回应道,他还是松开了握着杖头的手,就好像杖头被烧着了一样。

——"具体来说,其实是买卖圣物罪。这根欧几里得手杖对我来说就是真相。我是在维腾贝格大学,跟两位朋友一道,学习了哥白尼的伟大发现,而……"

"我是在一次日食期间,发现了自己的神圣使命的",第谷打断道,"当时我还只是个孩子。"

——"跟我具体说说吧",马斯特林讨巧地说,他很高兴看到对方变得通情达理,尽管多少有些在卖弄学问。

第谷关于自己的天文发现所做的演说充满着自大和天真。他坚定地认为，作为神圣使命起源的那次日食是一次日全食。而这是错误的，至少在丹麦来说，是错误的，马斯特林小心翼翼以免被第谷发现这一点。丹麦人继而夸大了其研究的孤独感。若不是马斯特林，换作其他更幼稚的人，肯定会认为自己的对话者，在完全没有受到先人们或哪位老师的帮助的情况下，独自一人发现了数学。

——"马斯特林兄啊，您生来不是丹麦人，实在是很幸福"，第谷感叹道，"因为您完全不会因为自己的术业而遭受苦难。相信我，在哥本哈根，自然哲学的火刑一直都存在！我要是和您一样，也拥有充满智慧的导师和颇具吸引力的同学就好了。我也就不用耗费那么多时间来与家族、国家甚至国王抗争了。"

没钱的时候经常睡觉，马斯特林几乎没法对这个生活奢侈的人所谓的不幸感到同情。他什么也没表露出来，该轮到他谈论自己的天文学入门了，借此也好提出日心说理论。

他说，在维腾贝格，保罗·威蒂克，一个来自弗罗茨瓦夫的普鲁士人，还有普鲁士星表的作者伊拉斯谟·莱因霍尔德之子，这三个业士在当时形影不离。莱因霍尔德的儿子十分崇拜自己的父亲，有一天，他在家里的书房觅到了一本手稿书，上面是厚厚的一层灰，这本书就是哥白尼的《天体运行论》。这着实是一次重大发现。

——"三年来我们所接受的托勒密的宇宙说一下子就站不住脚了。上帝的居所——太阳位于宇宙的中心，而我们的星球——地球是在轨道上绕太阳旋转的。这是如此的清晰、如此的美妙以至于我们毫无偏见的纯洁灵魂都被照亮了……"

马斯特林用眼角的余光瞥见了第谷的脸，还是无动于衷。他是假装的吗？是他苍白的双眼之间那只假鼻子让他看起来面无表情，抑或是因为喝了梨子烧酒？还是得继续说下去。

——"趁着这一发现，我们就去拜访数学老师，准备与他争论一番。老师感到很害怕，他告诉我们这些论题遭到了路德和梅兰希通的封杀，他让我们最好还是继续学习古人而非这些无稽之谈。接着，他转过身对着莱因霍尔德，以后者父亲的在天之灵训诫他，莱因霍尔德的父亲还将哥白尼唯一的信徒——雷迪库斯从维腾贝格赶了出去。我们觉得受到了批评，之后再也没提过，甚至是我们几个之间都没提过这个三流的理论……"

第谷还是默不作声静静地听着。马斯特林继续说：

——"我们的友谊不再像之前那样了。尤其是莱因霍尔德，开始逐渐疏远。而威蒂克，则开始躲着我，他害怕与我频繁接触会影响自己的学业。"

——"最亲近的人总是伤人最深"，第谷说，这句话证明了他仔细在听马斯特林的讲述，也体现出他对于人性非同寻常的洞察力。

——"确实是"，马斯特林深表赞同，"一旦取得数学和神学两个硕士文凭，我就决定从克拉科夫开始我的毕业旅行，为的是能遇见那个了解哥白尼的人——雷迪库斯"。

——"他应该不会太年轻"，第谷嘲讽道。

——"其实，这个可怜人除了被自己的学生称作'天文学的俄耳浦斯'，并没有什么特殊的荣耀。没人记得他，或者说他的学生兼爱人——年轻的瓦伦丁·奥托早就忘了他。"

第谷撇撇嘴，好像不太赞同。马斯特林继续说：

——"我当时很难受：耶稣会的迫害愈演愈烈，雷迪库斯不得不重新逃离。尽管如此，他还是告诉我说，他的不幸，是源于伊拉斯谟·莱茵霍尔德。"

——"怎么会这样呢？"第谷迫不及待地问道。

——"是这样，他们俩当时相互竞争，做梅兰希通的接班人，以掌管维腾贝格大学这所知名大学。莱茵霍尔德用尽了卑鄙的手段，甚至匿名举报了自己的竞争者与多名学生间的鸡奸关系。这当然被夸张了，但也包含了隐藏的犹太教，令人想起骑士遥远的起源。"

自从结识了勒文努斯·巴图斯，第谷就醉心于犹太教神秘学，抓住了谈话中感兴趣的点：

——"雷迪库斯被流放了？"

——"没错，但是他在逃跑的时候留下了大量计算过、编撰好的观察随记，这些都是他以前在弗龙堡，在哥白尼的指导下就开始收集的。莱茵霍尔德便将这些据为己有，并命名为《普鲁士星表》装订出版。"

——"原来是这样！"第谷惊呼道，一时之间，他明白了很多事情，"但是，如果我没记错的话，这些星表是题献普鲁士大公爵阿尔贝的，并不是向哥白尼……"

——"非常对。然而，阿尔贝当时是哥白尼以及哥白尼家族的死敌。这就是为什么我理解小莱茵霍尔德在得知自己的父亲有如此渎职的行为之后，因为感到羞愧而与我们绝交了。"

——"我觉得这一切都太混乱了，而且完全毫无意义"，第谷毫不客气地说。

——"不要这么绝对"，马斯特林反驳道，"莱茵霍尔德成了图林根森林中，萨尔费尔德的神甫。他在那儿守着自己父亲和普鲁士星表的秘密，就像小矮人阿尔贝利希坐在山洞深处尼伯龙的财宝上一样……而你，第谷，你应该可以，像你的祖先西格德那样，守住你的财富……"

09

——"欧几里得的手杖！年轻人，你是从哪里得到的?"

在五十五岁的时候，希普利安·雷欧维特成为了所有访客都期待已久的人物：一位预言家，没人知道他多大年纪，就好像跟人类之父亚当一般年纪。第谷没那么精明，换作是别人，一眼就能发现他那圆滚滚的肚皮上铺着的大胡子，还有双肩上那梳理考究的浓发，都被精心抹上了白粉，以尽可能显得花白，那件红黑相间的长袍上忘了擦去的白色痕迹，就是证明。

雷欧维特享有基督徒中最优秀的天文学家这一盛誉。然而，过去，由于受到与法国人诺查丹马斯之间竞争的刺激，他铤而走险，为了相近的日期而做出错误的预言，而当预计的日期来临时，他就面临十分尴尬的处境。他曾声称世界末日会发生在1584年，便是如此。他借由控诉印刷的人弄反了数字5和8，而挽回局面。这样就可以在耶稣再临人间之前，再等上一个世纪。从那以后，他用了跟自己的对手——基督教圣母一样的手段，在其《天体论》中，采用了如此怪诞的风格进行写作，以至于人们不论是对这个世界、还是自己的未来、抑或是千年后、抑或是明天，都按照自己的方式来理解。

第谷看了很多遍他的作品，也对他坚信不疑。总之，雷欧维特既是一位诚实的数学家，又是一位技艺熟练的医生，尽管他确信自己首先是一位占星家。一个自己都不相信自己的骗术的庸医，不是优秀的庸医。

至于第谷，跟庸医完全不沾边。他只是很固执地怀着这一信念，从未怀疑过，自己镌刻在宇宙之中的命运。在这次安静的骑行中，他与随从们从纽伦堡到了位于蜿蜒的多瑙河畔的劳英根的这座精美小城。一路上，他将这根欧几里得手杖反复拧松又拧紧。他看到这根沉重手杖的银制包头击打哥本哈根王宫的地面，就好像是为了向君王宣告天文学帝王的到来。

他是如何得到这根手杖的？他不能容忍自己是从马斯特林这个爱向女人献殷勤的人那里得到这个先人智慧的象征的。于是，骑在马背上的时候，他就编了一个故事，一个更配得上圣物和它的新主人的故事。关于决斗，他也是这么做的：他改了冲突以及他丢了鼻子的日期，是为了使事件能够与他的星座相匹配。然后，想着想着，他的想法就发生了奇怪的变化，最后以说服自己这才是真正的真相而告终。于是当他向雷欧维特讲述这些的时候，是带着绝对的真诚的：

——"这是我在克拉维夫居留期间，我的老师，伟大的雷迪库斯，赠予我的。"

占星家不相信第谷的话，因为他与雷迪库斯在维腾贝格时是同学，而且他们一直有书信往来，所以他很了解欧几里得手杖的故事。他本可以轻而易举就让年轻的丹麦人中计，但是一个骗子没法揭露一个胡编乱造的人，不然骗子自己亲手缔造的虚假世界也会遭到毁灭。他便没再坚持：

——"那么这位向我强烈引荐您的、尊敬的雷欧维特博士，他还好吗？"

第谷这个不太讨人喜欢的人，又开始自满地回答道：

——"我之前在罗斯托克的房东建议我做了这个金银打造的假鼻子，这也为我赢得了一些名望……但我这一路奔走，前来见您，并不是为了跟您谈论这个对天文学一窍不通的勇士。您知道，自从我开始想这个问题，我就只会思考阿方索星表与普鲁士星表中显而易见的矛盾，这两个星表都充满了错误，我只要多加观察就能发现这一点！"

要是换做其他的大学生敢这么跟自己讲话，雷欧维特这个在当时被认为是最伟大的占星家的一定会让自己的仆人把他扔出去。但失去鼻子的那场决斗让第谷好战这一名声在外，所以雷欧维特还是想避免冲突。他狡猾地问道：

——"但是……您没有跟我伟大的朋友雷迪库斯提到这个问题吗？"

——"哎，人老了，也有所成就，但可惜头脑不好使了"，第谷反驳道，没有丝毫不安，"在他那衰老且不自然的欲念中，我觉得他对自然哲学已经不感兴趣了"。

"粗鲁的人"，雷欧维特心里骂道：他与克拉维夫的流放者在1514年同年出生，并且对年轻人有着同样的兴趣。

晚餐端上来了。占星家想在来客到访的目的究竟是什么。人们从四面八方来，是为了向诺查丹马斯的对手咨询星相预言术，通常是关于最小的流星，而第谷看上去不像是对这些感兴趣。

——"夜空真的很明朗"，第谷突然说，"您有哪些观测工具呢？"

——"也没什么特别的，但我很知足。有几个用来监测日食和月食的日晷仪。我根据阿方索星表来加以确定并在我的星历表中公布日食和月食的具体日期。至于日食，哥白尼计算出的数据则更加可靠。"

——"哥白尼的？"第谷忍不住叫道。

——"是的，或者说，是普鲁士星表。也是基于这个表，哥白尼才确定了地球和其他行星的轨道以及它们各自绕太阳公转的周期。"

原来是这样！这个没什么名气的波兰教士竟然颠覆了自托勒密以来大家所看到的宇宙。为了掩饰自己的不安，第谷摘掉了鼻子，从口袋里拿出一个银制的小盒子，用食指指尖蘸了点软膏与胶水的混合物，涂抹在假鼻子的里面。他其实注意到了，在自己进行这一操作期间，其他人都移开了目光。而且很少有人会盯着他看，因为他那个奇怪的假体给人带来的尴尬远比好奇心强烈。也只有桀骜不驯的马斯特林敢面对面盯着他看。雷欧维特正想要好好品尝一块儿美味的火腿馅饼,而客人的这一举动让他有些倒胃口,于是他继续说道:

——"再说了,对于这三颗外行星来说,哥白尼的计算是很杰出的,而从西班牙国王阿方索时期就形成的计算对于这三颗内行星来说是最好的工具。"

——"您就只知道这些而已?"因为对此相当熟悉,第谷反驳道,"这些工具,正如您所说,从来就好比一把被磨破了的刨刀或是一把松动了的锤子。尽管我资历比较浅,我还是能从中找出很多错误,我的双手是因为在明朗的夜晚用圆规观测天体而冻僵,而不因为写这些天书。"

——"您看出来了",雷欧维特愈加生气了。

——"当然了!"第谷愤怒地开始了一长串抨击。"有一些被认为从事天文学研究的人,却从来没有研究过天空本身。他们偷偷地研究资料、星表和星图,以为这样就完成了职责;而他们当中的很多人对星星完全不了解,他们觉得只要学会根据星表和星历表编写出历本和星相图就够了。这些所谓的天文学家并不是根据宇宙来从事这门高尚的科学,而是闭锁在他们自己的世界里!比如说,在浴室里,在暖炉边,甚至在小咖啡馆里!他们以为当天文学家跟当商人或是公证员没什么两样。在他们眼里,天文学就只是数字公式,他们直到死都没感受到宇宙的美妙!而星相的真理正是存在于宇宙之中,我们的先人也正是在宇宙中探索与发现,并为今世所用;而不是吃饱了坐在壁炉边,思考究竟是地球绕着太阳转,还是太阳绕着地球转!"

看到雷欧维特又气又恼,第谷简直不能更满足了。他如此发怒,并不是冲着这位受人尊敬的占星家,也不是冲着那些闭门造势的天文学家,而是冲着哥白尼,这个敢于在半个世纪前引发宇宙变革的人。而这在第谷看来,本该是他的使命,他才是新时代的佼佼者。金鼻子丹麦王子与已故丹麦教士间的斗争将一发不可收拾。至少对于丹麦王子来说，是这样。因为哥白尼，已经入土为安多时了……

第谷接着继续强调："单单是观星这项工作，就需要一丝不苟的精神，并用到最好的设备。怎么能满足于一个往往能达到六十度角的差错，并根据这个继续分析天体所传递的信息呢？"

雷欧维特听到这些，感到十分震惊，这无疑是在含沙射影地说他。而且，跟所有前人一样，他可以修改实际数字，就是为了能够让它们能和自己的假设，或是与圣经中的诠释及推定日期相吻合。他们所有人从来都没觉得自己在弄虚作假，只是觉得自己在尽力拯救表象。为了摆脱丹麦人，占星家借口自己很累需要休息，但离开前还是给出了忠告：

——"在我看来，布拉赫先生，您是一位杰出的哲学家，也是一位会精细计算的人。而且，在您这个年纪，就对新的发明、对机器、对机械感兴趣。明天我会写一封推荐信，向我身边对这些事情感兴趣的朋友推荐您。他们是两兄弟，也是奥格斯堡城里的大人物。"

——"就不劳您费心了。保罗和让·巴蒂斯特·亨泽尔两位先生已经在等我了，我也早已打算明天就去拜访他们。"

第谷在说这话时所表现出的狂妄自大，让雷欧维特暗自笑了。这个被所有人当作救世主而等不及要接待的男孩，应该是有什么令人意想不到的东西。每位大学生，不论出身高低、家境好坏，都应该念了大学，从智者成为学者，在接受启蒙之后找到自己的导师。而第谷，带着他苛刻的问题和毋庸置疑的断言，就像是一个征税人突然闯进了占星家的安静的小城堡，并要求还清欠款。他要是走了就好了！要是他去亨泽尔家也这出言行，这家实力雄厚的贵族肯定不会如第谷所愿给予他丹麦王子的礼遇。

第二天一早，第谷就出发了。他觉得一晚上在宿主家一无所获。诚然，他终于知道为什么马斯特林和雷欧维特都如此强调哥白尼。但是，现在他一想到这个，就觉得自己在研习了雷迪库斯的《初讲》之后，也完全可能发现波兰教士的假设。然后一路上，他都在说服自己，是他发现了这一假设，但当时并未给予重视。于是也就无所谓了。

相反，重要的是哥本哈根全城都知道了第谷·布拉赫见到了当时最著名的占星家。腓特烈二世迷恋占星术，且王国大多数名门望族都巴不得花大价钱请希普利安·雷欧维特为他们绘制星座主题。只要让丹麦全国都知道，他已经从雷欧维特那里获取了秘密，回去的时候，也没有人会把他当作是布拉赫家族的污点。相反，要是他做得好的话，他深奥莫测的权力还能让布拉赫家族深感恐惧，这比刀剑有用多了，况且他还那么不擅长刀剑。是的，这就是他必须要为自己树立的：名望。他相信自己的一举一动都受到密切关注；每当他进到一家旅舍或是去到学院的图书馆，就觉得每个抬头看着他的人都像是告密者。要是这些跟屁虫般的间谍们跑去跟他的父亲或国王汇报，说第谷已经掌握了宇宙及四大元素的奥秘就好了！

10

　　走了大半天的路，第谷进入了奥格斯堡。他毫不费力就找到了亨泽尔两兄弟的家：这是城里最美的房子，一座小宫殿。

　　他很快就喜欢上了这两兄弟；他们俩完全没有好为人师的居高临下，反而对杰出人物怀着些许特别的尊重，对自然哲学的伙伴抱有情同手足的热情。这两位在奥格斯堡皇城议会地位显赫的议员住在一起，表面上毫不奢华，他们一起学习、一起管理同胞们及圣殿。他们的这种朴实令第谷十分欣赏。哥哥保罗比弟弟还要热爱天文学。他的纸箱里有各种各样的观测工具，一个比一个大、一个比一个精细。对于只用过自制的测辐仪来观测星象的丹麦人来说，就像是哥伦布发现新大陆一样。

　　——"要把这些制造出来。"第谷对保罗说。

　　——"可能吧，但我不确定城里的自由公民对于市政官员对他们缴纳的税款的使用方式是否认同。"

　　——"需要钱？我有啊！给我一块足够大的地方，我们来做出这些好极了的仪器。"

　　保罗在城南有块儿半英里大的土地，他称之为夏宫。这里被山丘俯瞰，山丘上是绝佳的天文台，这里之前有一个宽阔的花园，但很快就变成了工地。第谷在金钱上毫不吝啬，他要求找来城里最好的手艺人、铁匠、金匠和细木工匠。他们在橡木上雕琢出一个巨型象限仪。得二十个人一道才能将这个象限升至山顶，并将它固定在一根结实的木质圆柱上，仪器就绑在圆柱上旋转。整体用铁质接头连接。象限仪的拱门上方，像架了一座铜桥一样，架设了一根以步长为刻度的长尺，这是从未有过的奇迹，或者对于撒马尔罕时期的占星家而言，这是个奇迹。这个象限只是用来测量高度的，第谷和保罗还命人建造了一个大比例尺的纪限仪，但是全木质的，连着一个大大的木质浑球仪一并被拉到了山丘上。耗时一个月，便完成了在当时看来最大的天文台。但是天空还是不愿意在这些伤风败俗的仪器面前摘下面纱。好多个日夜，天空依旧是阴云密布。更糟糕的是，还下着雨，罩在遮雨布下面的油漆，还干不了。

终于，天气转晴了。那天早上，第谷和保罗在亨泽尔家的花园里吃着午餐，一想到接下来的一个夜晚，他们就能开始初次使用那完美的天文台，就感到十分愉悦。让·巴蒂斯特的一位仆人出现了，送来了弟弟让的信：拉米斯在城里。一听到这个消息，保罗就兴奋地起身，叫道：

——"拉米斯，伟大的拉米斯！他在奥格斯堡！我们走，第谷！我们得去会会他！"

在莱比锡和维腾贝格学习时，第谷应该听说过这个拉米斯，又名彼得吕斯·拉米斯。这是法国的梅兰希通，他在索邦大学主张对经院哲学的教学作彻底变革，在内战期间不得不逃跑以避免迫害。第谷并不明白为什么这位先生的到来能让自己的宿主如此激动。但为了不去承认自己的无知，跟往常一样，他不仅什么疑问都没提出，甚至还表现出十分迫不及待想要见到这位伟大人物。

可以说全城的人都约好了在奥格斯堡的小学院里听彼得吕斯·拉米斯讲学。这是一个瘦弱的男人，穿着一袭黑衣，但是言谈举止中透着法国查理九世宫廷的优雅。相对于接受他对于亚里士多德的控诉以及他在法国践行的经院哲学教学改革，听众们更多是享受着他的这份优雅。只有第谷对他的行为举止感到反感，觉得这个人娘娘腔且书呆子气。

第二天，在亨泽尔过了一夜之后，法国哲学家表现出想去参观这座全城热议的天文台的强烈欲望。路上，他有礼貌地向第谷打听他那只怪异的鼻子，但是当第谷把决斗的事情美化后讲给他听，法国人便对这位年轻人失去了兴趣，接着就只跟兄弟俩聊天了。

在山丘高处，象限仪在湛蓝的天空下十分显眼，就像一轮新月。拉米斯表露出无限的赞美，保罗·亨泽尔告诉他要是没有第谷出资，什么都做不了。

——"以哲学的名义，感谢你，年轻人。正是有了数学的逻辑和具体观测，天文学才得以发展。无用之术，不如无术之用。"

接着，他拉着保罗·亨泽尔的手臂，开始攀爬山丘。

——"诚然，我承认，对于美的渴望让我更倾向于宇宙的日心说。但是哥白尼，啊，哥白尼！要是他一开始就对一个不作假设的天文构造感兴趣，或许还可以通过新的法律来揭示世界的真相。想要通过错误的论据来揭示自然界事物的真相，简直是荒唐的奇想。"

内心深处，第谷是赞同这些言论的，但由于对方对自己的无视，他想着要提出不同意见。但还是忍住了，他担心自己在这位大演说家面前一败涂地，也担心引发争执。在他操控这个巨型象限仪的时候，保罗讲解着仪器建造的原理。

一位仆人骑着马飞奔着上了山丘，满头大汗。

——"布拉赫老爷"，他跳下马，递上一个大信封，"从丹麦来了位信使，让我把这个交给您。"

第谷赶忙用金属手指揭开封印，炼金术师告诉他，他父亲突然离世了。他的信使快马加鞭，路上用了八天时间。他回到丹麦，还需要八天时间。这样一来，离父亲过世就超过半个月了。要是家人想暗中捣鬼陷害他，时间上绰绰有余。他得即刻动身，日夜兼程。尽全力表现出悲伤神情的他，向宿主们说明了这一情况并动身离开。

11

　　终于，他成了自己命运的主人。很多丹麦大贵族都来参奥托·布拉赫的盛大葬礼。但葬礼之后，第谷还是得耐心等半年，直到年满二十五岁，真真正正地成熟。他用这段时间来树立威望。已经有传言说他是占星家雷欧维特最得意的弟子，也因为想法一致而受到法国伟大的拉米斯的喜爱。认识的著名人物越多，他敢于在特定场合摘下假鼻并抹油的举动，就越让他具有传奇色彩。相反，他的宿敌曼德鲁·帕斯伯格一点都没跟他唱反调。他反抗瑞典人的军功只是不值一提的撤退行为；用刀剑对着弱者并不能为他加分。而且，曼德鲁还有两个待嫁的姐姐，而布拉赫家族的长子已经成了全国上下最优秀的配偶。此外，所有的大贵族，都想让家里的年轻人追随第谷。

　　年轻的王子并不想利用自己在朝廷和城里所受到的追捧，而是决定远离这一切。一方面是远离媒婆和中间介绍人，另一方面更是为了享受自由，并建造他的天文台——一个更大的、更加雄伟壮丽的、只属于他一个人的奥格斯堡。他已经想好要在哪里建这座天文台了：在松德海峡三岛中最大的那座岛上。曾经偶尔跟随父亲或伯父来过这里巡视：维努西亚岛，当地人称其为汶岛，外国的海员称之为猩红岛，因为岛上沿海有一片区域全是红色的岩石。

　　由于受到腓特烈二世的器重，加上自己的舅舅斯蒂恩·比尔被君主新任命为大内侍，第谷想要申请赐予封地。但这一请求遭到了拒绝。战争还没过去多久，国王没法把这一作为首都防御的战略高地让给他。斯蒂恩·比尔当时也在场，他建议自己的外甥接下赫雷瓦德修道院，他自己的团队就在神职人员的财产被充公时获利不少，他还在那儿安置了炼金术实验室。

这个提议很具有诱惑力。第谷目前现有的土地，不是离哥本哈根太近，就是太靠南边，所以经常遭遇大雾天和阴天。由于自己的领地内没有岛屿，对于这样一块儿常年刮风，且离那个埋葬先人及无名双胞胎兄弟的墓地不远的地产，他会感到很满意。

跟拉米斯的会面让他明白，在学者的世界里，名望是靠信件往来而建立起来的。于是，第谷开始同旅居德国期间认识的人互通信件，接着逐渐同通识学科的名人，以及那些声名远扬的大学教授们往来。拉米斯的这句话并没有被当作耳旁风："无用之术，不如无术之用"。他主张放弃一切有关日心或地心的猜想，同时也热忱地呼吁人类学家及其他自然哲学家不要满足于某一次的观测。他在这些信件中描述自己的方法，以及借助这一完全没有运用几何学的方法，在阿方索天文表和普鲁士天文表中所发现的错误及含糊之处。信件得到了回复。这当中有雷迪库斯和马斯特林，后者不久前从意大利回来，成了图宾根大学的数学老师。

前者，被流放的老天文学家，给他寄来了《天体运行论》，这是哥白尼唯一的作品；至于年轻的迈克尔·马斯特林，则逐字逐句向他阐释了太阳系，带着初为人师的热忱。这相当挑衅。总之，他们开始交谈，从伦敦谈到威尼斯，再从金鼻子丹麦天文学家谈到陌生的名字。

国王相当高兴，正是因为这位布拉赫家族的长子，欧洲的其他国家才开始不再把他的王国当作是野蛮人的老家。但首先，得让第谷把婚结了。布拉赫家族的婚事可是国家大事。国王陛下应该想要给他在国外找个妻子，但是得好好重振一下他那奄奄一息的贵族气质。第谷这边，则十分固执地拒绝此事，他的理由是，无论与哪位表亲成婚，只会繁衍出有缺陷的后代。这只是借口。他知道，从事天文学和炼金术活动与担任王国最显贵的家族首领这两件事，是不可兼得的。他也只能像前人那样，背着自己的老婆和岳父一家偷偷搞研究，总之，他会失去自由。

既然他的一生、他的为人都被当作是丑闻，他也打算这样到底了。一天，他被召至议会，每个大家族各出一名成员参与这个私人议会，该议会有权对此类婚姻事务作出仲裁。

——"第谷，你什么时候才能决定，选一位配得上你的地位和姓氏的妻子？"国王问道。

——"布拉赫家族一员的地位和姓氏恳求一位国王的女儿。"第谷平淡地反驳道。

除了他的舅舅斯蒂恩在偷笑，其他议员都开始嘀嘀咕咕。就连最木讷的议员都明白，他所说的国王的女儿指的就是腓特烈的女儿，所有的丹麦使节走遍整个欧洲就是为了给她找一位如意郎君。国王是不可能听任这一无理要求的。议会最年轻的成员之一已经把手放在剑鞘上，随时准备拔剑，这正是割掉第谷鼻子的人：曼德鲁·帕斯伯格，第谷曾拒绝过他的妹妹。

——"第谷，你不要挑战我的耐心"，国王怒吼道，"我对你那位为了救我而死去的伯父所怀有的感激之情，就要消耗殆尽了。"

——"陛下，对死人的感激之情，难道比奖励臣民中最优秀的人、那些活生生的人，还要容易吗？"

——"我真的不该割掉你的鼻子！我最该割掉的，是你的舌头！"帕斯伯格吼道。

——"男爵，安静。"腓特烈命令道，"至于你，第谷，你这些话我就当没听到。但我命令你重返赫雷瓦德。我任命自己为你的监护人。带着这一头衔，我将重新召开家族议会，为你挑选一位妻子。"

第谷感到自己被套进了圈套。最近他收到一封奥格斯堡友人的来信，寄信人是亨泽尔兄弟，信中说两兄弟中的哥哥已辞去公职，前往瑞士定居，住在面积不大的巴塞尔共和国。他们高度赞扬了在那里所享受到的无尽自由，还有纯净的空气，太适合在那里建造一座了不起的天文台。第谷的另一位笔友不是别人，正是黑森-卡塞尔的纪尧姆伯爵，这也是一位热爱天文学的大领主，他邀请第谷到自己的公国看看。第三位与第谷信件往来的人，尽管是位天主教徒，但却是最厉害的一位：匈牙利国王，哈布斯堡的鲁道夫，也很有可能继承神圣罗马帝国王位，被称作"新文艺资助者"。

第谷整日待在他的修道院里，在天文台和实验室里反复琢磨，对其他事物毫无兴趣，也一直推迟那个他曾绘制了无数遍的巨型纪限仪的建造。直到又一天，在这个夏日里的周末，他看见一个女孩儿在路边采摘桑葚。她向他热情地打招呼，他机械性地脱帽，继续前行，接着停下脚步，转身说道：

——"告诉我，小姑娘，今天是周末，是主日，要是你的牧师看见你还在工作，他会怎么说呢？"

——"哦，大人，摘几个桑葚去做桑葚挞，也算工作吗？"小农家女机灵地回答道。

她很漂亮，深黑色的眼眸，金色的头发，绽放出优美的气息。但第谷的心思几乎只放在纪限仪上。他对观测星象的兴趣如此强烈，以至于其他形式的乐趣在他看来显得十分寡然无味。他的确也曾夸赞过一位小酒馆里的女孩儿，但就好比是释放一下，以便持续性地压制他所谓的动物本能，比如喝酒。也可能是在想从一种时常困扰自己的焦虑中解脱出来，一想起自己已故的双胞胎兄弟，第谷就被这种阴郁的焦虑所困扰。于是他有了一个主意。人们不是都想让他结婚吗？那他就结婚！

——"小姑娘，我买你的桑葚。装满你的篮子，把它们带到我的实验室给我。"

她红了脸，垂下眼帘，行屈膝礼。他在屋子里绕了很久，炉灶灭着，架子上堆满了干草瓶、硝石瓶、金银粉瓶。为了刺激自己，他连着喝了两杯满满的烈酒，而肚子却很饿。他的脸上出了很多汗，便摘下鼻子涂抹胶水。

——"大人，这是您要的桑葚。"

他转过身。她在门洞那儿。迷人的脸吓得变了样。她吓得松开了篮子，浆果撒了一地。第谷看起来很吓人。他的脸上有一个黑色的洞，周围有一圈暗红色的隆起。淌着汗的额头上，有一道长长的朱红色伤疤，这让他看起来很暴躁，浅蓝色眼睛充着血，显得更易怒了。他两步走到小姑娘跟前。粗暴地抓住她的双臂，将她往小床上拖。这个床是他平时在傍晚，在炼金术与天文学之间调剂时用来休息的。他的靴子蹭着墙，在墙板上留下血红的印迹。他把她推倒在床上。直到他撩起她的衬裙，她才明白要发生什么。她祈求道：

——"饶了我吧，大人！"

他拉开裤裆，扯掉了几颗纽扣，接着扑向她，同时控制住她的双臂为了防止她反抗。她发出了痛苦的叫声。她还是个处女。他晃动了一会儿，之后是一阵痉挛，最后倒在她身边，发出一声长叹。她默默哭泣。他说：

——"下周末，我们结婚。"

接着他询问她的家庭情况。她的父亲是布拉赫家族一个农场的佃农，祖辈几代都是如此。他突然笑了：这么一来他就会娶一位平民老百姓，娶一位农民。至少可以确定的是，他会有一位女仆人而不是一位女主人。她不会对他的研究感到不满，也不会因为他几乎不待在家、出国旅行不带着她而百般纠缠。

一周后，他知道了自己妻子的名字：克里斯蒂娜。

这件事引起了巨大的轰动。所有丹麦贵族都觉得受到了连累。布拉赫家族的其他人开始请求让这个不配为家族一员的第谷丧权、被流放，并将他的财产充公。腓特烈二世含糊其词地说：由于这一结合，王国最强大的氏族将不复存在，因为出生于这个家族的孩子都只是私生子。而国王的权威则相应加强……

自此，人们对第谷避而远之，他被孤立在赫雷瓦德的修道院里。他其实更想远走他乡。是的，有一天他会离开这个瞧不起他的国家。但这首先需要天空向他发出信号。

一连好几周，他都待在一栋偏僻房屋内的实验室里，潜心研究炼金术。他同时也在从事天文学研究。因为，从他的天文台，可以观测天上的星象，在他的实验室里可以观察地上的形象。它们有共同的名字：太阳、月亮、水星。新的爱好让他忘了其他的一切。同时，他正利用从事金属工作所发现的秘方，用胡桃木、青铜和黄铜来制作出一个比奥格斯堡的纪限仪还要大的新纪限仪。

他幸亏如此。

12

1572年11月11日晚，第谷从实验室里出来，他一整天都在尝试将熔金与水银混合。照例，他抬头望着天空，明朗的苍穹万里无云。他想等吃完晚餐，就整夜观星象了，还能第一次启用他完美的纪限仪。他正想着，下意识揉了揉眼睛。可能是被硫蒸汽熏了一整天所造成的。他继续观测天空。在仙后星座内，有一颗以前从未见过的星星像红宝石一样闪耀着。他很害怕。是眼睛花了吗？他是不是要瞎了？他大步走开。在一间窝棚前，一位渔夫在缝补渔网。

——"哎，你！看天上！你没看出什么异常吗？"

老渔民眯起海蓝色的眼睛，不久便回应道：

——"那颗星真亮啊！以前我帮英国人出海的时候，在南边见过类似的星星……"

对一个身份如此低贱的人用与自己截然不同的方式来观测天空，第谷感到很生气。而他，自从没了鼻子，一踏上登船的浮桥，就闻到一股恶臭。第谷连谢谢都没说，就走开了。远处又遇见了一个农民，拉着满满一车的干草。第谷粗鲁地让他往天上看，并问了他同样的问题。这个可怜的人，被这个斯堪的纳维亚人口中的巫师、疯子吓得立刻就说出了第谷想要的回答。最后终于回到家中，那其实是一个被加固了的大农庄。第谷一进家就召唤所有人，直到马夫和厨子，所有人都确认了，这不是他的眼睛出了问题，而确实有一颗非常明亮的星星。

——"伯利恒之星"，克里斯蒂娜小声说。

　　她怀孕了。会是一颗恒星吗？她的丈夫耸了耸肩。恒星运行的轨道是恒定不变的，且作为一个整体在旋转，除非恒星的形状发生改变。一个新的天体不一定是一颗恒星。又会是一颗行星吗？第谷很明白那天晚上的行星的位置，总之仙后座离极点很近，行星是从来不会经过那儿的。那会是一颗彗星吗？新的天体完全不模糊，没有星芒，没有拖尾，也没有彗发。但是它闪着耀眼的光，就像是恒星的本能。它看上去好像比天琴座、比天狼星还要大，更不用说比其他的恒星还要大了。不仅如此，木星离地球很近，所以显得特别闪亮，这颗新的天体显得比木星还要亮！这就让人费解了……

　　不论怎样，要想弄明白，就得先测量。第谷命人将晚餐端到天文台。马茨，这位从德国旅行期间就一直跟随着他的仆人已经学会了操作观测仪，他明白自己的主人又要熬通宵了。他帮着主人安好了新的纪限仪。第谷还挺迷信的，一般都会用他那根老旧质朴的测辅仪先进行测量。他测量了新天体与周围星球间的距离，与仙后座星球间的距离，为的是能够精准地确定它的位置。他记录了它的形状、大小、亮度、颜色，再借助纪限仪进行重新计算、反复确认十遍之多，一只眼睛一直盯着马茨随时准备翻转过来的砂时计，马茨稍微一走神就会挨上一顿乱棒：欧几里得手杖现在除了能在亚历山大海滩绘制图形，还有了新的用途。

　　北方地区十一月的夜晚很漫长。八个小时过去了，星星还是寸步未动。天终于开始亮了。第谷的神经放松了下来，一下子兴奋劲儿全无，他瘫倒在扶手椅上，冻得瑟瑟发抖，尽管四块皮草把他包裹得严严实实，只露出眼睛。就像是一个被白天的亮光灼伤的狼人。马茨来劝他回屋休息：他生好了一大堆火，并在壁炉前支好了一张床。第谷听从了建议，躺了下来，闭上眼睛，试图睡一下。但他睡不着。下一个夜晚，它还会再出现吗？为什么它一动不动呢？为什么它没有彗尾？有没有可能是因为这颗彗星直冲着地球，才让人看不见尾巴？如果是这样的话，又为什么它一整夜都没有变大呢？

——"你们不许碰它！它是我的！"

在梦里，他看见古往今来所有的天文学家围着这颗星球，手里拿着刀，饥渴地注视着它，就像面对一块蛋糕一样。"它是我的！"他在梦里吼着这句话；现在他一边小声重复着，一边朝工作桌走去。桌上堆着星历表、日记、望远镜，还有一切有关天文观测的东西。为了更好地将过去发生的事件、当下发生着的事以及对未来的预期与古往今来的天文学家以及他自己所计算出并记录下来的天文现象联系起来，这些东西一直在经历着改变。等他醒来的时候，已经是晌午了；他完成工作的时候也已是傍晚了。一切都是吻合的：这颗新的星球就是他的。它应该还在原地。第谷走出去，它还在那儿，没有移动，也没有变大。那是他的星，他的吉星，他的孪生星。

冬天异常寒冷，但是天空很温和，尽管有暴风雨，但好在大部分都是在白天。新的星球，这颗新星，一直都出现在那个地方。它预示着什么？第谷之后再去研究。他知道目前这并不是最重要的事。整个丹麦就像只熊一样在冬眠。只有他第谷，是清醒的。他决定一切重新来，重新学习，重新回到那个惊叹于一次日食能够预测未来数个世纪的14岁小男孩。连他自己做过的计算和观测，都被他当作是别人的东西来重做一遍。但是好几夜过去了，他发现参照星座位置，新星丝毫未移动。这让他很不解。这颗新星并非位于地球和月球之间，而远在它们之上，在证实了这一点之后，第谷对亚里士多德和托勒密创立的完美结构产生了质疑。从未有人对这一结构提出质疑……除了哥白尼和他的学生们。

这颗新星让他不得不做一次一直以来都不愿意做的事：将所有被观测到的天体，包括恒星和流星，放置在一个整体结构中，放置在一个无法论证的体系内，接着试图分析那些令他、也令拉米斯十分厌恶的"假设"。地心说，这一很久以来为智者所知的学说，很符合他注重秩序，尊重传统的精神。

新星在天空中的位置是固定的。相反，它的亮度随着时间的流逝而有所减弱。一开始是细微的减弱，第谷还以为是由于薄雾、由于下雪而引发光的摄动或其他现象所导致的，他由此猜测很可能是这些光差导致了前人的计算错误。但是，从第二个月开始，第谷就估量出它的亮度不及木星了；第三个月，又有所减弱；到第四个月，它的亮度就减弱到与天狼星差不多；第五个月，减弱到与天琴座的织女星差不多亮。他还发现星体在颜色上的变化。最开始的时候，它是非常白、非常明亮的，在第三个月的时候，开始慢慢变黄，接着有些变粉、变红，红得像金牛座的毕宿五一样。

尽管迫不及待想要公开这一发现，只要海里最小的冰块还未充分融化，第谷就还是无法下定决心从港口去往哥本哈根。而且，在那里会受到的针对身份地位的挖苦比最厉害的暴风雨还要令他感到害怕。最终，一整个冬天都远离世事的第谷，很担心面临一件人尽皆知的事：其他地方的人早就看到并观测了他的发现，并剥夺了他的星体。

二月、三月期间，他努力保持耐心，重新按照规定的格式整理所有笔记，再从头到尾看了一遍，于是他发现自己刚刚完成了一部逻辑严密、细致且完全可以出版的作品。他，第谷·布拉赫，写出了一本书！这本书的写作并非基于假想，而是基于一些强有力的论证："因此不该将这颗星定位在低于月球的区域，也不该认为它处在另外七颗行星的轨道上，而应该认为它很高远，在其他恒星之间，位于第八根轨道上。地球对于这颗星而言，只是一个点。"第谷将这本书名为《新星》。他着急要做的是：将这本手稿托付给一位印刷商，并将以下标语钉在天空中："新的星体，归第谷·布拉赫所有，他人莫入。"

1573 年 3 月末的时候，他可以离开自己的大本营了。事实上，国王的一位信使前来召他参加春季舞会，并且跟他强调他的妻子克里斯蒂娜并非邀请对象。受到召见的时候，他尽量避免谈及这颗新的星体，也避免请求任何人应允他作品的出版；没必要招致闲言碎语。

国王和王后宣布舞会开场后，他便在同僚们谴责的目光中溜走了。晚上他到访朋友普拉登希思家，普拉登希思现在是小丹麦学院的秘书。第谷来首都，就是寄宿在他家，因为自从他结婚以后，在其他地方，甚至在他自己家，都是"不受欢迎的人"。

第谷希望整个丹麦，除了他没有任何人察觉到新星。他应该会感到失望：一部分当地学者已经反复观测过这颗新星了。但是所有人都迫不及待想让第谷来就此提出看法。回到哥本哈根后，他也意识到了欧洲的其他学者基本都比他还要早一周时间，就已经注意到了这一现象。

稍有安慰的是：无论是 11 月 6 日在维腾贝格第一个看到新星的沃尔夫冈·舒勒，还是他的朋友——那位 11 月 7 日在奥格斯堡看到新星的保罗·亨泽尔，更不用说图宾根的马斯特林，他们都因为缺乏可靠的仪器、耐心，甚至说能力，无法与第谷一样细致地计算出新星的距离。第谷推算出新星应该是 5 日出现的，与新月一同出现；因为来自巴伦西亚的热罗姆·穆尼奥斯在 11 月 2 日的时候没有注意到它，而他给学生指出了仙后座星球的位置……

此外，这几个人，除了马斯特林，都纷纷预言说这颗新星可能预示着世界末日，或者是奥斯曼帝国的毁灭，或是对于改革派而言教皇的灭亡，抑或是对于天主教而言路德的灭亡。第谷的回答中，尽量避免谈及黄道带：他确信这份上帝的旨意只传授给他。在第一次一起观测的第二天，这个想法更加坚定了，普拉登希思十分兴奋地回来，挥舞着近一千七百年前著名的罗德岛喜帕恰斯的星历表：

——"喜帕恰斯早就注意到这颗星了。看啊，第谷先生，快看啊！"

他怎么能让这个无能的人比自己先看到这些呢？第谷很生自己的

气，他重新看了普拉登希思所说的内容，这些他都是知道的，但是和其他人一样，考虑到这位希腊大师有很多错误且托勒密对星历表做了校正，第谷之前觉得这些内容也是有问题的。况且，托勒密也没想到要提出这颗新星，这颗星在喜帕恰斯还在世时，才亮了没多久就已经熄灭了，到了托勒密的时候它就已经消失了。正如第谷的新星，这颗希腊人的星星一样位于恒定的位置，亮度、色彩、体积都发生了改变……第谷的这颗星也会消失……

他匆匆忙忙用一个晚上修改了针对这一点的手稿。第二天，他当着"柏拉图弟子们"的面，宣读了这份手稿。人们崇拜得五体投地，都激动地说要印刷出版这份手稿。第谷装样子说，要是把他的名字署在一本作为世人精神食粮的书籍上，就好像是徽章上的一块儿污渍……查理·德·丹赛伊，这位法兰西国王的大使十分欣赏第谷，他建议向腓特烈二世说情以求破例。只需要他告诉腓特烈，在法国，要是王后和王子的名字及肖像出现在所有书籍的封面上，就不能把他们当作王后和王子了。第二天，这件事儿便得到了特许。一得到特许，第谷便让普拉登希思将手稿带给罗斯托克的一家印刷厂。作为布拉赫家族的一员，是不便与工匠打交道的。而他舅舅创立的哥本哈根小印刷厂，又配不上印刷《新星》。

三天后，作品就面世了。第谷，对于在封面印上自己名字这件事儿，并没有他自己说得那么犹豫不决，他将初版的大部分书都寄给了自然哲学和数学界人士。要是他认识奥斯曼大帝、中国皇帝或是秘鲁总督的星相学家，他也会用拉丁文为他们题献的。接着，学院及教会纷纷给出了回应。全都是一片赞美和祝贺，并邀请第谷去和他们一起研究，这当中有：匈牙利国王哈布斯堡的鲁道夫、黑森纪尧姆，在他的朋友保罗·亨泽尔鼓动下的巴塞尔自由城，还有威尼斯共和国。

他的计算是完美的，是毋庸置疑的。尤其是他不像其他人那样，任由无数星相学预言滋生。因为，从这个非同寻常的天体出现的那一刻起，这些严肃的数学家们就好像为了《启示录》和其他的圣经预言，而忘记了欧几里得和泰勒斯的一切知识。第谷，这个所有人里最迷信的人，连一只黑猫或一位老妇人走过都怕得发抖，这次却没有陷入对黄道十二经的痴狂。尽管如此，他还是险些又陷入黄道预言中：九月初的时候，法国大使前来找他，含着泪说，在圣巴泰勒米日，他们的数千位教友遭到了屠杀。但他很快又恢复过来：这是属于他的星，不属于任何国王或是教皇。这颗星也不属于残肢被人们在塞纳河中发现的拉米斯，没人知道他是被天主教民众还是被巴黎大学的师生所谋害的。

　　他终于明白新星想要说明什么了："喜帕恰斯已经记录了 48 个星座的 1025 颗星。而你，第谷，你是最后的绘图者，要一次性绘制出天球"。在喜帕恰斯和他之间，不再有任何东西、任何人。没有托勒密、没有哥白尼。有一天，他一定能够让最好的假想者来找自己。他们会完全根据他的命令行事。

　　在等待期间，他与国王达成协议。或者说，他找到了最善于变通的中间人，丹赛伊伯爵。这位老外交官很喜欢第谷，在圣巴泰勒米屠杀后被当作杀害自己兄弟的骗子，过着流亡的生活，不再承担国王赋予的职责。他想要将所有法国改革派所认为的学者、医生、药剂师、自然哲学家，以及艺术家、印刷工、钟表匠、细木工和金融家等等，都吸引到丹麦来。这样一来，法兰西王国的智慧就被掏空了。丹赛伊坚信，到时候留在那里的，只剩下大兵和农民。第谷对他们而言就是一块儿吸铁石，而封建君主的慷慨之举则会更具有诱惑力。

　　腓特烈二世对这个想法很感兴趣：将他的国家变成北方的威尼斯！通过大使这个中间人，第谷提出了大量的要求。他希望国王将汶岛这座海峡上的大岛交给他，这样他就可以把人类历史上最出色的天文台安在那里了。这颗新星值得这一切。目前波罗的海地区一片和平，腓特烈二世也比较愿意对这一请求作出让步。但是在金钱方面,这个蛮横无理的人还要求担任埋葬所有历代王室的挪威大教堂的议事司铎,以获得另一份收入。如此一来,第谷就成了已故国王的守卫,更重要的是,他是俸禄最高的丹麦教士。太多了,这些要求实在是太多了。国王使出手段:他要求这个狮子大开口的人先证明给他看。要是他真的像自己说的那样,是出色的数学家和天文学家,那么就该让哥本哈根学院的学生得益。于是,这个由于与平民结婚而早就丧失威望的布拉赫家族长子,当上了教授,就无法再享有任何贵族特权了。但多亏了第谷,挪威与丹麦皇家大学才得以提高到与之相仿的德国大学的水准,而布拉赫家族的权威却被压低了。

第谷掉进了圈套,也有可能他是有意这样的。他知道对于自己这些过分的要求,国王是不会让步的,他只能证明给大家看,他的知识对于整个王国来说是必不可少的。尽管这严重伤害了他的自尊心,他还是同意接受国王的要求。他化身教师,给一些出身好的年轻人做了几次天文学讲座,第谷鼓励他们说:“你们要努力,年轻人!你们拥有奋进的活力和不可思议的智慧与天赋;不要去在意普通人的想法,也不要去管无知者的闲言碎语,要把这些活着的鼹鼠送回它们昏暗的山洞里,让它们在那儿永久失明。现在,一条禁行了数个世纪的道路已开放,这是奋战了无数个日夜的成果。希望通过这条路,可以勇攀无法抵达的天空高峰,进入天空中诸神栖息的世界。”

他谈到自己的切身经历,身边的人都不理解他或是盲目忽视他,这些经历令听众们窃窃私语。接着,他强调了他的方法实际运用在航海领域。这完全是国王想要的:他的人民,尤其是海上的民众不再仅仅生活在辉煌的过去之中,而是能够借助这些纪限仪和航海地图等现代化且令人生畏的武器,去重新征服世界。

但这还得借助前人的成果。腓特烈二世还让命人将修道士萨克索·

格拉玛提库斯的《丹麦之歌》用通俗的语言翻译出来。他征求第谷的意见，后者请来了大学里唯一一位拉丁语老师安德斯·索伦森·韦德尔。他坦言不会记恨曾经的家庭教师兼间谍，在过去的学习期间，不允许他接触天文。然后，他停止了授课，回到自己的修道院，躲在那里继续观测他那颗珍贵的新星。

13

　　这颗新星在1574年的初春消失了。第谷的时机到了。他决定越过中间人丹赛伊，因为他觉得从今往后自己已经足够强大来直面国王。他的口才很了不得：比如说托勒密一世把自己在亚历山大港的藏书楼供给欧几里得使用，又比如说洛伦佐·德·美第奇把自己的一个宫殿开放给菲奇诺用，再比如说法国的弗朗索瓦一世让达芬奇住在他的一座城堡里，而挪威及丹麦的腓特烈二世却将第谷遗弃在维努西亚岛上。这里不久就建成了一座完全用于观测天文现象的教堂；那儿发明了最精细的仪器，绘制出世界地图以便让丹麦的航海者能够重启祖先的航迹并投身于对印度及新世界的征服中。接着他挡着面露兴奋的君主的面，摊开了一些图纸，这些图纸画的是一个被他称作乌拉尼亚堡的地方。

　　——"此外，陛下，在帮我建造这座贡献给自然哲学的宫殿的同时，您还需要提醒世人以及您的臣民，国王们会感恩那些为他们献出生命以维护其统治的人们。您也一样，当我的伯父乔根……"

　　国王身边一众怒火中烧的议员打断了他。而国王自己也气得脸色苍白。所有人都知道惨剧发生时的情况，腓特烈和乔根出海钓鱼的时候，双双落水。没人会提醒一位国王自己做了什么事、帮了什么忙，因为这些忙都只是应尽的职责。尽管如此，腓特烈还是感到十分窘迫，他命财政部长估算一下这项伟大工程所需的经费。这位财政部长不是别人，正是帕斯伯格先生，就是他的儿子割掉了第谷的鼻子，而他也是在第谷与平民通婚这件事上最凶狠的诋毁者。

　　冬天过去了，第谷有些不耐烦，一个人待在赫雷瓦德的修道院里，与世隔绝。前大使丹赛伊告诉他，乌拉尼亚堡的建造在内侍、大臣、大典吏及大学院长中引起了争论，但他也确信这件事正朝好的方向发展。第谷感到疑惑：这个团体完全由与他敌对的人组成，或者说他认为是这样。最后由国王来拿主意，但国王却保持沉默。

　　感觉受到了屈辱，第谷便假装自己生病了，并告诉别人自己的四日热是因国王忘恩负义造成的抑郁而引起的。但有人在哥本哈根看见过他，他的妻子也一同在为他们的女儿马德莱娜做洗礼。家族里没有人愿意屈尊参加这个小杂种的洗礼；但女孩的教父普拉登希思后来告诉腓特烈二世说，孩子的父亲看起来身体十分健康。

　　第谷被流放，留下了他那怀上第二个孩子的妻子和他的小马德莱娜。1575年4月的一个早上，一艘大船挂上了布拉赫的旗号。它紧贴着哥本哈根港航行，第谷最后还想着有人会把他留住，但一切都是徒劳。在他和马群经历了安稳的海渡之后，他的船进入了罗斯托克的外港。在其他人套车并将他的行李——他自制的巨型纪限仪及其他测量仪器装箱之际，他骑上马，要去拜会那些现在看来是在一生中最美好的日子里结识的人。

　　在以前的宿主卢卡斯·巴赫迈斯特家，似乎一切都未曾改变。尽管热情地接待了第谷并对《新星》表示了祝贺，但这位神学老教授还是找借口拒绝收留他。第谷大笑着说不需要老教授提供房间，因为学院已经将通常留给过路的国王及王子使用的寓所安排给了自己。他说这话时十分狂傲，以至于巴赫迈斯特忍不住半喜半怒地回应道：

　　——"您是第一位使用这些寓所的，第谷先生，因为罗斯托克从未接待过像您一样尊贵的人。"

　　第谷并未察觉到挖苦。讽刺挖苦从来都不是他的长项。他用从今以后彼此的差距来教训了自由民，便满意地离开了。相反，他忍着不去找勒文努斯·巴图斯。在首次旅行期间，后者为他做了假鼻、将犹太教神秘哲学炼金术教授给他，并将他引荐给一些智者，第谷欠他的太多了。布拉赫家族的人是不会感恩的：别人对他的一切恩惠在他看来都是应该的。

他在罗斯托克没做耽搁。他的车队有三辆车：第一辆他自己用，第二辆仆人用，第三辆拿来装行李，在下船两天之后，车队就出发了。在符腾堡，他得知雷迪库斯于去年在波兰去世了。这对于他而言更是松了口气：一种解脱。哥白尼最主要的学生过时了，从今以后在托勒密和第谷之间就不再有任何人任何物阻拦了。他在著名的大学城待了一周，举行了一些有关《新星》以及其他专为教授和大学生准备的座谈会。尽管院长一再坚持，他还是拒绝与平民大学生面谈。

有一次座谈结束的时候，一位与他年龄相仿的人自称是伊拉斯谟·莱茵霍尔德的儿子，他的父亲在半个多世纪之前，在哥白尼与雷迪库斯观察的基础上，完成了著名的普鲁士星历表。第谷用了很久的时间来学习、修订并完善这份星历表。丹麦人倒退了一步，努力表现出老好人的样子：

——"我十分欣赏您的父亲。他是否也研究了《新星》?"

——"或许吧"，莱茵霍尔德微笑着回应道，"因为天堂，那个到现在他已经待了 23 年的地方，是梦寐以求的最佳天文台……"

这句令人毛骨悚然的玩笑话本是想弥补第谷的过失。但是他不太了解这位大老爷的个性，他是完全不允许自己犯错误的。而且，一个如此迷信的人是没法接受有人拿死亡来开玩笑的。他一边四下寻找其他的对话者以结束这段对话，一边冷淡地借口离开，但莱茵霍尔德拉住了他的袖子：

——"先生，我听说您要去奥格斯堡。要是能在萨尔费尔德的私宅里招待您，会令我倍感荣幸。您会路过那儿。我把家父的所有工作都保存在那儿。但我只是个平庸的测绘员。只有您能够看出它们的价值。"

——"您过奖了，先生。您的父亲不是雷迪库斯的朋友吗？我刚刚得到后者的死讯。"

——"'朋友'是个很好的词"，莱茵霍尔德干脆地说，"他们的确同时在这里，在符腾堡授课，但我父亲并不赞同他的理论，也不赞成他的……喜好"。

——"您的意思是?"

——"我父亲很喜欢女人。我就是活生生的证据。"

这句轻薄的话惹恼了第谷，让他觉得很不舒服。于是，为了用高傲压倒他，第谷说道：

——"我不知道我是否能接受您的邀请。黑森-卡塞尔的纪尧姆伯爵阁下邀请我去他那儿。但接下来，如果我去布拉格，匈牙利国王陛下对我的工作也很感兴趣，我很乐意到时候去您家稍作停留。不好意思，我这会儿需要跟院长先生说两句……"

于是便自负地转身不理睬他。从到达符腾堡的那天起，第谷就不停跟别人说很多大人物都迫不及待地等着他的到来。这不仅仅是出于虚荣心，也是为了让丹麦国王焦虑并最终让国王明白他这些心血来潮的想法都是必不可少的。同样，第谷也猜到，在他的随从之中，肯定有人会把他的一举一动汇报给哥本哈根。另一方面，他的朋友普拉登希思寄来的信令他感到绝望：他不在，腓特烈二世与布拉赫家族相处得相当融洽。可怜的克里斯蒂娜，刚刚生下第谷的儿子，就被赶出了赫雷瓦德修道院，不得不带着小马德莱娜回到她父亲的农场里。

14

卡塞尔堡是根据意大利宫殿而建成的。它环绕着一座人造小山丘建成，一列列展开的圆柱形门廊上方是巨型窗户。阴雨天，这里还是一样令人惊奇，整个屋顶成了一个宽广的露台，由长长的栏杆围着，第谷可以在后面用大型测量仪器进行观测。在石阶的上面，有一位自称是克里斯托弗·罗特曼的年轻人在等着他。他是黑森-卡塞尔的纪尧姆四世伯爵的私人数学家。罗特曼亲切拥抱了这位到访者，并带他去专为他准备的寓所。

——"亲爱的同事，我们两个就足已完成殿下交给我们的任务了。王子真的是要求太苛刻了。我建议您首先进行观测。这是令人赞赏的《新星》一书的作者最起码的工作。至于我，我非常了解殿下，我会根据他的需求为他绘制星相图的。"

第谷毫不客气地挣脱了他的拥抱，并大声说道：

——"先生，我恐怕这当中有误会。我这次来不是与黑森伯爵的侍从见面的。布拉赫的姓氏与伯爵相当。再说了，他怎么没有亲自来迎接我？难道在卡塞尔都不遵循待客之道吗？"

如此一般的傲慢令年轻的天文学家感到十分狼狈，就好像对面站着的是位王子，他深鞠一躬，支支吾吾地解释说伯爵得留在垂死的女儿的床边。第谷像打发仆人一样把他打发走，并称旅途劳累要好好休息，要求他让人把晚餐端到房间里。

——"今夜应该很宁静。之后带我去看看天文台。"

仆人们正在收拾房间，第谷气呼呼地在房间里走了一圈，摘下假鼻子，抹上油膏，再装回去，一拳打在桌子上，嘟囔着：

——"什么意思啊？他女儿病了？之前说好的承诺呢？我在这儿多一个晚上都不待！"

晚餐的时候，一位身着制服的管家来通知伯爵邀请他共进晚餐。他到访的时候，整个宫殿还空空如也，现在却满是穿着丧服一本正经的大臣们。只有第谷穿着金红相间的衣服，凸显出他火红色的头发和长长垂下的胡子。纪尧姆伯爵威坐在长桌的中间。他哀伤地微笑着，邀请第谷坐在他的右边，此举扫除了这位客人的坏脾气，因为，接待他的那位年轻人罗特曼，被打发到了左边最末端就座。

——"唉"，伯爵叹息道，"现在已经不再是那个不久前还迫不及待等您来信的人在接待您了，而是一个绝望的父亲。医生说我可怜的孩子活不过几天了。"

第谷安慰了几句，并说为了不打扰这个处于哀伤中的家庭，他第二天就会离开卡塞尔。

——"相反，亲爱的第谷"，纪尧姆回应道，"我请求您留下来。探索无尽的天空和天神的世界就是我最大的慰藉。在我身边，在我的天文台，有一位像您一样有智慧的哲人来帮助我，我相信一定可以克服这份悲痛。请您留下，我需要您。"

丹麦人觉得中了圈套。他这么迷信的一个人，住在一间亡灵游荡的房子里令他恐慌。还有，在他头顶上垂死的还是个处女。要是他留在这儿，那全世界的不幸都会降临在他身上，这是肯定的。

夜里，伯爵、罗特曼和他花了不少时间在宫殿的大露台上测量星体。三个人中，很明显第谷是最擅于操作和计算的，这令他很自满。年轻的数学家提问时所表现出的敬重与专注让他十分满意，但他也为伯爵的糊涂和兴奋而感到担忧。拉米斯曾经在一封信中告诉第谷，1556年的一天夜里，一颗彗星划过，宫殿里起了火。仆人们试图让纪尧姆从露台上逃走，但他在完成观测之前拒绝离开。在法国哲学家看来，卡塞尔就像是一个"新的亚历山大港"，他还极力向伯爵推荐了第谷，于是丹麦人便与黑森的主人建立起了联系。

第二天，他在藏书楼里见到了纪尧姆和罗特曼，他们面前是一堆堆发黑的纸张。

——"请您过目，然后告诉我您的想法"，纪尧姆对他说。

伯爵说这话时就像老师跟学生说话，或是像主人跟秘书说话。第谷很想转身离开这个地方。但是他忍住了：主人请他查阅的这些资料记载的全是近二十多年来太阳子午线高度。他得拿到手，因为对于这个自命不凡的爱好者而言，这将会有其他用途。尽管如此，他还是想表现出愤怒，于是他既没有感谢选帝侯的建议，也没有询问他女儿的病情，而是小声埋怨着坐下来，开始边看资料，边记笔记。快到中午的时候，纪尧姆提议一起去记录白天的数据。

——"您先去，我之后再去找您"，第谷回应道，就好像他还有什么要紧的任务没完成。

等另外两人一出去，他就把那一堆里的最后几张纸塞进自己的上衣，并塞回去一些没用过的纸，以恢复这一堆纸的高度。第二天以及第三天，他都用了同样的伎俩，这样一来，他就拥有了近二十年的太阳子午线观测数据，这是基于卡塞尔的经度，距哥本哈根有三度的差距。他对纪尧姆其他的观测数据做了同样的事，这些观测比他自己的要精确很多，因为用的是最好的仪器。

几天就这么过去了。这两个大老爷之间的矛盾越积越深，但还没有爆发。罗特曼已经发现了第谷的伎俩，但他还是忍住没有向主人汇报这些偷窃行径，以免惹是生非。一天早上，一位总管泪流满面地宣告，伯爵的女儿刚刚归西了。一个小时后，第谷从宫殿里消失了，连句安慰的话都没对这位留宿了他十天的主人说。

15

著名的年度集市刚刚在法兰克福开幕，这多亏了王室和王家的银行家——富格尔家族。除了基督教天主教及改革派中的金融家和大商人之外，印刷商、书商、学者、哲人以及诗人都涌入了这座强大的城市，来一同庆祝他们所创造的神：书籍。在书摊前，一些长着胡子，穿着黑衣服的男人，正用拉丁语激烈讨论着。第谷穿着金红相间的大爵爷服，戴着鲜红色且饰有羽毛的帽子，佩剑拍打着大腿，身后跟着四个着制服的仆人，显得有些格格不入。像抓住救命稻草一样，他畏畏缩缩地打听印制他那本《新星》的罗斯托克印刷商。

摊位上的书并不是很多，位于一条支路上。第谷打发走他的随从，开始看展出的图书，简单地随意翻阅。除了一部由为他打造假鼻的勒文努斯·巴图斯所著的天文学书籍之外，剩下的都是天文年历、猎犬书籍与道德戒律。在这些书中，唯一的丹麦作者不是别人，正是安德斯·韦德尔，他曾经的家庭教师。印刷商一边用挖苦的目光窥视他的一举一动，一边尽量不去打扰他。终于，第谷用德语毫不客气地说：

——"喂，我的朋友！您就没有一本有关新星的书吗？我听说这本书相当好，我想看一下。"

——"唉，第谷大人"，印刷商用拉丁语回答道，"您的朋友普拉登希思按照您的要求，从我这儿买走了您订的那500册。后来，我也没收到您要求出新版的命令。"

第谷的脸涨得通红，克制自己不去问对方是如何认出自己的。肯定是因为他的鼻子……一只手随意搭在他的肩膀上，让他吓了一跳。他转过身，是马斯特林。这位图宾根大学的新任数学教师与他们初次见面时几乎没什么变化，六年多前，在纽伦堡的一家小酒馆里，这位年轻的艺术教师把欧几里得手杖卖给了第谷。他身着黑色的大学长袍，白貂饰带彰显出身份等级，还有修剪考究的胡须，一切都让他看起来既有魅力，又显年轻，仪表堂堂。他用在天鹅绒上滑过般的声音说：

——"我亲爱的兄弟，你也在找你那本《新星》吗？你的作品都找不到。那些有幸从您那里得到这本书的人，都跟我极力推荐，让我迫不及待想要一睹为快。"

每次一遇到尴尬，第谷就觉得鼻子发痒。这句"亲爱的兄弟"尤其令他震惊。的确，大多数时候，新教的人彼此间会这样称呼。但是第谷正处在别人对他身份等级的偏见之中。就算在西塞罗的语言中，"亲爱的兄弟"也是行不通的。于是，他决定用马斯特林的名字称呼他。他还撒了谎：

——"迈尔克！你还没收到我的书吗？可是我已经给你寄过了呀。的确，哥本哈根和海德堡离得不近……"

——"是图宾根"，马斯特林纠正道，依旧用和蔼可亲的语气说："我在图宾根教书。我现在明白为什么……"

他朝着印刷商会心地使了个眼色，印刷商全程都在肆无忌惮地偷听他们的谈话，这让第谷感到很不愉快。一个小店主居然介入两个博士间的对话！甚至还用拉丁文说：

——"普拉登希思和我，我们俩违背了你的指示，第谷兄弟。我多印了二十本。当然啦，我出钱。"

——"那好，那就拿出一本来给马斯特林！"第谷用德语回应道，"当然了，你出钱。"

马斯特林忍不住想要给这个自负的讨厌鬼一个大耳光。但是法兰克福集市应该是个和平的避风港，图书使这里休战，就像曾经上帝在这里休战一样。他还决定要教授第谷在这个哲学共和国正确的处世之道。他把书装进口袋，付过钱之后与印刷商道别，并友好地搂了搂丹麦人，后者僵住了。

——"请允许我"，他对他说，"把你之前的邀请退还给你。1480年，在图书集市成立的时候，一位机灵的旅馆老板将他的店改名为'亚里士多德烤肉'。是不是很好听？从那以后，也很快就出现了诸如'柏拉图炖肉'、'狄摩西尼焖肉'之类的商铺，但在这个时节，法兰克福最吸引人的还是'亚里士多德烤肉'。现在这个地方被称为'学院'。相信我，在那儿能吃到的，不止是形而上学和凉水！"

他感到第谷有所放松，他的语气也终于变得愉快：

——"我可能得换身衣服以免……"

——"你彻底领悟了。在'学院'里，没有王子，也没有农奴，没有博士也没有印刷商，就只有哲人。除了几何学家，没人会在那儿狼吞虎咽！"

——"说真的，我很想去。你先陪我去我住的地方，我们边走边说。"

第谷租下了城里最美的旅店的整个一层。正当第谷在衣柜里找出一套最不起眼的衣服时，马斯特林享受着仆人端来的法国红酒和饼干，一边想着财富和哲学是可以和谐相处的。他看过了一位朋友借给他的《新星》，并觉得这本书很了不起。跟世界上所有的天文学家一样，他也观测到了这个新星，但只能用细绳和一小节木头来测量角度：图宾根大学没有资金，也不愿意为一个异教教师弄到现代的设备。

第谷关于这颗新星并非月下现象的论证很令他感兴趣，因为这一论证充斥着哥白尼对于世界的看法。他们只是捍卫波兰教士之猜想的寥寥数人。这群人，自从他们的领袖雷迪库斯逝世以来，一直处在十分危险的境地；天主教与改革派，一旦达成一致，就会竭尽所能阻止日心说的教学。在这一小撮支持哥白尼的人中，马斯特林的处境是最为安全的。有讲台的保护，他还能甘心结结巴巴地讲授托勒密。

　　尽管不喜欢这个骄傲自大的人，马斯特林还是想拿哥白尼来开取笑他。一个出身如此高贵的人要为这个世界敞开日心说的大门，是巨大的挑战：要是某个丹麦或者德国的国王或王子，敢找来一个要在星相图中将太阳置于宇宙中心的星相学家，其他的大学也会纷纷效仿。在马斯特林看来，第谷或许是一位谨慎的观测人员，一位杰出的计算人员，但几乎无一点形而上学的思想会使他成为一个很容易被征服的猎物。

　　马斯特林错了。在旅馆吃饭的时候，第谷的身边立马围过来最传统主义的宾客：普通的几何学家，他们公然主张星相预言。事实上，连最不起眼的贵族、最卑微的主教都一定要为官方命名“数学家”的星相学者提供补贴，会为其配上一名司酒官、一名厨师、一名马夫，不论这个数学家是个江湖骗子还是傻瓜白痴。

　　尽管坚定地认为天体的运行决定着人类以及民族的命运，迈克尔·马斯特林还是对目前星相的用途感到反感。有人曾建议过称他为德国或者意大利宫廷的官方“数学家”。每当有人如此可爱又恰当地献殷勤，他总是避而不答。对他而言，没有什么比自由更重要，而只有教学才能给予他自由。只要他足够谨慎，不在讲台上鼓吹哥白尼，而仅限于在自己的文书中提及他。他有点想在这儿结识哥白尼的捍卫者——乔尔丹诺·布鲁诺。这个异教徒被所有的天主教国家驱逐，被耶稣会和信理部的亲信追捕。有人告诉马斯特林，这位‘无限空间的预言家’已经离开了伦敦的避难所，前往奥格斯堡，也有可能是到巴塞尔。唉，在布鲁诺身边，有一帮平庸之徒和背教者。

　　第一个来跟他打招呼的是他的同窗保罗·威蒂克，两人曾一同痴迷于日心说。后来，保罗成为了宫廷的星相学家。在把他介绍给第谷的时候，马斯特林还希望参与一场有趣的争论。

让他失望了，两人很谈得来。吃饭的时候，马斯特林觉得自己被晾在了一边。所有人的注意力都集中在丹麦人身上。他的《新星》其实在大学范围内引起了很大的反响，但是大多数的客人，宫廷星相学家，并不在其中。其实更像是一群家禽围在第谷身边叽叽喳喳说个不停。每个人都对新星的出现和消失，做出了有追溯力的预言，基本上都关乎那些雇佣他们的大公爵、主教或男爵的命运。最令马斯特林震惊的，就是这些人居然信以为真。他觉得自己太卑微，不敢试图解读星星所传递的信息。但是第谷呢？望着第谷，他自问道。此时的第谷正在一群阿谀奉承的人中侃侃而谈，相比较他的学识，这群人更在乎他的酬金。马斯特林试图让第谷看到他。终于，这张由于假鼻子而看起来面无表情的脸给他使了个眼色，让他明白自己是不会上当的。

这顿饭持续了很久。突然，第谷毫无征兆地起身，绕着桌子走了一圈，手搭在马斯特林的肩上，大声说道：

——"我在这儿是浪费时间。我们走吧，迈克尔，我有很重要的事要跟你说。"

一句再见都没说，他就把马斯特林拉出了旅馆。

——"啊，这些蠢驴、这些白痴！"一出来他就大声嚷道。"没一个能行的！他们把时间都花在大吃大喝上，这些人不是天文学家，而是天文贪吃鬼！还是不说这个了。跟我说说意大利吧！你想想，我得让我的国王相信我在尽可能地远离他，好让他记得我并最终信守承诺。"

——"那是什么承诺啊？"

——"一个不会有任何云层和薄雾出现的岛屿。风神和海神去到那里，把这片乐土献给乌拉尼亚。我会在那里打造自巴比伦以来最大的天文观测台。我已经画好了草图。我得拿给你看看。"

——"那么"，马斯特林的脸上闪耀着光芒，"为了怂恿薄情寡义的国王信守承诺,你装作在寻找一位见多识广的王子来接待你,并为你提供星星之城……是这样吗?"

——"有人想让我去威尼斯,或者去帕多瓦……"第谷又开始自命不凡了。

——"让·巴蒂斯特·本尼迪提?他是位了不起的教授。也是一个朋友。但对你来说不太好的是,我在那儿做了个讲座,让他改信哥白尼。"

第谷撒了那么多谎都被他抓了现行,以至于马斯特林在想这个丹麦人是不是又在说大话。其实,第谷是在逗他。他也补充说:

——"本尼迪提还告诉我他没法来法兰克福了。边境关闭了。威尼斯共和国处在隔离之中。一位从东方回去的海员带去了一种新的传染性瘟疫,有可能是近两个世纪所知的最严重的传染病。"

第谷陷入了自决斗前夜以来从未有过的恐慌之中,他在那场决斗中失去了自己的鼻子。离开丹麦前,他在星历表中所拟定的内容中丝毫没预料到这件事。他抓着马斯特林的双肩,嘟嘟囔囔地说:

——"那我该怎么办呢?他们绝对不会相信总督曾求救于我。但这是真的,我向你保证!《新星》在威尼斯共和国取得了令人难以置信的反响,你得相信我!"

马斯特林同情地说:

——"我的朋友,人们怎么会不知道你的著作已经穿越了所有边境呢?我是不是跟你说过,多亏读了你的《新星》,我现在才能着手写一本有关彗星的书?跟那些国王、王子、总督,你有什么要做的呢?还是来跟你的兄弟们一起吧,专注于远高于王位的神的帐幕,在歌颂神的手笔的同时寻求真理。"

兄弟们……第谷焦虑不安的情绪多少与他自己的兄弟有关,不是那个在腓特烈的宫廷上卖弄炫耀的人,而是另一个人,那个他每天晚上望着双子星座，近在眼前的那个人。他的灵魂是否多少影响了那个与他失之交臂的既勇敢又毫无恶意的小男孩？

没忍住，他扑进马斯特林的怀里开始哭泣。他觉得鼻子有点松动，但他不在乎。由于他比马斯特林高很多，他们在路中间就构成了一个直角三角形，因为第谷这个斜边，像棵被砍倒的树一样，背和腿笔直地完全倒在比他矮了很多，尤其是瘦削很多的马斯特林的肩膀上。总之，这荒谬的一幕让马斯特林觉得很尴尬，他克制住自己不要像对待学院里醉酒或失恋的同事那样去拍打第谷的背。

最后，他松开了第谷的拥抱，并把他带去了他熟悉的一家小酒馆，至少在那儿他肯定不会遇见同事。马斯特林认为，应该尽快利用这短暂的脆弱来采取行动。他要了两大杯啤酒，问道：

——"谁负责把你的旅程以及与谁碰面汇报给腓特烈陛下呢？"

——"我会告诉我的私人秘书，正直的普拉登希思，他会在宫廷中传播我想要散布的消息……为什么要问这个呢？"

普拉登希思，他的秘书……又开始吹牛了！他可是受丹麦雇用作为所有德国新教大学的联络人！马斯特林还是不想拆穿他。他继续说：

——"你有没有怀疑过你的家族或国王的亲信在你身边安插了间谍？"

——"可能吧，我的随从里，应该有一两个密探，但也无所谓！"

——"把他们都打发走吧。我肯定能在城里给你找一个身无分文的大学毕业生来代替他们。你就写信给你的……秘书，告诉他你要去威尼斯。"

——"那里不是有疫情吗？"

——"谁跟你说要跨越阿尔卑斯山了？只要让别人相信威尼斯共和国提供的条件十分优越以至于你能够冒着传染病的危险，甚至愿意成为天主教徒！"

第谷本想叫嚷这是个骗局，但他忍住没说，他一下子明白了自己的一生就是一场骗局，而且马斯特林好像也觉察到了。

——"迈克尔，我，作为布拉赫家族的一员，最好还是躲起来。"

——"只需要一两个月，让你的国王感到害怕就行。要让他明白失去一个像你这样的人，对于王国的荣誉而言是多大的损失。在这期间，我会带你去哲人的乐园。"

——"你的意思是？"

——"去世界上最美的图书馆，相比之下，亚历山大的图书馆就好像是出售天文历书的流动摊位。那就是：图宾根大学，我非常荣幸能在那儿担任数学老师及通识课老师。没人能在那些由我安顿的学生中发现你的。"

第谷哈哈大笑：

——"您还真是个机灵鬼，马斯特林博士！你就是想让我跟你一道，接受你的偶像哥白尼。但你不会成功的，我是不会让步的。总之呢，我们之间会发生激烈的争论。我已经准备好好享受了。我们什么时候动身？"

——"可以的话，明天吧。一天的时间可以到美因茨，从那儿我们再逆莱茵河而上。我在曼海姆和斯特拉斯堡都认识一些人，到时候还能再说一次你是要南下意大利。"

——"但是……我还是想先去见见我的朋友亨泽尔兄弟，主要想看看我为他们在奥格斯堡制作的天文台。"

——"你想想，我也想去拜会他们，在那里，用他们的巨型象限仪去观测新星，但是那年冬天，一场异常凶猛的暴风雨将所有令人惊叹的仪器都弄得粉碎。"

马斯特林差点想说这两兄弟对外从未说过第谷是他们天文台的创造者，而只是捐助了资金而已……他还是忍住没说：他奇怪的对话者似乎变得容易接近了。没必要惹怒这个公认为最好的天文观测家。这个新的领军人物，最好是能服务于新的托勒密：尼古拉·哥白尼。于是，他又说道：

——"尤其是保罗，他很绝望。他想要重建被毁坏的作品，但遭到了奥格斯堡市政官议会的强烈反对，而他和他的弟弟还是市政官员。人们都觉得他疯了，背后污蔑毁谤他。他被迫流亡，途经图宾根的时候来找了我，告诉我他要去巴塞尔，去到加尔文的学生们那儿。好像他现在在那里建造一个壮观的天文台，与奥格斯堡的天文台比，将丝毫不会逊色。从图宾根到巴塞尔，要走三天。"

——"那还等什么呢？我们走，迈克尔，我们走……"

16

　　这次逆莱茵河而上，或许让第谷感到前所未有的幸福。他的新感受是，平等看待马斯特林，总之，就是把他当成自己不会去强求，也不会去索取的一位朋友。在斯特拉斯堡，他不得已放弃了水路。尽管在某座稳固的桥上会时常感到眩晕，这一路上他所感受到的宁静安详，这座像吸铁石一样吸引了全世界学者的美丽城市，马斯特林与他那些博学的朋友之间激烈的讨论——马斯特林好像在帝国处处有朋友——这些都削弱了第谷的控制欲。第谷感受到一种普遍的包容，陶醉在环绕着他的自由之中，他正打算要接受日心说了。然而有一件事阻止了他：日心说会导致最后这几颗行星与恒星的轨道间几乎无穷远的距离。

　　——"你知道，迈克尔"，第谷辩驳道，"要是地球在宇宙中移动，那么由于视差效应，一年当中行星的位置应该会发生改变……"

　　——"除非它们不是特别远，你应该跟我一样明白"，马斯特林反驳说，"哥白尼扩大了世界的维度，就是为了解释星体视差的消失。"

　　——"我之前就明白"，第谷傲慢地说，"我甚至还计算出，在你的哥白尼看来，宇宙的体积要增加四万倍！这太荒谬了！"

　　——"哎，怎么不行呢？我们的一个同行，托马斯·迪格斯，也才刚刚发表了一部作品，书中提到星体们散布在一个无尽的空间里！总之呢，在哥白尼看来，世界是封闭的，它的扩大主要体现在最远的行星——土星与其他恒星之间的距离上。"

　　——"我觉得这些毫无根据的猜想，就让形而上学者来解决吧！为什么会存在这个无限的空间呢？我既不明白它为何存在，也不明白它有何用处。这样一来，宇宙将毫无规律，缺乏秩序，毫不和谐匀称。在一个以人类意愿创造出的世界里，这个巨大空间存在的目的究竟是什么？"

——"你在这一点上所表明的，就是我所说的'形而上的猜想'。"

——"完全不是！我是依据具体的数据，数学数据！喂！我计算出，在你崇拜的哥白尼看来，不仅仅星星间的距离是十分巨大的，它们的体积也需要巨大无比才行！"

——"你到底想说什么？"

——"我想说的是"，第谷得意洋洋地说，"要想解释尽管三等星十分遥远，还是能被看见，就必须承认，他们的体积与地球轨道所包围的体积等同！你应该能看出这是多么荒谬吧！宇宙中怎么可能有这些如此大的不匀称体呢？"

——"在我看来，这个无限空间恰恰证明了上帝的万能，乔尔丹诺·布鲁诺也是这么认为的……还有，第谷你凭什么以人类的偏见，来评论造物主神圣的布局？谁能规定无所不知的造物主遵守法则呢？生老病死的人类能协助神明吗？你协助过神明吗？"

事实上，当他把手撑在露台的扶手上时，第谷只能把自己所感受到的晕眩理解为身体上的痛苦。自从经历了那场让他失去鼻子的决斗，他就总是感到眩晕，但这种感觉从来不会在他把纪限仪对向天空时干扰他。

第谷不情愿地离开了斯特拉斯堡，但还是给普拉登希思又写了一封信，让他知道，自己不久后会像汉尼拔那样跨越阿尔卑斯山去征服意大利。他们没有走莱茵河穿越黑森林。骑了一整天的马，他们在晚上抵达了图宾根。接下来的两周，第谷收起了傲慢，穿上了不太扎眼的衣服，以便在大学教授们的身边，冒充成一路陪伴自己的低调的秘书。这让他很容易就进入了馆藏十分丰富的图书馆。这个充满奥秘的地方让他感到害怕，因为听说在一个世纪前，这座图书馆中的手稿在一场撒旦亲手放的大火中幸免于难，而那场火却烧毁了相邻的修道院。除此之外，符腾堡大公国里的一切都有关传说和迷信，沃尔帕吉斯夜、女巫和小精灵。在这个交织着上古恐惧的黑暗世界中，图宾根大学就是理性的避风港。第谷很遗憾没能在这儿学习，而是在维腾贝格那个四处游荡着梅兰希通身影的地方学习。

为了让丹麦方面相信他去了意大利，马斯特林给一位住在帕多瓦且值得信任的朋友寄去邮件，内含一封第谷早前写给普拉登希思的信。信中谈到他只能在威尼斯待十来天，以免染上瘟疫。在写这些假话的时候，第谷丝毫没有迟疑：他的一生说了这么多谎话以至于最终成了这些无稽之谈的首位受害者。几年之后，他会谈到在威尼斯的旅行，且完全确信自己的确去过。而目前令他烦恼的，是马斯特林成了他的同谋：他依赖于他。

于是，一天早上，他像小偷一样溜走了，甚至都没跟旅店老板说一声。他前往巴塞尔，想在那里见到保罗·亨泽尔。然而马斯特林弄错了，他告诉第谷，保罗住在这儿。这位奥格斯堡曾经的名流当然是身居瑞士没错，但离这里很远，住在苏黎世州，继承了山中的一座偏僻的城堡，在那里潜心研究神秘经验，可能有关黑暗法术，因为他现在被称为"埃尔格的奇怪先生"。借以旅途漫长为由，第谷想在巴塞尔待上一阵子。不少法国新教教徒都曾于此地得到庇护。医生、机械师、做草药的师傅、所有人都通过已故的拉米斯知道了第谷，也听说了他的《新星》。第谷认为自己是这座智慧之城里唯一的天文学家，也只有他才配得上这个名字。在这里，人们比较感兴趣的是自然哲学的其他分支：植物、动物、矿物，然而却不愿从事炼金术这个让人觉得不理性的技术。至于天文学，人们也同样抱有较大的怀疑。于是，在帕拉塞尔斯与拉米斯出众的学生泰奥多尔·茨温格以及在此受庇护的法国植物学家鲍欣两位朋友的陪同下，第谷用一个冬天来研究并分类药用植物。他也没忘记要继续观测工作，并完成他的恒星轨道图。这里的空气十分澄净，因为翻腾的莱茵河让雾气无法接近他。第谷很诚恳地向普拉登希思表达了他想在巴塞尔安居的愿望，同时也要求筹备来年春天他的妻子和孩子一同前来巴塞尔。

让他没想到的是，国王却一直没有反应。第谷不会有他的岛屿，他的国家抛弃了他。那么他应该留在这儿，让他一个布拉赫留在一堆自由民中吗？他给黑森-卡塞尔的纪尧姆写信，为自己在其丧女之时的匆匆离去表示抱歉，并解释说自己不想在纪尧姆悲伤的时候用星星的事去打扰他。伯爵的回应很无情，他告诉第谷他已经把其卑劣的行径报告给了腓特烈国王。第谷感到很失落。于是，他全神贯注研究星星。

后来又出现了转机：马克西米利安大帝的长子，已经是匈牙利国王的哈布斯堡的鲁道夫，刚刚被加冕为波希米亚国王。在雷根斯堡召开的国会又推选他为德国国王。显然，这三尊王冠意味着他就是抱恙的马克西米利安的继承人，意味着他要领导神圣罗马帝国。鲁道夫爱好艺术，是位新的艺术资助者，曾对第谷的《新星》很着迷，并曾请求第谷为自己签名。丹麦人给他寄去过一个跟他的人差不多尺寸的望远镜，他回信请第谷来担任他的数学家及私人占星家。

是的，现在，第谷可以同意为这位未来的帝王效力了。他认为这位已经握有三座王冠且即将坐拥第四座王冠的国王的势力范围比丹麦国王还要大。而布拉格是帝国的瑰宝，与海峡中一座偏僻的小岛相比，这座群星之城更适合施展他的才华。

于是，在跟学者朋友们相约来日再见之后，他便从巴塞尔出发前往雷根斯堡。然而他并没有告诉他们此行的目的地：一处天主教徒的老窝。诚然，在帝国上下，《奥格斯堡和约》允许展开宗教崇拜，但仅限于在领主献给罗马教皇或是献给路德的封地中。这勉强站得住脚，因为没有人会真的想要严格遵守这一条约。但要是改革派的挪威和丹麦国王腓特烈二世的一位地位如此高的臣民要去参加这个被哈布斯堡大家族遗弃的天主教家族后裔的加冕，将会被巴塞尔严肃的加尔文教派瞧不起。在这里，人们用瑞士封地的起源来称呼这个欧洲最强大的王朝：哈比茨堡，山雕之堡。

于是第谷悄悄离开了巴塞尔，绕远路为了避开图宾根和某个数学老师，到乌尔姆的时候，几乎要破产了，为了弄到一车厢配得上他身份的随从和家仆，去参加那些他想出席的典礼，他给腓特烈二世寄去信件请求国会给驻地使节发放国书，之后便抵达了雷根斯堡。

在这座"哲人王"马尔库斯·奥列里乌斯的古城中，所有神圣罗马帝国中的选帝侯都需要汇集在一起，将第三尊皇冠加冕于哈布斯堡的鲁道夫。但上述的神圣帝国并非查理五世的神圣罗马帝国，即日不落帝国。这里更像最受国王喜爱的肖像画师阿尔钦博托的一块儿画布。从远处看，是一个完整的人像，但走近一看，却堆砌着葡萄和荨麻、玫瑰和树莓、葡萄叶和小榆树枝、母鸡和狐狸、鲤鱼和兔子、改革派和天主教派。

第谷直接去了丹麦领馆，在那儿他诧异地发现，大使不是别人，正是他的弟弟斯蒂恩。尽管如此，这两位布拉赫还是表现得很愉快：两人都身在异乡。待安定下来，他第一件要做的事就是请求受到鲁道夫的召见。不是作为丹麦的代表，而是作为天文学家。第二天，就有人来接他去宫殿了。

像所有哈布斯堡家族的人一样，鲁道夫是一个身材矮胖，脸部轮廓粗糙且满面红光的人。他一直没能摆脱卡斯蒂利亚口音，因为童年大部分时间都是在他马德里的叔叔腓力二世家度过的。

正是因为在埃斯科里亚尔修道院度过的这些年期间，宗教法庭正用火刑处死异教徒，所以改革派很瞧不起这位未来的皇帝。至于天主教会，则把他视为几乎不关心教义，沉迷于世俗学科、占卜、炼金术及巫术的怪人。天主教会还在他最喜欢的城市布拉格集结了一群耶稣会士来监视他。

——"第谷，亲爱的第谷，星星之皇"，君王一边从宝座上起身，一边张开双臂迎接这位在宝座前单膝跪地的访客。

鲁道夫扶他起身，拥抱他，挽着他的手，毫不做作地拉他走上殿台，让他坐在自己的右边。他们就像两位老友一样聊了很久，苦了那些朝臣们得一直站着且不能听他们的谈话。尽管如此，还是有一些话很快就被夸大、歪曲地传遍了雷根斯堡和布拉格，甚至哥本哈根。鲁道夫想让第谷成为他的数学家，后者也同意了，还抱怨说腓特烈二世忘恩负义，说愚蠢的黑森-卡塞尔的纪尧姆不像其他的路德派选帝侯那样，愿屈尊前往雷根斯堡。至少，第谷知道不该参与派系之争。

丹麦国王从他的大使斯蒂恩·布拉赫那儿听说了这次召会。斯蒂恩十分希望自己的哥哥丧失特权并永远被驱逐出本国。然而结果却恰恰与他所希望的相反。一天清晨，黎明前两小时，国王差人来给第谷带了一折信。第谷兴奋地抓着这封信，扯开封印便开始读。他的脸渐渐闪耀出喜悦：国王妥协了。但是，为了不失颜面，这回国王主动提出在维努西亚岛建造天文台的想法："由于我目前住在克伦堡"，他写道，"通过城堡的一扇窗户，能远远地看见位于泽兰和斯科讷之间的松德海峡上的小岛汶岛。它不归任何贵族家族所有。在你出发去德国之前，有一次你的舅舅斯蒂恩·比尔跟我说过你有多喜欢这个地方。既然这个地方比较偏僻，且位于高地，我觉得很适合让你继续研究天文学与炼金术。当然了，那里也没有合适的住处，但是我可以每年给你 500 银币的年金，还会再给你 400 银币用于安家。你可以长期待在那里，安安静静地开展你感兴趣的研究，不受任何人打扰。现在我也在埃斯科里亚尔建了我自己的住所，我们以后就是邻居了，我也会经常去看望你，了解一下你的工作进展并资助你的研究。这不是因为我擅长这些内容，而是因为我是你的国王，你是我的臣民，你属于一个对我来说一直都很重要的家族。作为君王，我有责任推动这件事的进行。因此，我希望你可以尽快从德国返回，你在那里只是个外乡人，回来享受我批准授予你的好处，为祖国争光，并吸引来其他国家的贤仁智士。"

于是，1576 年的 8 月，在萨尔费尔德——他在这儿花大价钱找小伊拉斯谟·莱茵霍尔德买了普鲁士天文表的手稿——稍作停留之后，三十岁的青年天文学家开始北上，赶往他期盼已久的那座岛屿，去建造他的星星之城。

17

　　维努西亚岛，当地人称为汶岛，具有得天独厚的天文观测条件。这样的一座山，其实是位于大海之中，但到了山顶，地势又缓和为山顶平地，这就为天文台的设立提供了毫无遮挡的视野及理想的场地。与南边的黑森或奥格斯堡相比，波罗的海区域有它的优势，这里的夜晚最长，结冰期较长，尤其是过境的北风净化且稀释了空气，以至于常常一连好几个夜晚，星星会在十分透明的大气中，闪出最亮的光。

　　岛上没有什么陡峭之处，维努西亚岛被种满了灌木的牧场、长着桤木的沼泽地所覆盖，而东北边还有一小片榛树林顺着斜坡生长。这里盛产水果，牲畜众多，还有大量的黄鹿、野兔、家兔、野鹌鹑，周围的水域里也有很多鱼。总之，岛上唯一的村庄里，四十多个农民和渔民生活得相当安逸，乌拉尼亚堡建设开工之时，他们对这支由建筑师、泥瓦匠、木匠、金银匠、油漆匠组成的队伍的到来，并不欢迎。

　　乌拉尼亚堡并非一日建成。法国大使查理·德·丹赛伊于1572年9月8日隆重地放下第一块奠基石，历经九年时间，建筑才得以完工，第谷终于可以和家人一起住在这儿了。就连他最小的妹妹，博学的苏菲，也来此定居，以协助他的天文工作，并潜心研究植物学。当然，整个建设期间他自己一直都待在工地上，既是为了监督细枝末节的进展，也是为了借助临时安置在那儿的仪器来完成不计其数的天文观测。

　　受著名建筑师帕拉第奥在维琴察附近所建的圆厅别墅的启发，乌拉尼亚堡是一个奇特的圆形宫殿，周围布满了碉堡和小尖塔、炮楼和炮塔、洋葱型圆顶和可移动的圆形屋顶，露台环绕着大大的中央广场，再外面一圈有回廊围着，从交叉通道、小祭台、横档，直到石板地面的图案，都体现出第谷眼中的世界。人们从面向西边的地球进入，即根据古地理学，是从地下进入；从那里可以清楚地看到太阳和它周围的五颗行星，让人觉得它们整体在围绕着固定的地球转动。

这个建筑就其装饰而言，绝对在向天文学缪斯乌拉尼亚致敬，但同时也满足了第谷的意愿，并让他感到荣耀。在这儿，丹麦王子还建造了一个植物标本馆和一个约有三百种树木的园艺林。地下有一间印刷厂、一间造纸厂、炼金术实验室，还有一个巨大的转轮蓄水池，水泵和水管会将自来水输送到一楼的各个房间，还能再往楼上输送。这里的奢华是伊丽莎白女王在汉普顿宫里、法国国王亨利三世在卢浮宫里所享受不到的。

在这个奇特的殿堂中，可以看到一些以前的哲学家和天文学家的半身像、雕塑、油画以及壁画。到处都是第谷的肖像画，每个楼梯的中央，一定是中央，被高高挂着，绝对挂得很高。而他让人竖起的腓特烈二世——这位国王兼艺术资助者的巨型雕像则显得很不起眼。

墙上满是那些人的铭文、格言、颂词以及墓志铭。第谷自称是这些拉丁文诗句的作者，因为他认为自己既是伟大的天文学家，又是伟大的诗人。在他的一幅肖像旁，参观者可以看道："这里体现了第谷·布拉赫的外在美；但遮住了他闪闪发光的、更加美丽的内在美。"或者能看道："战斗力、家族、财富都会消亡；名人的美德和学问则会永世荣耀。"又或者，在悬挂家族武器的列柱间能看见某支弓箭的底座上写着："很少人能有足够纯洁的灵魂，受到所有凝视天空的人的敬仰。"

白天在乌拉尼亚堡的生活充满了乐趣，从无节制大吃大喝的宴会开始。在布拉赫家族里，饮酒作乐就是习以为常的事。第谷四处放了各种自动装置，其中还有一个可移动的水星雕塑；农民、甚至是令人敬畏的访客都认为那里头有魔鬼，这让第谷觉得很好玩、很可笑。由于他酷爱天空中的事物，人们觉得他可以预见未来；他很乐意别人这么认为，这些幼稚的人来找他，并高呼着被当作预言的神的旨意，这对他而言，也是一件十分高兴的事。

他的每一位助理都在三楼有自己的房间；为了方便召唤他们，他安上了小铃铛，还用秘密通道放好了不同的细绳，分别示意通往他的房间、餐厅、图书馆，因此，只需要在它们所通往的地方轻轻一拉，就能释放出该处的信号。从此以后，当访客来找他的时候，第谷最喜欢开的玩笑，就是召唤楼上正在忙着的助理："过来，弗朗兹，克里斯蒂安你过来"，他一边嘀咕着，一边偷偷用铃铛和绳子做的机械系统通知助理；几分钟后，助理跑着过来了，他便当着一群惊呆了的访客的面，噗嗤一声笑出来。

他还养了一个名叫杰普的小丑，会喂给他食物。每当他坐下来吃饭的时候，这个人总是坐在他的脚边，喋喋不休一些毫无关联的话，偶尔有几句会突然有逻辑；第谷认为杰普尽管精神有些奇怪，但有能力预言未来，所以他密切关注着这个可笑的小矮人所预言的事情。

夜间的生活完全拿来工作。第谷的才华全然显现在设计与制造出色的天文仪器上：半圆方位仪、托勒密量尺、视差经纬仪、黄道观测仪、铜制纪限仪、方位象限仪。其中最令人震惊的就是一大面墙上的象限仪，半径十英尺，借助极其精细的刻度，能够前所未有地精确测量太阳的方位。第谷对这个完全由他设计的象限仪感到十分自豪，以至于他想把自己的肖像按原始尺寸画在象限仪的垫板上。这项工作交由奥格斯堡的纯朴派画家托比亚斯·占伯林来完成，他的画中，天文学家穿着厚重的大衣，头戴帽子，完全符合夜间观测者的衣着特点。第谷对着一扇开凿在城堡高墙上的狭窄天窗，一边记录下太阳经过乌拉尼亚堡子午线的准确时刻。他的一位助理记录墙面时钟的时间，而另一位助理则在登记簿上记录他口述的角高。

　　第谷很快就明白，没有精确测量时刻是之前的天文学家犯得最多的一个错误。他还尝试使用自己设计的漏刻及其他日冕仪。在用漏刻的时候，精炼后的再生水银从一个小孔中溢出了，但锥形瓶里的水银高度并未发生改变；溢出的水银重量应该就能说明时间。第谷还尝试用经提纯后变为细小粉末的铅来做。"但是，真实的情况是"，后来他写道，"狡猾的水星，不仅戏弄天文学家，还要戏弄炼金术师，无视我的努力；而土星呢，尽管是工作好伙伴，但却并没能更好地辅助我完成那些非完成不可的工作。"最后，他选定了一个黄铜日冕仪，一米宽的主轮上标有1 200个刻度尺，可以拿来标注秒的刻度。

　　在图书馆中矗立着一个直径五英尺的大型木质天象仪，上面刻着黄道带、赤道、回归线和经线。十五年间，第谷用一周又一周的时间在上面耐心记录他所观测到的数千颗恒星的位置，以及行星和彗星的轨迹。

　　乌拉尼亚堡似乎逐渐开始无法满足第谷对观察设备的需求，尤其是对于那些大型设备，他想要用更加安全、稳当的方法来摆放，以免受到大风的影响。于是他开始考虑建造一个由厚墙隔出数个地下室的地下天文台。乌拉尼亚堡建成后，他又于1584年让人建造一个独立建筑，取名为Stjerneborg，"星堡"。周围有一圈方形平台，平台每一边有70英尺长，分别朝向天空的一块区域，且四周有半圆形展开的砖石门把守，这个新天文台的中间有一个地下取暖系统，也是方形的，每一边都朝着同样的方向，以便可以从每一间地下室去到它的四个角落。第五间地下室是最大的，朝南，没有一间地下室是朝北的，北边是前厅，从那里可以进入天文台。还有一条地下通道，可以从乌拉尼亚堡及实验室通往地下取暖系统，在波罗的海的严冬时节，明朗的天空很适合做观测。地下室的顶棚，有的是完全可拆卸的，有的是像门扇那样可折叠的，这样一来，就方便把牢牢固定在地面上的仪器调整到想要观测的方向上。

地下取暖系统，由一个火炉烧热供暖，内有一些配备了休息床的凹室。第谷让人在通道的墙上绘制了史上八位伟大的天文学家的肖像：提莫恰里斯、喜帕恰斯、托勒密、阿尔巴塔尼、阿方索十世、哥白尼，最后还有他自己以及他的儿子"第谷尼德"，不知道是他1581年出生的大儿子第格，还是两年后出生的二儿子乔根。每幅肖像都配有一段题词，对第谷尼德题词的大意是希望他能够"与他的父亲相称"。

星堡之所以很巨大，并不是出于对大尺寸的偏好，而是因为可以拥有非常长的刻度尺，从而有最精确的秒、分、度。最大的那间地下室里，还有一个巨大的赤道观测仪；其他的四间地下室里，分别放置了一个方位象限仪，一个黄道观测仪，一个方位象限仪，一个三角纪限仪。借助这些最新最好的仪器，第谷和他的众多助手们就能够在他自己绘制的天文图以及他从不允许任何人接触的天文历表中，前所未有地精确定位恒星和行星的位置了。

可以想象第谷会根据伽利略的望远镜做出巨型仪器，用那个可以观测到无尽的宇宙。他是如此喜欢制造新机械，与一名弗拉芒金银匠一同在炼金术实验室里溶化矿物，由托比亚斯·占伯林负责在印刷厂里绘图并雕刻，他怎么没想到要用上从他舅舅那儿继承过来的玻璃厂呢？有一些人，比如鲁道夫皇帝，已经在用有放大功能的玻璃片来观测月亮了。但是宗教人士称，想闯入上帝的领土，是恶魔的行为，那是一个戴着圆框眼镜就会被当作是恶魔的时代。

至于数学家、天文学家、机械师，他们认为借助这些玻璃片，看到的并非是现实，而是幻象。于是，第谷的眩晕、迷信以及对于准确度的执念，让他无缘采用这一方法。

18

　　1577 年的 11 月 13 日，距那颗闯入他生活的新星的出现已经过去五年了，将近日落时分，为了了解夜里是否会平静明朗，第谷抬头往天上看，他身边还有个仆人正在鱼塘里钓鱼。日落的时候，他看见有一颗星和金星一样明亮，且跟落日位于同一区域。而第谷知道，他几天前清晨看到的金星临近木星，远不在这个区域。他也想到了应该会位于该区域的土星，但土星从来不会这么亮，而且太阳出现的时候是从来都看不到土星的。难道又是新星的幻象吗？第谷问仆人们是否也看见了这颗星。他们都说看见了。第谷迫不及待地等待着黄昏。他的等待并非徒劳，因为白昼的光线渐渐消失，出现了一颗发出白光，且拖尾很长的天体，尾巴朝着太阳的反方向；淡红色的星芒在星体附近比较浓厚，越到末端越稀疏暗淡，且往上微微变圆。这是一颗彗星！

　　从第一天晚上起，第谷就测量出彗星的顶端直径为 3 分，彗尾长 22 度，这样一来，它就从人马座的顶端一直延伸到了摩羯座的角上。接着，他又开始了一连很多个夜晚的观测，直到它在 1578 年的 1 月消失。他可以确定，彗尾由穿透顶端的太阳光线组成，而且这颗星至少比月亮还要遥远六倍。这相当重要。其实，在亚里士多德和托勒密的旧宇宙体系中，月球运行的范围与地球之间，所包含的一切都是不规则且变化的，比如说大气；而彗星只是一种气象变化，只是大气挥发造成的。相反，在这个范围之外，天空是完美的：几圈固定的水晶天层连接在一起，每个天层都自己的天体，有行星或太阳，最高天层是恒星和其他星宿。然而，第谷想，要是这颗彗星比月亮还要远，在行星的轨道上航行，这就意味着水晶天层并不存在：否则的话，它是如何穿透这些水晶天层的呢？

因此，彗星都是在天空中形成的，作为上帝的信使，它们打破了上帝在上级天层中制造的和谐，并警告活在这世上的人类它要让这世界一片混乱。

在发现了这一点之后，第谷就当着客人们的面，一再强调亚里士多德关于彗星特质的观点是出于想象，并非基于观测或数学推导，这些人感到很震惊：竟然有人敢如此反驳亚里士多德。尽管如此，他还是犹豫是否要把这些想法写下来：就像之前那本《新星》，他不喜欢把自己的发现放置在一个整体结构中，即陷入"假想"之中。

而他还是这么做了，但这花费了十年时间。在这漫长的十年里，他一读再读，修改并反复审查了所有他收到过、忽视过的书信，因为大多数都误入了假想之中。当然，这些假想一开始提到的，就是哥白尼的日心说。他真心拒绝接受日心说。如何假定质量大的地球是运动的，而且在星际间移动？这不仅与物理原理相悖，也与《圣经》的神学教义相悖。最让他不能接受的，就是在木星这颗最远的行星与作为宇宙中心的太阳所在的恒星天层之间，存在巨大的真空。这个真空，毫无意义……

尽管不久前还对日心说的支持者感到反感，第谷还是变得更加理性了。事实上，他研读了一部珍贵读本——哥白尼的《天体运行论》，这是他从莱茵霍尔德那儿弄来，最后认可了这位弗龙堡的天文学家的某些才华。特别是有一天，他收到了一份礼物，这是哥白尼用来观测的三把木尺。第谷把它们放在他的博物馆里最显眼的地方，并用拉丁文夸张地写了几句话，用木框悬挂在这个曾经属于波兰教士的仪器旁："这是地球上举世无双的天才。"客人们对于他如此看重自己所反驳的人，感到十分震惊，他又补充说："对于这样一位人物的回忆是极其宝贵的，即使这些回忆是由纤薄的木块组成。"

推算出彗星跟新星一样，都不是月下现象后，第谷也就证明了亚里士多德和托勒密的宇宙说是错误的。但用哪种宇宙结构说来代替它呢？他觉得自己无法构建一个新的宇宙体系，熬过了数个长夜，天空阴沉的时候，他就在宫殿里绕圈，同时也为偶尔的思维空白而感到焦躁不安。

他一直在思索，直到 1579 年 2 月，他收到了一封长信，这是一位普鲁士天文学家寄来的，他在信中阐释了自己的宇宙理论，但并未借助任何数字推论。在这位名叫保罗·威蒂克的天文学家看来，地球就是位于宇宙的中心，是静止不动的；而太阳、月亮，以及恒星天层都围绕它旋转，这个观点与托勒密及其他前辈一致。但是行星，则在它们完整的轨道上围绕太阳旋转。这就是上帝向人类所展示的他为人类创造的完美体系。

这一看法让第谷有了灵感。这个"地球—日心说"结构完全合他心意，因为这个结构与他的观测最吻合：固态的星球是不存在的，彗星与其他行星一样，围绕太阳旋转，只有地球是静止不动，且位于宇宙中心……

威蒂克……这个名字好像在哪里见过。第谷记忆力非凡，尤其是在他开始新生活之后。他想起来了：这个人过去和马斯特林、小莱茵霍尔德骗过第谷的钱。但这些都无所谓。他可以来当助理。第谷给他写信，邀请他来乌拉尼亚堡工作，并拿那些精美的仪器来引诱他。威蒂克上钩了，并于 1580 年冬天登上了维努西亚岛。很快他便感到失望，第谷骗取了他所有关于"地球—日心说"的看法，而并没有作为交换，兑现他有关大型仪器的承诺，反倒借口说夜晚不适合观测。沮丧的威蒂克在三个月后离开了，并不再与第谷有书信来往。这样一来，威蒂克的体系自然就成了第谷的体系。

在一部出版于 1583 年，用德文写的关于彗星的文章中，他对这一体系做了含糊的初步描述。五年后，得知威蒂克不幸过世且已经不记得他后，第谷便命人印刷一部更重要的专著，用拉丁文写就的《论宇宙近期现象》。书的前言中写道："通过对彗星运动的研究，我发现天空的机体并非是一个充满真实天层、完美且无法穿透的机体，但直到现在，大多数人依旧是这么认为的。"接着，在论证了固态星体并不存在后，他开始集中构建"近期由第谷阐释的新的宇宙体系，完全摒弃了古代托勒密以及现代的哥白尼物理学中有关地球运动的无稽之谈；而且一切都与天体的运行完美契合"。

　　这部著作的独到之处，即在一幅略图中体现出地球位于宇宙的中心，三个星体以它为中心运转：先是小一些的月亮，再是巨大的太阳，最后，离得非常远的地方是恒星天层，恒星天层是宇宙的最高区域。还可以看到太阳周围有五颗行星；最近的是金星和水星，因此地球绝对不会位于太阳与它们之间；但是，从地球看，它们时而出现在太阳上方，时而出现在太阳下方；远一些的是火星、木星和土星，所以有时地球会介于它们与太阳之间。这幅图解释了太阳在黄道上的运行以及它身边陪伴着的行星所具有的特殊运行，在解释它们的逆行及滞行时，丝毫未提及本轮。略图也借助行星通过近地空间时形状的增长，解释了水星及金星与太阳之间较小的距角，以及火星、木星、土星与太阳之间较大的距角。这幅图尤其保障了地球的至高权力，给予这只"宇宙之灯"所需要的位置。

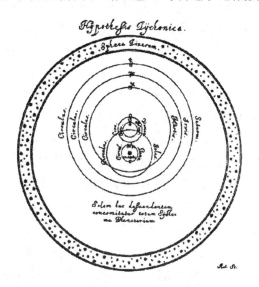

19

　　1590 年 3 月 20 日，那时我十五岁，追随我的国王苏格兰詹姆士六世：他来接他未来的妻子，丹麦的安娜，这是两年前已故的腓特烈二世的女儿。婚礼本应在爱丁堡举行，但王后的船在斯科讷海岸搁浅了。穿着传统的骑士服，国王亲自去接他的未婚妻。他们在奥斯陆成婚。对于一个深受骑士传奇影响的青少年来说，参与这次非凡的冒险就好比经历特里斯坦和伊瑟的爱情故事。跟随皇家护卫队我踏上了维努西亚岛的海堤，感觉像是登上了亚瑟王的领地，到了布劳赛良德森林，到了魔法师梅林家。但是在这里，君主第谷·布拉赫的身上没有佩戴王者之剑。他用一根奇怪的手杖的银制杖箍敲打着石板地面，他称这根手杖为欧几里得棍。其余呢，他穿着一身红，漏出的花边也是这座岛的颜色，汶岛的鲜红色。

　　他的双颊绯红，金黄色的头发里混入了几根褐红色的头发，看起来很精神。他又高又大，但皇家护卫队中一位机灵的年轻侍从告诉他的同伴，说第谷穿着至少 2 寸高的高跟鞋。最令我反感的，就是他对待年幼的克里斯蒂安国王的态度，就好像他是国王的监护人或摄政王一样，几乎不跟他说话。第谷似乎很器重自己的儿子，九岁的第格。

　　哥本哈根的朝臣们围着克里斯蒂安议论纷纷。詹姆士六世的临时到访还是令丹麦贵族很紧张。这个 23 岁的年轻人仪表堂堂，十分冷漠地同意了对其母亲处以死刑；却又和玛丽·斯图亚特的刽子手——她的表亲英国的伊丽莎白一世走得很近。要是伊丽莎白一世没有继承人，那很显然，詹姆士就会继位。要是，在海的另一边，年幼的丹麦和挪威国王再出了什么意外的话……当时我很喜欢做这种猜想，这些猜想也可能启蒙了我的外交生涯。

詹姆士国王到访的时候，第谷已经在他的岛上以及岛上的两座宫殿——乌拉尼亚堡和星堡里统治了差不多十五年的时间了。在学界，"天文圣父"已经成为一个传说。

在欧洲，所有关于观星术的进展，都来源于此，有想要从他这儿夺取一些秘密的同行，也有单纯出于好奇的人，尤其是贵族阶层里有人想看看这个厉害的人物如何像在暴风雨里掌舵的船长那样操纵他的仪器。一有特殊的天文现象发布，他的小舰队就会往返于哥本哈根和维努西亚岛码头之间。

第谷在书信中，与卡塞尔的纪尧姆伯爵言归于好。伯爵一直都没从爱女过世的哀痛中走出，他请著名的法国医生卡罗卢斯·克卢修斯在他的温室里种了来自世界各地的植物：阿拉伯茉莉、墨西哥烟草、土耳其郁金香、秘鲁土豆，以及其他很多植物。他还想让猎场里的动物越多越好。为了表达友谊，第谷想送他一对萨米驼鹿。这事儿没那么容易。第谷先是在他维努西亚岛的一座农场里饲养母鹿，再把它带回乌拉尼亚堡的宫殿里，最后再和公鹿一起走船运寄送给纪尧姆。但是，装船的前一天，发生了一件愚蠢的意外。在小矮人杰普的煽动下，为了取悦客人们，第谷喂它喝了过量的啤酒。然后，当大家要坐下来吃饭的时候，母鹿完全醉了，爬上了高高的楼梯，没法下来，而且在场的人也醉了，他们的哈哈大笑让它惊慌失措，它摔了下来，摔断了脚踝。无药可救，于是它就死了。第谷很没面子，他不得不再多花上半年时间，用一大笔钱弄来另一只母驼鹿。

苏格兰詹姆士六世到访后一个月，纪尧姆收到了第谷寄来的一封长信，他对伯爵没能前来感到遗憾。还埋怨说他的三位比较得力的助手，来给他做炼金术师的弗拉芒金银匠汉斯·克罗留斯，印刷绘图师托比亚斯·占伯林，还有建筑师汉斯·万·斯蒂威克尔，又名汉斯·德恩登，已趁乱离开了汶岛。但他并没有说是年幼的国王解雇了他们。他问伯爵有没有什么既靠谱又有才的人可以推荐给他。此外，他还说在他的炼金术实验室里，发现了一些有意思且令这位"优秀的罗特曼博士"感兴趣的东西。最后，为了使维努西亚岛这座"自然哲学的神殿"尽善尽美，他希望能建一座原药园。谁还能比卡罗卢斯·克卢修斯，这位《植物史》的作者，更能胜任这份工作呢？

——"这才是第谷啊，完全是一个真实的第谷"，看完了信，纪尧姆笑着喊道，"毫无争议，我觉得他是当今最好的天文学家，但他不满足于此，他要成为仅有的、独一无二的。他没法接受别人拥有他所没有的。我听说，这会让他很生气，然后把气撒在他的仆人、农民以及他的妻子身上，会用他那根'欧几里得手杖'打他们的腰。我还听说，一旦他撒完气，就开始埋头猛吃，在收集天文观测数据时，也是如此，拒绝与其他普通人分享。我的朋友们，在他眼里，我们就是这些普通人。"

——"嫉妒、傲慢、愤怒、贪食、吝啬……"，法国植物学家用手指头数着，"好像最后两种主要的罪孽跟这五种无法相提并论，尊敬的殿下"。

大家哈哈大笑。罗特曼博士问道：

——"是什么呢？亲爱的克卢修斯，您是想去给他灌输一些迟钝吗？您为了采几朵小花，是不是从直布罗陀的悬崖上摔下，差点死去？还是您想让他生活在奢侈之中？您，一位虔诚加尔文教徒，被迫逃离您的祖国——堕落的法兰西的迫害？"

——"当然不是了，鲁伯斯！自从我摔倒以后，我再也不会去那么潮湿的地方了，这对我的受伤的老骨头简直是折磨。尤其要让我听命于这样一个人。我的一生都在与专制做斗争。我才不想成为这位自然哲学界的尼禄的杯中酒。"

——"我呢",这一小群学者中的第三个强盗说,"我,尼古拉斯·巴尔,又名厄尔苏斯,我已经准备好去迎战这位暴君了。"

——"我记得",纪尧姆说,"您有一次去乌拉尼亚堡参观过后,回来跟我说过第谷的丰功伟绩。"

——"我很荣幸您还记得这件事,尊敬的陛下。那是1584年4月,正遇上日偏食,我当时是给冯·朗吉老爷家的两个儿子当家庭教师。为了教育他们,冯·朗吉老爷带他们去乌拉尼亚堡游玩。第谷当然不会注意到我这个无名小卒,但是我好好观察了他。这位自夸是星皇的人很担心同行来窃取果实,但却对一位曾经的养猪人毫无戒心。"

——"那他可以去把这位星宿富豪的财宝偷过来呢?"罗特曼补充道。

——"太棒了!纪尧姆,我的主人,请您假装送我去为他效力吧!我会把他的天文表偷来,然后从岛上溜出来把天文表带给您,这样他的观测就能为全世界所用,而不是归他一人所有了。"

——"说真的,厄尔苏斯",老伯爵回答道,"您愿意去做他的助手,我很高兴。但是我担心您会吃一些苦。第谷在强者面前能多卑躬屈膝,就能在弱者面前变得多冷酷无情。这就是全天下权贵们的可耻之处。"

——"我有办法应付,纪尧姆,因为我也会耍手段。狡猾可是弱者的本领。"

小时候,"欧几里得手杖"对于厄尔苏斯来说,就只是一根用来鞭策那些农场主交由他在波美拉尼亚的泥塘里看管的猪的榛树枝。村里的一位牧师注意到他,教他念书、写字、数数。没有强大的资助人,也没有奖学金,他找了份土地测量员的工作,微薄的收入支撑他念完了中学。他的领主,冯·朗吉男爵,让他来教育自己的孩子们,并把自己的书房给他用。一天，男爵要长途路行。他带上了自己的儿子们和他们的家庭教师，想让他们看看传说中的乌拉尼亚堡，之后再去参观黑森的纪尧姆更为简朴的天文台。纪尧姆发现了这位曾经的养猪人的聪明才智，想雇他为自己的助理。厄尔苏斯毫不犹豫地接受了。朗吉男爵知道了这个消息，勃然大怒，不仅是因为他认为孩子的教育高于一切，还因为厄尔苏斯这个家畜背叛了他。

于是，曾经的养猪人留下来为纪尧姆效力。在那里，他独自学习，通过阅读、计算以及观测，成为了引人瞩目的天文学家，他没有真正的老师，也没有什么先入之见。

老伯爵这边呢，并没有忘记第谷短暂到访卡塞尔堡时令他遭受的羞辱。丹麦人先是偷了他的太阳观测表；再是他女儿过世的那天，第谷非但没安慰他，反而是逃离了；还有，后来当鲁道夫在雷根斯堡加冕之时，他大肆宣称伯爵的缺席就是渎职，然而其他的改革派选帝侯也都没到场。不，尽管这位天文圣父在信中献殷勤要重修旧好，但伯爵还没有原谅他。还有那一对在猎场里蹦跶的驼鹿并没改变伯爵要让第谷付出代价的决心。他知道普劳图斯寓言《一坛黄金》的寓意：最能让吝啬鬼感到痛苦的方式，就是夺取他的珍宝。而第谷的珍宝，就是数以千计他从来不与任何人分享的所谓第谷表的观测报告。厄尔苏斯将成为伯爵复仇的武器。

但厄尔苏斯不会只身前往。黑森的数学家，忠诚的克里斯托弗·罗特曼，也曾于第谷在卡塞尔不到一周的停留期间，遭受过他的凌辱。罗特曼对植物医学、动物医学以及矿物医学很感兴趣，跟第谷一样，也是位公认的帕拉塞尔苏斯；在与第谷谈论这些话题的时候，罗特曼会顺利转移第谷的注意力，这个时候厄尔苏斯就可以……

值得一提的是，罗特曼和厄尔苏斯惺惺相惜，这在天文学界是很罕见的。然而，罗特曼医生支持哥白尼，助手厄尔苏斯倾向于第谷的理论，而黑森纪尧姆伯爵则坚持托勒密学说。在卡塞尔宫，这三位友人以及他们的众多客人也经常因此引发激烈却愉快的辩论。拉米斯当时曾说，此处就是一个新的亚历山大港，这一说有些夸张了。而且，1590 年 8 月 1 日这天，当这两位同性学者踏上维努西亚岛的海堤，乌拉尼亚堡的灯塔就发出耀眼的光芒，而这里的灯塔则显得尤为暗淡。

20

　　一群仆人前来卸下他们的行李，一位大管家带领他们走向天文台宫殿。第谷已命人在天文台的巨型拱顶下安放好一张长桌。他的象限仪占据了后方的所有空间。

　　他和客人们都背对着象限仪，因为他们都坐在桌子的同一边上，就像古代壁毯上的皇家宴会或是《最后的晚餐》油画里那样。这里没有女人，诗人第谷还在天文台的主面刻着："若非男性，则禁止进入。"他让自己的儿子，九岁的第格——只有等父亲死后才能用上拉丁文名第谷——待在他右边。左边的位置，则总是留给重要的客人的。

　　他们像即将开始表演的小丑一样走进大厅，厄尔苏斯倒退了两步。在第谷的左边，他认出那是他的前主子冯·朗吉老爷，边上是朗吉老爷的两个儿子，厄尔苏斯曾是他们的家庭教师和受气包。而"天文圣父"却兴高采烈地招呼罗特曼博士：

　　——"亲爱的先生，纪尧姆殿下派您来这儿帮助我，再一次证明了他的友好。"

　　——"哎"，罗特曼回应道，"纪尧姆殿下好像离不开我，我不久后就得回去。但您也不会吃亏，因为这位巴尔先生，是通识学科的专家……"

　　——"他究竟是否是通识学科的专家，我一点也不在乎"，第谷粗暴地打断说，"这对于我而言毫不重要！"

　　——"巴尔先生在计算方面有过人的天赋"，罗特曼了当地说。

第谷十分不屑地把厄尔苏斯从头到脚打量了一遍，冯·朗吉男爵侧身向着第谷，在他耳边说了很久。

——"厄尔苏斯，厄尔苏斯"，这儿的主人最后咕哝着，"您是来自大熊星座吗？杰普，你觉得呢？"

桌子下面突然出现了一个矮人，戴着小丑的铃铛帽。

——"你弄错啦，老第谷，这个家伙在天上发现了猪星座。"

然后他还在厄尔苏斯身边转来转去，学着母猪咕噜咕噜叫。由于同桌进餐的人都不明白这个玩笑，第谷解释说：

——"先生们，我的朋友冯·朗吉刚刚告诉我说，黑森给我送来的助手曾经是个养猪人，我不知道该如何赏识这份大礼。"

男爵的大儿子，应该有二十来岁，叫道：

——"啊，真没想到！是您啊！巴尔先生，你穿着这一身华丽俗气的博士服，我完全认不出了！"

其他的十几位客人哈哈大笑，都开始学着家禽发出吼叫。厄尔苏斯站在那儿一动不动，因受到羞辱而石化了。罗特曼担心他会爆发，便做出了令人震惊的举动；他搂着厄尔苏斯的肩说道：

——"卡塞尔的纪尧姆殿下看重的是你从社会底层到精英阶层，而不是反过来。"

然后他手指着残羹冷炙。显然，在维努西亚岛，人们在餐桌上并不讲究，不像在欧洲其他地方的宫廷里那样。这里人们用手吃饭，桌布上都是饭菜的残渣和酒渍。罗特曼觉得这些客人都是未开化好的北欧海盗，他也找不到更合适的词来形容。第谷很明白他什么意思。

第谷这么喜欢开玩笑的人，轮到他取笑别人时就尽情取笑，但他没法接受别人这么嘲笑他自己。但是，由于他底气不足，对于罗特曼要走这件事感到十分为难；他摘下鼻子，抹上点儿膏药，又安上，清了清嗓子，换了个话题：

——"先生们，您们安顿好了吗?"

——"猪圈里应该还有几间猪舍!"小矮人叫道。

——"可以了，杰普，去睡觉! 抱歉，先生们，他的嘴停不下来。"

小丑跑着钻进了桌子下面，轻轻学着小猪崽的叫声，但没有任何人敢笑了。

第谷坚决拒绝厄尔苏斯当他的新助手。曾经，他与农家女成婚，为众人取笑，现在却担心身边有个养猪天文学家而成为他人笑柄。但要是撵走厄尔苏斯，又可能会得罪了黑森纪尧姆。纪尧姆其实一点儿也不乐意把观测结果给他，因为第谷从来不跟他做任何交换，他根本不和任何人交流。他就这么打造了有史以来最大的天文表。但也是最机密的天文表。

维努西亚岛之王很清楚，所有来拜访他的天文学家，脑子里只想着一件事: 窃取他的珍宝。而最令他开心不过的，就是诱他们上钩后再看见他们两手空空地离开。至于助手，第谷只在丹麦招募，并且亲自培养他们。因此，他们当中没有人敢侦查或窃取。而且，他们一般都待不过三年，就要逃脱第谷的专制。也有些是被打发走的，因为无可替代的普拉登希思突然死亡后，他对谁都不满意，除了一个人，来自日德兰半岛朗贝格城的青年克里斯蒂安·索伦森，后改名为隆戈蒙塔努斯，他什么都听第谷的，且屈从于他的所有想法。

28 年前隆戈蒙塔努斯生于一个农民家庭，没少与命运作斗争。小时候由父母亲、姨妈、舅舅抚养大，他很小就开始干农活了，一边接受所在教区牧师的乡村教育。差不多 15 岁的时候，他逃离了那儿，躲进了12 英里外的维堡学校。在那儿待了 11 年，他凭借聪明才智得以确保生计，并通过坚持不懈的学习，增长了学识，尤其在数学方面有所长。后来又去了哥本哈根学院。在那里，他用一年的时间考完了所有科目，令教授们很震惊，于是便极力向第谷推荐了他。一到维努西亚岛，在观测训练中，他就表现得比其他所有助手都要专业，于是便成为了他们进行计算时的导师及主要负责人。

隆戈蒙塔努斯在这个岗位上做了两年。罗特曼和厄尔苏斯只会待一个月。但这个1590年的8月对他们来说就好像是永恒的。第谷告诉这位曾经的养猪人自己要雇用他，并会随时检测他的学识。他的学识很渊博，但还不及第谷，第谷的学识是无穷无尽的。而且，他稍一犯错，那个从不放过可怜人的小矮人杰普，就开始卑鄙地挖苦他。还有冯·朗吉的两个儿子——自从以前的家庭教师来了以后，他们就觉得这个岛变得十分有趣——他们要求用戒尺或其他厄尔苏斯让他们在童年遭受的惩罚来回敬他。

但第谷最喜欢玩的手段就是引诱。他故意留下一些资料或是打开一间除了他以外不允许任何人进入的工作室的门。出于好奇，厄尔苏斯看了一眼资料或是把头探进半开着的门。小矮人的叫喊声便立刻传遍各处：

——"抓小偷，抓小偷！养猪人又用猪嘴拱了不该拱的地方！"

罗特曼这边呢，也没在实验室里发现之前说的炼金术奇观。但第谷对药物十分感兴趣，他希望卡塞尔的数学家帮他建造一个原药及植物园，因为克卢修斯这个"法国小矮子"没答应要来与他合作。

差不多过去了二十天，疲惫不堪的罗特曼决定离开。不论如何，他从第谷这儿一根毛也没拔到。而且，他太了解这个薄脸皮的厄尔苏斯，知道他若是遭到暴君第谷的武力威胁，会最终引发轰动。可以说，要是有客人不幸惹恼了第谷，就很可能会出事……罗特曼想使些手段。但他没必要这样。天文圣父一脸殷勤地说他对这次短暂的来访感到很遗憾，但是他也不想从自己的朋友纪尧姆伯爵那里剥夺来像罗特曼这么好的医生。尽管如此，他还是请求推迟一周再离开，好让客人能更好地游览这个观星胜地。而对于厄尔苏斯何去何从，他则闪烁其辞，推托说他还没想好是否要留厄尔苏斯作为自己的助手。

　　最后这一周期间，第谷显得十分友好，尤其是对待厄尔苏斯。在一同观看了一场流星雨之后，这两位天文学家辩论了很久，第谷还具体阐释了自己的宇宙观，之后便与他们道别。

　　天一亮，罗特曼和厄尔苏斯就往码头走去。他们自己背着行李，因为原本侍从众多的宫殿在那天早上却空无一人。栈桥码头上，一艘长长的划桨船在等着他们。船长站在舷梯前，身边围着两个水手。船长挥着手，用丹麦语说着些什么。水手们则拿着行李，正准备进行搜查。船长则负责带领他未来的乘客们去到更私密的地方。然后他把脸贴上来嚷嚷着一些听不懂的话。罗特曼最后听懂了他需要一份第谷署名的通行证。

　　——"可能是出了什么问题"，他用拉丁文跟厄尔苏斯说，"你待在这儿。我去找他，找天文圣父说说这事儿。"

　　——"别把我一个人留在这儿"，厄尔苏斯恳求道，"就算出现最不利的情况……我会游泳。"

　　回廊里列着细柱，周围是熟悉的庭院，小矮人杰普趴在第谷的脚上，第谷则端坐在中间，一只手放在欧几里得手杖的象牙球饰上，俨然一位正在观看演出的国王。他远远地看到了他的两位客人被搜查。他似乎相当高兴。

　　——"这又是唱的哪出戏，第谷?"罗特曼冷冷地问道，"在我看来，你这是要和黑森伯爵殿下作对。"

　　第谷则像个受了委屈的孩子，让他的朋友们彻底原谅了他。

　　——"我的好鲁伯斯，你今天一大早就脾气不好。原谅我，但昨天晚上实在是太尽兴以至于我忘了签署你的通行令。杰普，带着对我朋友卡塞尔纪尧姆的使节应有的敬意，把这份文件拿过去。"

　　小矮人摇晃着跑向罗特曼，像奥斯曼帝国的信使一样拜倒在地，亲吻他的脚，再起身递给他一小截第谷签署的纸，在场的人全程都在笑。

——"祝你旅途顺利，博士。啊，我忘了！你能否转告我的新助手，厄尔苏斯，让他立刻到天文台来。隆戈蒙塔努斯需要他的协助。要是他游手好闲，我是不会供着他的，你说是吧？"

连再见也没说，罗特曼就转身大步走向码头。

——"很显然，今天早上我们的好博士心情不好。"为了让罗特曼能听见，第谷很大声地说。

码头上，罗特曼的行李已经装船了，但厄尔苏斯的行李还倒在那儿，被打开翻乱了，散落在隔开的木板上，就好像船长早就知道了谈话的结果。

——"我可以走了，但是你……"

罗特曼转身指着第谷派来的两名侍卫。

——"我跟你说过我会游泳的。"厄尔苏斯回答道。

于是，他跳入了松德海峡冰冷的海水里。脱去了厚重的黑衣服，赤裸着身体。他的背上都是毛，就像是……一只熊。他不仅名字听起来像熊，人也跟熊一样强壮，因为几下过后，他就已经游出了十来米远。第谷和他的侍臣匆匆赶来，为了不错过这一场景。

——"喂，厄尔苏斯，在钓鲑鱼吗？"杰普叫道。

很多动物游过，从鸭子到海豹，还有鲸。

——"去把这个奇怪的特里通给我救起来"，第谷最后命令船长，"把他带去哥本哈根。"

然后他摘下鼻子，表情很痛苦：笑出来的眼泪顺着脸颊流下，让他很疼。

——"第谷"，罗特曼说，"像你这样的一个人怎么可能放下身份去……"

"够啦。走吧，你也走吧。把这件事告诉你的主人。他会感兴趣的。现在得抓紧点。我可不想让那些侮辱我劣迹斑斑的对手们还要指责我淹死了厄尔苏斯。"

——"有钱便是主。"罗特曼回应道,他不想话题到此为止。

跟其他人一样,他知道第谷的弱点:像老妇人一样迷信。于是他继续说:

——"你刚刚欺辱的可不仅仅是个养猪人。厄尔苏斯还赋有魔鬼的奇特能力……"

他很开心看到第谷被挖了大窟窿的脸上露出惊慌的神情。

厄尔苏斯被救起并在小船上擦干身体,但一路上他一言不发。到了卡塞尔,他向第谷申请辞去私人天文学家一职,便离开了。他在自由城斯特拉斯堡教了几个月的数学。在那里,他发表了《天文学原理》,书中未引用丹麦人原话,但却更清晰地介绍了"地球—日心说"体系,同时还进行了一些改进:在厄尔苏斯的体系中,地球是进行自转的,这就解释了地球的周日运动,而并非所有星星与地球的距离都是相同的。这本书署的日期往前推了一年……

一天,厄尔苏斯的朋友罗特曼来告诉他黑森纪尧姆伯爵去世的消息。临终前,伯爵热心地将自己的宠儿们托付给了鲁道夫。这两个朋友便出发前往布拉格。于是,曾经的养猪人厄尔苏斯成为了神圣罗马帝国的官方数学家。

21

而维努西亚岛上的情况并不是很好。腓特烈二世在位期间，尽管国王对第谷已十分仁慈，还是三次传唤他到哥本哈根接受训诫。事实上，岛民们已经抱怨过第谷为了建造乌拉尼亚堡和星堡，利用并滥用他们的劳役，以至于他们都没时间来打渔种地。第谷承诺，工程一旦完工，这类事情就再也不会发生。他兑现了诺言。农民和渔民对他们这位不好不坏的领主也没什么好反抗的了。他让他们感到害怕，但他们承认他有一大优点：他不理睬他们。而且，他们的孩子有一些在城堡里干活，有些在当侍卫，还有些在第谷的船上当水手，工资都还不错。

但1588年4月，腓特烈突然离世，此后第谷的麻烦也越来越大。甚至在国王葬礼上，险些要爆发丑剧：原本用于安放逝者的罗斯基勒大教堂，一片萧条，彩绘玻璃碎了，壁画也剥落了……而这座教堂，是由"天文圣父"负责的，担任这份议事司铎的工作让他领着很高的薪俸。更严重的情况发生在几个月后克里斯蒂安四世的加冕仪式上。优秀的"议事司铎"第谷忘了让人擦去葬礼的痕迹。新王还未满12岁；摄政议会由布拉赫家族及其旁系控制。尽管这个强大的家族未来首领行为怪异，但他的家族成员们还是在想方设法对付其他大家族的抗议者。年少的国王就像是布拉赫家族手中的玩偶。他甚至特许第谷在哥本哈根城墙最高的城楼上建一个新的天文台。1590年，就是在那里，与年少的克里斯蒂安以及皇家访客苏格兰詹姆士六世一道，他观测到了一颗大型彗星。

我在前文中讲述过这两位国王到汶岛做了停留。在返回哥本哈根的豪华轮船上，只有詹姆士和克里斯蒂安登上了船长的驾驶舱。年少的国王，当时最多 16 岁，对于第谷对自己的无视、令他蒙受的侮辱感到怒不可遏。他打算要暗杀第谷。我的主人好不容易才劝他打消了念头。他谨慎地跟克里斯蒂安解释说，在这个国王们为艺术和文化提供资金的时代，要是杀了这位自托勒密以来最伟大的天文学家，则对他自己的统治不利。他还建议克里斯蒂安学会视而不见，因为所有伟大的国王在稳居王位之前，都会这么做。奥古斯都大帝是这样，法国的路易十一和亨利四世也是这样，连他自己，直到亲生母亲玛丽·斯图亚特的头颅滚落在断头台，都一直装作毫不在乎的苏格兰詹姆士六世也是如此。而且，确信犯了罪也不会遭到惩罚的第谷，总有一天会因为犯下某个不可饶恕的错误而被迫流放或屈服。但千万不可以杀他，不能让他死。

克里斯蒂安国王最好还是采纳他的建议，尤其是因为第谷不需要别人推波助澜就会犯下错误。天文学家开始拒绝担任掌玺大臣，这个职位自从他的舅舅炼金术师斯蒂恩·比尔死后就一直空缺，他解释称没法在探寻宇宙真理的同时担任掌玺大臣。国王于是在布拉赫、奥克斯及比尔之外的家族里选择了一位大臣，某个叫做沃肯特洛普的新晋贵族，他对国王十分忠诚。第谷的种姓偏见太严重，十分瞧不起人。而当掌玺大臣越来越强制地要求他修缮那两所他掌管的大教堂时，他甚至不屑回复对方。一个沃肯特洛普敢取消一个布拉赫的俸禄，真是稀罕事儿！

1592 年的夏天，克里斯蒂安国王通知第谷他将到访维努西亚岛，一同到访的还有议会成员、海军司令部、建筑师。借口是他计划依据英国模式在那里建一座海军学校，为了让丹麦能最终参与对新世界的征服。这也是为了提醒第谷，这一战略之地一直都属于皇家所有，从来没特许将它划作第谷的封邑。

一想到有三十来个在他看来跟那个割掉他鼻子的曼德鲁·帕斯伯格

一类的年轻贵族要入侵他的乌拉尼亚堡，第谷就感到万分焦急，他准备这次在陛下面前尽可能表现得低声下气一些，好让他放弃这个计划：丹麦不缺比这座长年刮风的岛更适合此类教育的港口和军火库。他还毛遂自荐亲自教授应用于航海的天文学课程，且不计报酬。最后，为了最大程度取悦年轻的国王，他毫不吝啬地为国王准备了盛大的迎接仪式，除了一顿无比丰盛的皇家盛宴，还有一场烟火表演。

在这个七月初的上午接近尾声的时候，国王乘坐的军舰和舰队在距离维务西亚岛几百米的地方抛锚。第谷穿上了最精美的华服，独自下到码头，而他的家眷及岛上的民众则在通往乌拉尼亚宫的小路边排成两道列队，一路铺满了奢华的地毯。第谷扶克里斯蒂安四世下船，在这个少年面前恭敬地鞠躬。国王扶他起身，亲切地挽着他的胳膊，就像是挽着一位伯父或祖父那样。他们在一片欢呼声中走上了宫殿，皇家随从远远地跟在后面。那两位建筑师和一位官员已脱离随行队伍，去检查防御工事了。

年少的国王好奇地望着建筑和仪器，就很多方面询问了第谷。第谷发现克里斯蒂安对一个镀金的黄铜天象仪很感兴趣，这个天象仪可以借助适当的机关来模拟地球的周日运动，太阳和月亮也会同时进行运动，还会体现出月相在一个月中的差异。第谷坚持要把这个天象仪献给克里斯蒂安，并下令把这个珍贵的仪器转送到皇家国库。作为交换，克里斯蒂安送了第谷一根十分精美的黄金项链作为礼物，这是国王平时佩戴的，上面有其肖像。

一切都十分顺利。吃过饭后，第谷装作即兴创作一首拉丁文颂词献给国王，实则是背诵下来的。这让朝臣中一些听不懂西塞隆语言的人感到不悦。国王的诗人韦德尔则用丹麦语风趣地向他们的东道主表示感谢，他回忆起过去担任第谷的家庭教师时，是如何禁止第谷从事天文学研究的。这是一个善意的玩笑，但宾客们和国王的笑声则并不友好。最后，国王称他想要与这位他的"好圣父第格"单独交谈，由掌玺大臣和内侍陪同。

四人在第谷的工作室里交谈，只有他有这里的钥匙。进入到工作室内，柱子上拴着的两只看门狗就开始凶狠地叫。第谷做了个手势，让它们平静下来，他解释说：

——"这是尊敬的苏格兰詹姆士六世陛下为了感谢我的招待，赠予我的两只狗。我给它们分别取名为北河二和北河三，因为他们生下来的样子像双子座。"

——"它们可真漂亮！它们要吃的肉应该要花费你不少俸禄。"

国王愉快地说着俏皮话，一边坐在了书桌后。看到自己主人的位置被一个陌生人占了，这两只看门狗又开始凶恶地吼叫。掌玺大臣说：

——"第谷，你是不是要在这些怪物惹恼陛下之前，把它们弄出去？"

——"这些怪物？你怎么敢这么称呼一份皇家的赠礼？"

——"是吗？那你看看我要怎么对待这份给你的赠礼！"

沃肯特洛普靠近了其中一只猛兽，冒着被咬的危险，朝着北河二的生殖部位狠狠地踢了一脚，也有可能踢的是北河三。那只狗跳了起来并痛苦地呻吟着，而它的同伴则吓得躲到了柱子后面。第谷一把抓过掌玺大臣的衣领：

——"要是你裤裆里有东西，我会让你尝尝这是什么滋味。"

——"先生们，先生们"，大内侍插话说，"我得提醒你们，这可是当着国王的面啊。"

然而克里斯蒂安却在那儿哈哈大笑，毕竟，他还只有十五岁。然后，他一下子恢复了严肃，态度凛然，令第谷很震惊：

——"够了，到此为止吧。最好把这些动物弄出去！我们有重要的事要谈。"

　　在这些重要的事情里，没有涉及海军学校，而是谈到了第谷负责的两座大教堂的维护保养，还有维努西亚岛糟糕的防御工事，来自岛上副本堂神父的诉苦，以及得到医生们证实这儿的主人对岛民施以巫术。最后，国王起身。这次谈话结束后不久，国王就和随从们离开了维努西亚岛，留下了慌乱不安的第谷。夜幕降临的时候，因为他知道有人在哥本哈根看着他，出于挑衅，他还是放了烟花，这令维努西亚岛的五十来户渔民和农民都感到十分高兴。

　　第谷几乎没有政治谋略。他的兴趣都在天文学上，而对权力游戏一无所知。然而，这次，他很明白，年少的君王不会等四年后成年了再依靠自由民协会、大学以及人民来执政。乌拉尼亚堡的主人应当表现出赞同国王的看法，协助他去打压那些势力强大的家族，尽管第谷本人也是其中的重要一员，并将自己所有的知识用来为国王和人民服务，先从在他的岛上居住的居民开始。

　　于是曾经的暴君变得不谋私利。他的医生和他，两人都是公认的帕拉塞尔苏斯，开始免费为维努西亚岛的居民看病。一些人的康复可以被视为奇迹，于是海峡两岸的渔民们都纷纷前来，以至于第谷不得不再从罗斯托克请来一位医生，曾经在决斗后给他治疗鼻子的勒文努斯·巴图斯的儿子。人们开始称第谷为"维努西亚岛的好巫师"。他是想引起丹麦的医生们和药剂师们的不满，也确实做到了。沃肯特洛普的办公室不断收到对此的抱怨，他觉得这是一个好机会，但是国王让他再耐心等等，只需提醒第谷别忘了他的职责是守卫好安放挪威及丹麦国王神龛的教堂。

22

1596 年的 7 月，克里斯蒂安四世国王成年加冕仪式前的一个月，一颗彗星在维努西亚岛的上空飞过。

——"老师，您怎么认为？这对丹麦国王的统治，又预示着什么呢？"

弗朗兹·腾纳基尔·冯·坎普是一位年轻的德国骑士，经第谷的笔友——很有名望的拿骚毛里茨总督推荐，去年来这里学习。总督一推荐，第谷就答应了，因为他开始意识到自己的处境变得不稳定，很可能迟早有一点要离开乌拉尼亚堡。黑森纪尧姆伯爵过世了，皇帝的数学家厄尔苏斯禁止他进入布拉格；那为什么不去荷兰呢？至少还能寻求庇护。

这位徒弟，第谷一直把他叫做"腾纳基尔"，是位很认真的学生，尽管他的算数很糟糕。尤其是，他对第谷的大儿子第格产生了良好的影响，似乎启蒙了这个叛逆懒散的青少年对科学的兴趣。

——"预示，我亲爱的腾纳基尔，我不确定这些漂亮又任性的过客是否给了我们预示。我研究了人类历史的起源，至少是从有关于彗星的记录开始，我翻阅了《圣经》，甚至还有异教传说，但我从来都没能将世界上的某个大事件与彗星的出现联系起来。那么，一位丹麦君王的成年……我认为，实际上这些彗星是上帝派来的，就好像父亲对孩子们的责骂：'不要再犯错了！否则我就要惩罚你们……'而且，彗星都是直线行走，并非围绕着一个星球，它们的出现并不规律。我不确定这些彗星是否是上帝开的玩笑，想吓唬我们。"

腾纳基尔不停点头表示赞同。他赞同第谷所说的一切。而年少的第格，被父亲拉到天文台露台来看彗星，可他宁愿睡大觉，这会儿正借着月光，出神地望着自己食指上刚挖出来的一坨鼻屎。腾纳基尔还在继续问：

——"我知道，老师您不在意这些偶然情况。但无论如何，利用这一现象来向陛下预言他的统治会是长久且光辉的，不失为一个上策……"

——"这不可能！不应该拿星星来弄虚作假。我不会为了得到小克里斯蒂安的恩惠而在他面前拿占星术撒谎。他要是想把我赶出乌拉尼亚堡，我还有我的荣誉。而且，在鲁道夫皇帝还没被牧猪人厄尔苏斯这个骗子蛊惑前，曾希望我去辅佐他，在给他的一首诗里我写道：'对于勇者而言……'第格？"

长着痘痘的小男孩从嘴巴里抽出食指，用单调的声音背诵道：

——"对于勇者而言，一切土地都是祖国。因为四方的天在他的头顶。"

——"佩服啊！老师，您不仅是喜帕恰斯重现，还是维吉尔再世。'四方的天在他的头顶……'啊，这句诗真美！"

腾纳基尔的手臂在星空中挥舞着。

——"诗确实写得不是太差"，第谷假装谦虚地回应说。

尽管已失宠，第谷还是被邀请参加于 8 月底举行的克里斯蒂安四世加冕礼。仪式不在首都以南一法里的大教堂举行，而是在哥本哈根大教堂举行。事实上，大主教认为，若是让大家进到一个破烂不堪、屋顶随时会坍塌的建筑里，实在是危险了。只有第谷还没意识到自己就是破坏传统的罪魁祸首。他被下令只身前往，因为他的妻子一直被认为是非法的，而他的孩子们则被当作私生子。

从维努西亚岛出发之前，他把妻子克里斯蒂娜和六个孩子托付给腾纳基尔照看。年轻的威斯特伐利亚骑士来乌拉尼亚堡有一年半时间了，对于这里的主人而言，他变得必不可少。长相英俊、举止优雅，击剑好手、舞技过人，他很快就明白第谷留他在身边并非是出于自己观测天空的平庸才能。于是他自告奋勇担任礼仪教师，以便教授布拉赫家的儿子成为真正的绅士，能够在欧洲的所有宫廷里有自己的一席之地。这不是一件容易的事，因为这两个男孩，一个15岁，一个13岁，从来都没有离开过小岛。他们的父亲在粗暴对待了几位家庭教师之后，现在自己来负责孩子的教育，而其本人却并非优雅的典范。

第谷盲目溺爱他的儿子们，尤其是对大儿子。应该说他等了相当久才等来这些活过了几周的男孩！他已经为他们决定了命运，当然，是依据他们出生时的星宿位置。大儿子第格，继承父亲的天文学工作。小儿子乔根，致力于研究炼金术。至于那四个女儿，他则不是很在意。但腾纳基尔说服他，要是能在哥本哈根以外的地方为她们找到出身好的丈夫，那么她们就能为重振家业作出不容小觑的贡献，前提是向她们反复灌输礼仪课程。

腾纳基尔喜欢女人，她们也喜欢他。当他第一次为克里斯蒂娜·布拉赫和她的女儿们上课的时候，他就跟专门为他寻找年轻漂亮的猎物的仆人打赌说，会把她们五个人都征服。后来他又收回前言。这事儿要是被人知道了，他就会立马被赶走，从而无法完成拿骚的毛里茨总督交给自己的任务：想尽办法把第谷吸引到荷兰共和国。

在对西班牙人的战争中取得了一个又一个的胜利，年轻的巴达维亚共和国现在想要建立一只配备有最先进仪器的强大海军。像第谷这样享誉盛名的天文学家对他们而言是十分有帮助的。而一看见荷兰人在海峡沿岸转悠，丹麦人就立马警觉起来。为了不引起他们的注意，总督宁可花大价钱请了位看上去能力不凡的威斯特伐利亚青年冒险家。

其实腾纳基尔具备完成这项任务的一切优点：虚伪的技巧，厚颜无耻地假装天真，对金钱的极大渴望，毫无道行可言。其余的，我后来在布拉格了解到，他是同伴之中最好相处的，绅士之中最会献殷勤的。他一到哥本哈根，就像其他第谷的访客那样，被掌玺大臣沃肯特洛普召去接受问询。他选择坦率地将自己的任务和盘托出，并总结说：

——"我们的利益是联系在一起的，尊敬的阁下：你们希望第谷离开丹麦；而我，则希望他来荷兰。让我们携手努力吧。但是……我也不是白干的。"

这两个人高兴地各自离开，掌玺大臣很高兴终于有人来告诉他维努西亚岛上发生的一切，而骑士则得到了一大笔钱。

——"你看到没，莫鲁斯"，后者对他的仆人说，这个列日人是他在奥斯腾德的一家妓院里招来的，"你看到了没，我觉得我们要发财了。千万不能放过这一笔财。而且，我想我们命中注定要在这座岛上待一阵子了。"

一段时间过去了。腾纳基尔很快就发现了第谷想要的：某个毫不掩饰地崇拜他的人、某个承认自己一无所知，却极度渴望学习老师口中的一切的人。乌拉尼亚堡之王喜欢被人奉承，但不是在他已享誉盛名的天文学领域。在这一领域，他的才华是公认的，对于这点他也非常自信，以至于所有的恭维都会让他起疑心。相反，在诗歌方面，他需要被人肯定。阿谀奉承会让虚荣心得到满足，但从来无法满足理所应当的自豪。

第谷本是一个如此多疑的人，认为每一位来拜访他的人都是来窃取他传说中的珍宝的。而这个不会在他的星星王国对他造成威胁的少年则赢得了他的信任。他把他留在自己身边，作为照顾全家人的大内侍。而在天文学方面，有忠心耿耿且工作效率高的隆戈蒙塔努斯就够了。

除了父亲，还要搞定两个儿子。这很容易。第格是个阴险又愚蠢的男孩，父亲有多爱他，他就有多恨自己的父亲。大儿子的野心只有一个：被当作是丹麦大家族的一员，让别人忘记他的私生子身份，并有朝一日能成为布拉赫家族的首领。腾纳基尔教他剑术和舞蹈，很快便将他培养成一个傻呵呵的仰慕者。小儿子这边则更加微妙一些。事实上，乔根认为父亲不重视自己，故意做了很多蠢事想要引起父亲的注意，但全是些荒唐愚蠢的玩笑。用了几周时间，在腾纳基尔的不断建议和反复叮嘱下，他变成了一个有分寸、沉着稳重，总之好以理服人的男孩。但他的父亲还是一如既往地不重视他。

莫鲁斯这边呢，则负责打点好家务人员。他知道第谷家中最危险的就是小矮人杰普：简言之，这个小丑足以毁掉一个人。于是他收买了这个小丑，并让他尝到了鸡奸的乐趣。他还让小丑参与他与厨娘及侍女间的玩乐。从那以后，就再也没听小丑开过任何对腾纳基尔不利的玩笑。

剩下的就是女人了。母亲克里斯蒂娜，是个高大强壮的农妇，在生了这么多孩子导致身体发福之前，曾经十分美丽。她对家仆的管理十分严格，时刻注意避免一丝一毫的浪费。没有人知道，当她的丈夫用奢华的筵席款待来客的时候，她究竟是怎么想的。她知不知道为什么第谷会选她这样一个农民的女儿，来作为自己的妻子？可想而知，因为第谷在维努西亚岛居住的二十年时间里，完全不用操心任何家务事。苏格兰詹姆士六世国王到访期间，我没见到她，也没有任何人见过她。她很明白自己的任务：生儿育女，仅此而已。第谷过世很久以后，腾纳基尔厚颜无耻地说，尽管他很想继续打赌，但他还是会输，并且没法得到克里斯蒂娜的喜爱。也不会得到她的大女儿马德莱娜的喜爱。

然而，他一开始就选中了马德莱娜，一心想要自立门户，娶四位女儿中的一位。身无分文且靠权宜之计为生的他，绝不会错过这唯一的机会：在四份嫁妆里选一个，并成为丹麦最富有的人的女婿。马德莱娜当时22岁，跟她的妹妹们一样漂亮，但她身上那种说不上来的冷酷无情和坏脾气让她看起来像个老姑娘。对养儿子不抱希望的父亲，勉强让她接受了教育，直到她16岁的时候，父亲才差不多肯定第格能存活下来。而且，乔根刚刚出生。从那以后，她就像幽灵一样游荡在天文台、实验室、藏书楼，全神贯注地听父亲说话，就像听救世主说话一样。她的母亲不断地责骂她，把她当作一无是处、木讷又愚蠢的人……

相反，二女儿则最受母亲宠爱。十八岁的时候，苏菲完全像个漂亮又机灵的牧羊女。整天开开心心，脸上挂着笑，嘴里还总唱着歌，完全不像她的名字那样文静。腾纳基尔从她望向自己眼神里，立马就明白能不费吹灰之力就跟她上床，而且他肯定不是第一个上她的床的。他犹豫是否要获得这份轻而易举地乐事，之后决定先暂时不行动。他并不是在寻找一夜情，而是在寻找一种生活，一份陪嫁。况且，他并不乐意有一天可能会被戴绿帽子。

最小的女儿塞西尔还未满14岁。没必要去试着搞定她。于是，就只剩下伊丽莎白了。美丽、忧郁、感伤、神秘、难以接近的伊丽莎白。对于腾纳基尔这样一位受女性欢迎的男人而言，这项艰巨的挑战是很有吸引力的。多少个微妙的手段，多少次愈发宽容的拒绝，多少滴落在信纸上的泪水！他提前享受到了快乐。但这之前，还是要装作不在乎她。于是他向老大马德莱娜献殷勤，与小女儿塞西尔打情骂俏，最后跟苏菲上床。

第谷从加冕仪式回来的时候，心情糟透了。他先是一脚踹在小矮人杰普的肚子上，又因一个计算错误把隆戈蒙塔努斯给骂了，还让腾纳基尔单独跟他到工作室。他把手背在身后，来回走着。

——"居然这么做，这么对我！把我放在第三的位置，放在比尔家族和奥克斯家族之后……还让我的弟弟以布拉赫家族的名义，来向国王表示敬意。居然这么对我，我可是唯一一个全世界都知道的丹麦人！我可是在世的最伟大的天文学家！"

他抓起一瓶墨水，用力朝悬挂在工作室两个壁炉之一上空的苏格兰詹姆士六世大幅肖像扔去。对面的肖像，是第谷自己的。

——"这还不是全部！我被召唤去参加家庭议会。我弟弟还要我用自己的钱来修缮他们那些该死的教堂！他们把我当什么了？当议事司铎了吗?"

墨水顺着苏格兰国王的脸颊往下淌，给他画上了一个使徒的大胡子。

——"你是想让我滚蛋吗，嗯？小克里斯蒂安?"第谷大吼道，"我不会让你如愿。维努西亚岛，是我的作品。为了拥有这一切，我耗费了重金，更别说我在这儿二十一年来所受的苦难与折磨了！不然就强制驱逐我，不然就地把我杀了。"

这个决定并不影响腾纳基尔的差事。他恳求着：

——"行行好，老师，别把您自己想成殉道者！不能让人把您当作另一个乔尔丹诺·布鲁诺来对待。"

想到这个可怜的意大利修道士在宗教裁判所的监狱里腐烂，第谷突然冷静下来。面色从绯红变得苍白，双手开始颤抖。他环顾四周咕囔道：

——"请你不要在我家说这个。永远都不要说!"

腾纳基尔明白了这个他幻想认作未来岳父的人的致命弱点在哪儿：在自然哲学家理性的言语中隐约颤抖着迷信导致的恐惧；充好汉的王子面具之下，是对于遭受肉体痛苦的害怕。掌握了这些，腾纳基尔就不用拿安逸的荷兰生活来引诱第谷了。他装作并没有发现第谷方才的惊慌，像是思考了一会儿，高声说：

——"要是我没理解错，争议主要是您管辖的这两座教堂。在我看来，全部由木砖打造的丹麦教堂，没必要成为赫拉克勒斯的第十三项任务，而是应该花点经费稍微翻新一下。"

——"你来负责吗?"

——"可以啊，老师……我自认为在这类工作中还是挺在行的。跟您说实话，对我而言，没什么比翻新老物件更有意思了。我对古代艺术的兴趣，不就是……"

——"那好，就这么定了"，第谷突然愉快地说，"你现在就是斯堪民族神圣建筑的检察员。我能让我小儿子乔根跟着你一起去完成这项工作吗? 也是时候让这个孩子学习一下祖国的历史了。我会把善良的韦德尔介绍给你。他是我过去的家庭教师，也是这方面的行家。他会很乐意向你讲述红胡子埃里克和谨慎的哈姆雷特的传奇故事；当时作为伯父派在我身边的密探，他跟我灌输这些让我很反感! 但你会发现，他是一个有趣的同伴。啊……还有……请你帮这个忙都令我自己有些烦了……"

——"我自己也很乐意帮助您，老师。"

——"你知道，我的女儿伊丽莎白对一切与艺术和音乐有关的东西都很感兴趣。而且，她很擅长绘画，也有一副好嗓子。不像那个笨手笨脚的傻大个马德莱娜，我都愁她找不到丈夫，还有该死的苏菲……"

——"老师，不要这么说自己的女儿!"腾纳基尔用十分诚恳的语气不满地说。

——"算了，我没那么好骗。只要有长相还过得去的人来到这里，苏菲就像一只热情的母狗，尾巴摇个不停。我觉得你能经得住她的诱惑还是很值得称赞的。我，要是你的话……"

——"老师，哦，老师，要知道……"骑士称，"我绝对不敢……但是，要是您的小伊丽莎白的话，您是不是觉得她太小了，不能……"

——"可以，去吧，你带上她。"

把乔根和伊丽莎白在第谷位于哥本哈根的住所里安顿好之后，腾纳基尔就去了掌玺大臣公署。沃肯特洛普在那里兴奋地等着他。海军准将曼德鲁·帕斯伯格也在场，这位曾经的割鼻者变成了一个面色红润的矮胖子。掌玺大臣在来客的眼跟前晃动着一本书：

——"您看过这份侮辱状吗？"

腾纳基尔看过之后，震惊地说：

——"啊？第谷没告诉过我他发表了与已故的黑森纪尧姆伯爵间的通信。这个奇怪的人怎么能同时完成这么多件事呢？据我了解，这些都只是见多识广的人之间对于天文观测的交流。"

——"您没有看到重点，骑士先生。在这些信件中，第谷一直在辱骂他的祖国和他的国王，抱怨腓特烈和克里斯蒂安陛下的忘恩负义，硬要说所有的丹麦人，包括他全家，都是愚昧无知的野蛮人……他还选在君主加冕的这一年出版这些！无耻！简直是无耻！"

——"那就把这本书烧了吧！"

——"不可能，骑士先生"，曼德鲁轻声细语地说，"国王十一月要迎娶勃兰登堡总督的女儿。一位霍亨索伦。所有的改革派选帝侯都会出席婚礼，已故纪尧姆的继承人——黑森-卡塞尔伯爵也会参加，而且，他应该还是我们未来王后的表亲。您想想，要是他知道自己前任的文字被毁，会是什么反应？"

——"婚礼期间，第谷会作为王室随从前往勃兰登堡吗？"

——"当然不会"，掌玺大臣回答说，"希望他也有点自知之明。"

腾纳基尔双手交叉在面前，思考了很久，最后说：

——"他越觉得自己不受重视，就越是要维护受伤的自尊心，并跟其他国家抱怨国王指定给他的命运。国王越是想打压他，国外就会越重视他。不，他不能就这么离开。"

——"得利用他的迷信让他感到害怕"，曼德鲁说，"第谷是个虚荣的人。跟所有虚荣的人一样，他也是个懦夫。我很了解这一点。有人说他是巫师，也有人说他让人把岛上所有的黑猫都杀死了。我们想办法把他除掉吧。您认识汶岛上的副本堂神甫吗，骑士先生？"

是的，腾纳基尔认识这个正直的人，这位优秀的布道者是第谷的私人医生，第谷和他一起从事炼金术。他当然不会关停乌拉尼亚堡的实验室。但腾纳基尔不会跟另外这两个人说具体的。他不会把刚刚萌生的想法告诉任何人。

——"我来负责副本堂神甫"，尽管如此，他还是这么说到。

第二天，和韦德尔及第谷的两个孩子一道，腾纳基尔起航前往挪威海岸，去那里参观供奉丹麦开朝国王们的神庙。为了安抚伊丽莎白焦虑的情绪，他心思细腻地勾引她，夜里又带她去了教堂，为了在那儿能遇上幽灵。但是他的意图是纯粹的。在包围第谷三女儿这座难以攻克的神秘城堡之前，他认为应该先深挖地道。在教堂千疮百孔的拱顶下，她紧紧地拥抱着他，亲密地与他接吻，激情不亚于她的姐姐苏菲！后来，他们还在可能是伊丽莎白·布拉赫祖先的蓝牙哈拉尔的石碑前做爱。

23

1597 年 2 月底的一个寒夜,维努西亚岛的副本堂神甫和隆戈蒙塔努斯从乌拉尼亚堡出来。但是他们感受不到刺面的凛冽寒风,因为将要谈论的话题令他们很激动:有关教皇额我略八世 15 年前创立的历本。其实,第谷刚刚将一封寄给他的德国笔友——天文学家及炼金术师兰曹的信公之于众,后者曾就这一问题征求第谷的看法。尽管被加尔文派和路德派定罪,"天文圣父"还是十分坚定地表态赞同新历本。

——"诚然",副本堂神甫说,"天主教的日期划分与季节的变化更相符,但得承认,这毕竟不是什么好策略。要是第谷没有树敌无数就好了。我觉得腾纳基尔唆使他发表这封信,是不对的。"

——"您是想说",隆戈蒙塔努斯进一步说,"我觉得我们热情的骑士对老师一直煽风点火。还有,可惜了第谷爱喝酒的嗜好……"

他没能说完这句话。夜色中突然出现了两个戴着面罩的黑影,挥舞着木棍。副本堂神甫和天文学家被按在地上痛打了一顿。

——"可以了!"黑夜里一个声音说道,"不要杀了他们。只要让他们记住这次教训。要让他们知道,红岛巫师受了诅咒,他的走狗也不会被放过!"

第二天一早,腾纳基尔在藏书楼见到了处在极度焦虑中的第谷。他靠在梯凳旁,把书都扔在了地上,一个仆人勉强将书堆放好。

——"发生了什么,老师?您在找什么书吗?"

——"啊,你终于来了,你! 到处在找你。你晚上要是没跟我的仆人们在一起，就能去保护隆戈蒙塔努斯和副本堂神甫了。他们在乌拉尼亚堡脚下被找到，半死不活。我的助手被救活了，但是副本堂神甫……这还不是全部。两个农民在星堡前被割喉。额头上被人用刀尖刻上'666'，这是魔鬼的数字……有人想杀我，腾纳基尔，你，你……你帮我把这些书编目。我们出发，我们尽快离开这个野蛮又残暴的国家。"

"嗯"，骑士在想，"莫鲁斯干得漂亮。没有目击者，第谷又害怕得要命……"在腾纳基尔用作帮凶的两个农民中，其中一个不是别人，正是克里斯蒂娜·布拉赫还未被第谷强暴前，曾经的未婚夫。

这一次，第谷完全下定决心要离开他的星堡并离开忘恩负义的祖国。对被谋杀的恐惧、天文台里游荡着的鬼怪和妖精、魔鬼的数字、与此相关的黄道经，都在向他预示着最可怕的灾难……但是离开就意味着要带走他所建造的一切，巨型的仪器，以及成千上万的观测数据。于是，他开始从在他看来最简单的做起：藏书楼。所有家仆里会读书写字的都被调动起来，因为他之前从未想过要做汇编表。但是归纳整理比原本需要的时间多了两倍，因为他经常会中断，埋头读一本被遗忘的或是从来没看过的书。他的助手，全家人都在耐心等待他同意重新开始整理。

——"作者：尼古拉斯·莱梅斯·厄尔苏斯。书名：《天文学原理》。"可爱的苏菲靠在梯凳的高处，像母猫一样叫着，衬裙撩得比如厕时还要高。

——"厄尔苏斯！"第谷叫道，"我不知道我的藏书楼里竟然还有一本养猪人的猪崽子！把这本肮脏的书扔给我，我漂亮的女儿。还有，把你的腿遮住。你这样会让腾纳基尔犯拼写错误的！"

他打开书，惊呼道：

——"啊，这个讨厌的无赖，这个坏蛋！听这句，这句是提名：'我像一只被夺走熊仔的母熊一样攻击他们。'他这话是对我说的，这个养猪的！他分明就是在说我窃取了他的成果！"

接着，他开始焦躁不安地翻阅这本书，想要找出另一处侮辱。最后，他抬起头：

——"隆戈蒙塔努斯，你认识这个吗，一个名叫约翰·开普勒斯的天文学家？或者是叫开普勒。"

——"没太听过，老师"，年轻的助手高兴地回答道。

——"他好像要设想一个体系，应该是基于哥白尼的体系，毕达哥拉斯的五个多面体嵌入行星的轨道中。又是一个从来都没看过天空的人在纸上谈兵地虚构宇宙。厄尔苏斯却把这个胡说八道的人寄给他的信发表出来。当中写道：'我知道您的光辉荣耀，您是当今最伟大的数学家，就好比天体中的太阳。'那我呢？我是什么？一文不值吗？"

——"这个叫什么开什么普什么乐的，应该是在吹嘘这只熊"，腾纳基尔说，还一边摸着坐在他身边的伊丽莎白的大腿。

——"嗯，这个开普勒斯还是开普勒，就像你说的，绝对无法平息我的怒火"，第谷摆出高傲的姿态，说道，"隆戈蒙塔努斯，你带着乔根去布拉格。顺带，你在维腾贝格大学注册，也给我的小儿子注册。这可以给你打掩护。在布拉格，你再把我的一封信交给皇帝。我现在知道怎么打败这个牧猪人，也一并击垮这个没骨气的开普什么勒。先生们，哈布斯堡家族正等着我们。你们面前是神圣日耳曼帝国未来的数学家。"

——"但是"，腾纳基尔提出，"拿骚的毛里茨已经准备好迎接您，还要为您建一座比维努西亚岛还要壮观的天文台。"

——"要知道，年轻人，第谷是不会为区区一个荷兰总督服务的。只有皇帝才配得上他。还有……我要效力的，是鲁道夫。"

——"啊，父亲，真棒啊，您刚刚所说的这些"，马德莱娜出神地说，嘴角带着唾沫星子。

第谷一下子就完全转变了。刚才还是个担惊受怕的胆小鬼，现在摇身一变成了战场上指挥部队的将军。他重新回到了最喜欢的领域：自然哲学。在那儿，他谁也不怕。

——"腾纳基尔"，他命令道，"你和隆戈蒙塔努斯乘同一艘船。去荷兰告诉拿骚的毛里茨，让他不用担心我的衷心。让他相信，我下次会过去。你带上我的大儿子第格。第谷的继承人对他来说是最好的保证人。也把马德莱娜和苏菲带上，任务是在那儿给她们找个有钱的商人做丈夫。我们会用到钱。"

——"那我呢?"伊丽莎白问道。

——"你，哦，波罗的海的萨福，你就待在你父亲的身边。"

腾纳基尔的手在顺着第谷三女儿的大腿往上摸。

——"那我呢?"小女儿塞西尔问。

——"你? 先擦擦你的鼻涕。好恶心，你的鼻涕泡!"

这次决议过去一周后，1597 年的 3 月 15 日，第谷在乌拉尼亚堡的天文台高处做了一次观测，他并不知道这是在这里的最后一次观测。三天后，一位信使来通报，国王已经决定不再支付他担任两份议事司铎的俸禄。一艘船从维努西亚岛出发，载着第谷所有的手稿和书籍，以及最容易携带的天文测量仪器。第谷将其中一部分寄给维腾贝格大学，一部分寄给他的仰慕者之一，一个恳求他去万茨贝克城堡居住的人。就这样，第谷头也不回，就离开了他的岛，他的星星宫殿。在汶岛与哥本哈根之间的航道上，他一路吐得五脏六腑都要出来了。

在位于首都的住所色彩庭院里幽居的两个月期间，他不知道自己的侄子阿克塞尔·布拉赫在一位司法执达官的陪同下，丈量了乌拉尼亚堡荒废的天文台，在架着巨型分度圆拱的高拱顶下生成回声。

1597 年 6 月 1 日，实在待不住了，第谷出门去首都的圆形塔楼，在那儿观测某两个行星的交汇。卫兵在石阶下拦住他，不允许他进入这座他命人建造的天文台。于是他去了港口，让他仅剩的一艘船的船长准备好，第二天，也就是 6 月 2 日，起航去往罗斯托克。

天刚亮，当他准备彻底离开哥本哈根的住所时，一个跑腿的进来了，带着一个小包裹。第谷打开包裹，是一本书。他看都没看，就失望地把它扔进了半开着的行李箱，那是约翰·开普勒的《宇宙的奥秘》。

Ⅱ 狗

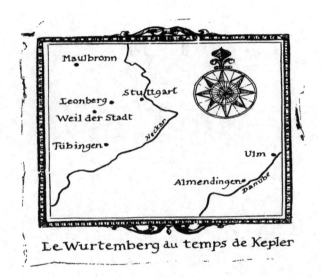

Le Wurtemberg au temps de Kepler

24

凯瑟琳·开普勒在莱昂贝格长大。她的父亲约翰·古尔登曼经营着村里唯一的旅馆，距斯图加特首府四英里。这个鳏夫还有个妹妹，是个老姑娘。她绝对是个巫婆：认识那些治疗疣子的植物，也知道哪些植物可以用来施法术。最后她被施以火刑，跟当地其他十来个女人一样。后来事情渐渐平息下来，人们似乎也忘了这一切。谁家还没个表姐或是奶奶受到些许牵连，成了猎巫的受害者呢？但凯瑟琳是由这位姑妈抚养大的，她的童年被灌输了很多制作药草的知识。狗生不出猫来。到了少女的年纪，她的父亲没能在村里给她找到丈夫：尽管有丰厚的嫁妆，也没人愿娶她。

一天，塞巴尔德·开普勒经过此地，作为皮货商，他要在斯图加特出售毛皮制品。这个五十来岁的大个子是距离莱昂贝格一天行程的大村镇魏尔德尔斯塔特的村长。塞巴尔德从符腾堡大公的猎人们手中以及黑森林的偷猎者手中回收野生动物毛皮，并进行加工处理。要是没把大部分收入都花在喝酒玩乐和女人身上，他应该会相当富有。

他的大儿子海因里希本应接管毛皮店和皮革厂，但是父亲认为他是个一无是处的人。的确，他念过书会写字，对机械和火器很感兴趣；但是，快二十岁了，村长的儿子还不得不问自己的母亲要一小笔钱跟其他几个差不多的朋友一块儿去寡妇库平杰寻花问柳。塞巴尔德认为是时候给这个男孩娶媳妇了，最好是在离这座他任村长的村镇合理的距离内；莱昂贝格的旅馆老板也遇到了同样的问题，他的女儿凯瑟琳，女巫的侄女。于是，双方很快就达成一致。

　　一住进岳父家，海因里希·开普勒就没闲过。这座旅馆是莱茵河河谷与斯图加特之间的最后一个驿站；每天晚上，房间里都住满了旅客，马厩里也全是马。海因里希以前受老塞巴尔德的管控，现在受岳父的管控。而且现在他还要工作！夫妻间也很快有了争吵。而凯瑟琳已经怀孕了。

　　她回到魏尔德尔斯塔特生产。结婚七个半月后，凯瑟琳生下了一个早产儿。那是 1571 年 12 月 27 日，礼拜四下午的 2 点 30 分。趁婴孩的灵魂还没化为虚无，人们赶紧给他取名为约翰。当时人们认为，在第七个月早产，并存活下来的孩子会带来好运，因为数字 7 代表着好运气。出乎意料，这个虚弱的婴儿活了下来。凯瑟琳也在约翰的身上看到，他们夫妻间应该不会再争吵了。但事与愿违。海因里希陷入了一种怀疑，这也让他变得更加好逸恶劳：这个男孩真的是他的孩子吗？还是说他被迫结婚是为了顾全大局？一回到莱昂贝格，凯瑟琳就被质问这些，还遭到一顿拳打脚踢；婴儿躺在用作摇篮的破篮子里，因为早产而害怕又痛苦的叫喊着。

　　然而，历史的狂风猛烈地吹进了旅馆。旅客们说有一支由阿尔布公爵率领的西班牙大军沿莱茵河谷溯流而上，要收复荷兰。海因里希抓起历书，只看当中有关探险家在新印度和古印度靠征战夺取遍地黄金宝石的王国的故事。

　　凯瑟琳和他的第二个孩子流产了。于是海因里希决定离开，但他没有别的办法，只好应征巴伐利亚雇佣兵。凭借机械方面的知识，他成了一名优秀的炮手。后来，跟着西班牙军队一直到了盛产香料和布料的荷兰共和国，得以寻找财富和好运：莱茵河谷因美女而出名。

　　一年后，海因里希重新出现在了莱昂贝格，一发炮弹都没打出。荷兰人击退了阿尔布公爵的队伍，而巴伐利亚雇佣兵则叛逃了：腓力二世统治下的西班牙一直处在破产状态，无力支付他们的报酬。海因里希被当作主谋，受到绞刑的威胁，只好逃跑。但并非空手而归，他成功窃取了西班牙随军厨师专为正规军准备的食品：一种像绊脚草一样生长的块茎植物，卡斯蒂利亚人称为土豆。这个词让他的岳父古尔登曼哈哈大笑，旅馆老板的招待很热情。他的旅馆总是满客，而他自己也年纪大了，急需女婿和女儿的帮助。他给了他们一栋紧挨着旅馆的房子。房子后面有一小块方地，海因里希在那里种植从西班牙人那里偷来的块茎植物。

——"为了弄到这些土豆，我冒着受绞刑的危险。"海因里希向他的妻子解释说，"用这些根子，可以养活整个国家。我见过那些西班牙人做过面包、煮饼，用猪油和糖煎。就像面粉一样，但是一摘下来就可以吃。用这些根，就能发财。"

第一回就有不错的收成，但是旅馆里没有一个客人愿意尝一口土豆。相反，旅馆老板家的母猪很喜欢吃。

渐渐地，海因里希感到很生气。他所做的一切都以失败告终。他把这一切归咎于自己的同辈人。在过路的外国游客面前，他表现出过分的尊重，一个劲地问游客关于他们祖国的情况；而在附近的农民和村名这些普通的客人面前，则表现得截然不同，他高傲地夸夸其谈，表达出对西班牙人的崇拜，声称有一天会为此在新世界征服一座王国。很快，他就在莱昂贝格树敌无数；只有他强健的体格以及对于火器的爱好算不上坏事。

后来，听说西班牙的腓力二世再次出兵进攻荷兰共和国。海因里希之前说了那么多次，没法反悔：他再次出发去莱茵河谷，离开他的两个孩子，去夺取布鲁日的财宝；在经历了一两次流产后，他的妻子克里斯蒂娜其实已经生下了第二个男孩，取了孩子父亲的名字。女婿走后第二天，老古尔登曼突然中风，当天便离开了人世。凯瑟琳只能独自一人经营旅馆和驿站。而且，海因里希再一次离开了已怀有身孕的她。

　　旅馆的经营开始每况愈下。马夫和女佣不知换了多少批，没过几周就无法承受牢骚不断的凯瑟琳，或是被这个识药草的女人的坏名声吓倒。客人变得越来越少。只有莱昂贝格新来的牧师很同情开普勒一家。这个尽心尽责的路德派按照已故的梅兰希通的指示，在城里建了一座学校。他说服十来个孩子的父母把自己的孩子交给他，乐于教授这些天真的孩子一些简单的道理。但体弱多病的约翰·开普勒才6岁，总是落在其他同学的后面，整天毫无生气、闷闷不乐，处在莫名的忧郁中。牧师心想，孩子去年染上严重的天花是不是影响了他的智力。

　　三个月后，他还是一遍一遍地教班上的孩子学字母和数字，他弯腰看了旅馆老板的儿子，发现他已经会完整地拼写单词了。下课后，他把约翰留下来询问。他好不容易才让孩子开口，结果令他大吃一惊：约翰不仅自学了读书写字，还会做加法和减法。牧师去了旅馆，不费吹灰之力就说服了凯瑟琳·开普勒每天把儿子交给他，进行两个小时的单独授课。当然是免费的。她告诉他自己的想法就是把孩子培养成牧师。从那以后，孩子就变开心了，至少是和老师在一起的时候，和同学一起时，他依旧沉默寡言。旅馆的客人和城里的女人都说他像母亲一样阴险，像父亲一样自负。他觉得自己很可怜，没法和其他的孩子一样。

25

1577 年 11 月 13 日，夜空中出现了一颗灿烂的彗星。遥远的北方，在修建中的维努西亚岛上，从出现到八周后消失，第谷用有史以来所建造的最大的天文仪器对它进行了观测，让众多助手进行了一次又一次的计算，并在一群马屁精和盲目崇拜的客人面前，用拉丁文诗句大谈自己的预言。在布拉格，一群天文学家向新皇帝哈布斯堡鲁道夫二世预言其统治将长久且繁荣，也会对奥斯曼人取得决定性的胜利。在君士坦丁堡或在巴格达，一群占星家又对苏莱曼大帝说着相反的预言。在图宾根，年轻的数学老师迈克尔·马斯特林完成了一本关于彗星的书的撰稿，第一次发起对托勒密学说的反击。

靠着餐厅里一张非常高的桌子，小约翰·开普勒在废纸上模仿奥维德写着一首隐晦诗，一边还用眼角的余光看着正在长椅上的篮子里熟睡的弟弟海因里希。

——"嘿，凯瑟琳，你跟森林里的魔鬼勾搭在一块儿，你应该知道这意味着什么，这颗拖着长尾巴的大流星！"

凯瑟琳·开普勒把一大杯啤酒重重地往桌上一放。啤酒沫溅了一些在这位刚刚问她话的农场主的皮袄上。然后这个一袭黑衣的瘦小女人，一转身，躲开了客人那只准备要摸她屁股的肥手。

——"别装了，凯瑟琳！自从你的海因里希去和西班牙人一块儿打荷兰人，你就注定会干枯憔悴。而且你本身就没什么肉……"

——"你都不觉得羞耻吗？在我的儿子面前这么说！"旅馆老板用

极其尖锐的声音回应道。她用下巴指着正坐在离壁炉最近的桌子上乱写乱画的小男孩。

坐在农场主对面喝酒的是一个伐木工，他在桌子下轻轻给了自己的同伴一脚。农场主明白过来，便闷头喝啤酒。凯瑟琳·开普勒是个女巫，不应该招惹她。

装作什么也不知道，约翰偷偷地听着，暗自觉得这些蠢话很可笑。牧师已经告诉过他，这颗人人都在谈论的彗星是上帝的旨意，就算是世界上最伟大的学者也难以解读。牧师还跟他描述了宇宙，恒星与流星。人间是一片混乱，而天上却一片和谐。平安夜的晚上，他把这一切都告诉了自己的母亲。作为奖励，她带着他去了山丘上欣赏这美丽的瞬间。

同一天晚上，在普法尔茨的某个营地里，海因里希·开普勒也在望着这颗彗星。几天后，他的巴伐利亚兵团即将朝北方出动。终于要作战了。他参加了天主教弥撒。他是否要相信那位鼓吹这颗伯利恒的新星预示着对异教的胜利的神甫？这是否预示着他自己的命运，海因里希·开普勒这个叛徒，这个不称职的父亲，这个满脑子主意却一事无成的人？他的烟斗灭了。他学会了西班牙人的吸烟方式，想着或许可以通过把这种方式引进到符腾堡大公的朝廷而发大财。但不论怎样，在莱昂贝格或魏尔德尔斯塔特的这些路德教傻瓜，认为所有从新世界传来的好东西都是魔鬼的发明。他叹了口气，不自觉地将烟斗在罐子上弹了弹。烟斗中一根烧红的烟丝掉进了全是灰的罐子里，罐子爆炸了。幸运的是，海因里希当时已经走开了几步，但是陶罐的碎片击中了他的臀部和背部。他还没领到军饷，当兵团向荷兰进军的时候，他只能拄着拐杖，望着自己的同伴出征。后来他回到了祖国，为了不受自己的父亲——魏尔村长的嘲笑，他回到了莱昂贝格。

但在旅馆，情况更糟糕。现在，她面前是一个残疾人，凯瑟琳不再害怕直面自己的丈夫。两个人都喝多了，彼此也都哭了。牧师来了，可惜他不太走运。海因里希称,他要立马把儿子从学校接回来。而且,约翰马上就要八岁了,能来店里帮上大忙,店里之前的付出也终于有所回报了。小学老师说他会告诉图宾根的上级,海因里希为天主教会雇佣兵当炮手,以及凯瑟琳从事巫术。这场争论差点酿成大祸,因为牧师身强力壮。

第二天,酒劲消了,凯瑟琳开始害怕。他们得逃走。海因里希有个主意。在兵团里,一个战友曾经跟他说过,在巴伐利亚天主教领地与符腾堡的路德教领地分界的多瑙河沿岸,有一座被遗忘的小村。那里有一座废弃的旅馆,由一位老人经营,若是被精明能干的人接管了,就能借助走私商品和走私犯而兴旺发达。说干就干。他们卖了紧挨着驿站的房子,在凯瑟琳的坚持下,旅馆办了委托经营,她容易发火,要为自己留好后路。而且她太了解她的老好人丈夫了。

一个春天的早上,天刚亮,整座村还在沉睡,开普勒一家就逃往阿尔门丁根了。他们走在装有家具和行李的马车旁,一头骡子拉着车。要走上四天才能抵达目的地。路上下着雨。

这座小村庄远离一切,尽管距乌尔姆只有六英里,依旧与世隔绝一般。海因里希的战友肯定过分夸大了家乡的优点。虽然在多瑙河流域,但只有一截细小的支流流经阿尔门丁根,再往南四英里注入多瑙河干流,也只有渔船经常出现在这段支流上。对岸是巴伐利亚。根据奥格斯堡合约规定,每一个德意志小国都可以在天主派和路德教派之间作出自主选择。巴伐利亚选择了第二个阵营,小城本应归为改革派。然而,没有一个牧师想来这个偏僻的地方传福音。也没有一个神甫愿意来这里。旅馆无人打理。年老的主人在几周前过世了。于是,海因里希去找了村长。幸运的是,村长就是他以前的战友的哥哥,也是个乐天派。海因里希没花钱就得到了这间旅馆,前任经营者的继承人都不知道去了哪里。

　　除了村上的农民和手工业者晚上会来喝上一杯啤酒，旅馆大多数时间都没生意，房间也没人住。怎么会有旅客迷路至此呢？然而，每周的晚上，都会有这样那样的人带着行李，要不就是刚刚从乌尔姆渡河过来，要不就是从斯图加特或是普法尔茨过来。只有三四个人，但是从海因里希招待他们的方式，开心地相互拥抱，重重地拍打后背，不能看出他们是海因里希的好朋友，这些人都是巴伐利亚人，也都曾经是阿尔布公爵的炮手。喝着啤酒，他们回忆着在莱茵河岸的战斗，尤其是关于那些随军的妓院姑娘们。凯瑟琳站在她支在公共区域角落的货摊后面，对这些不闻不问。她在那里向闲谈的妇女们出售东西，除了在森林里采集的药草以及她炮制出的药水外，还卖一些布匹、烟叶卷和糖块，这些是她丈夫那些搞走私的朋友拿来感谢她的款待的。

　　村长有一天来到小酒馆。海因里希和他，还有第三个人一块儿单独去了后厅，一小时后他们再出来，看上去十分高兴。

　　——"约翰，懒家伙，过来向这些绅士们展示你的魔力吧"，海因里希对他的大儿子说，后者正趴在离母亲柜台不远处的桌上睡觉。

　　孩子起身，在这三个人和他们的烧酒前，赌气地抄着手。

　　——"达尔西科特，随便对这个小坏蛋说一个四位数"，旅馆老板对他的搞走私的朋友说。

　　——"我不知道啊，呃……收入的总额：4347。"

　　——"好，还有你，赫尔察尔，说一个两位数。"

　　——"呃……29。这是我老婆的年龄。"

　　——"该死的骗子，去你的！好了，约翰，4347 乘以 29，等于多少？"

　　孩子闭了一会儿眼睛，整个脸皱在一起，之后吓人一跳地说：

　　——"126063。"

　　这三个人开始直接用一截木炭在桌子上验证结果。反复算了好几遍后，海因里希叫道：

　　——"答案正确！小伙子们再等等！你们还没看全！凯瑟琳，把《圣经》拿来！"

　　——"你就不能让孩子安静待会儿吗？他都累得不行了。一整天都在收你那些丑了吧唧的土豆，那些没人要的土豆！"

　　她把《圣经》扔在桌上，就像给粗鲁的客人碗里打了一勺汤。

　　——"闭嘴，女人！"海因里希反击道，他把书递给村长，并对他说："给，你闭上眼睛随便翻开一页。约翰，背对过去不要看。"

　　村长将食指插进书中，并指着一排注释。接着他睁开眼念道：

　　——"《赞美诗》，第49篇，第4首。"

　　——"'我口要说智慧的言语，我心要想通达的道理，我要侧耳听比喻，用琴解谜语……'爸爸，我能去尿尿吗？我憋不住了……"

26

这场悲剧持续了好几个月。很快，周边村镇的人都跑来看这个刚满十岁的神童，迅速心算出最复杂的四则运算，并对整本《圣经》倒背如流。海因里希决定把表演放在每周五晚饭前，晚餐准能卖钱。他成功了：从那以后，走私产品便开始大卖。

除了要进行这些受训小动物的表演，约翰的每天都排得满满当当，要去打井水、施肥、喂猪，还有十几只鸡和一窝兔子。当然，还有一块种着土豆和洋白菜的地要打理。他的弟弟，刚满6岁的海因里希会帮着他一起。说是帮助，其实不然，就像所有在天赋异禀的哥哥姐姐面前显得各方面都很平庸的弟弟妹妹，总想干些蠢事以引起注意。他成天惹是生非；故意找碴。一只平日里温顺的狗都会扑上去咬他。海因里希的笨手笨脚对约翰来说是件好事：这让他免遭父亲的耳光和皮鞭，尤其是当父亲喝了酒以后。但还是免不了被母亲骂，她让他看好自己的弟弟，因为她要照顾两个新生儿玛格丽特和克里斯托夫，已经忙得不可开交了。

一天，阿尔门丁根来了位年轻的执事，刚刚从图宾根大学神学专业硕士毕业。他主动要求来这个到处奉行异教的地方，为这些异教徒布道。这位马库斯·格鲁士决定审时度势，谨言慎行。村长热情接待了他，但是叮嘱他只能在乡间布道，对这些新的基督教徒与巴伐利亚天主教派之间的非法贸易视而不见。格鲁士也完全是这么想的。作为交换，他要求协助他修缮废弃的教堂，并为他提供一间谷仓以便开一所学校。

——"在阿尔门丁根开一所学校！"村长笑着说，"我向你保证，尊敬的牧师，起码有一个学生很特别。今晚到开普勒家吃饭吧。您会有机会认识一下这位最声名远扬的您未来的信徒。"

年轻的牧师十分乐意地接受了这一邀请。他即将拥有学校和教堂。

旅馆里，客人们拿传教的使命开他玩笑。玩笑开太过了，旅馆老板凯瑟琳·开普勒就会提醒他们守规矩。格鲁士的老师们给他打过预防针，他知道农民们就是这样。他要让妇女和儿童信服。

饭快吃完的时候，开普勒像街头艺人般叫来了自己的儿子约翰。年轻的牧师看到他的心算和背诵《圣经》。格鲁士听说过，村里智力有缺陷的傻子会表现出反常的天赋，比如说惊人的记忆力。他觉得小约翰就属于这类智障。这个小男孩瘦骨嶙峋，双手因染上天花而变形僵硬，眼神很迷茫，黑眼圈很重，看起来像是大病初愈。他的表演还是受到了格鲁士热烈的鼓掌。这场毫无意义的演出对他来说是个不错的开场白：

——"开普勒先生"，他说，"我打算在村里开一所学校，约翰将会是同学们的榜样。"

——"那他去上学了，谁来做农活？谁来种地？"海因里希反问道。这是这个懒汉惯用的伎俩。

——"爸爸，我想去学校。我想学习。"

两人都转向小男孩。约翰说这话时，虽然还没变声，但声音却沉稳、理智，不结巴。"我弄错了"，格鲁士想，"这孩子不是傻子，而是天才。我得换个方式来跟他父亲打交道，在我看来，这位父亲也不完全是个蠢货。"

而海因里希已经把手举向他儿子，一边骂道：

——"小傻子，大人讲话什么时候轮到你掺和了？"

——"开普勒先生"，格鲁士说，"天赋异秉的约翰应该能给您招来大量的客人，不是吗？"

他这话问对了。旅馆主趾高气扬地说：

——"相信我，尊敬的牧师，您周五再过来，到时候您再自己看看。但您得提前预订一桌，到时候人会很多。"

——"您的菜园里有很多蔬菜比别人的更需要精心照料，定期浇灌，精心除草……"

"当然了"，海因里希耸了耸肩，回应道，"尤其是我的土豆。而且，是这个小男孩和他笨手笨脚的弟弟在打理。您是想说什么呢?"

——"我的意思是，约翰的天赋就好比易碎又珍贵的植物。需要用学识去养护、用新知识去灌溉，否则，孩子有可能会枯萎凋零。要是某个星期五的晚上，您的儿子连二加二都算不出来。您就会成为那些暗地里嫉妒您的人的笑柄。"

恶心! 由于很久以来都是自己父亲的替罪羊，海因里希不愿成为他人的笑柄。他装作思考了很久，最后说:

——"可以。但我不会出一分钱，知道吧? 而且他笨手笨脚的弟弟绝对不能一起去上学。我还需要人帮忙干活呢!"

约翰·开普勒充满感激的眼神对年轻的执事来说，是最大的慰藉。

学校很快就弄好了。所有人，连走私犯都去了。毕竟铅笔都是西班牙进口的，而本子都是巴伐利亚天主教徒的，但这些都不重要! 阿尔门丁根的所有家庭都想让自己家至少有一个孩子能接受教育。牧师很快就忙不过来了，便让约翰来帮他教最小的孩子学字母。结果很糟糕，因为旅馆老板的孩子跟他父亲一样脾气差，朝自己的小同学扇耳光、用戒尺抽。家长们怨声不断;而海因里希则因为大儿子的表现而最后从牧师那儿得到了一笔报酬。

格鲁士跟他的其他教徒一样穷，大多数时候他的服务所换来的都是一只兔子或是一棵白菜。他也没什么野心。从那以后，他就满足于教学生们念书、写字、数数，下午单独教约翰·开普勒。这样对大家都好，因为旅馆只有上午需要劳动：打扫房间和公共大厅，洗衣服……种地、养鸡和喂猪由小海因里希负责，他快八岁了，身边的玩伴都去上学了，连最小的弟弟也去了。于是，他就锄着土豆田，要是他的小锄子砸到了一个根茎，父亲就会立马给他一脚。

　　于是，约翰·开普勒在辍学三年之后，又重返校园。要是他正常念书，以他的天资，现在应该上初中二年级了。好在，他记忆力超群，没怎么忘记好不容易在莱昂贝格学到的东西。一些拉丁文语法的盲点也很快就弥补上了。他开始学着奥维德的方式创作诗歌，这让他的老师目瞪口呆。而且，自从村里的孩子基本都上过学，就没人对小神童在算数和背书上的雕虫小技感兴趣了。旅馆的周五晚也没人去了。不过还有其他的消遣：牧师格鲁士的布道很粗野，是受到路德的影响。教堂里总是满满的。另一种新的消遣就是：由格鲁士和他的学生编排世俗又有趣的小短剧，再由牧师的小学生在旅馆里演出。由于家长们在旅馆里消费不少，海因里希便丝毫未对他的竞争者怀恨在心。而且，执事也懂一些医学知识，便鼓励凯瑟琳行医，她也能挣上不少钱。总之，阿尔门丁根成了一个路德派小村庄，除了存在走私现象，与其他村庄有所不同，但没人因此抱怨。目前当务之急就是给牧师找个老婆，好留住这样一位能识别销往乌尔姆或斯图加特的烟草或蔗糖质量好坏的稀有人才。

　　到了收获的季节，格鲁士关停了学校，去了图宾根。他以前的神学老师，哈芬雷弗博士，十分热情地接待了他：在这里大家都知道格鲁士在阿尔门丁根传教的杰出功绩。不是为了去说格鲁士这一趟的神圣使命，而是要说一位十二岁的小男孩：

　　——"老师，这真的太神奇了，真是鸡窝里飞出金凤凰。爸爸是个粗鲁的酒鬼，妈妈半疯像个巫婆，在那个随时都有异教徒出现的匪城……生活着约翰·开普勒。老师您看，这首拉丁文诗。再看这篇有关自由的意志和不自由的意志的作文。我向您保证我一点都没有指导他。我用灵魂发誓，这个可能遗传了某位祖先的性病而体弱多病的近视眼男孩，从来都没读过路德或伊拉斯谟的作品。这个旅店老板的儿子有着玄奥的头脑。"

哈芬雷弗博士翻阅着自己曾经的学生递过来的本子。字迹强劲有力，字体很大可能是由于小学生的视力差。出于职业习惯，哈芬雷弗还是找出了一处性数配合错误。

——"我刚开始教他的时候，约翰的拉丁文语法非常糟糕，主要是因为他之前辍学了两年"，格鲁士解释道，就好像错误是因他而起。

——"告诉我，马库斯，这个开普勒是不是就是离这儿不远的魏尔德尔斯塔特村村长的亲戚？我觉得像是。"

——"是的，据我所知，那是他的祖父。"

——"啊！这样啊，您的爱徒可不是无名小卒。开普勒可是符腾堡优秀且古老的家族。要是好好追溯，这家人有贵族血统也很正常。您这趟不会白跑：我会为他弄到一笔钱。"

哈芬雷弗补充道：

——"您的学生明年可以就读阿德尔贝格中学。那儿有优秀的教育、优秀的老师。最重要的，是离他的家人够远……也离您，马库斯足够远。老师太贴着学生从来都不是好事。还有，您什么时候结婚啊？您的教区肯定有不错的配偶……"

格鲁士脸红了，但没反对。哈芬雷弗告诉他单身的弊害，是位名副其实的良师益友。

——"我忘了说"，神学教授继续说，"要是那位父亲不愿意离开他的儿子，请立即告诉我。我有办法让他乖乖听话。"

——"我知道，马库斯，您已经比以前更了解男人了。但恕我直言，您现在应该深入了解女人。最后一条建议：您未来的妻子，不要找太漂亮的，也不要找太聪明的。相反，要注意您的岳父出了多少嫁妆……"

年轻的牧师没有看错。阿尔门丁根的旅馆老板一正式拿到奖学金，就自愿放大儿子走了。

"好啦！总归少一张嘴吃饭。走得好。还有这另外三个懒汉，也到了劳动的年纪。"

这样一来，马库斯·格鲁士的新任务就是：尽量使开普勒家九岁的海因里希、七岁的玛格丽特、五岁的克里斯托夫不要成为他们交了好运的大哥哥的第一批受害者。

27

　　当约翰·开普勒第一次穿上阿德尔贝格中学一年级寄宿生的深蓝色罩衫时，就被一种难以言喻的幸福感和解脱感所包围，尽管衣袖对于他长得过快的手臂而言太短了，露出了手腕和被天花侵蚀的双手。他的同学们都至少比他小两岁，但是他决定什么也不做、什么也不说，这让他显得与众不同。

　　他没有时间来多做什么、多说什么。在这座曾经的修道院的院子里完成了第一次点名后，中学的校长对学校的纪律做了强调，之后，为了缓和气氛，校长说：

　　——"先生们，你们知道吗，今天我们的新生中有一位能够辩论自由的意志和不自由的意志的辩证论者。约翰·开普勒会是下一个路德或是伊拉斯谟吗？请他站出列！"

　　旅馆老板的儿子害羞地红着脸，一声不吭地从队伍里出来，朝未来的老师们走去，这些老师似乎都在嘲笑他。由于耳边嗡嗡作响，导致他没听明白校长的问题，仅回答了一些"不知道，先生"之类的。校长用轻蔑的手势把他打发回原位了。他觉得同学们在窃窃私语，取笑他。但这只是幻觉：其他人也跟他一样，被吓到了，连二年级和三年级的同学都被吓到了。

　　但是，从那时候起，开普勒便从内心深处抱怨马库斯·格鲁士，在他看来，是格鲁士出卖了他。但是，他搞错了。这件事和他以前的老师毫不相干。图宾根大学的院长把他关于不自由的意识的作文直接放进了他获得奖学金的档案里。哈芬雷弗博士在空白处又亲手补写上了高度赞扬的评价，但又建议纠正早熟的作者的伊拉斯谟倾向，甚至是加尔文倾向。

第一年的基础学习是拉丁文和德文语法。他的两位老师，先是莱昂贝格的老师，后是阿尔门丁根的老师，都将这些方面的知识教授给了他，这对一切教学而言都不只是共同基础。他还掌握了一些几何和代数原理，这些本是初中一年级才会学到的。至于宗教教育，由于上过私课，并对阐释《圣经》有着浓厚的兴趣，他早就不把它当作是美丽的故事，而是作为一个思考的对象，作为神学的基本概况。

至于中学生活的其余部分，是忧郁又孤独的。他不屑参与同班同学幼稚的游戏和对话，而他自己也被与自己同龄的三年级学生排挤。但他非常喜欢在课间的时候参与他们的对话，他们像学者一样，手背在身后，三三两两地在院子里或柱子下散步。在阿德尔贝格还有其他一些获得奖学金的学生，考虑到公平性，校规规定所有的初中生都必须穿着统一制服，布料厚重的罩衫，以及区分学习阶段的帽子；但是，还是能通过发型、步态、举止和说话的语调来看出区别。尽管很努力，约翰还是没法摆脱农场小男孩儿难以改善的行为举止。而且，他褐色的肌肤比同龄人经受了更多的挫折，脸上的痘痘和雀斑，脖子上化脓的疖子和其他的结痂，还有湿疹、跳蚤和虱子似乎对他比对他的同学更感兴趣。

中学的教师委员会没过多久就明白过来，他们弄来的这个了不起的人是在浪费自己的时间，也是在浪费他们的时间。于是大家决定，下一年开学让他直接升初三。但这件事需恳请图宾根的大学院长的特许。这个手续没那么容易走，因为经梅兰希通改革后的大学，为了防止像他们的耶稣会对手那样，依据等级、出身或是财富搞特殊待遇，务必要根据每一位学生的价值来对待他们，而不能有任何其他的考虑。此外，即便是像约翰·开普勒如此特殊的情况，也需要经历符腾堡大公国最权威的大学机构组织的一次考试。

　　为了让他的档案得到特许，校长把当事的学生叫到了自己的办公室：

　　——"开普勒同学，您愿意明年跳一级，直接读初三吗？"

　　初中生瘦削且双颊凹陷的脸上露出深邃的目光：

　　——"可能吧，尊敬的先生，因为我已经对西塞罗以及动名词感到厌烦，就像被拴在桩子上的山羊，已经没有一根草可以嚼了！"

　　校长大为吃惊，因为他居然能以如此傲慢的方式沉稳地回答。而且这也不是傲慢，而是事实。这个男孩很有个性。尽管如此，还是不能任由他这样：

　　——"孩子，我觉得您对您本人以及您的知识很有自信。您是不是认为从您的老师们那里已经学不到什么了？"

　　在校长严厉的目光之下，少年发青的眼睑依旧不动声色，他非常确信地反对说：

　　——"哦，相反，我可没这么说！我觉得我现在应该获取其他方面的知识，好取得进步，尤其是不想无所事事，因为我很容易骄傲和偷懒。"

　　——"我明白了，我的朋友，您这是在学着'认识你自己'"。

　　开普勒笑了：

　　——"我虽然还没去过德尔斐神庙，但是我在努力学习他的箴言：'认识你自己！'"

　　——"你居然会希腊语？"校长吃惊地竟然对中学生以你相称了。

　　——"唉，我不会！但我迫不及待想要学希腊语。"

　　校长克制住自己不去侮辱这个自命不凡的小乡巴佬。

　　——"别那么着急！这门课你是不会错过的，但是你应该马上上大学。首先，你得获得这份特许。而且，你自己也得努力。"

校长缓缓打开了薄薄的一卷文件，对面的人可以在反面看到自己的名字。他装作在文件里找到一些质量不好的纸张，上面的字体巨大，约翰对这些纸再熟悉不过了。

——"啊，这就是你，新的伊拉斯谟在论述我们的领袖路德的《论意志的捆绑》?"

——"当时我还太小了"，约翰诙谐地感叹道，"我的父亲还让我当着旅馆客人的面，像小丑一样侮辱神明……于是，我就和我的小学老师串通好……"

——"当时我还太小了……"这个长得飞快的傻大个说的这句话让校长心软了。

——"好吧，好吧"，他嘟哝道，"那我请你重写这篇作文。你现在与你……小的时候相比，拉丁文已经相当熟练，而且不论你怎么说，在中学的第一年你已经学到了有关修辞和论证的新知识。我们之后再将你的作业连同其他的特许申请一起寄给图宾根大学的院长。"

——"但是……我还没看过《论意志的捆绑》! 我的老师跟我简单概括过这本书，也概括过《论自由意志》。"

中学校长改变了主意：

——"既然你没有看过《论意志的捆绑》，那么就好好写一封信给院长，让他给你寄一本。"

——"给图宾根大学的院长本人吗?"

——"当然了，我的孩子，不要寄给门卫! 也不要先拿给我看、让我修改。"

于是事情就这么定了。意识到又要重演父亲让他装作有学问的表演，约翰提笔认真写作并用十分有条理的拉丁文撰写了申请，当中巧妙地用了一些天真的话语。

图宾根大学的新院长，哈芬雷弗博士，有一颗淳朴的心：他觉得孩子们都是单纯、没心眼的，向教授们公开了开普勒的信，这些教授或多或少都对此表示由衷的惊叹，除了数学老师迈克尔·马斯特林，他怀疑作者不够真诚，也并非自愿。院长十分了解马斯特林，他知道这位年轻的同事很有性格，是个怀疑论者，总之是个哥白尼派。但是他名声在外，以至于人们从欧洲各地涌入他的课堂，大大增加了大学的收入。而且，哈芬雷弗也不想追究他的非正统学说。毕竟，马斯特林是一名出色的教师，也是一位好相处的同事。

于是，约翰·开普勒便收到了路德的作品，此外，还有很多热忱的鼓励，尤其是特许他来年开学直接念初三。他很快就赶上了新同学的进度，因为假期的时候他没有回阿尔门丁根的旅馆跟家人团聚，他更想待在学校里，作为拿奖学金的学生，他也可以这样。中学的校长很喜欢他，尤其是觉得这个小神童将来能提高学校的声誉，校长有时候会请他到家里吃饭。他的妻子教这个乡下小孩学文雅的举止，而他与约翰同龄的独生女，则用无声的蔑视欺负他。一周的其余几天，约翰更喜欢和其他几个拿奖学金的学生一起，在没什么人的食堂里吃饭。这样一来，他与其中两个人建立了友谊：自称诗人的穆勒以及自称数学家的里布斯托克。开普勒自己，当然是自称神学家。

终于到了开学。要开始认真做事情了。需要为明年去毛尔布劳恩学习做准备。因此，需要获得修辞学、神学以及数学方面的知识。这对于旅馆老板的儿子来说完全不是问题，他很快就成了最优秀的学生之一。但令他伤心的是，他那两个朋友，穆勒和里布斯托克被远远地甩在了后面，开始疏远他、嫉妒他。于是，他不由自主地想与那些和他争第一的同学做朋友，但他们也排挤他。直到现在，他才明白，学习，就是战争，是一场为了荣耀和成功的持久战。一切行动都是被允许的。

1586年2月的一天晚上，大家都在学校里睡觉，里布斯托克叫醒他：

　　——"喂，开普勒，快起床，跟你说个事儿。赛弗他……"

　　——"我要睡觉。明天还有一场考试。而且，要是我们被抓住的话……"

　　——"没事的。宿管去村上了，每周五他都去村上找妓女的。"

　　开普勒嘟嘟囔囔地起床，跟着他的同学，两人一起出去了。外面非常冷。他们到了一个偏远的小院子里，院子周围是一些茅房。中学生们偷偷在这里聚会，但从没邀请过开普勒。那天晚上的聚会组织者，是个叫赛弗的学生。这个学生也很优秀，好像学习丝毫不费力气，优雅又从容。赛弗没有朋友，身边只有一群奉承者。但他不在乎别人因为他爱摆架子和天资聪颖和而讨厌他、嫉妒他。开普勒非常想和他做朋友，但他不想主动接近开普勒。他知道这个满脸痘、瘦高个乡巴佬是他最强有力的对手。

　　在茅厕附近的一个小茅屋里，赛弗已经生好了火，周围的四个中学生看上去十分高兴，当中有约翰曾经的朋友穆勒。茅屋里还有这些：一块儿台布的中间放着一个打开的箱子，里面是十瓶阿尔萨斯葡萄酒。在这个献给巴克斯的神龛旁边，有一只火腿和其他一些猪肉制品。

　　——"啊"，赛弗说，"四眼田鸡预言家愿意加入我们了。"

　　四眼田鸡预言家……前一段时间，开普勒曾经向自己的朋友们吐露，他十岁那年阅读《圣经》的时候，想要成为预言家。但是，他很快就意识到自己糟糕的视力让他断了这条路。穆勒、里布斯托克和他都拿这个职业说笑了很久。这些叛徒！居然把这个知心话讲给狂妄自大的赛弗听！

　　——"这是我漂亮的表姐玛格丽特给我寄来的包裹"，这位自以为是的人继续说，"她让我拿来和最缺吃少穿朋友们一起分享。这改善了我们平时的伙食，不是吗？"

　　面对这份优越感，开普勒差点要转身离开。他忍住了：他不想被人当成懦夫。于是他开始和其他人一起吃喝，但是不出声地大口吃，不去理会赛弗。为了欺压自己的客人，赛弗提到自己的父母有多么富有，还有他漂亮的表姐玛格丽特，很可能已经让他明白了什么是情情爱爱。不太习惯这种聚餐的开普勒很快就陷入迷迷糊糊之中，以至于当石铺路面上响起一阵脚步声时，他都无法起身，而其他人像一群麻雀般迅速地四下散开。

校长出现在茅屋门口，后面跟着执事和看门人。这一幕很让人受不了：在一堆空瓶子中间、在火腿和香肠的残渣之间，躺着阿德尔贝格中学最好的学生，像个傻子一样在傻笑。开普勒被关进了禁闭室，被泼了一桶冰水醒酒，之后又是一顿鞭打。早上，鼓声召集所有的初中生到大庭院里聆听开普勒的忏悔，从那以后，他们都叫他"四眼田鸡预言家"。开普勒别无选择：要是他不揭发共犯们，就会被立马开除并取消奖学金。所以他就和盘托出，供出了所有人的名字，但还是尽量没说自己是被人陷害。他想以此换得其他同学的宽待。但事与愿违，直到他从阿德尔贝格毕业，他的同学们都像躲瘟神一样对他避之不及。

开普勒明白，校长应该会开除所有人。但怎么能失去这样一个前途如此光明的男孩呢？在图宾根，院长要是知道他的宠儿遭到如此对待，可能会很生气。尤其是他从来都不顽皮捣蛋。更何况，这个男孩是遭到他人怂恿。但是校长不能开除其他人而留下他，这样显然是不公平的。于是，当着全校同学的面鞭责了一顿后，校长把犯错的学生关了禁闭，但开普勒除外，因为上次当众忏悔后，他就发起了高烧，还差点要了命。

28

在阿德尔贝格的最后一年，对于开普勒来说是舒坦的一年。他摘得
了所有桂冠。但他并不是因为这个，才在返回阿尔门丁根家庭旅馆的四
天行程中一身轻松。他已经两年没有见到自己的母亲了，他一想到母亲
见到自己儿子穿着满是绶带和勋章的罩衫会感到无比自豪，就十分高
兴。在村子里走着的时候，一位诚实的农民给了他一块面包，并称呼他
"俊俏的毕业生"，这让他意气风发。他在谷仓或农田里睡觉，隐隐约约
地想着会有个女人或仙女来找他。但是他诚心地感谢上帝，让夜空如此
美丽。他还会大声地对着兔子们说教。

旅馆还是老样子，一点儿都没变。一个十二岁的小男孩，带着他的
弟弟和妹妹，在村子口朝他跑过来。他差点没认出自己的弟弟海因里
希，结实矮壮，肉肉的脸颊绯红。这个真正的小农民认真、凝思着问：

——"一路上还顺利吗，约翰？天气晴朗，应该很舒服吧。"

约翰的心被如此无微不至的关心所融化了，另外两个小的——他们
叫什么名字来着？——每个人都用自己的一只小手拉住了约翰的手，他
的手对他们而言十分宽大。

——"家乡有什么新鲜事儿吗？"他用低沉的嗓音说，"你呢？在学
校还顺利吧？"

——"学校？约翰，难道你不知道吗？三年前，父亲和新来的牧师
闹翻了。他说家里有一个人念书就行了。于是就把我送去了乌尔姆的呢
绒店。但是，我一直没法把布料裁得笔直。所以，老板比父亲打我还

凶。后来我又去了面包店。我很喜欢那里的工作，但是发生了些不愉快的事儿，所以父亲把我接回来了。我现在在旅馆里帮忙，也在田里干活。但不管怎样，我识字，也会写字。"

——"我也是"，小克里斯托夫说，"我也会。"

旅馆的门口，凯瑟琳·开普勒在等他。大儿子觉得她老了很多，驼背的她穿着黑色的衣服，由于莫名不断的发怒，她很激动。他一下子冲过去想要拥抱她。母亲却用力顶住，用尖尖的嗓门说，就好像他们前一天才分开：

——"啊，你回来了！你还没忘记你有一个家啊？"

这话是没道理的。因为每个月他都会从学校给她寄一封深情满满的长信。他从来都没收到过回信。但是，他觉得自己抛弃家庭是不对的。而她转身面向两个小的，还是叫嚷道：

——"喂，你们几个，还在这儿磨叽什么呢？昨天的婚礼，让大厅变得跟猪窝一样！"

小海因里希用温柔的声音说：

——"妈妈，求你了，让他们跟约翰好好聚聚吧。咱们把旅馆关了，来庆祝他回家。我们之后再打扫吧。"

凯瑟琳·开普勒的声音只有在回答小儿子的时候才会变温柔：

——"你说的对，我的儿子。进屋吧！玛格丽特，把昨天剩的酒拿来给我们倒上。"

一坐下来，她就显得更驼背了，就好像被无尽的痛苦所包围。约翰问：

——"父亲不在吗？"

——"他在乌尔姆，做他那些小买卖……他今晚会回来，要是没被人抓住的话。他总有一天会被勒死，我也不会去绞首台哭泣。"

她叹了口气。为了平息不满的情绪，海因里希岔开话题，询问哥哥在学校的生活、同学、学习、老师等等。在这份真诚的关心中丝毫没有任何嫉妒，恰恰相反：他对哥哥的成功感到十分高兴，就好像自己也参与了其中一样。相反，约翰没发现，家里最小的孩子，六岁的克里斯托夫假装对这些问题不感兴趣，实则非常妒忌。他也没感受到八岁的妹妹由衷的赞美。

终于，黄昏的时候，父亲回来了。他的举动让约翰有些尴尬：他拥抱了儿子，用力地拍打他的肩膀，说：

——"约翰，我的儿子，我为你感到自豪。"

中学生心想，老海因里希是不是喝了酒了，但并没有，他闻着并没有喝红酒，也没喝啤酒。

最后，父亲一边脱下衣服，一边对其他的家人说：

——"我饿死了。拿点零食到小房间去。我们有事要谈，我儿子和我……"

小房间，是一个昏暗的小屋，里面存放着火腿、大蒜和洋葱，约翰坐在对面，望着自己的父亲。父亲看上去比他走之前更年轻、更瘦了，也没那么易怒了。父子二人惊人的相像。尽管之前曾那么认为，海因里希还是没法指责凯瑟琳生的是个野种。

这个"男人间的"对话其实是一段冗长的独白。海因里希像是在对一个朋友吐露心声。他抱怨自己的妻子话太多、爱吵架，抱怨自己的小儿子连最简单的工作都做不好。

——"我不应该过这样的生活。要是你那残忍的祖父允许，我也会像你一样去读书。我在魏尔德尔斯塔特学校的时候是个好学生。但是，你知道，我又重新开始了。在乌尔姆，有一位出身良好的太太，是个寡妇，她借给我一些书……"

海因里希继续沾沾自喜地讲述在他乌尔姆的"第二春"。他自吹自擂，想要在儿子面前显得自己有价值，但他没成功。

——"你呢，我的儿子，你现在学到什么程度了？你什么时候可以有一份工作？我对这些都不太清楚。你十六岁了，是吧？从今以后就是个男人了……"

——"十四岁半，爸爸！就算我在大学课程上……呃，在学业上，晚了一年半，也不是我的错。"

——"我听得懂，约翰"，父亲有些痛苦地说，"我也学了一点拉丁文……"

初中生开始向自己父亲解释，他还需要去毛尔布劳恩高中再读三年才能取得业士文凭。

——"在那之后，"父亲打断他的话，"你要开始谋生了吗？"

——"我当然可以，但是要想完成我的使命，这还不够。我想要传经布道。"

——"啊？你想当牧师？但是养不活自己啊，牧师！"

——"是的，但是可以提高自己的威望。而且，除了神学之外，我还可以学习医学之类的。但是要想学医或当其他的博士，我还要在大学里学几年……"

海因里希点点头，沉思着：神学、传经布道、医学、博士、大学……他的儿子想远远超越他。他对此感到骄傲。这是他的作品。然而，他还是有所顾虑。最后，他小声说：

——"但是，要是我走了，你得好好照顾你的弟弟妹妹，还有你母亲。"

——"哎呀，爸爸！你像岩石一样结实，你能活到一百岁！"

——"我说的走，不是这个意思"，海因里希·开普勒神秘地结束了对话。

两周后，约翰轻轻松松地出发了，去发现他的新学校，他真正唯一的家。他把这次提前离家归因为路途遥远：去毛尔布劳恩要走上十来天。出发的前一天，海因里希再一次把他叫到了"小房间"，作出密谋者的样子，把一大笔钱给了他。约翰知道家里是母亲管钱，决定不去询问父亲这笔钱是从哪里得到，又是怎么得到的。然后，对这一路线很熟悉的父亲给向推荐了好些个可以歇脚的旅馆，还有好些个朋友的名字和地址，看起来他有不少朋友。约翰装作认真记录的样子，但其实他什么都没做，他想要省下这笔出人意料的钱财，以防高中阶段的不时之需。

于是，跟回家时一样，他一路步行，露宿满天星斗之下。

毛尔布劳恩中学曾经是个西多修道院，三十年前符腾堡大公皈依路德教后，便将它占为己有。坐落在一个山顶曾经有一处泉水的三角形山巅上，这块有着庄严的石砖建筑的四方地看起来很像一座被深沟包围的城堡。有人说，著名的浮士德医生曾经为这儿的一个神甫做过炼金术士。还有人说，更早之前，魔鬼在这里成僧，还放火烧了世界上最大的藏书房。不仅有基督教传说在这个陌生的地方流传……后来，一百来个师生，以及他们的授课内容，不仅让这个地方为世俗所用，还扫除了自黑暗时代就存在的可怕信念。此外，大公爵的工人们在重新施工的时候，仔细清除了所有异教或幻术的残余，连天主教僧徒都被赶走了。于是，毛尔布劳恩就不再是大公国最好的中学，而是所有改革派国家中最好的中学。

第一天，开普勒就碰到了熟人：他的对手里布斯托克、穆勒、赛弗以及其他人。既往不咎。他们亲如兄弟一般，更确切说，他们联合起来设法应对老生向来对新生的欺负。

一连几个月，开普勒的学习欲望都很强烈。语法、辩论术、修辞、算数、几何、历史、音乐，总之七门通识课。他努力汲取精髓，寻求上帝的旨意。跟其他同学相比，他有两大优势：他的理解力比其他人都快都好，老师还没讲完，他就懂了；他还有着惊人的记忆力。他知道自己比其他人都厉害，便卖弄起来。他指出老师最微不足道的错误，比如说断章取义的引用，这让老师特别生气，还引起全班同学的公愤。中学生们在回廊里讨论的时候，他也是如此，但他辛辣的讽刺招来同学们的一顿耳刮子和围殴，常常被打趴下。曾经的"四眼田鸡预言家"变成了不好惹的家伙。其实，开普勒不自觉成了一位哲学家。他只有一件要紧事要做：进入大学学习希腊语和希伯来语，以便了解《圣经》的起源。

1588 年 9 月 25 日，约翰在图宾根大学十分顺利地取得了业士文凭。他立即写了一封信向自己的父母报喜，并表达感谢……阿尔门丁根旅馆里的一切都在沉睡。后厅里，海因里希·开普勒把大儿子的信放下。他很高兴。他觉得自由了。

——"现在，轮到我了。"他低声说道。

他把帆布包背上肩，消失在夜色中。自那以后，就再也没了他的消息。而且，也没有人去打听他的消息。

一个月后，约翰才知道父亲离家出走了。其实，他的母亲已经习惯自己的丈夫像这样毫无征兆地离开，为了他的"生意"。但这一次，除了出走的时间过长以外，他还拿走了家里很大一笔钱。还有他的走私者朋友们，这些最忠实的顾客也消失了。因此，凯瑟琳通知大儿子她不久后就要被迫关停旅馆。她想去莱昂贝格接手她已故父亲的旅馆，那个旅馆一直处在经营状态。但是，作为女性，她无法独自完成收回遗产的行政手续。十七岁的约翰成了一家之主。因为也不能指望一直有戒心的老塞巴尔德·开普勒，他一直是魏尔德尔斯塔特的村长，但很早之前就不认自己的大儿子了。

"我走了以后……"约翰想起了父亲跟他长谈时说过的这句话。约翰没有去诅咒这个毁了他前途的人，而是为他祈祷。静下心来想了很久之后，他决定听天由命。上帝决定让他当一个待在旅馆里的业士，而不是一位伟大的神学家。他的正直让他一刻都未曾想过要抛弃家庭。但是，一周后，他本来要进入图宾根大学，排名十分靠前。他内心深处的一个声音说，他不应该放弃这个自初中一年级入学时就定下的目标。

于是，他决定问问毛尔布劳恩中学校长的建议。校长认为，改革派教会若是失去开普勒，就意味着失去最有前途的一员，于是他去了图宾根把这一特殊情况向院长做了说明。很快就找到了解决方法。约翰继续在毛尔布劳恩待一年，以"留级生"的名义。原则上，这个等级是为那些没有通过毕业考试的学生准备的，让他们有第二次机会参加考试。事实上，约翰在这一年中差不多是作为辅导老师，给班上年纪最小的学生上补习课，并取得相应报酬，同时也不会失去奖学金。约翰向校长表示感谢，也再次感谢上帝。

这是堕落的一年。为了让他处理家事，校长尽量让他拥有自由支配的时间，并在必要的时候可以离校。半年期间，他去了很多地方，先是去了阿尔门丁根，在那里他所看到的情况比母亲所说的还要糟糕。后来又去了莱昂贝格，在那里他很不受外祖父的旅馆主管待见，也不受那里的人待见：开普勒一家在那里给人留下了不好的印象。当他回到学校的时候，校长让他去斯图加特见一位朋友的诉讼代理人，会向旅馆主管施压并迫使其让位。这样约翰就不用自己找诉讼代理人了，既费时间，也费钱。这些奔波都是在冬天，出于经济方面考虑，约翰不到万不得已不住驿站。因此，当事情最后得到解决，旅馆主管被赶走，他的母亲在莱昂贝格的旅馆安定下来的时候，他生了场重病。

病一好，他就又开始给他负责的小笨蛋们上课了。他很快就发现，自己不是块教书料。他总是讲解得太快，飞快就跳到了他觉得一目了然的结论，而年幼的学生们傻傻地望着他，什么都没听懂。他在传经布道的时候会不会也这样？他对自己的传教使命产生了怀疑。为了补上他自己所落下的，他请求自己以前的老师把他们自己在大学一年级学到的内容教给他。于是他就掌握了希腊语的基础知识，但并不是很深入。老师们也允许他进入自己的书房。他贪婪地看完了所有书籍。十月的时候，他终于能够彻底离开毛尔布劳恩中学，进入图宾根大学学习了。这一年就如同一场令人讨厌的噩梦，早上起来一身汗。但也和糟糕的夜晚一样，很快被忘记。

29

图宾根只有科学和研究。在这座市镇，既现代又整洁的一座座房子沿着山丘而建，倒映在内卡河里。这里的商铺和棚店是：两家书店、一家印刷店、一家铁器店、一家裁缝店。连小酒馆都看起来很学术，要是里头的女服务员既漂亮又彬彬有礼，就连最爱吹牛的学生也不敢自夸见识过她的魅力；似乎她在大学里也有作用：让这二百来个年轻人充满梦想，但从不满足他们。剩下的，比如说俯瞰山丘的城堡，就像是致敬祖国的一座圣庙。

一年前，开普勒就到过图宾根，来参加业士会考。但这一次，他体会着这座城市，就像品尝着一杯好酒。他觉得自己终于到家了。他的牧灵使命又减弱了一些。毕竟，教师，不论教什么课，不都是把学生这些虔诚的信徒引向上帝吗？

快十八岁的时候，他不知道自己变帅了，而且他也不在意这一点。中等身高，身形消瘦让他看起来更高一些，因为他总是站得笔直。瘦削的脸上凸显出深邃的目光，凹陷的双颊上由于小时候得过天花而有些许结块，这让他有种虚弱和忧郁造成的特殊魅力。他很在意自己的外表。作为享受奖学金的学生，这一身份应该能让他从旧货商那儿弄来以前给其他穷业士用的长袍和帽子，但这让一直穿着缝缝补补的罩衫的曾经的中学生很反感。于是，他就在图宾根的裁缝店量身定制衣服，哪怕本身就没什么积蓄。用来遮住因四岁时得病而变形的双手的手套是最贵的：他要用黄鹿皮，做成肤色，要求尽可能做得薄一些以便不会在写字时感到不适。只有对于鞋子，他只求经久耐穿而不求美观。至于他很久以来的想法——去眼镜商那儿定制圆框镜，好补偿自己的视力不佳，他更想看看未来的同学们是否也戴眼镜：没必要让自己太引人注目，也没必要遭受他们的嘲笑。

大家都非常期待他的到来。这一点，他也不知道。他觉得通常，院长和主课老师们会对一年级最优秀的学生有所耳闻。事实上，自从七年前他向大学申请一本路德的《论意志的捆绑》，哈芬雷弗院长就一直很关注他，每年开学，都会要求阿德尔贝格的校长，后来是要求毛尔布劳恩的校长精心栽培这株在他们的温室里生长的稀有植物，同时也十分关心他的每一次成绩和进步。校长甚至还在大公面前谈及过此事。当然了，开普勒从来都没想过自己会如此令人关注。其实，他很清楚自己的天赋，也很清楚自己卑微的出身：对他而言，作为一个拿奖学金的旅馆主的儿子是绝对不可能让这些如此有地位的人感兴趣的。

然而，令人感兴趣的恰恰是他默默无闻的出身：让这个神童登上最高舞台能够证明梅兰希通创建的这座大学将机会留给所有人，与将机会只留给权贵的天主教教育截然不同。

于是，约翰被召去参加一个由杰出教师参加的会议。他们就不同领域问了他一大堆问题，他都尽可能好地一一作答。带着与生俱来且在任何情况下做任何事都带着的极大嘲讽，他想："实际上，在这座朴素庄严的召见厅里，这些高知博士们的行为，与让我在旅馆里模仿有学问的人表演的父亲并无不同。"

在讲台上的长桌后坐成一排的六个人里，只有一个人看上去对这个"模仿有学问的人"不感兴趣。迈克尔·马斯特林玩弄着手中的钢笔，时不时胡乱涂写些什么，可能在画一幅画。开普勒态度谦逊地低着头，注意到这个人只有其他人提问复杂的心算练习时，才真正抬起头看他。但是投来的目光似乎是在嘲笑，数学家好像在对他说："我才不会被你的装腔作势蒙骗，孩子。"为了结束这场实质为一次测试的问答，院长最后提议：

——"我认为，业士开普勒，一旦您大学毕业，开始攻读博士学位，您自己也会想要教学的。您有足够的时间来考虑这件事，我们也有足够的时间来指导您，但是您现在是否已经有最想要从事的职业呢？"

开普勒眼眉低垂，双手背在身后，故意用颤抖的低声，谦虚地回答道：

——"院长先生，请您原谅，我可能过于自负了，我唯一的想法就是传授福音，但不是高高坐在讲台上当着学生们的面，我觉得我完全没有那个能力，而是在一座偏僻小村庄中简陋的教堂里。"

——"值得赞扬的传教使命"，院长半喜半怒地回应道，"我希望在图宾根的几年能够补救这一情况。您觉得呢，欧赞德博士？"他转身问坐在自己右边的神学老教授。

这位长者慢慢地捋着大胡子，似乎陷入了曲折的沉思，最后用有些颤抖的声音回答道：

——"我认为，我的学生斯帕恩伯格会是指导开普勒先生学习的最佳人选。他会纠正开普勒先生散发出加尔文主义猜想的大胆思辨。"

其他几位老师看起来有些局促不安。马斯特林则不时轻轻咳嗽以掩盖自己的发笑，并说：

——"假想，确实，在欧赞德家族看来，就是一件家务事……"

其他几位老师装作没有听懂他的影射，除了在此教授希腊语和希伯来语的马丁·克劳斯，发出了一声轻笑。所有人都知道，欧赞德家族构成了令人生畏的神学家小团体，一直以来都在搅动改革教会的激烈论战中毫不犹豫地侮辱、恶意中伤路德、梅兰希通、加尔文。马斯特林提到的"假想"，指的是让神父安德烈亚斯可以在他为哥白尼的《天体运行论》所做的序言中，将"日心说"简化为一个无实例的简单的数学工具。甚至可以说当波兰天文学家意识到的时候，就被这个序言杀死了。至于图宾根目前的神学教授卢卡斯·欧赞德，不仅年事已高还患有耳聋，无法杀死任何人。马斯特林继续说：

——"开普勒同学精湛的算数技巧让我觉得很高兴，但令我感到可惜的是，这一天赋只用来在传教布道时令他未来的信徒印象深刻。算数也可以是通往天主的真相的良好途径。"

——"非常正确！法国哲学家拉伯雷曾说，'无良知的科学只是一个灵魂的废墟'。"古希腊语学者马丁·克劳斯补充道。

在场的人里，有几个不太出名的教师和导师在窃窃私语。大家都知道，尽管院长让他不要教授哥白尼理论，至少在正式的教学框架内不要教授，但马斯特林还是十分捍卫这些理论。在四十岁的年纪，这位图宾根的数学家与著名的第谷·布拉赫平等对话，并称为享誉世界的伟大天文学家。

至于比他年长二十五岁的马丁·克劳斯，是批评不得的，尽管其宗教思想有时会偏离严格的路德教义。事实上，他曾是梅兰希通最喜欢的学生。精通西方语言的他，曾在改革派企图与拜占庭教会以及犹太教普世和解时任通信大使。他也曾暗中去过威尼斯和君士坦丁堡。

哈芬雷弗院长让学院的通识课教师拥有极大的思想自由，唯一的条件就是他们过于先进的思想不能在教学中体现出来。"神学就只让神学家来研究"，他要求他们。

被询问了一小时之后，开普勒离开了召见厅，他并不知道这场以他为对象的争辩是特别为他准备的。他自责如此激昂地表现出了想要传教布道的志向，他觉得在这些人里，只有一个人持反对意见：迈克尔·马斯特林。于是，他发誓要打动这位数学老师，并赢得他的器重。

30

学习使他快乐。创作拉丁文诗歌、解代数方程对他来说比他喜欢玩的纸牌游戏、骰子游戏、下跳棋以及下象棋有意思得多。但每当借助阅读或者通过老师了解到他之前从来接触过的新事物，开普勒就不再是单纯的高兴，而是一种笃信，是狂热地陶醉其中。迈克尔·马斯特林第一次跟他谈到哥白尼及其日心说时，他就是这种感觉。

众所周知，图宾根大学的数学老师成为了哥白尼派的领袖。哥白尼派也只有少数几个人，但是分布在旧世界最好的几个大学中。尽管如此，不论是天主教学院还是改革教学院，都严令禁止教授地球是运动的而太阳是固定不动的。相反，在作品中，至少是在路德派德意志，天文学家可以畅所欲言。这一荒谬的情况让哥白尼派不得不口是心非。八年前，马斯特林也在《天文学概要》中揭露了这一点，书中微妙地谈到在上课的时候，迫于作为教师的官方立场，他只能说地球是禁止不动的。这件事产生了一定影响。尽管神学家欧赞德强烈反对，学院董事会还是允许狂热的数学老师谈及日心说，但只能以假设的形式，况且《天体运行说》的序言也是这么建议的。表面上都说上述序言出自哥白尼之手，其实都知道真正的作者不是别人，正是纽伦堡已故的欧赞德，他是路德和梅兰希通的劲敌，其子卢卡斯是图宾根大学神学的终身教授，具有极大的影响力。

连哈芬雷弗院长都怕这位看什么都觉得异端的疑心重重的老人，所以他要求马斯特林尽量小心谨慎。数学老师只能在家里偷偷地教两三个精心挑选出的学生，学习这个半个世纪前被路德和梅兰希通谴责的日心说。

马斯特林看不上小开普勒，看不上他对神修神学的笃信，尤其是他异于常人的天赋。所以，第一年他想好好观察开普勒，先不私下教授他哥白尼学说。中学毕业生来找他大约是在 1590 年 6 月末。当时预告 7 月 7 日会有一次月食，紧接着当月 20 日还会有一次日食。马斯特林不久前才严格遵守托勒密理论，针对这些天文现象给学生们上过一次课。托勒密理论认为，地球固定不动地位于宇宙的中心，其他的天体围绕它在清晰的轨道上运行。他还邀请学生们来和他一起观看这一景象，说是邀请，其实是命令，因为所有学生都知道是否到场会影响自己的期末成绩。学生们都走出了教室，马斯特林装作在整理文件夹里的文件，好抽出最后一张，高高瘦瘦的开普勒待在教室里，站在讲台下，略微驼背的他有点焦虑不安。他显然是想要和老师单独谈谈，但马斯特林生性爱捉弄人，他装作没看见开普勒并把他晾在一旁。最后，他抬起头，装作吃惊地说：

——"您有什么东西落下了吗，开普勒先生?"

中学毕业生脸一下子红到了耳朵根，含糊不清地说：

——"老师，我无法和您一起观测了。我得回家去处理家事。"

这一怯懦与他的自信、甚至与课上回答问题时所表现出的自负形成了鲜明的对比，实在令马斯特林感到惊讶。导师突然想到，他从来没在严苛的天文学领域表现出这份自负。开普勒的确什么都懂，有可能他对天文学不感兴趣，但精通算数和几何的人还很少会这样。而且，马斯特林对这位神奇业士的背景了如指掌，不难猜出家务事只是个糟糕的借口。

——"喔唷!"他讥讽地说，"事情应该很严重，才让您不得不长途跋涉去莱昂贝格，准确来说八天后才能到达，正巧是月食发生期间。这也没关系，因为您还会有其他机会看到这一现象，只要等到 12 月就能看见了，但您要在您母亲的旅馆里待到 7 月 20 日之后，就无法看到罕见的日食了，尽管只是日偏食，在我看来还是比您的家事更为重要。而且，我不得不在您的期末测评中，将您在这些集体观测中的缺席考虑进去。据我所知，您有几位同学要是看见您没跟大家一起，会相当高兴。"

开普勒凹陷的双颊红得更厉害了。说了几句令人费解的话之后，他终于说：

——"我会尽量抽身的。但……"

马斯特林改变了语气，一只手搭在他的肩上：

——"您就直说吧，也不要害怕我会生气。是不是您对研究天体不感兴趣？您认为探究造物主的奥秘是亵渎了圣物。"

——"不是的，老师，恰恰相反……"开普勒大声说，"但有些事让我有所顾虑。请原谅我的冒昧……在您的《对出现于 1580 年彗星的观测与论述》中，以及对 1577 年和 1578 年出现的彗星所写的其他作品中，您论证出这些流浪的天体绝对不可能是月下现象。我重做了您的演算，是准确无误的。而且您强调：这些彗星从来都没遮掩过月亮，那只是一瞬间。可是……"

他意识到自己的自负，脸色变得苍白，但为时已晚。

——"继续说，请您接着讲"，马斯特林咬牙切齿地说，还一边想究竟是因为什么而没有一脚踹在这个狂妄自大的年轻人的屁股上。

开普勒尽可能让自己表现得谦逊。但这是白费力气，因为他黑色又深邃的眼神情不自禁地盯着老师，窥伺着他的一举一动。

——"可是，上课的时候，您却告诉我们……"

他停了下来，内心受到了谴责。他又很快就说出结论了。他的论证、命题、反命题以及综述基本就用"正确，因为……不正确，因为……所以"。他可怕的脑子里把所有过程都过了一遍吗？马斯特林圆圆的脸庞上做出善意的笑：

——"您应该也读一读我的《天文学概要》。您就会明白为什么我在讲台上教授的与我……从头开始的写作有些许不同！"

——"我读过了，老师，只是……"

"我该走了，开普勒。我也有一些要事要处理，不完全是家事。但要是您有时间的话，后天晚饭过后，我们可以在我家里继续交谈。"

——"在您家吗，老师？"

——"当然了，在我家，您知道我住哪里吧？放心，您不会是一个人。还有其他三个学生在，当然都比你年级高。但是，我给他们上的课您都能听懂。"

离开了学生，马斯特林在想，邀请这位意料之外的学生来上他半私密的课是否真的是一个好主意。作为伊拉斯谟的得意门生，表面上看来是个无懈可击的路德派，数学教师并不把笃信神学的这些狂热却不理性的人放在眼里。

事实上，没过多久开普勒就成了哥白尼最坚定不移的支持者，既是从实质上又是从形而上学而言：出于对奥义的狂热，他赞同太阳是宇宙中心，包括地球在内的其他六颗行星围绕它旋转。

——"既然上帝在第一天创造了光明"，当马斯特林告诉他一些日心说理论要素的时候，他惊呼道，"那显然这一光明，神的帐幕，只可能位于宇宙的中心。"

这正是老师所担心的：他的学生一上来就误入象征符号的歧途，而没有坚持走严谨的数学之路。于是，像骑兵拉着被一块菜地引诱的牲口的笼头那样，他随即强制他进行计算，强迫他做枯燥乏味的研究，将普鲁士天文表及阿方索天文表与火星变幻莫测的本轮作对比。马斯特林称这项工作为"激将法"。要是学生屈服于这份枯燥的训练，这一局就算赢了；但要是学生顽固坚持形而上思辨或占星推测，最好是把他打发回去学习……学习托勒密。

　　马斯特林搞错了：开普勒一点都不痴迷于宗教。恰恰相反，他精力充沛且思维敏捷，理解力十分强，这让他很轻易就能认识到自己的过失，甚至会以此作为跳板。于是，第三次课的时候，他就告诉老师他不想再探究"宇宙为何如此"，至少在他还没搞明白"宇宙如何运转"之前。而且他十分乐意研学马斯特林要求他重新推算的星历表和日历。老师这边呢，则在心底咒骂那个向来拒绝把自己的观测数据与他交流的老朋友第谷·布拉赫。而且，第谷将彗星并非月下现象这一观点归为己有。但是从这件事来看，他并不是称职的天文圣父。在马斯特林看来，这些观点应该得到推广普及，而且它们只归真理所有。

　　1591年的9月，在两年的学习之后，开普勒取得了文学硕士的文凭，排名第二。为什么只排第二名？尽管已与自己今后主要指导的学生相处融洽，马斯特林还是出于慎重降低了他的天文学分数，因为约翰当着评委会的面，竟然敢阐述与托勒密对立的哥白尼论点。

　　取得了硕士学位，旅馆主的儿子心花怒放。他终于可以随心所欲纵情欢乐了。这只是昙花一现。他发现自己真正的雄辩天赋；以前总是眉头紧锁、犀利地面对恶意中伤的他，变得风趣、轻快、有魅力。他用毕达哥拉斯和普鲁塔克的方式思考月亮上的居住者。他谈论了魔鬼、幽灵、精灵，假装相信它们的存在，目的是尽量使这些迷信行为显得可笑。但在内心深处，他还是固执地继续着自己的目标：神学博士。

　　在此期间，他毫无保留地捍卫着日心说体系以及地球的自转运动，认为自己的职责就是与创世说辩论宇宙真理。他没有意识到，是马斯特林派他参与这场战役的，唯一的武器就是他坚定的信念，作为哥白尼军队的优秀统帅，马斯特林则……远远地关注他、激励他。

31

马斯特林最后觉得在天文学方面已经没有什么可以教给现在自己唯一的学生了，数学上也没什么可教了。但是，他从来都没有跟他交流过哥白尼学派的奠基之作——雷蒂库斯的《初讲》，因为他担心这个自负的年轻人会受到这本书作者的影响，致力于为国家和人民的命运做星宿预言。尽管跟当时所有人一样，马斯特林认为天体之合、行星之合、彗星和日月食这些天文现象传递了上帝的旨意，但是他并没有兴趣也觉得没有能力对其进行解读。他还很看不起那些试图去解读的人。作为将星相学与天文学区分开的第一人，哥白尼难道没有对此做过解读吗？学生们肯定经常问他这个问题。他就只是跟他们指出浑天仪上的不同星座，并让他们提防那些以占卜为业的骗子，之后再明确告诉学生们他只负责讲解宇宙是如何运行的，而不会涉及这一星宿机体的深层含义。

开普勒从来都没在他面前谈到过星相学问题，有着文学硕士文凭并注册了神学博士的开普勒几乎能出入各个图书馆，其实他已经私下里尽情阅览了大量星相学著作。他从来都没向自己的老师表露过这一新嗜好只有一个目的：知道"她"是否有朝一日会抬头看他一眼。

开普勒恋爱了。就像对所有事物一样，是一种单恋。当然，他选择了全图宾根最美丽、最无法接近的对象：哈芬雷弗院长的女儿。第一次见到她，正是在他取得第二名的毕业答辩之后。他和第一名、第三名文学硕士走出校门，准备在镇上的小酒馆里好好庆祝一下三人的获胜。他们遇见了她。三人里最热情洋溢的约翰带着胆小鬼常有的鲁莽说道：

——"啊，最美丽的姑娘，上帝保佑您的父亲让我们成为了硕士。愿上帝保佑您愿意成为我的未婚妻！"

她听懂这句用拉丁文高喊出的轻佻的问候了吗？不论怎样，在女管家匆忙命她拉下面纱并快步拉她走之前，她还是用明媚的微笑回应了他。

他这样做是为了在同学面前逞能。后来就没再去想了。只是夜里在宿舍睡觉的时候，梦里突然出现了这明媚的微笑，一下就惊醒了。

从那以后，这个画面就一直挥散不去。接下来的一年，已取得硕士学位的他有了更多的闲暇时间，因为博士论文的选题他已经想好了，教师资格证的考试对他来说也只是简单走个形式，于是他就有更多的时间来追求爱情。他写了很多永远都不会寄出的情书。明知道她不会在那个时间外出，还是想要在路上与她偶遇。也是因为这样他才开始研究星相学，想知道他们的星座是否能契合。他不知道心上人的生辰八字，但也没关系！金星与处女座肯定决定着他的命运。他走进了一片符号的领地，并对符号十分感兴趣，与占星家相比更像是一位诗人。

于是，一个冬天的晚上，他第二次与她偶遇，当天夜里他看见"金星穿过了第七宫"。那她究竟爱不爱他呢？对他痛苦的灵魂而言，这次遇见就是一场可怕的灾难。冬天的严寒让他敏感的肌肤皲裂的厉害，瘦削的脸上也满是结痂皱皮。要是她对他的问候不加理睬，甚至反感地转过身去，那是因为木星正处在"热情入弱"之中。也有可能她只是很着急回家，回到她的第七宫，回到院长的家，待在壁炉前取暖？

春天来了，他满怀憧憬。他又见到了她，面对他的问候，她露出了迷人的微笑。该怎么办呢？给她写一首诗、一封信？她永远都无法读到，因为他永远也不会寄出。他的爱太强烈了；他需要吐露衷肠，他要找个人说出来，找个信得过的人。但，找谁呢？他觉得自己和所有同学都合不来，他们都不喜欢他，因为他总是嘲笑他们的知识漏洞和错误。

他错了。同学们都很欣赏他，而他却不知道。但要是他表现得过于挖苦人，他们就会在他需要帮助的时候冷眼旁观。奥尔托夫就是这样，在学习上和他互不相让，却与他有真挚的友谊，但自从开普勒过于明显地捍卫哥白尼，他们就疏远了些。所以，他多少还是有些迟疑去找这位亦敌亦友的同学。

——"奥尔托夫，我的朋友"，开普勒装作像一条挨了打的狗，"请原谅我之前对你说过的话。我也不知道该怎么说。但是，你知道……我需要跟你谈谈。来吧。"

对于这次和解，他选定了时间："金星从第七宫出来"的时刻。

——"你觉得这个小姑娘怎么样?"

——"还不错"，自觉很懂女人的奥尔托夫回答说，"但我觉得矮了点。"

——"我爱她"，开普勒激动地嚷道，"我从来都没这么爱过一个人。我挣扎了很久，但还是被她征服了。爱情让我筋疲力尽。"

奥尔托夫没敢问他是否真正经历过爱情，因为很显然，二十岁零几个月的开普勒还是个处男。在庆祝完硕士毕业后，他竭力想拉开普勒去城墙下的一个店，大学允许这些店的开设，是为了让年轻人能在那里解决生理需求。但是多虑的开普勒拒绝了那次同行，他怕沾染疾病。

——"我说约翰老弟"，他最后说，"恕我冒昧，像你这样一位拿奖学金的学生，怎么能觊觎院长的女儿啊?"

——"我知道这会很难，甚至不可能。但正是如此才十分美好。我以我唯一的成就向你保证，我会牵起她的手。"

于是这两个大学生手挽着手，一边谈论着这份不妥当的情感，在常去的小酒馆里，喝着啤酒越聊越深入。他们言辞轻佻，女服务生好不容易才避开一只想在她屁股后头摸来摸去的手。开普勒终于还是提到了他所做的关于心上人的星相学研究。

——"约翰啊"，奥尔托夫哈哈大笑，"要是你连这个小矮个的生日和名字都不知道，怎么可能知道这段希望不大的婚姻未来会怎样呢？"

开普勒听到他称她"小矮个"，差点要发火，但他还是忍住了，并开玩笑说：

——"既然你像法国人一样十分了解女人，又像卡斯蒂利亚人一样有谋有略，那就跟我说说你是怎么得到这些宝贵的信息的。是收买了陪媪，半夜潜入了她家，还是通过向我口述信稿呢？"

由于奥尔托夫说的话对院长的女儿如此不敬，这两个人都有可能会被德国的所有大学开除，开普勒最后失望地叹了口气：

——"好吧，既然我没法指望我的朋友，我就只能碰碰运气，借助我的幸运星了。"

在小酒馆把酒言欢刚过去一周，他就交了好运。马斯特林邀请他到自己家协助做一些相当复杂的天文计算，现在已经把他当作助手在用了，当然名义上是志愿者。

——"啊，开普勒"，老师招呼着他的学生，"归根结底，你选择神学、选择当牧师可能是对的。这样一来你就可以不用做我的上级们以及他们的夫人交给我的这些苦差事了。他们要自己的星座运势！我得给他们制定一个美好的未来，好让我日后大树底下好乘凉。"

——"我学了一些占星术"，开普勒回应道，"我可以帮助您。我觉得占星还挺有趣的，也有诗意。"

——"是吗？那你很快就会厌倦的，孩子。既然你对占星这么感兴趣，那就来帮我来处理一下院长夫人的订单吧。哈芬雷弗夫人想要她女儿赫莲娜的星座运势，给她庆祝十六岁生日。"

——"她叫赫莲娜？"约翰叫道。

接着，他脸红了，紧咬住双唇，而马斯特林毫不掩饰自己的高兴：

——"哎呀，对于一个未来的牧师来说，尊敬的开普勒牧师，您并没有选择最难看的姑娘。但是，就算能借助星宿，我不认为我们能说服院长将她的女儿托付给一个传经布道的人，他是自马丁·路德以来最令人信服的人。相反，一位最有前途的数学教师才可能会走运……"

开普勒不想做回应。他和老师间的关系现在再亲密也没用，他拒绝让老师进入自己的秘密花园。于是他们一起拟定了院长女儿的星座运势。开普勒对马斯特林的玩笑哈哈大笑，还借用双关的文字游戏再添枝加叶。最后，老师让他亲自将文件送至著名的"第七宫"。

他搭坐在接待室的一张椅子上等着，心怦怦跳。迎接他的不是金星或美丽的海伦，而是朱诺或勒达：她的母亲。哈芬雷弗夫人请他进到一个小会客厅，看了星座运势后，露出了满意的微笑，将文件藏在了写字台的抽屉里，并要求来访者不要告诉自己的女儿，想留到生日那天给她惊喜。开普勒答应了，突然一惊，心跳加快：门刚刚被打开了。原来只是个女仆，端上了一盘点心和蛋糕。

——"请把这些都放在小圆桌上吧，格里塔，您可以去做自己的事了，我这里没什么要忙的了。"

接着，她转向开普勒，装作失望地撇着嘴说：

——"哎呀，赫莲娜要陪她的父亲去斯图加特见大公爵夫人。她就没法来跟您问好了。在您这个年纪，您应该不会不了解占星术吧？"

约翰觉得更自在了。他开始就此高谈阔论，还非常学术但不令人生厌地谈论了其他话题。他已经拥有这一厉害的手段：诙谐的口才。但他并不知道。十一点半的钟声响了。他一下子站起来，请她原谅自己耽误了她太久时间并着急要离开；她非常想留他单独享用些点心，但不行，他还是抱歉，也不知怎的就到了大院子里。他看到马斯特林回家了；便急匆匆地去见他，跟他讲述了这次拜访，并对哈芬雷弗夫人的美貌和智慧啧啧称赞。

马斯特林顽皮地看了他一眼，说：

——"你们只见了半个小时吗?"

开普勒这才明白过来。他生气地踢了一脚地面,咬着牙说:

——"老师啊,要是有一门关于女人和爱情的课,我肯定是最差劲的学生……"

32

1592 年末，约翰即将年满二十一岁。他已经学习了自己不太感兴趣的法规和法律，决定接手开普勒家族的事务，这当然不是为了他自己，而是为了他的弟弟妹妹们有所保障。他在他们的身上倾注了所有的情感，因为他一直自责他们为了他出人头地所作出的牺牲。他最大的阻碍就是家族还是有一名的"大家长"，他的爷爷塞巴尔德，身体一直都很好，至少在早上从家出门以及穿过魏尔德尔斯塔特广场去小酒馆的时候。

在塞巴尔德和约翰之间，就没有其他人了。祖父的另外两个儿子已经过世；一个路过客栈的旅行者应该看到海因里希随皇家军队出发讨伐踏足匈牙利的土耳其人，还是担任炮手。女儿这边有约翰的几个姑姑，但她们不作数。开普勒家族在这一地区曾经的昌盛与名望让她们当中的两个找到了婆家。第三个姑姑成了天主教修女。

在这个没落的家族里，约翰想要重新组织一群和睦的信徒，由他来担任牧师。还有几个月即将成年，他放弃了有关爱情的占星，转而绘制家族的星座图，翻阅了魏尔德尔斯塔特记录在册的洗礼，甚至从中找到好几代之前，某些祖先曾是令他一点儿也不自豪的小贵族。接着他去莱昂贝格待了整整两天，询问他的母亲是哪一天什么时候怀上他的；多次争执后，母亲告诉了他，他终于相信自己就是海因里希·开普勒的早产儿没错，而不是某个姓名不详的过客的私生子。

他的老师们怎么能理解他的传教士使命只是一件家事，并通过他对自由意志的教义的倾向，试图理解为什么他，约翰，显得与众不同呢？除非他是个基督徒……

在魏尔德尔斯塔特研究族谱的时候，他觉得应该去拜访一下自己的祖父母。他的家乡非常小，以至于他别无选择。塞巴尔德不在家，但他脾气暴躁的妻子在家。在将近十年未见的孙子面前，她表现得很十分温柔。跟他说话时，不仅像个好奶奶，而她从来都不是个好奶奶；而且还很虔诚，她在自己的牧师面前一直如此，用忏悔的语气。她说的无非都是在指责塞巴尔德酗酒、好色、钱花得越来越多。她还提到大儿子海因里希失踪后，塞巴尔德去了莱昂贝格的旅馆，追求并讨好他的儿媳妇凯瑟琳，而她应该也答应了。约翰一刻也不相信这些话，但这么多的毁谤让他很反感，他尽快离开了。

现在他成年了，这次他准备好作战了。他要让这对令人讨厌的老夫妻恢复理智。考虑到自己的母亲会不太乐意与公公婆婆一起庆祝圣诞节，他还要绕道去莱昂贝格找她。那是一场闹剧。眼泪、叫喊、哀求……

——"我不想跟这些人有任何来往。她这个坏女人、毒舌妇。而他，是个老色鬼。一个母亲不应该跟儿子说这些，但……"

"我知道，妈妈。我很想跟这个老色鬼说说他做的好事。但我另有计划，为了您能幸福，也为了孩子们。"

——"我已经不再是小孩了"，海因里希嘟囔着。

约翰打量着他的弟弟。这个快十九岁的青年已不再是那个脸颊通红的小农民了。他长大了，变结实了，鼻子下有长出了像军人一样整齐的小胡子。海因里希长得和他们的父亲惊人地像。他继承了父亲的爱吹牛，也遗传了他阴险的眼神。还有唯一一道小时候总是挨打而留下的疤痕。父亲一去不复返的前一年，把他卖给一位农场主当雇工。小海因里希逃了出来，直到很久之后，确定再也不会见到折磨他的那个人了，他才重新出现在莱昂贝格。而现在，轮到他在客人面前侃侃而谈自己的漂泊流浪，就像曾经他的亲生父亲在客人面前讲述自己参战的经历那样。面对他，约翰觉得自己有罪。母亲轻轻地把手搭在小儿子的手上：

——"听约翰的，我的海因里希，服从他的安排。他有文化。他会告诉我们该怎么做。"

她这么说，不像在说自己的大儿子，而像是在说某个被寄予厚望的公证处文员。图宾根的大学生心里觉得很难受。他从来都没被温柔对待过。他咬着牙，转身面向自己的弟弟，单独进行男人间的对话，装作忘记母亲的存在。他们出发去魏尔德尔斯塔特庆祝圣诞。最主要的目的不是为了全家人一起庆祝基督的诞生，而是说服老塞巴尔德卖掉他管理不善的皮货店，这样他还能靠吃微薄的利息过日子，也还能成为全村最受女性欢迎的人，要是他还可以的话。卖掉皮货店换来的钱可以用来重建莱昂贝格的旅馆，将它打造成一个名副其实的驿站。

在一个寒冷的清晨，一只老骡子拉着他们的马车出发，行进在积雪的路面上。车上坐着母亲、克里斯托夫和格雷琴，他们用毛皮大衣把自己裹得严严实实，车辆的颠簸让半睡半醒的他们一晃一晃的。车木板上，海因里希牵着缰绳，约翰坐在他身旁。他们时不时要下车以减轻牲口的负担，要是坡道崎岖，他们还要推着车走。蓝色的天空中终于闪耀出一道寒冷的阳光。海因里希便开始唱一首欢快的曲子。约翰不敢和他一起唱，因为他知道自己唱歌走调。等弟弟唱完了，文学硕士惊呼道：

——"你唱歌真好听。你学过音乐吗？"

——"怎么可能！天生的吧。我还不仅会唱歌……"

他弯腰从车木板下拿出了一个精美的弦乐器。

——"我挪用了遗产！我想你应该不会怪我吧？"

约翰耸耸肩。他觉得这句反话很刺耳，却没意识到这也是他的。

——"这个我们叫他'爸爸'的坏蛋"，海因里希继续说，"从他所谓的弗兰德地区的战役中带回了这把吉他。很可能是他偷来的。这个粗人怎么可能懂得欣赏美呢？五根双弦，音域相当宽广。你来牵缰绳，我弹给你听。"

海因里希的双手很修长，手背上鼓起的血管就像是青色的河网，约翰悲伤地想到自己的双手，畸形且斑斑点点。他的双手拨弄着十根琴弦，就像一阵春风拂过芦苇地。海因里希是个左撇子。他的哥哥怎么从来都没发现呢？弟弟用一种外语唱着歌，约翰觉得听到了一些卡斯蒂利亚单词。这是一首悲伤怨念的歌。文学硕士觉得眼泪顺着他凹陷的脸颊在往下流。

——"吵死人啦你！"母亲用她那尖尖的嗓门儿说，"还不如给我们来一首《娇小的红玫瑰》。"

——"老巫婆"，海因里希嘀咕着，一边把他的乐器放在车木板下。

——"真好听。这首歌讲述的是什么？"事情恶化前，约翰从中调和着说。

——"呃，跟往常一样。讲的是在塞维利亚，穷小子去参军，担心自己的未婚妻在此期间尽情享乐。当我在纽伦堡的集会上弹吉他的时候，一个西班牙逃兵教了我几首他们有关佛兰德的曲子，他们称这些为'弗拉门戈音乐'。"

接着海因里希又接回缰绳，沉默不语，更确切地说是望着地平线，闭着嘴哼着同一支曲子，直到杉木后出现了魏尔德尔斯塔特房屋的屋顶。约翰想着一有时间，就要向弟弟灌输乐理知识，要让他阅读音乐方面的书籍，让他走出黑暗。

——"啊，你来了，著名的约翰·开普勒老师。我说，博士啊，还是处男吗？"

塞巴尔德·开普勒交叉着双臂，稳稳地站在魏尔德尔斯塔特村长家石阶的三步之上，大理石做的台阶有些开裂了。他圆鼓鼓的身躯穿着一件奇装异服，那是马克西米利安统治时期的贵族服饰，浅灰色的宽皱领浆过了，红色的短裤上挂着乱七八糟的绶带，羽饰的绿帽下是一头僵硬的黄色假发。绯红的脸上铺着白色的大胡子，胡子上还有面包屑和一根细细的乳酪丝，散发着酒味。

掩盖住自己的不满，出于对祖父应有的尊重，约翰拥抱了他。然后站在他的右边，看见自己现在比他还高，约翰很高兴。接着，海因里希，他们的母亲和另外两个孩子也分别与塞巴尔德问好。就好比是诸侯向君主表示敬意。

——"奶奶不在吗?"约翰问。

——"这个多嘴的老太婆应该在厨房里。让女人们忙她们的，我们去喝一杯吧。"

——"十分乐意。海因里希，跟我们一起吧。"约翰命令道，他尤其不想让弟弟觉得孤零零。

听到他这么有威信的口气，塞巴尔德差点儿吃了一惊。他试图缓过劲儿来，拉着长孙的手臂走下三步台阶，开玩笑说:

——"你还没回答我的问题呢: 你还是处男吗，博士?"

——"愿为你效劳，村长先生。"

——"我们得补救一下这个情况。看!"

他指着广场上一处崭新的喷水池。四尊特里通在朝着承水盘喷水。

——"啊! 我说! 那一个……那尊是你啊，爷爷!"

老人家趾高气扬地说:

——"是的，那是我自掏腰包请斯图加特最好的雕刻师为我做的。另外的三尊代表的是我做村长的前任们。"

——"太像了"，约翰沉着地说，"尤其是你吐水的方式。因为要是这座喷水池喷的是酒，没有一滴水会从你的嘴里被吐出来。"

在他们身后，海因里希哈哈大笑。受到了约翰的侮辱，又不敢惹这个过于聪明的男孩，塞巴尔德便转身对着约翰的弟弟训斥道：

——"你很高兴是吗，小傻子？你跟你那懒惰的父亲真像啊，你！我真实忍不住想要……"

"那就来试试看吧"，海因里希回应道，一边摆好了架势。

——"喂"，约翰调解说，"这么冷的天，你们就别打架了。"

——"你说的对"，祖父答道，"来上一小杯烧酒会比来上几巴掌更能给暖。但你给我等着，少不了你的，海因里希。"

海因里希耸耸肩便转身离开了。他摇晃的步态跟他的无业游民父亲简直一模一样。

塞巴尔德和约翰·开普勒进到了小酒馆。酒馆老板打趣地说：

——"冯·开普勒男爵先生，欢迎来到我的寒舍"。

——"还是称呼我真正的头衔：冯·开普勒骑士吧。"

这一回答引起了一众掌声与哄笑。

——"亲爱的村民们，请允许我向你们介绍，我的孩子，令冯·开普勒家族骄傲的约翰骑士，他是图宾根大学的博士教授。"

看到文学硕士严肃的面孔、灼热的眼神，大家一下子就不笑了。神一般的人，还是有知识的人？对他们来说，这没什么区别，都让他们感到害怕。

——"爷爷，你怎么能让这些受你管制的人公然取笑作为村领导的你呢？"

——"哪里有取笑？这些正直的人虽然在笑，内心里还是很尊重我以及我的职权的。你这么无所不知的人，至少有一件事不了解，我们的先辈腓特烈在横渡台伯河的时候，被齐格蒙特大帝封为了骑士。"

——"我知道这件事，是的，但是我还知道那个时候，他出人意料地丢掉了这些骑士头衔。这些称号很快便不复存在了。"

　　旅馆老板毫不客气地将一瓶烧酒放在桌子上，还放了两个不干净的玻璃杯和两个大杯啤酒。约翰想，这个老板把对村长——"塞巴尔德·冯·开普勒骑士"的尊重掩藏得真好。他还想，八个小时的路途，他只啃了些面包和奶酪。但他还要表现得跟爷爷的特里通同一水平。爷爷刚刚喝完了第一杯烧酒，脸变得更红了。

　　——"什么？你已经把皮货店给卖了？"

　　——"唉！去年，在斯图加特，为了还赌债……终于解脱了。一个开普勒在卖兔子毛皮，会招人闲话的。但你放心，我租出去几块地。生活还是很美好的。"

　　是哪颗灾星把开普勒家族拉向末路？还有他自己，约翰，这是否也是他的命运？他感到一阵眩晕。但这阵眩晕，是因为既想跳入深渊，又害怕跳下去后粉身碎骨。他选择了第一种解决办法，努力让自己喝醉。不多会儿，他就和自己的爷爷以及另外两个名流玩起了塔罗牌。在学校的时候，约翰从来都不会输，他记忆力超群，能记得所有放下的牌，并迅速重建对方手中的牌。但这一次，可能是酒精的作用，或是奇怪想输的欲望，他输了两银币。塞巴尔德起身说道：

　　——"先生们，到时间了。库平杰妈妈还在等我们吃饭呢。在那里，会发生一件大事：约翰·开普勒博士教授要失去童真，用来庆祝他的成年。"

　　另外两个人开始鼓掌，但是这三个名流中没有一个想笑。这是件严肃的事。啤酒产生的晕眩一下子消失了。

　　——"谢谢你，爷爷，全家人都在等我们。应该要回家了。"

　　——"哦，不，我的孩子。你是逃不掉的。时候到了。在开普勒家，一直都是如此。而且，家里的女人们都知道。这件事早就安排好了。"

　　于是，约翰屈服了。即使会在深渊底部摔得粉身碎骨，即使可以立马跳出；深渊里的淤泥减缓了他的堕落。他跟着那三个裹着皮袄、毛皮帽子盖住耳朵的名流，以坚定的步伐前进着。寡妇库平杰的店位于魏尔德尔斯塔特的城墙外，用木砖栅栏当做围墙。屋子周围的花园里积满了雪，很雅致，至少在约翰看来。寒冷让他多少保持了些清醒。总之，他对自己说，总有一天他要迈出这一步。

精美的壁炉里，一团猛烈的火在呼呼作响。会客厅铺着精美的挂毯，到处都是靠垫，让人想到苏莱曼大帝的后宫。约翰想起图宾根最为非作歹的同学们，在得知他的家乡后，用大学规定要用的拉丁语向他打听"库平杰老婆娘"，一脸饥渴，笑得很猥琐。他承认自己不了解，他们就笑得更欢了。现在清楚了："Cupinga"就是拉丁文的库平杰！他的家乡有一个享誉全符腾堡的妓院。他对此不能更自豪了。

库平杰寡妇是个威严的女人，她穿着一身黑，却满身珠宝首饰。她在大厅中间支了一张餐桌，摆上了五套餐具。在行过吻手礼后，三位名流便坐在了他们的老位子上，女主人与村长塞巴尔德面对面坐着，约翰独自一人坐在爷爷的右边，另外两人坐在他对面。这顿饭相当丰盛，为他们服务的是一个矫揉造作、大腹便便的年轻男侍者。

库平杰太太的屋子完全就是斯图加特富人沙龙的样子。客人们在这儿谈论城里的事，讨论道路系统或是边界划分，塞巴尔德当机立断，但女主人经常会参与，并提出中肯的意见，至少在约翰看来是如此。他曾想，有没有可能是她来解他的童子之身，但年轻男侍者一直鬼鬼祟祟地爱抚老板娘，这让他之前的想法被推翻了。他觉得无聊，在想自己待在这群见识不广的人之中干什么。他的思绪开始乱飞。人生来就是卑微的，他想。很难找到一种力量或是一种念头能迫使人看得更高更远。狗也是，狗总是目光短浅，但它有主人的爱，让它远离泥泞的水渠和令人作呕的石桩，迫使它抬起眼睛。而他，约翰，有神对他的爱。寻找神，就是发现神……

——"我们来说正事吧"，塞巴尔德的肥手突然拍了下白色的桌布，大声说道，"我亲爱的朋友，在您看来，您这儿的女孩儿中，哪个最适合我的孙子约翰·开普勒博士教授？他明年就二十一岁了，还是个处男。我想到的是格里塔。她要是能让像我这样的老头重获新生，就一定能让这个孩子对爱情感兴趣。"

——"哎呀"，库平杰太太回答道，"她现在正有活干呢。最近几天过节，我这儿天天客满。"

——"我觉得吧"，其中一个名流说，"格里塔的确很老练，但是有些枯萎……对于小年轻来说，最好还是找个处女。"

——"我这儿可没有处女"，女主人笑着回应道，"就目前这个情况，要找一个既有经验又年轻的姑娘。我这儿还有个新来的，但她这会儿也在忙。"

——"那我们就等等吧"，第二个名流说。

——"不行！"塞巴尔德斩钉截铁地说，"等着当第二个会消耗掉我们的耐心。而且，不能找一个我没先试过的姑娘。"

他们开始回顾其他六位住在这儿的姑娘。可能一时半会还做不了决定，因为这三个名流跟论文评委一样见多识广，与其说在谈论姑娘们的优点，不如说是在谈论他们自己这方面的丰功伟绩。库平杰太太从她的常客们那儿得知的姑娘们各自的优缺点已经够多了，想让他们就此打住，否则，他们还没做出决定，就都会烂醉如泥，尤其是主要当事人，都已经在摇头晃脑了。

——"先生们，听了你们刚刚对我说的这些，我觉得最符合你们的要求的，就是温柔的赫莲娜。"

——"赫莲娜？我要了！"约翰惊叫道，从遐想中回过神来。

——"你，你没有权利做决定"，塞巴尔德反驳道，"而且，她很蠢，配不上你这样有学问又聪明的人。"

——"是的"，第一位名流说，"她奇蠢无比。她那么傻，会让事情更刺激。"

——"愚蠢，傻？她是完美的！"约翰傻笑着，"你们带我来这儿不是为了写一篇关于皮科·德拉·米兰多拉的论文的。"

——"请你不要在库平杰太太面前像中学生一样大不敬"，塞巴尔德反驳道，"但是，就这么定了。你自己做出了选择！"

女主人一个手势，男侍者便把门打开。一个女孩出现了，和"第七宫的金星"没半点关系，但还是得硬着头皮。挣扎了一会儿。约翰起身，所谓的赫莲娜带着他上楼了。

——"嘿，博士"，塞巴尔德叫着，"用你的棍子尽情地扎她啊！"

33

——"亲爱的迈克尔，你知道犹太教神秘哲学里，是怎么形容'做修士'的吗？"

——"马丁，我承认我的希伯来研究还远远不够。要是我有幸能被你教，我也成不了你最优秀的学生。"

——"好吧，是这么说的'走向解答'。而脱离宗教则是'走向疑问'。"

——"的确说得好啊，但这和我们的开普勒有什么关系呢？"

迈克尔·马斯特林和马丁·克劳斯把他们的小板凳搬到了位于图宾根上游一处小树林中的沙滩上，他们的钓竿扎进了内卡河纯净的河水中。不是因为数学教授和东方语言学教授十分热爱钓鳟鱼，而是因为这个简单的消遣是他们唯一能找到的可以畅所欲言、又不会被人偷听的办法。其实，一段时间以来，有关教义不一的猜疑在学校里愈传愈烈，在整个德意志的路德教区也是如此。面对天主教徒自特伦托会议以来的强劲攻势，像马斯特林和克劳斯这样的哲学家认为，需要将教义灵活化。但是，改革派的捍卫者非但没有联合起来抵抗耶稣会，反而与他们的同道中人杠上了。

——"开普勒坚持要继续读神学博士"，克劳斯解释说，"他想做一名修士，'走向解答'。但是，学得越多、越深入，这个捉摸不定的人就会有越多的问题。我们学习写文章的时候，他就像是一批溜缰的烈马一样飞驰，想得特别远。我试图把他拉回来，从语法、文学翻译一步一步来。因此，他就利用这些走捷径，专门玩弄词汇和字数。他竟然敢这么对我，我都能当他爷爷了！简直是太气人了。"

——"当然了！"马斯特林回应道，"他一心要找出普鲁士天文表中的所有错误和不准确之处。还指责哥白尼和雷迪库斯是故意犯下这些错误的，说他们是骗子。这个家伙不仅质疑日心说，还不与现实妥协。当我为了保全面子而去解释这些错误的时候，他还指责我，是的，我的爱徒还来指责我，指责他的老师！"

——"该死的家伙！但你别太大声，否则鱼都吓跑了，还会招来长着大耳朵的好奇老鼠"，克劳斯不安地朝身后的树林看了一眼，悄声说。

两位教授不作声了，死死地盯着水面和钓竿，像所有伏钓的钓鱼者一样。他们身后，鸟儿又开始歌唱。

——"该死的家伙！"

他们哈哈大笑：他们完全是同时再次发出了这声感叹。尽管沉默了这么久，他们还是想着同一件事，约翰·开普勒的事。

——"这是我们的使命中难得的时机"，克劳斯说，"我们的使命就是让自己对这个世界有用：在一个驴群中，发现一批纯种马。"

——"是啊，但要是这匹种马竟敢给自己驮上神学，那该多混乱不堪！去年，也不知道因为家里出了什么事，他跟我说要放弃当牧师了。总是这样。现在，他想教书，但要教神学，而且在图宾根教。"

——"这简直是胡来！参议院是绝不会接受一个到处乱说自己信仰自由意志的候选人资格的……"

"你让他改变了主意，马丁。你可是梅兰希通口中的得意门生啊！"

听到这句话，克劳斯觉得很生气，差点儿要把鱼竿给扔到水里。

——"你知道这事儿没那么简单。我的导师与伊拉斯谟关系十分密切。但他要是把自己的喜好表现得太明显了，就肯定会和路德势不两立，那宗教改革也就结束了。他派我去威尼斯与拜占庭主教加布里埃尔·塞维尔见面的时候……"

——"哎呀！要是让他继续说，我又要听一遍他做大使的事了"，马斯特林心想，"快，还是言归正传吧！"

——"我完全同意你的观点。我们的开普勒完全没有你敏锐的外交洞察力。因为从我的角度出发，我真应该要求他在捍卫日心说时更谨慎一些。"

——"说岔了，迈克尔，说岔了"，东方学者因未能讲述一生中唯一一次奇遇而有些恼怒，"即便是送他去死，也是你把他推向前的。我也推了，但推的没你多。如何抗拒想要拥有这样一位我们的利益核心的强烈欲望呢？但是，就目前的情况，应该召回我们的学生们。院长跟我说过，斯图加特的一些人，想撤销他的奖学金。要是这件事发生了，我们就暴露了。哈芬雷弗很尊重我本人以及我的成果，但要是他觉得自己身处险境，就会毫不犹豫地让我牺牲。"

——"身处险境，院长，因为小小一个文学硕士"，马斯特林反驳道，"你太夸张了！"

——"别太掉以轻心，马斯特林。不是因为开普勒，而是因为政治。梅兰希通曾经想让图宾根比维腾贝格在通识课和哲学课上更开放，想让我们学校从某种程度上成为帕多瓦的博洛尼亚大学。但梅兰希通过世了。而加尔文的瑞士又离我们很近。还有耶稣会的巴伐利亚。一座被包围的城市满街都是变节者。还有譬如伊拉斯谟和哥白尼的幽灵。符腾堡的红衣主教会议要求我们全面重建宗教改革的根基。这样你应该能理解为什么这位我们的爱徒让我们都身陷危险之中。"

——"回去吧，今天我们钓不到鱼了。在被鲨鱼吞了之前，我们先行动起来吧。"

34

　　自从二十一岁那个烦躁不安的圣诞节以来，约翰就放弃了他想成为开普勒家族族长的一时之念。卸下了童贞的负担，他决定认真决定他的"人生道路"。在魏尔待的日子让他明白了自己不适合做牧师。他决定全心全意攻读神学博士，好有朝一日能当老师，最好能在图宾根。但是，他不止一次与他这门课的老师，代替虽仍在世却头脑不清醒的卢卡斯·欧赞德授课的斯帕恩伯格博士产生了激烈的冲突。

　　第一次的争吵是最激烈的，因为有关哥白尼《天体运行论》序言的真正作者，他将日心说看作是一个简单的猜想、一个实际计算方式，仅此而已。马斯特林之前就发现这篇序言并不是出自他称为"大师中的大师"之笔，而是由神学老教授的父亲——纽伦堡已故的安德烈亚斯·欧赞德写的，他对梅兰希通、加尔文以及所有在他看来不及他尊崇路德教的人都恶语相向。

　　马斯特林用不着敦促开普勒去加入这场斗争。由于图宾根的欧赞德年事已高，他觉得这样做有些卑鄙，于是就转而从他的得意门生斯帕恩伯格着手，斯帕恩伯格几乎不懂天文学，因为他从未听说过哥白尼。开普勒想让他赞同日心说；但他无非又是给自己树了个对手，而且是重要的对手，因为斯帕恩伯格还会主持他的论文答辩。

　　事情激化了。斯帕恩伯格全盘否定了开普勒提出的论文选题。应该说这两人只在讨论棘手的问题，甚至谈到从日心说的立场出发，重新解读《圣经》文本。神学教授还到处抱怨自己惹上了个异端首领，保护他的都是些同样异端的教授。由于他对学校参议院的决议举足轻重，哈芬雷弗院长便担心自己的地位不保。得赶走令人讨厌的开普勒。但不能做事不公。撤销他的奖学金、把他赶出校门外、放任自流，这些就跟教皇主义者没什么不同。尽管雷迪库斯被人指控鸡奸和日心说，梅兰希通还是保护了他，哈芬雷弗不能为这只小疯狗做得更少，毕竟，他还只有轻微伊拉斯谟倾向。

他经常和克劳斯、马斯特林谈论开普勒的事，1594 年 1 月底这天也是如此，他们坐在学生食堂高台上支着的一张教师桌上。

——"院长先生，我想到一个关于开普勒的解决办法"，马斯特林对哈芬雷弗说，"我以前的一个学生，真的是差生，当上了格拉茨改革派学校的校长。他刚刚给我写信告诉我，数学教授的职位才空出来。"

——"格拉茨，在拉埃提亚吗？但那是耶稣会的老窝！您是想要把约翰往火坑里推吗？"

马丁·克劳斯，这位曾经的外交官依旧很了解神圣日耳曼帝国目前的政况，说道：

——"拉埃提亚，跟整个奥地利一样，曾依照《奥斯堡和平条约》被划分给了天主教派。但由于大部分的贵族和自由民都参加了宗教改革，很难让他们搬去其他地方，否则这个地方就会失去活力。于是，在格拉茨大家就共同相处，也没有什么障碍。"

——"而且"，马斯特林进一步说，"对于一个自称对传教使命充满激情的人来说，格拉茨准会让我们的年轻朋友满意。有那么多迷失的灵魂需要救赎！"

——"我认为您这样说话有些令人不高兴"，院长说，"我希望您能更温和地通知您的爱徒这一任务……因为我同样需要您来起草有关他此次调动的文件。"

马斯特林无法对校长的命令提出异议。但是，他心灰意冷地约信仰哥白尼的学生，可以说是一位朋友，在他位于学校的公寓里见面。他喜欢他。他也羡慕他什么都懂、在提出质疑之前能记住一切的天赋，包括他自己、他的导师们还有他们共同的神：哥白尼。他也嫉妒他，还害怕他，因为他有勇气为了捍卫自己的观点而不惜与人大打出手，不惜毁掉自己的前途，也毁掉其他人的前途。

但开普勒并没有把马斯特林当作自己的朋友。他把他当作父亲。是他让自己有了学问、有了知识。于是，当对方试图以平等的姿态来亲密相处，放开说些中学毕业生会开的玩笑时，他会抵触，为了向马斯特林表示尊敬，他会拿出学生尊重的态度。他想要的不是和老师成为志同道合的好朋友，而是老师的威信。

可是马斯特林还是用好朋友假装高兴的语气告诉约翰，自己支持他去施蒂利亚州应聘数学教授。尽管有着浮夸的头衔，其实就是个隔离区、隔离站、隔离所。

——"啊，我真羡慕你，朋友。可以旅行，看看这个国家，了解一些人和新的习俗。自从意大利回来，我已经有二十年没有离开过图宾根了。我在这儿脑子都不转了，人也憔悴了。两腿发麻，真应该出去走走。"

把格拉茨和帕多瓦相提并论！开普勒真想要把手中的烧酒杯朝他扔过去。他既沮丧，又难过，最后嘟囔着：

——"我可以拒绝吗？"

——"你疯啦！这样的机会不会再有第二次了！二十三岁，就能当数学教师了！而我，在你这个年纪……"

——"就像你说的，在我这个年纪，你就在威尼斯总督面前阐述日心说理论了。这件事你跟我说过很多次。我可以拒绝吗？"

——"可能吧，但是……你不能再有奖学金了！你的好朋友斯帕恩伯格在斯图加特参议院很有关系。"

——"我可以在学院里找一份工作。比如当助教，或是做新生的管理员。"

——"是吗？我很了解你，其实，把你的时间用来与食堂的面包球打交道……工资也少得可怜。最后跟可怜的农夫一样。曾经也是我最优秀的学生之一，现在就只是一个提前衰老又过时的无名小卒了。"

——"在那儿，我能拿多少工资？"

马斯特林为难地看了一眼从格拉茨寄来的一封信。他一生中从来都没见过这样的金钱烦恼：一个中学毕业生远来求学，而由家里支付的生活费却迟迟不到。此后，他就让自己的夫人来料理家事。这样以后，在说出总额的时候，该如何预料拿奖学金的学生，这位可怜的旅馆老板儿子的反应：

——"每年一百二弗罗林，兑换过来是……"

——"嚯！每个月十弗罗林，每周就是两弗罗林。相比之下，克罗伊斯就是个穷光蛋！"

他在开玩笑吗？没人搞得懂这个奇怪的人。马斯特林倾向于认为开普勒对这个数目感到满意。

——"其实不少，尤其是对未婚的人来说，吃、住、洗都由学校提供，在这个国家生活应该不会太贵。"

——"我应该扑到你的脚边，用感激的泪水浸湿你的双手，亲爱的资助人。哎呀，一阵极其强烈的心绞痛让我在椅子上动弹不得。我瘫痪了。"

他说的是反话。马斯特林发出一声冷笑，意思是他很欣赏这句玩笑话。接着又恢复了严肃。

——"在那边，你可以教你认为好的东西。没人敢拦着你教……"

——"拦着我教日心说，是吗？教室里一定是空无一人的。这是众所周知的：在盲人的王国里……在独眼人的王国里，像我这样戴眼镜的人就是帝王。但我不是数学家，我是神学家。还有一年我就是博士。"

——"你最后还要说神学来让我生气！不是只能通过解析上帝的话语（《圣经》）来探究上帝的，也可以通过研究他的作品：大自然。你什么时候才会明白，与传道书经文的连篇空话相比，研究宇宙的形态才能是通往神圣真理更好的途径呢？"

他说到点子上了。"一条更好的途径……"约翰像是感到一阵晕眩。他几乎对亚里士多德倒背如流，他既没想过物质先于精神，也没说过精神先于物质。他开始出神地思考，马斯特林很了解自己的学生，便没有去打扰他的冥想。最后，开普勒似乎回过神来：

——"要是我没理解错的话，我别无选择。要么背井离乡，要么回旅馆看店。还是让我背井离乡吧。"

——"背井离乡！你在那儿也会很好的。格拉茨是个美丽的城市。在教育方面，一切都等着要做。而且，这世上也不只有图宾根。"

马斯特林错了：对开普勒来说，图宾根就是母亲，他丝毫都不想离开她的怀抱。而要等到 1594 年 3 月 5 日，符腾堡大公为他签署终止协议。说白了，他不再享有奖学金了。直到最后一刻，他还希望学校理事会能改变主意，但什么也没发生。为了避免这一结局，他表现的就像绝对不该离开一样。更糟糕的是，他把微薄的积蓄都花在了赌博、喝酒、逛妓院上了。以至于到了动身的时候，他基本没什么钱来为准备这趟去往格拉茨的长途旅行。而出于穷人强烈的自尊心，他不愿意向别人，甚至是向马斯特林借一分钱。这很幼稚，但自从十二岁上初中以来，他就生活在安乐窝里，除了一些现在还在困扰他的青少年的烦恼。在这弹指一挥间，他已经舔过了童年的伤口，他想把自己比作一只曾受过重伤的小狗。

35

去格拉茨要走上二十天。正值美好的春日，他二十三岁，大自然很美丽。诚然，他体质虚弱，但这次远行不是要再攀一次各各他山。说实话，开普勒不喜欢旅行。他的家里有太多游民了；最近的是他的弟弟海因里希：得知自己的哥哥被任命到了格拉茨，他便离开了莱昂贝格的旅馆，加入了匈牙利军队当鼓手，完全跟约翰一当上业士，父亲就消失如出一辙。不，开普勒不喜欢旅行，他对大自然的原始美不感兴趣。通常，旅行都会引人遐想。但对约翰·开普勒而言并非如此。鞋子里的一粒石子，耳边嗡嗡作响的一只苍蝇，一根荨麻刺，衣服上溅上的泥浆都会扰乱他的神经，容易让他发烧。

终于，爬了一段很长的坡路之后，小路通到了一个山口，山口处坐落着一间海关小屋。脚下的山谷里，格拉茨城的瓦片屋顶和钟楼围绕着草木茂密的山巅铺开，山巅上是坚固的堡垒。疲惫不堪的开普勒跳到了一个壕沟里，背靠着自己的包，睡着了。

小屋门前的海关职员望着他，但没敢去询问这个穿着一身黑衣，留着教士般大胡子的人。夜幕降临了。旅行者一动不动，就像是死了一样。出于担心，海关职员走近他。尽管夜晚很凉爽，开普勒瘦削的脸上还是淌着汗。他在磨牙。海关职员将他轻轻抬起，扛在了肩上，就像扛包裹一样。这是个神甫吗？还是个牧师？也无从知晓。于是，出于同情和谨慎，他让自己的妻子把他们的房间让给他住。他们俩就在客厅里凑合住了。她喂他喝了碗汤，病人吐到了地上和被子上。

　　第二天，烧退了一点，但他还是没法站起来。他说明了自己的身份。听到他的教授身份，海关职员局促不安地坦言并解释说，自己是在改革派教区长大的，但为了得到这个公务员的职位，他不得不改宗。接着，他提出让准备进城采购必需品的妻子用小推车带上他。当中学的校长看到他被一个女人搀着从车上下来，就在想是否要再次给马斯特林去信，请他另找一个数学教师。

　　三天后，在格拉茨唯一一位医生的治疗下，开普勒能下床了。格拉茨新教派学校福园学校的校长，让人用拉丁文名吉尔伯图斯·佩里努斯称呼自己的吉尔伯特·佩特斯莱恩，是一个和蔼可亲的人，对新员工表现得相当尊重。显然，马斯特林和克劳斯已经提前打过招呼了。佩里努斯带他参观了中学，不时地对校园的简陋感到抱歉。校长所表现出的尊重让开普勒心里有些不快。他也不会撒谎。一路上，他把福园学校与雄伟壮观的毛尔布劳恩学校做对比，那是他唯一了解的学校，从山巅上俯瞰整个地区，就像知识一定会俯瞰无知。进到这块灰暗的、只有一层楼围着个石铺院子的四方地，他无法掩饰自己的失望。

　　——"啊？只有这些吗？"

　　他咬着嘴唇，望着佩里努斯泪水模糊的双眼。

　　这些建筑附近，一边是一个简朴的圣堂，看上去更像是个敞厅，另一边是一排狭窄的小房子：教师住房。佩里努斯带他去看了为他准备的那间：一进门是客厅，楼上有两个房间，还有一个顶楼。这是开普勒有生以来第一次拥有自己的住所，但这令他恐惧：他刚刚才从图宾根的住处里搬出。他的向导告诉他，每天都会有一名学校的女侍者回来帮他整理房间，并准备晚餐。他差点拒绝：他从来都没有被人服侍过，而且他自己非常会补裤子、缝扣子、浆领子。这突如其来的安逸让他害怕。

　　二十三岁这年，没有翻越格拉茨的城墙，也没做任何奔走，开普勒就取得了施蒂利亚州的数学家称号。只要去议会等通知，正式确认他的职务。

去议会之前，他向校长佩里努斯和兼任神学教授的牧师打听了很久有关这个议会的组成。据他们所知，施蒂利亚所有的贵族都是改革派，连鲁道夫二世任命的枢密院议员——约翰·腓特烈·霍夫曼男爵也是。相反，他得当心施蒂利亚州的州长，冯·赫伯斯泰恩，尽管是路德派出身，但为了得到州长的职位，应该相当有手段，给格拉茨的天主教学校捐了一大笔钱。不论如何，他们能肯定议会里不会有教皇代表。可能会有某个教皇的间谍。

之前从马丁·克劳斯那儿打听过情况，开普勒觉得他们的这些警告和担心不值一提。施蒂利亚州的男爵们把这儿的事当作是倒霉事来操心，更何况是关改革派学校新来的数学老师的事情了。而且，可能除了州长之外，他们都想尽快回到布拉格，回到鲁道夫大帝奢华的宫廷里。他们离笼罩在格拉茨的宗教动荡越远，就越舒服。

这是开普勒第一次去见王公们。意识到自己的重要性，他一点儿也不害怕，只是好奇想知道这些高贵的人长得是不是跟其他的人类一样。他在市政厅的候见大厅等了很久，在灰泥和黄金列柱下，还有格拉茨的其他公民前来做各种申请。他的对面，有一座玛丽-马德莱娜的彩色大雕像，似乎在为他倾倒。显然，雕塑家对他的作品及模特不是只有虔诚的想法。这让年轻的改革派很高兴，还有点激动，尤其是在看到穿着黑色长袍的天主教教士路过的时候。终于，一个接待人员来找他，在将他带入听证厅之前，响亮地说：

——"约翰·开普勒教授，施蒂利亚州的数学家。"

坚信来这儿是一边观察一边打发时间的开普勒觉得，现在就这么称呼他有些为时过早。否则，他还来这儿干什么？他还默默希望被送回图宾根。在一张长方形桌子后坐着四位绅士和一位神甫：格拉茨基督会会长。接待人员示意他坐讲台下左边的一张凳子。要是评委会都穿着一袭黑衣，没有这些佩戴绶带及羽饰的优雅的先生们，除了角落里灰色的身影——格拉茨的牧师，开普勒会以为是在图宾根，在进行数不胜数的答辩中的某一场。

施蒂利亚州的州长，齐格蒙特·赫伯特·冯·赫伯斯泰恩男爵，肥胖的身躯让他看起来很友好，用德语说：

——"您请坐，开普勒教师先生，请您简要介绍一下您自己，以便我们更好地了解您。"

戴着方顶帽，留着终于长出来的山羊胡，穿着毛皮饰边的黑红色长袍，约翰气宇轩昂。他夜里花了些时间修改他前任的制服，那是从他住处唯一的衣橱里翻出来的。他自己的那件因为赶了二十天的路，而磨坏了。为了遮住畸形的双手，他还是戴着以前的旧手套。他努力用符腾堡的口音，使用当地的措辞回答说：

——"尊敬的阁下们，由于我的方言口音很重，要是可以的话，我会用拉丁文与你们交谈。当然，我会把一些晦涩的措辞翻译给你们当中拉丁文不是特别好的一些人的。"

他故意朝耶稣会神甫讥讽地看了一眼。

——"当然可以了"，州长回答道。

拉丁文让开普勒避免说错这些先生们的头衔，直接用方便的最高级称呼：一直重复-issimus①，就轮着与这些人打了招呼。接着，应州长的要求，他毫不保留地讲述了自己的经历。两家旅馆、小学辍学三年、抛弃家庭的父亲、受人资助的奖学金……他对此表现出了些许满意，尽管里头加入了些对家乡农民的习俗和迷信的嘲讽。在强调童年的不幸和因

———

① 拉丁语中的最高级，最高级表示"最"的意思，要合成形容词最高级时，只要把它们的正常词尾改成"-issimus"即可。

缺钱而受人资助时，他还巧妙地颂扬了梅兰希通对教育的改革，言下之意就是批评了耶稣会的做法。其实，在特伦托会议之后，天主教会就发现教育是对抗新教教义的有效方式，并派了很多耶稣会教士参与这场斗争。但是，教会很快就把传教的首要使命降为次要地位，以便致力于对年轻人的选择性教育：要教神甫和修道士，尤其教有钱人会读会写，只要他们出身良好就行。

这话就是冲着那位天主教徒说的，而对方却不动声色。尽管如此，开普勒多少还是有些谨慎，没有把自己想做神学家的志向说出来。

最后，他对自己被任命为施蒂利亚州数学家这一盛名而表现出无比的感激，州长转身转向右边坐着的霍夫曼男爵：

——"枢密院议员先生，我们是否有幸能请您代表帝国谈谈您的看法？"

面对这样的问法，皇帝的代表人含蓄地笑了。尽管霍夫曼的脸部轮廓比赫伯斯泰恩的更细致，这两位男爵还是看上去有些相像。

——"这个马斯特林没有骗我"，他用十分流利的拉丁文说道，"他的爱徒，尽管十分年轻，却是个出色的人。"

开普勒有些吃惊，霍夫曼看到了，因为他详细地说：

——"我认识马斯特林已经很久了，从我在帕多瓦学习的时候起就认识他了。他在那里相当勇敢地做了一次讲座，关于地球在自己的轨道上围绕太阳进行运转，是依据那个波兰教士的假设来做的，名字我记不得了。"

——"哥白尼"，神甫首次发声，"在他的《天体运行论》中，令我尤为欣赏的是致保罗三世教皇陛下的献词，教皇陛下对他的体系赞不绝口。"

这个暗示显然是指路德和梅兰希通对哥白尼的批评。不能继续待在这个微妙的处境中了。开普勒觉得在这种情况下，枢密院议员应该与他结为盟友，便看了议员一眼，想求助于他。但后者用不着开普勒示意，因为他就想在这个初出茅庐的年轻人面前卖弄一下自己的学问。

——"这个理论最近还受到争议。是由我的导师厄尔苏斯发起的，他现在是尊敬的鲁道夫陛下的御用数学家和占星家，教过我自然哲学。他创建了自己的宇宙起源说，完全是独创的，是真的，但他说第谷·布拉赫从他那里窃取了这一理论。为了得到确认，我去了丹麦人的岛上，到了他的乌拉尼亚城，但这个金鼻子的人说的完全相反。谁知道呢！不管怎样，在布拉格，我自己的占星师瓦伦丁·奥托，是已故的雷迪库斯的学生，也是您的波兰教士的信徒，他也支持太阳是固定的而地球是运动的这一观点。"

要是枢密院议员认为开普勒会对此赞叹不已，那他可就错了。在这一大串天文学名人中，年轻的教士只佩服远不及马斯特林的瓦伦丁·奥托。他不是唯一一个因霍夫曼卖弄学问而恼怒的人，因为连憨厚的州长都说：

——"我的兄弟，我之前不知道您申请做数学家。"

——"我在这方面发挥着重大的作用，我的兄弟，跟您在克拉科夫福罗拉丽亚节取得的功绩一样。"

众所周知，赫伯斯泰恩自恃很擅长挽歌。基督会会长不停轻咳，也可能是为了克制住不让自己笑，他说：

——"我得提醒您，开普勒先生，您的任务不仅是在学校里授课。您要负责在每年的十月底，将来年的星历表和日历交给国家。"

明显是个圈套。开普勒指望着霍夫曼的支持，他知道霍夫曼是新教徒，也指望着州长的中立立场，他所管理的大多数人也是中立的。开普勒便推脱说：

——"我对制定这类表没什么经验，从天体中预测未来需要很熟练的技能，而我并不具备。"

　　——"别低估了您自己"，枢密院议员说，"诚实的马斯特林告诉我您在这方面已经是专家了。"

　　开普勒在内心深处抱怨着导师令他陷入了困境。因为现在，他可以肯定，是马斯特林出于嫉妒，迫使他背井离乡的。然而，霍夫曼继续说：

　　——"尽管您对这些琐事不感兴趣，制定这些星历表能为您带来差不多二百五十弗罗林的收入……"

　　——"只有一百二十弗罗林"，州长更正道，"您是想让我这儿破产吗，我亲爱的兄弟？"

　　——"这不重要……"

　　——"对霍夫曼男爵而言不重要"，开普勒心想，"但对我而言不是！"

　　——"这不重要，开普勒先生，因为如果这些星历表令您的读者满意，我知道本地有几个身居高位的人会出高价让您给他们占星的。不是吗，表弟？哎，我是不会成为你的客户的。我对布拉格正直的瓦伦丁·奥托的服务十分满意。"

　　——"但是，要制定星历表，我需要查阅古人制定的天文表，这只是为了预见月相。可是，福园学校的图书馆连一本天文学书都没有。"

　　——"您可以随意进入大学的图书馆"，神甫说，"您也可以来我的图书馆，里面也有不少藏书。"

　　——"我的也是"，州长说，"您可以随时到城堡来。"

　　——"哎，我的是在布拉格"，霍夫曼叹息道，"但您要是问我要哪本书，我一定给您带过来。"

　　"这个好卖弄知识的人真是话多，还从他的布拉格"，开普勒心想，"希望他回去，我们就安稳了。"

　　——"我只能服从了"，他假装心甘情愿，"我会为施蒂利亚州制定星历表，但我担心无法令你们满意。"

大家沉默了。神甫从头到脚仔细地观察着年轻的数学老师。开普勒的眼神一直故作天真。年轻也是有些许好处的。他知道时候到了。神甫转过眼睛去，揉着双手，最后低声说：

——"这里没有人怀疑您能够完成任务。但……您会根据什么历本来编定这些表呢？是根据由尊敬的乔治十三世教皇陛下在基督教国家设立，并已沿用十二年的历本，还是根据追溯至尤里乌斯·恺撒的，用于异教的历本？我听说，这种历本还时兴在您所在的……呃……地区。"

——"当然是根据这两种了！"

——"这两种？"神甫愣住了，惊呼道，"但这会大大加重您的工作量！"

——"工作？完全不是！会计算的人都是些很奇怪的人。对我来说，这就是中学生的消遣。"

开普勒的这场小疯狗的闹剧演得太过了，因为神甫的脸都沉了下来。

——"耶稣受难的纪念仪式可不是闹着玩儿的，先生！您是要根据罗马人编定的日期来写圣人的名字吗？"

——"当然是根据新的历本了。您知道吗，即便是在我们的……呃……地区，平民小卒依旧如此划分一周的七天？这也派生了一些有关下雨、晴天、收获的饶有趣味的言语，这些有时候也是最深奥的星相预言。"

——"好，就这么定了"，州长干脆地说，"就弄两套星历表。这会加重我们的印刷负担，也能保证我们州的收入。欢迎您的到来，开普勒先生。"

"礼毕，会众散去"，约翰心里默念，觉得自己从中脱身了。州长、枢密院议员以及神甫，那个名为霍恩伯格的巴伐利亚人，共同祝贺了他。接着便开始了礼貌友好的交谈，开普勒发现霍夫曼并不像看上去那么蠢。霍恩伯格邀请他去参观自己的图书馆以及"简陋的天文台"。开普勒谢绝了这一邀请，称当天还有其他事必须要做。然后，他示意位于大厅尽头的牧师。

舒伯特牧师，也是福园学校的神学教授，和蔼可亲，约翰觉得他是个思想开放的人。可是，开普勒故意想在施蒂利亚州最重要的三个人物面前炫耀自己和他的关系，为了向他们表明自己的宗教信仰。尽管有年龄差距，他还是亲密地挎着他的胳膊，一起走出了市政厅。在从市政厅到舒伯特一家世代居住的漂亮房子这短短的一路上，舒伯特没有和他聊这次接见。在和他沉默寡言的妻子以及九个乖巧的孩子一起吃过饭后，牧师请开普勒到自己的工作室。他小心地关上了身后的门，从书架上取出三本厚厚的四开本，表情神秘地从中拿出一个深色的长颈大肚瓶，还有两个小杯子。

——"我的妻子……您懂的吧？尝尝我的麦子酒，味道好极了。"

他给两个杯子满上了透明液体，还一口就喝掉了自己那杯。为了入乡随俗，开普勒也学着他喝完了自己的酒。喉咙里像烧起来一样。他忍不住咳了起来。牧师对他说：

——"您会习惯的。刚开始，我建议您可以在麦子酒里加点儿啤酒或是当年的甜干白。再来一小杯怎样？"

然后，开普勒还在擦眼泪，他突然话锋一转：

——"您知道为什么您的前任，令人惋惜的斯塔迪乌斯，从来都没被命名为施蒂利亚州数学家吗？因为他勇敢地拒绝了依照教皇历本来编定星历表。"

"是勇敢还是疯了？"开普勒一边清着嗓子一边想。他也准备好要为自己的信仰献身，但还是要为正义的事业献身。就像他向正直的舒伯特解释的那样，在格里高利历和儒略历中做选择并非是为正义的事业献身。

　　一个多世纪以来，哲学家、数学家以及神学家都意识到改革自尤里乌斯·恺撒起就一直沿用的历本势在必行，而且，一千五百多年来，根据这份历本积累的谬误越来越多：这些历本变得错乱，将来某一天人们可能会在阳台上庆祝圣诞，而在炭火前庆祝复活节……然而，幸亏有现代天文学家的观测和计算，尤其是因为有哥白尼，已经尽可能精确地计算出地球绕太阳一圈所用的时间，或者就现在最广为流传的观点，是太阳绕地球一圈所用的时间，也叫做回归年。

　　特伦托会议上，天主教重新秣马厉兵以对抗改革派，一些相对勇敢的红衣主教决定一群基督会天文学权威人士制定与天空的运行、四季的循环及礼拜仪式更相符的新历本。新历本一旦制定出来，就等着实行了，但还没那么简单。实际上，还需要直接在一年中完全删除十天。所有基督教国家的星相家、预言家以及其他占卜者都就具体哪一年最适合拿来删减给出了各自的见解。教皇最终选定了 1582 年，并宣布直接从 10 月 4 日跳到 10 月 15 日。这一改革只是影响到汇票的清偿，让债权人很开心，而债务人损失惨重。天主教国家几乎是立即采用了新历本，因此，从印度人、菲律宾人到图皮南巴人、巴西人，都提前了十天庆祝圣诞，但这可能对他们影响不大。

　　相反，改革派国家意见分歧。乔治十三世比他所有的前任都要反基督。对于路德派神学家来说，源自罗马的一切都是有害的，跟被宗教法庭持着柴堆追捕的基督教士一样有害。不过，哲学家、数学家、医生和天文学家在宗教改革中看到了一阵自由、理性之风，让他们能够努力追寻真理，远离天主教徒鼓吹的迷信，而不像不幸的乔尔丹诺·布鲁诺那样受到被处罚的威胁，他们认为新历本非常合理。第谷·布拉赫已经在丹麦科学院，向克里斯蒂安国王及其议员提倡过新历本，那个割掉他鼻子的曼德鲁·帕斯伯格，对他说：

——"宁愿对太阳犯错，也不要相信罗马教皇。"

第谷反驳道：

——"蠢货！"

尽管如此，快过去一个世纪了，丹麦直到现在还在不合规范地沿用尤里乌斯的历本，洁白的大不列颠也是一样。

在图宾根，当问及这个话题时，行事谨慎的马斯特林教授跟往常一样，不作任何回答，等着暴风雨过去。至于开普勒，当然对这个问题很感兴趣，就像对其他所有问题一样。教皇对时间的重新划分颁布过去了八年，所有的欧洲人也非常适应这两种历本，而刚刚取得文学硕士文凭的开普勒却到处大声呼吁支持乔治八世的历本。通过他对路德教不自由意志的观点的争辩，以及对日心说的强烈捍卫，能够更好地理解为什么他不招图宾根大学参议院的待见。

——"是的，这份历本比我们的历本要好。我们采用这份历本吧！"他热情洋溢地总结道，在格拉茨的牧师的工作室里，"难道我们要因为卡达尔诺是天主教徒、要因为阿基米德是异教徒而毁掉他们的功绩吗？反基督，不是罗马教皇；反基督，我跟你说，舒伯特，是全人类的蠢事！"

——"的确，的确如此"，牧师表示赞同，他一点都没弄懂开普勒的讲解，"我的弟兄，您愿意再来点儿麦子酒吗？"

36

福园学校并非是由梅兰希通改革的大学中最优秀的成果之一，数学教授的职位也不是最有威望的。距开普勒被任命的二十年前，学院由施蒂利亚州申请建立，而宗教改革似乎在施蒂利亚州取得了胜利，学院只招收当地的贵族子弟，与梅兰希通想让所有人接受教育的指令背道而驰。事实上，这里就是一个与已经在格拉茨立足的基督会做斗争的战争机器。年轻贵族在这里重点学习辩论术、修辞法、法律、历史、西塞罗、亚里士多德、希伯来语《旧约》以及希腊语《福音书》。通识课、哲学、数学和物理都是选修课，也可以说是令人轻松的消遣。

第一堂课的时候，出于对新老师的好奇，来了很多学生，约翰觉得自己面前是一些被他们自恃很懂数学的小贵族父亲强迫来上课的青少年。要是换作其他人，应该会对这么轻松的工作感到高兴，但开普勒不会，他做一切事都很用心，即使他觉得自己不太适合教学，即使数学对于他这样一位受挫的神学家而言只是一种游戏。

对他来说同样是游戏的星历表要在十月底印刷出版。赫伯斯泰恩州长重塑了信仰，这是位政治化的天主教徒，他的图书馆的确藏书丰富，但它位于古堡警卫室的旧址，那里阴暗、寒冷、漏风且潮湿，这一切都让怕冷的眼镜数学家不悦。但这里的主人对他表现出十分的关切，邀请他与其他几位州代表一同就餐。他们似乎很喜欢开普勒出色的谈吐。他心安理得地认为自己担任着小丑的角色，说话坦率尤其令他们喜欢。他还没意识到自己的魅力。

　　他避免去天主教学院的图书馆，但是，在高级神甫的一再要求下，他还是在一天晚上，尽可能悄悄地去了神甫的官邸参观了他的图书馆。在进行了几个回合有关神学的论战之后，新教徒和天主教徒便说好避免这类敏感话题，并成为了世界上最好的朋友。霍恩伯格神父，是非常出色的智者，甚至送了他一本雷迪库斯的《初讲》，这是马斯特林从未同意给他的书。

　　1595 年这一年没有什么特别的天文现象，至少在施蒂利亚州的领空是如此，这就方便了开普勒的任务。将两个历本中的月相及天主教或新教礼仪节日制定出来后，他便投入另一项更有风险的任务中：预言。他对星相学并没什么定见，除了知道宇宙肯定会影响到人类和国家的命运。但他觉得想要知道会有什么影响，是不现实的，他认为占卜预言是弄虚作假，是荒唐的迷信。不久前，他的老师马丁·克劳斯教了他一些基础法语，要是他日后有机会当上外交官，这门语言可以帮到他。我们未来的神学家在刚开始学习的，肯定是加尔文的作品，但是心血来潮的他还翻阅了弗朗索瓦·拉伯雷的作品，这位修道士是伊拉斯谟的医生朋友。在他的作品中，开普勒找到了对自己有利的地方，并告诉了马斯特林，马斯特林差点要笑死："今年，盲人几乎会看不见，聋子几乎会听不见，哑巴几乎不会说话，富人会比穷人过得好一些，健康人会比病人过得好一些。"

　　当然，他肯定不会用这样的占卜，因为施蒂利亚州议会是肯定不会接受的，而说好的一百二十弗罗林也会从他眼皮底下消失。但这是他应该走的方向：良好的愿望应该显而易见，而常识应该要成为格言。

　　开普勒机智地确定这一年会是最多灾多难的一年。首先是土耳其人。人们都知道穆拉德三世病得很重。要是他死了，他的继任者肯定会通过第一份战利品来宣告自己的统治。于是他预言说春天会再次遭遇奥斯曼帝国的进攻。

在乡村旅馆度过的童年，也帮了他不少忙。由于经常听到客人间的交谈，他最后都能辨别哪些是对事业不景气的抱怨，哪些是能引发暴乱的真正愤怒。诚然，他不了解奥地利人，也还没去光顾格拉茨的小酒馆，但是由于夏天雨量过于充沛，葡萄的收成损失惨重，而新的大公肯定会派一群征税的修士去威胁他们。数学家预言有几场农民暴动也不会太冒险。

要是在他的家乡符腾堡，开普勒不太费力就能做出气象预报，他熟悉所有押韵的格言和谚语，当天的圣人会左右下雨和晴天。由于施蒂利亚州一连经历了两个漫长的严冬，他机智地宣布："有二就有三"，并称下一个冬天会比之前的更冷，而且会一直持续到五月中旬。就算他弄错了，读者也会随着时间的推移而忘记的！

占卜预言完成了，印刷商的跑腿来找他要手稿。开普勒护送他走，很高兴跟书商初步学会了印刷机器的操作。但是，半个月后1595年的星历表出版了，他除了在几乎没什么人的教室里给睡着了的中学生上课，也就没其他事要做了。

于是，他感到无所事事。或者说，他陷入了忧郁。在州长的餐桌上，他只不过是个闷闷不乐的客人。他的想象力，曾经那么丰富，却变得令人不舒服。从那之后，东道主对他就不再感兴趣了，也对他关上了古堡的大门。至于天主教神父，年底就回到了家乡巴伐利亚，他的兄弟在那里担任国王的掌玺大臣。约翰认为即将成年的费迪南大公不想让这个对改革派过于宽容的教士继续处在他的管控下。

从那以后，与开普勒作伴的就只有学校里的人。学校的校长吉尔伯图斯·佩里努斯，舒伯特牧师和一位教法律的执事，都至少比他大十来岁，也都有自己的大家庭，过着安稳、虔诚的生活，自己内心平和，也与上帝和平。尽管不愿意承认，约翰打心底里羡慕他们。这就是为什么他只不过是看到了这份安宁的背面：平庸。

1595 年 4 月开学的时候，只有四名学生注册了数学课。校长让他把教学多样化，教些拉丁文诗歌课。开普勒生气了，说自己来这儿不是为了教这些的。尽管对开普勒十分宽容，佩里努斯也只能提醒他要注意服从上级安排。开普勒只好抱怨着屈从了，并认为校长已经成了自己最大的敌人。他在一封信中向马斯特林抱怨了这些，因为星历表一出版，他就试图给马斯特林写信，想保持密切的联系。

但信中只是些抱怨、诉苦，恳求马斯特林为他在图宾根随便找一份工作。马斯特林的回复，就像是没读过他的来信，给他寄去了一些正在注释的新书。由于开普勒还问了他一些有关哥白尼的生活细节，马斯特林试图根据之前从欧几里得手杖中得到的雷迪库斯唯一的手稿，以小说的形式有趣地向他讲述哥白尼的生平。马斯特林还坚持要把这些信念给一些特定的读者听，这当中有哈芬雷弗院长以及他的女儿赫莲娜，马斯特林正在追求她。他还没忘记把这些告诉身在格拉茨的背井离乡者，好让开普勒为年轻时的爱情画上一个句号。这大可不必：约翰早就明白了，院长家的女儿是为马斯特林家族而存在的，而不是为了开普勒家族。开普勒家族就只能找妓院里的姑娘和农妇。

穆拉德苏丹在年初时驾崩了，他的继承者穆罕默德为了宣告自己的统治，发动了入侵奥地利的进攻，从维也纳一直到诺伊施塔特。冬天异常地寒冷又漫长。人们冷得不行。那些敢擤鼻涕的人，鼻子都要冻掉下来了。五月初的时候，地上还结着冰。饥荒四伏，在施蒂利亚州的一些村镇，发起了农民暴动。他们被屠杀了。

在格拉茨，人们钦佩地重读了由新来的数学教师编定的星历表。于是，很多人都请他为自己占卜。开普勒开始先是拒绝。后来，考虑再三，他决定靠这些他眼中的"弄虚作假"来挣钱。因为他需要省钱，需要积攒一笔经费能让他在图宾根或者其他一所大学念完最后的学位以成为神学博士。尤其是要逃离格拉茨这座破烂的监牢。因为，就像海鸟预感到暴风雨一样，他预感到，哈布斯堡的费迪南在奥地利公国的登基将开启一个令他和他的教友遭受迫害的时代。在这个漫长又伤感的冬天，他孤单地度过了自己二十四岁的生日，冬天过后，他又磨砺了心智，像海绵吸水一样汲取一切。

37

哈布斯堡费迪南大公的加冕典礼于 1595 年 7 月 9 日举行，也就是天主教日历的 7 月 19 日。施蒂利亚州和卡林西亚州的新教徒忘了这是一件值得庆祝的大事：福园学校在这一天以及接下来的几天还照常上课。甚至在典礼翌日，开普勒还给比平日人数要多的学生授课：整整一周本该要停课的。施蒂利亚州的数学家还沉浸在与弟兄们联合起来对抗天主教威胁的喜悦中。他决定在这支被卷入与天主教傀儡的对抗之中的温和队伍里引入欧几里得。

当天的主题是解释天体之合是如何跨越八个星座之上，每一次相合又是如何从一个三角区到另一个三角区的。他举起手，用粉笔在黑板上画了一个圆圈，引起了一阵窃窃私语，和一些崇拜又略带讥讽的口哨声。"人们就是通过这种细节认可一位优秀的数学老师的"，马斯特林曾经开玩笑这么跟他说过。接着，他继续用稳健的手笔在圆圈里内切了一个完美的等边三角形。之后他开始讲解，为了让这些蠢驴一般的脑子能跟得上，他一步一步地进行讲解，尤其是那个本名高特布鲁特，却自命不凡地让别人用希腊文译名埃克称呼自己的孩子。傻孩子不知道，从盖伦那时候起，这个名字就不再表示"众神之血"，而出于对异教崇拜的嘲讽，意为"带血的脓包"。

夏日午后的炎热让学生们昏昏欲睡。在同一个圈里，开普勒又画了一个三角形，接着又画了一个，一个接一个地画，让一个三角形的终点成为下一个三角形的起点。三角形越画越多，老师的讲解越来越快，尽管这不是他本意。开普勒想着另一件事。他"确实"想着另一件事。或者说，他"发现着"另一件事。他看到这些三角形的交点勾勒出了第二个圆圈，其半径是外接大圆的一半。

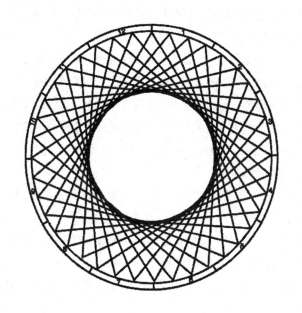

完全跟土星和木星的轨道关系一致。不过，这两颗行星是第一类的，因为它们是距离宇宙中心——太阳最远的。它们的第一类，就好比三角形是第一类多边形。

开普勒想要确定第二个距离，也就是火星和木星间的距离，借助一组正方形，即第二类多边形……接着是第三个距离，火星与地球之间，用五边形，以及第四个距离，地球与金星之间，用六边形。但是，从第二个距离开始，眼睛就抗议了：行星轨道之间的关系并未被体现出来。因为规则的平面图形不太适合，开普勒的思绪就飞到了另一个维度……"为什么不把平面图形放置在立体的轨道中呢？不如采用立体来做？哪些多面体能放置在一个球体之内呢?"

　　黑板上，圆圈鼓起，凹陷，变得有立体感，进入了三维空间，它的里面，不等边三角形构成了一个完整的锥体：一个四面体和四个等边三角形。开普勒没有意识到，其他四位目瞪口呆的中学生也没意识到，这堂课毫无过渡地从二维多边形跳到了二维多变体，跳到了立体几何学：

　　——"一个球体中，可以嵌入多少个立体、多少个多变体，能让它们的顶点接触到球体的内壁呢? 显然有五个：四面体，还有立方体，有八个等边三角形的八面体，有十二个五边形的十二面体以及有二十个等边三角形的二十面体。正如欧几里得论证过的，正多面体的数量不可能超过这五种形式。它们被称为'毕达哥拉斯式'或'柏拉图式'，因为这两位古代哲学家……"

　　他停顿了一下，而他的听众们却没发觉，他采用透视法赋予图形立体感的熟练手法令他们十分着迷。他的脑中闪过了一个想法，像剃刀一样尖锐而锋利："五个完整的多边体，围绕太阳旋转的六大行星轨道之间的五个球形空间……这就是为什么……我需要知道……"

　　下课铃声响了。与以往的习惯相反，老师第一个走出了教室。

　　第二天，开普勒闭关不见任何人。他不再为流逝的时光感到遗憾，不再对工作表现出厌烦，不再回避任何繁琐的计算。相反，他夜以继日地钻研，以完善自己的想法，直到他可以判断自己的想法是否与哥白尼所认为的轨道相一致，或者风是否能将他与他的快乐一并带走。历经半个月、九百张纸的计算，他的结构完成了。在土星和木星、木星和火星、火星和地球、地球和金星、金星和水星这五个或近或远的空间里，毕达哥拉斯的完整立体无可挑剔地镶嵌在一起，从最简单的立方体到最复杂的十二面体。他在半径等于水星轨道半径的一个球体外，标出了一个外切八面体，又给这个八面体外切了一个球体。这个球体的半径就与金星的半径相等。在这第二个球体外，他标出了一个外切二十面体，又给这个二十面体外切了第三个球体。这第三个球体的半径与地球半径相等。接着为火星绘制了十二面体，为木星绘制了四面体，最后是一个立方，他给这个立方体外切了第六个球体，其半径完全跟土星的轨道半径相同！

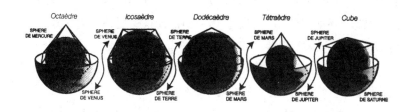

开普勒不相信自己的眼睛。这样一幅美景令人目眩。还是心存怀疑，他用尽了所有的数学工具，级数、正弦函数，最后都得到了同样的结果。于是，他意识到自己刚刚回答了这些与所有形而上学的问题一样恼人又棘手的问题："为什么？为什么只有六颗行星，而不是二十颗或一百颗？为什么这些行星之间的距离差距如此之大，人们却没能找出它们之间的任何数学关联？"是的，他回答了：有且只有一种几何方式，将五种正多面体一个与另一个用它们的球体内切与外切。而且，他兴奋地记录下的一系列数字指出，嵌套产生了五种比例，也就是天体的半径比：水星为 0.56，金星为 0.79，地球为 1，因为是度量单位，火星为1.26，木星是 3.77，土星是 6.54①。

形而上学把他引向了有形物质。开普勒踏上一条与马斯特林引导他走向哥白尼之路相反的路，因为他从有形物质转向了形而上学。

---

①　这个简明的太阳系模型，后来开普勒自己也承认，是错误的。这些行星轨道的实际半径是 0.39-0.72-1-1.52-5.20-9.54。而望远镜还发现了比土星还要遥远的行星。

　　——"当我确定了我的事"，过了很久之后他会告诉我，而他已经成为了鲁道夫大帝的御用数学家，"我不会像我有些前任那样，在走出浴缸的时候尖叫'有办法啦!'况且，我讨厌泡澡。我觉得泡澡是起缓和作用的，只是通过幻觉来缓解我的风湿和痔疮。即使在冬天，在户外，也要勇敢地打肥皂，并用一桶冷水浇在自己头上。但请放心，水是有的。我开始哭得像个泪人，就像是为情所困的小伙子，像一个傻瓜。"

　　被这种不取笑自己的自嘲方式弄得有些恼怒，这既不像法式讽刺，也不像我们的英式"幽默"，我对他反唇相讥，挖苦地说:

　　——"而在我看来，您完美的多面体很难搭建在行星的椭圆形轨道内，您在十五年后的最惊人的发现⋯⋯"

　　——"是吗? 您这么认为?"他回答说，像是一只含泪等待爱抚的好狗，或是因最微不足道的批评而伤心难过的艺术家，"您一定觉得我年轻时的作品很丑陋吧?"

　　面对这些，该如何回应呢?

　　但那天，在格拉茨，他哭了，这是肯定的，他哭了。他认为自己发现了造物主的真理。他认为自己发现了宇宙的奥秘。

38

"你是否见过或听说过，有人曾试图研究行星排列的依据？"

马斯特林又靠在扶手椅上。打开这封信的时候，他还在担心开普勒又要抱怨身体不好、缺钱，抱怨其他的生活琐事，要请他为自己在图宾根找点事做。但这一次，语调变了，笔触坚定，用词精确。"研究……的依据"他很了解这个人，知道答案已经在问题中了。这个答案，马斯特林用笔蘸了下墨水，在空白处写道："没有"。没有，自从人们开始研究宇宙，只是了解过这些天体现象是如何产生，还没有人企图探寻这些天体现象的是为什么如此，至少没有人全面地、科学地研究过。"为什么"是小孩子的问题，孩子总是想打破砂锅问到底：为什么鸟儿有翅膀，为什么疼的时候会哭，为什么大街上的狗会扑在一起，为什么……但是成年人，就像蝴蝶变回了虫子，忘了这些问题；他们推脱这些问题，更确切地说，他们称造物主的想法是难以揣测的，以此来洗清自己的无知。开普勒是否回到了童年，回到了他不曾真正经历过的童年？

"造物主"，信中继续说道，"做任何事都不是徒劳的"。神学家都明白的道理，马斯特林心想，数学家也明白这个道理。"土星比木星差不多远了两倍，肯定是有原因的，为什么火星比地球就远一些……"马斯特林突然想起了模样奇怪的第谷·布拉赫。为什么他会想到这个金鼻子的人呢？他们已经好几年没有往来了。就是因为根据哥白尼体系，这两颗超大行星之间存在巨大的距离。丹麦人认为，上帝不会设想出这么一个无用的空白。马斯特林回答他说，他在面对这一空白时的晕眩只是由生理原因造成的：第谷曾经告诉过他，自从他受伤以来，他就时常会失去平衡，这很影响他做天文观测。

马斯特林回到开普勒的信上。"终于，七月二十日，在泪水横流之中——效仿大喊'我找到啦！'的人……"他没有夸张，马斯特林深信这一点，他不止一次见过开普勒哭泣，一听见宗教歌曲就泪如雨下，看到格列科作品的复制品就兴奋地差点儿晕过去。"……我发现了这些轨道的样式以及它们之所以是六根的原因，还有轨道之间的距离……"马斯特林如饥似渴地读完了这封信。但是他的笔友并没有谈到任何有关这一发现的具体内容。他在撒谎吗？他高估了自己的能力吗？不！开普勒有着真诚的人格。他不会违背"真理"，而是在所有人面前毫不保留地宣扬真理。以至于将自己以及身边的人都置于危险的境地。也正是因为他这种单纯的真诚，令推崇伊拉斯谟的克劳斯和推崇哥白尼的马斯特林合谋将让他远走他乡：为了救他。顺带也是为了救自己。

"但是呢……他还怀疑我！"他抱怨着，"怀疑我，他的导师，教给他所有知识的导师，为他启蒙哥白尼的导师。他敢认为我会从他那儿窃取他了不起的发现吗？"脑子里一个微弱的声音回答他，这种怀疑并非全无道理：在图宾根，难道他没有派他上前线，为哥白尼而战吗？难道他后来没有强迫他退隐去无名又危险的施蒂利亚州？尤其是，他难道没有趁着他远走他乡，而夺得了迷人的赫莲娜吗？即使赢得她的心不算，也至少获得了她的嫁妆。而自己的学生曾向自己吐露过，那是他的心上人。

为了洗清这些心里的内疚，马斯特林回复了一封充满鼓励的信，承诺会给予他帮助和建议，以便他能写出一本在他看来，至少会对方法产生变革的书。接着他又开始讲述哥白尼的生平……哥白尼在自己的象牙塔中只收进一位学生雷斯库斯，这个学生对他的导师充满了敬佩和爱戴……他多么想自己也成为哥白尼，但开普勒是绝对不会这样对他的！

——"这太棒了",福园学校的校长吉尔伯图斯·佩里努斯说,"借助草图和等距投影,体现出球体和多面体完美嵌合的宇宙的整体视图。这不是一幅图,我的朋友开普勒,这是献给造物主的情歌,从最小的蚂蚁到广阔的星空,一切都体现出美丽与和谐。这当中有一种和谐,肯定有一种和谐……星际间的和谐……"

听到这些赞美,开普勒对这个他一直当作最坏的敌人的人有所改观。而且,在星际和谐这一点上,还有些事情待挖掘。他又开始思绪万千……校长接着说:

——"您说服我了!上帝的住所太阳,是位于一切的中心,我赞同这个观点,从今以后,我赞同这个观点。"

——"我认识一个人,他会很高兴的",开普勒半真半假地回应说,"我们俩的数学都是他教的……"

——"什么?但恰恰相反,马斯特林教授从来都没教过我这些。"

——"哎呀。您了解他的!他待人很热情,老马斯特林待人很热情……"

由于当时学习成绩平平而未感受到这些热情,校长觉得伤了自尊,便不作声了。牧师舒伯特借机说:

——"等您的书出版了,等大家知道《宇宙的奥秘》的作者在福园学校任教,这部著作将会成为我们一致对抗耶稣会阴谋的壁垒。再也没有人敢碰我们了。攻击格拉茨的路德教中学,就是攻击您。就是攻击天才,攻击上帝。您很想在这儿出版这本书,不是嘛?"

这句疑问带有些命令。开普勒不喜欢别人强迫他做事。他想发火,忍住了,装作为难地说:

——"我想到过了,但我们的印刷商,我们的朋友斯普林布劳恩似乎更擅长印制日历,而不擅长印制全是图示、表格、数列、插图的复杂文本。"

——"啊，这有什么！我们会帮您的。您是属于我们的，我的朋友，您的事儿就是我们的事儿。请恕我冒昧……您喜欢女人吗？"

——"呃……喜欢！非常喜欢！可惜，她们不喜欢我……"

——"我跟您说的不是欲望，而是婚姻。人们议论纷纷，开普勒先生，这里的人们议论纷纷。像您这样一位年富力强的男人……"

——"噢，力强……《圣经》里说男人独居不是件好事。但没办法啊！我想您应该知道我的工资吧？您觉得，拿着么点儿钱，我能养活我未来的一家子吗？"

——"上帝和您的书会供养您的。"

是牧师在说话。不论他聪明与否对此都没任何影响：开普勒坚信应该要听从他的建议。他还是有些抗拒：

——"但是我在这儿不认识任何人。而且，谁家的父亲愿意把女儿和相应嫁妆交到一个小小的乡村教师手中？"

——"这就不是上帝会想办法的事儿了，我的朋友，而是牧师和我的事儿了。我们来找。"

这下校长开始说起了俏皮话！哦，要是他们高兴的话，还乐于做红娘！等《宇宙的奥秘》出版了，开普勒只会去另找一个配得上他的工作，特别是远离格拉茨，远离这个愚昧的监狱！

后来他就不再去想这些了。他沉浸在自己的作品中，去追求宇宙的奥秘。他觉得自己的头脑异常清醒。他不动笔，他在同一个没有名字也没有面孔的读者对话，他什么都跟他讲，他的错误、他的摸索，有时候跟他开玩笑，还听他笑；他回应他的异议。他强调关于祷告和诗歌的阐释，任由思绪如泉涌，洋洋洒洒写了七页纸，还没涉及主题。这个读者，是他想象出来的弟弟、他的朋友、他的复制品，也可能是上帝，他对他说："请看，上帝，我赞美你创造的智慧。主，感谢你选择我来歌颂您的作品的和谐"。这个读者，也是毕达哥拉斯、柏拉图、西塞罗、哥白尼等人的灵魂，但自从他发现哥白尼为了更好地支撑自己的论证，在一些数据上弄虚作假，便对这个弗龙堡的教士有些疏远。但这个读者，肯定不是马斯特林，尽管在致读者的献词中，他有分寸地向马斯特林表达了敬意。

他决定用最简洁也是最纯粹的拉丁文进行写作，找回了十岁时候的兴趣，那时候他模仿贺拉斯创作诗歌只是为了玩儿。这一次，他想用西塞罗或奥维德的方式，却没看到约翰·开普勒远远超过了他们。但依旧是用最从容淡定、最清晰尖锐的笔触。

相反，在一百里外，人们正处在极度的兴奋之中。当开普勒终于愿意向他透露这一发现的具体内容后，马斯特林幸福地几乎要昏了过去。他曾经的学生突然一下子就论证出日心说的真正原理。他担当了哥白尼骑兵的任务。这一次，将是彻底的胜利。宇宙不再是空虚的，因为有这五个和谐的多面体。"我们要治好你的眩晕，第谷。我们要揭开你的假面！"

从那以后，图宾根的教授毫不保留地给予开普勒鼓励和建议，同时还让他保持谨慎，因为开普勒时常会受到长久以来的神学观点的影响，在写作的时候，陷入连最宽容的路德教博士都气得跳脚的形而上推论中。

信从图宾根寄到格拉茨至少需要十天，从格拉茨寄到图宾根则至少需要半个月，这让马斯特林急不可待。一天，施蒂利亚州邮车的车夫来找他，在申明了自己的路德教信仰后，车夫传话说开普勒恳求他一定要在言论上更加谨慎，因为他其中一封信的封印被拆开过。此外，在他收到的那封正常的信中，开普勒问了一个奇怪的问题："你觉得格鲁潘巴赫是个优秀的发行人吗？"格鲁潘巴赫，优秀的发行人！这个印刷商制作了所有出自图宾根大学领军人物之手的作品，也出版了马斯特林关于彗星的著作！格鲁潘巴赫，只能拒绝所有被符腾堡视为拙劣作家的任何申请。上帝知道符腾堡有没有把它算在内！不，这个言辞激烈的人并不是想说些寻常的玩笑。透过车夫的话以及这个荒唐的问题，马斯特林感到施蒂利亚州的情况有些令人不安，他曾经的学生在向他求助。

他决定通知在布拉格的施蒂利亚州枢密院议员，霍夫曼男爵，他的占星家正是雷迪库斯的学生，瓦伦丁·奥托。尤其是要确保开普勒在完成《宇宙的奥秘》之前，安然无事。之后的事，再说……

这些信一寄出，马斯特林就决定要开始宣传开普勒的书。这本书需要他这么做。作为公开的哥白尼信徒，他甚至走得更远，比波兰教士的《天体运行论》要远得多。马斯特林的盟友是克劳斯，他曾认为多面体的想法是"有趣的"。还要去说服他未来的岳父，哈芬雷弗院长，因为会由他发出出版许可。马斯特林同样还会得到符腾堡大公的支持：他时不时地为他绘制与他庄严的面孔相称的星座运势。

——"太棒了！"赫莲娜·哈芬雷弗在听懂自己的未婚夫的讲解后，惊呼道，"还如此简洁，如此显而易懂！但为什么之前都没有人想到呢？"

马斯特林的脸有些变红。她是想要伤他自尊吗？他也自问："为什么是开普勒，为什么不是他，马斯特林？残忍的赫莲娜！"除了二十岁的年纪绽放的光芒，她还很活泼，对什么都好奇，当未婚夫用大提琴伴奏时，她的歌声令人着迷。马斯特林想起他自己年轻的时候，在毕业时和朋友们聊天，他还发誓绝对不会与聪明的女人结婚。而哈芬雷弗阴险地暗中观察着未来女婿的窘态。最后，他严肃地说：

——"究竟是为什么呢？我们可能触及了，我的女儿，触及了宿命论的奥秘。亲爱的迈克尔，我接触到你的学生开普勒已经有十年之久，我还在问自己这个问题：他的信仰是什么？是圣灵还是魔鬼？当然，这本《宇宙的奥秘》会出版，而且要在图宾根出版。我们不是什么想要禁锢思想传播的天主教徒。不过……"

他停顿了一会儿。马斯特林觉得这一局要开盘了。

——"……不过，我们还是非常希望在这本书中，能少一些形而上的推论，少一些对《圣经》的参照，多一些有形物质，多一些数学，多一些天文学。您认为能说服您那位奋激的年轻人，不要过多地游荡在变幻不定之地吗？"

——"我会说服他的"，马斯特林回应道，他对此并没有十足把握，"关于天文学的内容，我想在附录中再加上哥白尼的《天体运行论》，这是日心说理论的奠基之作……"

——"那本题献给反基督者保罗三世，那个对我们造成这般损害的人的书*？这绝对不行！别想些不可能的事，迈克尔！"

马斯特林早就料到了这一反应。每一次竞价，都应该重重地敲打才能获得合理的价格。

——"我忘了这点。请您原谅！"他假装道歉，"那您认为雷迪库斯的《初讲》如何？他是梅兰希通的学生……"

——"要好一些，但是这个人，恕我直言，至少名声不太好……"

——"父亲，是什么名声？跟我们讲讲吧"，赫莲娜插话说。

——"你最好去复习乐理，而不是掺和进我们的谈话"，院长咕哝着，"我刚刚应该听到了几个错的音符。要么你就去料理些家事。以你过世的母亲为榜样。学习成为一个好妻子。"

她可爱地耸了耸肩，离开了会客室。

——"啊，迈克尔，我同情您"，院长叹道，"有您的苦头吃。自从她温柔、贤惠的母亲过世后，我都不知道该怎么管这个孩子。但我们还

---

* 由于害怕引起各方面的攻击，哥白尼在书的序言中写明，将著作献给教皇保罗三世。他认为，在教皇的庇护下，《天体运行论》也许可以问世。

是言归正传吧。好吧，我可以让您选择雷迪库斯。但得有交换条件。您对新的天主教日历的答复到哪一步了？您之前答应我去年弄好的。上面的人开始抱怨了。过不了多久，我就不得不处罚您了。要是您继续推脱，您就会惹上大麻烦。而且我也会。就让您的小天才来帮助您吧。"

——"开普勒？他会拒绝的。他认为格里高利历更佳理性，比儒略历更适应回归年，他不会妥协的。不是因为格列科是西班牙宗教法庭的心腹，他才烧掉他的作品的。"

——"这些是谁说的？是他还是您？"

——"这……呃……当然是他说的。您没有我了解他。他的有些言论会让路德在墓中不得安宁！"

——"好吧，我很庆幸那些话不是出自我未来的女婿之口。我们无话不谈，不是吗？好吧，再见。呃……别忘了您要答复乔治历本，亲爱的朋友。参议会很重视这件事。"

"让他，他的历本，他的女儿，还有他的参议会都见鬼去吧"，马斯特林心想，一边不是很自信地走出"第七宫"，因为他又被开普勒掩盖了。

39

开普勒日复一日、周复一周地写作，绘图，计算。但他只是觉得度过了漫长的一天。唯一的打断，就是每天的拉丁文学课，因为在整个格拉茨都没有一个学生愿意上他的数学课了。每周日他还会去教堂做礼拜。余下的时间，就隐居在客厅里，他把小屋临街的底层改造成了工作间。

——"还有什么事？我说过不要来打扰我。"

唯一一个每天都会去找他的，就是管家老太太，提醒他什么时候该去学校。这次不是她，而是一个穿着贵族家号衣的仆人：

——"开普勒教授，尊敬的施蒂利亚州州长阁下请您立刻去见他。"

约翰匆忙换下沾满墨水的睡衣，穿好衣服，梳理好胡须，跟着这个仆人，既不安又不满地沿着主干道及通往城堡的陡峭小道走着。

齐格蒙特·赫伯特·冯·赫伯斯泰恩男爵在听证厅等他。他的身边是枢密院议员腓特烈·霍夫曼，开普勒上一次见到他是在一年半前就职的时候。开普勒现在明白了这两位施蒂利亚州最重要的人物的角色，当然他们仍排在大公之后：州长是新晋的天主教徒，而议员则是不太虔诚的新教徒。选这两个温和派作为自己的代表，鲁道夫皇帝是希望他们与天主教残暴的学生、他的小侄子奥地利的费迪南抗衡。

——"开普勒先生，您觉得在我们这座美丽的城市格拉茨，在福园学校教书，作为施蒂利亚州数学家怎样？"

州长的语气很犀利。暂时还未被请入座的开普勒，深鞠一躬，说：

——"诸位阁下让我十分有幸能担任伟大的施蒂利亚州公国的数学家。"

——"是真的吗？那您知道今天是几号吗，数学家先生？"

被这个奇怪的问题难住了，也不知道州长究竟想说什么，开普勒含糊不清地说：

——"这个……呃……我想……是十月一日……或十月十一日，根据……"

霍夫曼男爵插话说。显然，在这种情况下惯用的角色划分，州长选择做严厉的角色，而枢密院议员则选择做宽容的角色，因为他十分温柔地低声细语道：

——"这一切都取决于您杰出的工作，我善良的开普勒，您忘了……尊贵的费迪南大公殿下迫不及待想要……"

——"迫不及待想要什么？"开普勒焦急地问。

——"当然是想要您的星相图了，是的，要您的星相图！"

州长示意坐在小桌边的书记员，开普勒进来的时候没有注意到他。书记员起身，用单调的声音宣读文件，提醒数学家履行自己的职责。这是一次正式的处罚，而且出版每拖延一天，就要再罚款 2 弗罗林。

开普勒的双腿开始颤抖。突然感到胃里阵热。他察觉到快要发烧的症状，于是握紧双拳以防自己晕倒。他这样不是因为受到了处罚，他很明白自己比这些人强；也不是因为看到自己的工资将会少掉四分之一，尽管他之前是想将这 120 弗罗林为自己那本书出版所用。不，让他几近晕厥的原因，是得从《宇宙的奥秘》中抽身，天使从最高的一颗星坠落到星座运势狂欢的烂泥里。

听证结束后，他甚至都忘了要跟两位男爵打招呼，便寸步难行地走出了听证厅，跟个驼背老头一样。在主干道上，他很想哭，便杵在公园的栅栏前。有人拍了拍他的肩。他后退了一步，是霍夫曼男爵。

——"您脸色惨白,我善良的开普勒。要我送您回去吗?"

还没等他回答,枢密院议员便挽起了数学教师的胳膊。受到了如此的关心,开普勒还没意识到跟这位常驻施蒂利亚州的皇帝密使像两个好朋友一样走着,是极大的荣幸。

——"您让我们很为难,我的朋友",霍夫曼说,"费迪南对您很生气。州长和我,我们俩费了好大劲才安抚好他。这次生气只是个借口,因为对尊敬的殿下而言,任何机会,只要对我们的改革派兄弟们有弊,都是好的。他的意图很明显,也是黑衣人的意图:关停中学"。

——"我完全忘了星历表的事",开普勒叹息说, "我现在在写……"

——"……某个非常新颖且非常有力的东西,我知道。善良的马斯特林跟我说过了。我迫不及待等着一读。请不要光看表面,我的朋友。我在这方面也略懂一二。"

——"但是我绝对不敢……"

——"我已经在布拉格,把您那美妙的结构跟皇帝的御用数学家提过了。他表示非常感兴趣。"

——"尼古拉斯·莱梅斯·巴尔? 厄尔苏斯? 但这样不会……"

——"偷去您的创造吗?"男爵补充道,"千万不要道听途说。第谷·布拉赫,高居在他的岛上,向那些愿意听他说话的人抱怨厄尔苏斯剽窃了他的想法。但是我听说他们之间的争执又是另一个版本。"

——"我不知道这件事。我想的是厄尔苏斯在恬不知耻地从欧几里得和雷格蒙塔努斯那里汲取三角学法则后,是如何将其据为己有的。"

——"您此言差矣,我的朋友。厄尔苏斯其实和您有些像。就像他的名字所暗含的,那是一只熊。他很强硬,哪怕面对皇帝也是这样。尊敬的陛下真的很喜欢他的敌人第谷,也想把这个丹麦人弄到布拉格。所以,在这个时候,厄尔苏斯需要盟友。比如说,一位优秀的助手。"

霍夫曼不再说下去了。两人静静地走着，路上的行人见到枢密院议员，都脱帽致敬，等他们俩经过，又都转过头来看他们。到了家门口，开普勒示意请霍夫曼进屋。

——"不了，我先走了"，议员说，"您还有工作要做。您的星历表……请您抓紧时间完成吧。尽量比去年表现得稍微乐观一些。您的预言很准确，但是大公或多或少认为，预言中他第一年执政的灾难，从某种程度上来说是您引发的"。

霍夫曼示意让一坐从城堡的护栅开始就一直跟着他的轿子落到他的高度。轿子由五位武装人员护卫。一坐上轿，枢密院议员就挥舞他的花边手帕道别。

开普勒立即投身到工作中，随时都想呕吐。整整一个星期，他机械地匆匆写着画着，只有要在学校几乎空无一人的教室里上课的时候才停下来。他担心，尤其在这么冷的天，再次发烧。终于，他要把1596年的星相占卜拿给书商印刷。他还当监工，教促印刷商和工人们，自己也参与到表格和图画的印刷工作中。印刷商也不反对他这样。跟几乎所有在格拉茨的人一样，他知道数学家正在写一本书。这是一位不可错过的客人。

距惩罚过去了十五天，也损失了30弗罗林，星相占卜面世了。在主动请工人们喝了些酒——按照惯例，喝掉了一瓶——又花了1弗罗林之后，10月底的一个黎明，开普勒从印刷厂回来了，并决定立即重新投入《宇宙的奥秘》的写作中。他之前就写得差不多了。他重读了写的最后几段话，觉得很反感。他的锐气被挫伤了。他把这归结为自己的疲劳。他哭着倒在桌子上，头埋在手中，睡着了。

舒伯特牧师的教友们从来不对他有任何隐瞒，所以他进门从来不敲门，看到了开普勒这副样子。有一瞬间，牧师以为他死了，便碰了碰他的肩膀。开普勒猛地坐了起来：

——"啊，您来了，我在做梦，一个很愚蠢的梦……"

——"您先别说了，我的弟兄。现在快早上八点了。您在印刷厂度过了一整夜，您身上满是墨迹和……"

——"哎，先别管这些！您快关心关心我的灵魂，别管我的身体。我知道我活不了多久，而我却有很多话要说。每一分钟对于我而言都跟钻石一样可贵。而人类的愚昧从我这儿掠走了这些钻石。"

——"请不要说咒骂的话，我的弟兄"，牧师反驳道，"只有上帝知道我们的命运，您是无法通过星星得出您的寿命的。"

事实上，这一小时的睡眠让开普勒觉得全然恢复了精力。他拥有令人羡慕的天赋，只需休息一小会就行，而普通人要好好睡上一夜。他伸展了胳膊，抓了抓一头棕色的密发，而牧师继续说：

——"我现在不是作为你的神修导师跟你说话，而是作为你的朋友。你需要出门，去这里的山间享受一下清新空气。预报说今天是个美好的秋日，阳光灿烂、生机勃勃。我知道步行三小时，就有一间乡村旅馆……"

——"哦，您知道我的，步行、乡村，尤其是旅馆，我都太了解了！"

——"那就请您不要再用无休止的抱怨来打断我了。我想让您认识一下，在这家旅馆所在的小村子里，当地最富有的磨坊主，穆勒克老板。这是个很善良的人，他的女儿曾经经历过很多不幸。婚姻不幸，两次丧偶……"

——"有两次就会有第三次！"开普勒忍不住说出这句话，他开始明白对方要的是什么了。

——"请不要拿这种事开玩笑，约翰老弟。芭芭拉是个好姑娘，温柔又虔诚。她会读书、写字和算数。她的嫁妆也相当可观。校长和我都一致认为：她是您能娶到的最佳妻子。"

州长的星历表之后，又是磨坊主的女儿！看来，整个施蒂利亚州都联合起来阻止他完成他的《宇宙的奥秘》！他必须要推脱此事。开普勒俯身对着比自己矮一个头的舒伯特，把手搭在他的肩上，说：

——"我完全相信您会努力促成此事。但我不确定您那位富有的磨坊主穆勒是否……"

——"是穆勒克。"

——"我不确定他是否会轻易将自己的女儿和嫁妆交给一个默默无名的小老师，而且还是一个刚刚受到施蒂利亚州处罚的小老师。对我来说，这次见面还为时过早。就让我先完成我的书吧。当您再告诉他，他未来的女婿就是《宇宙的奥秘》的作者的时候，我相信他就不会再反对了。"

——"您怎么知道他不愿意呢？"

——"因为我是农村的孩子，我的祖父是位皮货商，也是魏尔德尔斯塔特的村长，他曾经有三个女儿要嫁人。所以您就继续和那位磨坊主讨价还价吧。您要相信，我的书在新郎送给新娘的礼物上一定会发挥重要作用的。我还是有必要完成它。"

——"您说的对。我不打扰您工作了。但也请注意您的身体，约翰老弟。"

牧师一出去，开普勒便搓手相庆，因为他看见过父亲——从事走私的旅馆老板觉得捉弄了某个合伙人时，也这样搓手。要是想尽快逃离这个令人窒息的施蒂利亚州，就只能要些花招。所有的疲惫都消失了。牧师这次的来访就像是抽了一鞭子。他深吸了一口气，坐下，戴上了眼镜，一口气读完了到目前为止的所有内容，不准自己做任何修改，就好像他是自己的读者一样。至于修改，留到以后再说。现在，他面前是一张白纸。他写上：

第二十二章。为什么一颗行星围绕中心做匀速圆周运动。

这一章已经完全在他的脑海里构思好了。他用羽毛笔在纸上飞快地写着。就像一匹走近马厩的马，人不用再去驾驭它，而只需轻轻地牵着马笼头，以免它去吃邻居地里的草。

而开普勒是在写《宇宙的奥秘》的关键章节。事实上，他试图删除所有这些讨厌的周转圆，这些弊病导致承载行星运转的完整圆圈变形，删除它们，是为了让那些多面体精确地嵌合。托勒密在圆周上设想出了这些小轨道，是为了减缓行星的运行，让它们依据观测数据，准时准点地出现在既定位置上。为了证明日心说，哥白尼不得不加以补充，尤其是给运行轨道变幻莫测的火星补充周转圆。波兰教士的目的，是让太阳成为宇宙的中心，而不再是太阳旁边一个看不见的点。开普勒却重新提出了这个点，匀速圆周点。看到这些句子，马斯特林可能会暴跳如雷，但必须要这么做。

行星距离太阳越远，运行周期就越长。这一点，已经被第谷·布拉赫通过无数次观测证实了。因此，如果这些行星轨道准确的中心是一个距太阳有些距离的点，那么在一部分运行过程中，"行星就会运行得更慢，因为它们距离太阳更远，且推动这一部分运行的力量更弱……"一种力量！不是一种灵魂，而是力量！必须要论证、测量这个力量，用数学方程来做……不，要用有形物质来做！刹住你的马，约翰·开普勒，它溜缰了！你要再走一遍它想带你走的路。

40

　　时间就像静止了。他的女管家有个很大的优点，就是能让自己无形又无声，就好像她明白这张餐桌上在发生什么，主人几乎就没动过她在餐桌上摆的一碗汤、一个杯子、一块面包。只有一次，她提醒他去学校要迟到了。开普勒回答说没关系，后来他就忘了，福园学校的学生们只能放弃上他的课。但没关系，因为他不在的那三天，也没有任何人在等他。至于福园学校的校长，之前有舒伯特牧师打过招呼，也就没苛刻地对待他。这两位朋友都在艰难地与磨坊主穆勒克协商他女儿的嫁妆，忙得不可开交。

　　终于，一个秋天的早晨，开普勒出门了，他匆忙去往邮局，就怕错过邮车发车。他的包里装着一本给马斯特林的《宇宙的奥秘》复本，还有一封信，请他在符腾堡大公面前为自己说情，大公的老师碰巧也是位占星家。其实，在最后一遍修改完手稿后的兴奋中，开普勒有了一个在他自己看来是非常棒的想法：分别用铜、金、银打造出他的太阳系以及六个行星轨道和五个多面体，也可以用喷泉的形式来表现，这既可以是件艺术品，也可以是教学器具。但他没有把这些告诉自己曾经的导师，他希望自己能够作为数学家和占星家，为腓特烈大公效力。同时，他还给皇帝的占星家厄尔苏斯去了一封信，在霍夫曼男爵的建议下，全篇都在奉承厄尔苏斯的三角法伪发现，同时还寄去了一篇《宇宙的奥秘》的摘要。为皇帝效力还是为符腾堡大公效力，这有什么关系？他已经准备要拼命逃离这个可恶的施蒂利亚州、这里的星历表、磨坊主的女儿们、还有变成媒人的牧师们。

当开普勒走进邮局的时候，格拉茨牧师的妻子正挽着牧师从邮局里出来。

——"您好啊，尊敬的舒伯特牧师！您和磨坊主谈得怎样了？"

牧师不情愿地做着鬼脸，像鳟鱼吞了只苍蝇一样努了努嘴，意思是不要在自己的妻子面前提这件事。开普勒对这一问的效果感到很高兴，借口快要错过邮车，便走开了。邮车发车后，他迈着轻快的步伐，去了市政厅，申请通行证，以便在圣诞节至二月底学校关闭期间能离开施蒂利亚州。之后，便回到家等着。

闲下来的时间，他拿来为费迪南大公和州长编写十分乐观的星座运势。他希望借此获得一些钱，好在那本书印刷期间能待在图宾根和斯图加特。第一个给他回信的是马斯特林。马斯特林激情满满地把他夸了个遍，还第一次破例，迫不及待想要他回到图宾根。院长哈芬雷弗对某些形而上学和对《圣经》的阐释的地方提出了一些反对意见。马斯特林还在信中几乎是辩白地说，他生命的最后一章因哥白尼而有意义。随即，开普勒写了一封饱含敬意的信寄给院长，信中称自己准备好与他争论，坚决只作一些原则让步。之后，他又开始等着。

儒略历的 12 月 24 日，学校关闭了，他的通行证还没下来。他想要找佩里努斯校长问问情况，但校长总是行踪不定。他在舒伯特牧师家度过了圣诞。等老婆和孩子一睡觉，主人就告诉他，与磨坊主穆勒克的协商进展顺利，因为这个老守财奴已经要让步，多给些嫁妆了。婚礼可以在初春举行，但还要组织与他和他女儿的会面。

——离开吧，离开吧！开普勒在回家的路上喊着，在风雨交加的夜晚，雪花吹进他的嘴里。

第二天，天空中万里无云，阳光闪耀，令地上厚厚的白雪显得更加耀眼了。空气又干又冷。开普勒打开了房间的窗，对自己睡到这么晚，浪费了原本就不多的时日感到很生气。一辆漂亮的、车门饰有纹章、由四匹马拉着、六位武装骑兵护卫的大车停在了屋子前。顾不上仆人递来的脚凳，霍夫曼男爵跳下车，手中挥舞着近视眼开普勒看不清的什么东西：

——"我拿到了，我的朋友，我拿到了！"

接着枢密院议员进了屋。开普勒还没来得及摘下睡帽，穿上睡袍，霍夫曼就突然出现在了房间里，不停说着：

——"我拿到了，我的朋友，我拿到了！"

他递给他两本印有哈布斯堡费迪南大公官印的硬纸本。是通行证！

——"啊，相信我，我的朋友，我费了九牛二虎之力才弄到它们。我还是一会儿路上再跟你说。我们现在就出发。"

——"我们？"

——"是啊！我好不容易从符腾堡大公那儿弄到一份帝国的美差，在斯图加特。您带我去逛逛那儿的妓院吧，您应该很熟悉！快准备一下！我讨厌等待！"

——"但我还得收拾行李……"

——"您的行李箱已经在随行的货车上了。我们俩身材差不多，我有几件过时的衣服应该很适合你。"

他把头探出窗外，呼唤道：

——"迪特尔！把教授的衣服拿上来！"

——"但是……"开普勒仍在推脱，"我的文件、我的手稿、我的书……"

——"什么？"男爵狡黠地问，"那您不打算再回到这片对改革派如此友好的乐土了吗？"

——"完全不是！我……我的职责让我无法离开现在的职位……"

——"别想了，我的朋友！那就把您的一部分书和物品留在这里吧，'他们'过不了多久就会打听到这儿来。要是您的家都空了，'他们'很快就会明白，在我们还没出境之前就会追上我们，再用武力将我们带回来。就连我，枢密院议员，都丝毫无法阻止他们。"

——"他们？他们是谁？"

——"是耶稣会士，我的朋友。走，我路上再把一切都告诉你。啊，我很期待这次有您为伴的旅行。"

仆人进来了，带来了精美的华服，尤其是一件奢华的连帽狐狸皮大衣。

——"您换上，我们就走"，霍夫曼坚持着。

开普勒觉得很尴尬，还冻得发抖，他有一瞬希望访客能出去，但是没有，男爵还待在那儿。仆人请他抬起手臂，为他脱去了睡衣。

——"天哪！"男爵赞赏地说，"您完全就是位哲学家啊。"

开普勒下意识地用双手遮住了自己的隐私部位，这让霍夫曼哈哈大笑。仆人为他穿上了内衣。开普勒觉得很羞耻，像提线木偶一样任由人摆弄。等衣服全部穿好了，最后他突然害羞地戴上磨坏了的旧手套，以遮住畸形的双手。之后，他从衣橱里拿出磨破了的皮包，下到客厅，把散开桌子上的文件都装进了包里。

——"快点，快点"，男爵催促道。

他回到车里，那儿有热炉的温暖。车板下的火炉里烧着煤。在下令出发之前，霍夫曼命人为他们端上午餐。有馅饼、烤的刚好的乳鸽和法国葡萄酒。马车行进的时候，霍夫曼从一个挡板里拿出了一个银水壶，里面浓稠的浅褐色饮料正冒着烟。

——"喝点儿吧"，他说，一边把饮料倒入一只中国瓷杯中，"这很美味，尽管这是西班牙的腓力二世最喜欢的饮料。在口味上，我们偶尔天主教一些吧！"

就这样，开普勒生平第一次尝到了巧克力。

他们一驶出城墙，霍夫曼便开始讲述他是如何费尽心机才从大公国政府那里弄到这些通行证的。

——"尊敬的费迪南殿下也不愿看见您离开。但出于对耶稣会的狂热，他想要把所有的新教徒赶出施蒂利亚州。至于我的表弟，赫伯斯泰恩州长，私下里依然是我们的朋友，他告诉我，像您这样的人是当地改革教会最好的壁垒，要是您走了，我们所有人都会遭受迫害。"

"什么无稽之谈"，开普勒想，"我才刚满二十四岁，还什么都不是，也没做出什么大事。我是面高墙？我连护墙都算不上。"

——"但最不想让您走的人，那个坚决不让您离开，连两个月都不行的人，就是栽培您、在您的事儿上有话语权的那个人。福园学校的校长，佩里努斯博士。"

开普勒哈哈大笑：

——"对他，我一点也不感到吃惊。这所学校是个独眼人的王国。像我这样一个近视眼在那儿就是国王！为了更好地把我捆绑在格拉茨，他还想让我结婚！"

——"那这样的话，您是应该逃走。尤其是，开普勒，尤其是不要结婚。像您这样的人就是为孤独的学术而生的。想想雷迪库斯，想想帕拉塞尔斯，还有瓦伦丁·奥托……"

"当然了，这些都是同性恋"，开普勒心想。

——"再想想过去这些伟大的人用他们的才华照亮了这个世界。没有女人，没有唠叨又爱吵架的妻子要压制这一才华。因为您有才，开普勒。它闪耀在您的脸上，您的每一句话、每一个举动都散发着才气。所有人，无论是谁，就连校长佩里努斯，都对此赞叹不已。只有您自己不知道。我们下车走一走好吗？车里有些闷。也让马匹喘口气。"

路越来越陡了。男爵挽着开普勒的手，他们走得很快。霍夫曼的手紧紧抓着他的肱二头肌，这让年轻的数学家很尴尬。难道是因为刚刚提到的那些人名，雷迪库斯、帕拉塞尔斯、瓦伦丁·奥托吗？他们终于到达了山口海关的小房子前，差不多二十个月前，开普勒曾晕倒在这里。

——"二十个月"，开普勒感叹道，"我好像度过了一生"。

脚下的格拉茨，坐落在山顶有积雪的雪山脚下，在他看来就像个小村庄。

——"跟这个地狱永别吧"，霍夫曼故作夸张地对他说。

41

　　——"那么，您就是那位著名的开普勒吗？对于一个如此有雄心的设想，您比我想象中要年轻得多……所以，十五年前，我选择授予您这样的一位神童奖学金，没做错。从那以后，我一直都在关注您，因为作为一位王子，我有责任资助最值得资助的臣民。"

　　约翰在符腾堡的腓特烈大公面前再次深深鞠上一躬，心想，在请斯特林和霍夫曼男爵跟大公描述他提出要为大公制作的宇宙剖面图前，大公根本没听说过他。他回答说：

　　——"最卑微的奴仆都不知道该如何向尊敬的殿下表达自己的感激之情，十年前，陛下签署了图宾根参议院的议案，让我能够继续学业。"

　　十年，而非十五年！签署，而非授予！开普勒刚刚两次纠正了大公。人们纷纷窃窃私语。居然敢反驳神圣罗马帝国最有权力的人之一！

　　——"开普勒家族一直在很好地为我效力"，大公反驳道，"从你的父亲，莱昂贝格的村长开始。"

　　——"请原谅，尊敬的殿下，那是我的爷爷。还有，他所管辖的地方叫魏尔德尔斯塔特。"

　　——"又来了！"御座厅内有人喊道。

　　——"放肆！"另一位大臣说。

　　开普勒不明白这些人的反应。他只是澄清了事实，不是吗？大公皱了皱眉。这个小男孩有些过分了。而且，他不喜欢小男孩长满麻子的脸，以及过于乌黑的目光。大公已经决定要拒绝他的提议了，但在这之前，他还是想好好教训他一下。

——"我的占星家，忠实的马斯特林对您的研究赞不绝口。他告诉我您的构想是一个伟大的学术作品。尽管如此……"

开普勒再次鞠躬，但内心深处，他是在感谢那个"忠实的马斯特林"的帮助和支持。

——"尽管如此，在付给您这项既学术又昂贵的作品所需的经费之前，我想见到一份铜质复制品。请您在这周之内做出来吧。"

——"会议结束！"一位传令官喊道。

用铜来做！这周之内做出来！开普勒上哪里去弄钱？而且，就算工匠允许他赊账，那他能有时间做出如此复杂的模型吗？这会是一个很大的剖面，需要好几个金银匠分工制作，以防他们独占这一构想。土星要用钻石来做，木星要用红锆石来做，月亮要用珍珠来做。太阳则要用金子来做。在恒星轨道的边缘，七个开关将分别与六颗行星和太阳连接，向太阳注入烧酒，向木星注入新制成的白葡萄酒，向金星注入蜂蜜酒，所有的饮料要一种比一种美味，但钻石做的土星里只会流出劣质葡萄酒和劣质啤酒，"这代表着"，他会向大公解释说，"那些不懂天文学的人将遭受耻辱，成为笑柄"。其余的轨道和多面体，就用银来制作。

他要用纸来做模型！在路过一个书店时，他有了这个想法。这样一来，便向大公表明，他的臣民，即便是最值得赞助的臣民，连买铜的钱都没有。还有刷子、剪刀、颜料、胶水、纸板……他把自己关在房间里，开始工作，对这个手工活的兴趣让脑子里的悲伤忧郁一扫而空。

一周后，他穿过斯图加特的中心广场，小心翼翼地拿着他用彩纸做成的宇宙，踏上了宫殿的第一级台阶。两个仆人来接过这件易损且庞大的东西，开普勒便回到了自己的房间。他等待着。不敢走出房门，生怕错过了大公的回复。四天后，终于有人来敲门。是马斯特林。

——"啊？你怎么来了？"

——"亲爱的约翰，我刚刚见过了尊敬的殿下。我觉得你的事进展很顺利。要是我没那么讨厌法律的话，我应该会是个优秀的律师。我还告诉大公，他需要一个比我更年轻、更优秀的占星家。我给他看了你做的奥地利星历表；他对星历表的确切性表示震惊。雇用像你一样如此有才、曾效力于他的对手哈布斯堡小费迪南的人，会让他感到无比的高兴。"

开普勒为曾经怀疑过马斯特林感到惭愧。他想要拥抱他。他们一起去吃了晚餐。席间，他们主要谈到了图宾根的印刷商不愿印制《宇宙的奥秘》。印刷商要求大学参议院的正式印刷许可，并亲手提出了几处修改。开普勒不安地说：

——"他想要重演欧赞德对哥白尼的那一套吗？我是不可能接受的！"

——"你放心，他不是想要在内容上进行干涉，而是在形式上。我了解格鲁潘巴赫。这是个朋友。他有些爱显摆。他就喜欢在他出版的书上留下他的印记。但只会只言片语，不会太多。你会看到的……他并非总是错的。这是位优秀的文体家。"

——"我觉得我的拉丁文也没那么差"，约翰反驳道。

马斯特林急了：

——"你就不能稍微顺从一点吗？我听说你在大公面前也很放肆……"

——"我吗？"

——"是啊，你。我已经尽我所能去弥补你的过失了。还是继续说出版商吧，亲爱的格鲁潘巴赫因为你不屑于见他而有些生气。他非常想要认识他所出版的作品的作者。书对他而言，不是简单的一件商品。"

——"我怎么能去见格鲁潘巴赫先生呢？回来的这两个月，我一直在大学和斯图加特之间来回奔走，此外，还要回我凄惨的家……说到家，迈克尔，我有没有跟你说过，在我们到达斯图加特前不久，霍夫曼男爵坚持要去见我的母亲？"

尽管旅途的同伴不情愿，枢密院议员还是很好奇想知道究竟是怎样的肥料才长出了开普勒这株稀有植物。当两辆饰有纹章的马车驶入莱昂贝格的时候，约翰感到既恐惧又虚荣。霍夫曼很有魅力，他亲吻了娇小的旅馆老板的手，这让她十分高兴，还送了她很多礼物，并表示出对开普勒最小的弟弟和妹妹的关心。

——"尤其是对小弟弟，我想"，马斯特林笑着暗示道。

——"哦，迈克尔，你怎么能这么说呢？"开普勒不满地说，"克里斯托夫才十七岁"。

——"确切地说"，对方回应道，觉得自己曾经的学生很天真，"但我这么说不太好：男爵的兴趣爱好非常广泛，前提是你的小妹妹很漂亮……"

开普勒确实很担心格雷琴，十九岁的她在他看来既漂亮又伶俐。克里斯托夫在做镀锡工学徒，认真、乖巧又寡言少语。几年前，约翰曾试图让他获得奖学金。他是家里最小的弟弟，不想继续念书。至于海因里希，他的大弟弟，已经消失了。有人说，他加入匈牙利军队投身对奥斯曼人的作战。像他们失踪的父亲那样，也可能是为了寻找他们的父亲。

在斯图加特最好的旅馆吃过晚餐，马斯特林也返回了图宾根，两天后，开普勒迎来了一位身着大公国制服的仆人，带来了一则掌玺大臣公署一位秘书的信息。大公认为模型很巧妙，但他改变了主意。他现在要求做一个嵌入宇宙空间的真正的天象仪，而不再是这种带着葡萄酒和烈酒开关阀的可爱的娱乐设备。新的模型要交给城里的某个金银匠来完成。要是大公的信使在临走之前没把一个圆鼓鼓的、印有符腾堡徽章的钱袋放在桌上，开普勒可能会感到沮丧。他又花了一个礼拜摆弄剪刀、浇水和刷子。

　　这项任务一完成，他便去了城里最好的裁缝那儿，又去找了最好的手套商，接着给自己买了匹既强壮又温顺的马。之后他去了图宾根。他没去马斯特林家住，而是在那儿最好的旅馆开了间套房，这是他当初领着奖学金念大学时，梦寐以求想住的旅馆。然后他去拜访了马斯特林。后者在得知他在艺术酒店落脚后，嘲弄了他一番：图宾根大学其实已经为他在专为贵宾准备的住所中安排好一间漂亮的公寓。而且，约翰还被邀请参加教授们的聚餐，来庆祝复活节。

　　在俯瞰学生食堂的台子上，开普勒光芒四射。曾经的老师成了着迷的听众，在他们面前，开普勒展示了他的多面体行星体系中所有的形而上学和哲学含义。就连在这些精彩的言论中辨认出手稿中某些段落有问题的哈芬雷弗院长，也被说服了。

　　马斯特林相当拐弯抹角地将问题的讨论方向转移到了儒勒历和格里高利历上，他认为开普勒能说服院长，找出错误在天主教改革中揭发是徒劳的。他对这一领域几乎不熟悉，还不明白这不是要证明儒略历比格里高利历更好，而是一个有关教义的问题。开普勒既有信心，又有说服力，开始大肆宣扬新历本，并倡导改革派国家采用新历本。东方语言老教授马丁·克劳斯在这位卓越的演说家身上已经认不出当初那个不断找茬、脾气执拗的学生。他开始佩服这个人，高声说出许多连最有学问的人都不敢悄声议论的事。然而，院长却皱着眉，而马斯特林的双腿在桌子下晃动着。

　　接下来的一周就是与印刷商沟通。格鲁潘巴赫对拥有这位新顾客感到很高兴。他本以为和自己打交道的会是一位自命不凡、确信发现了"贤者之石"的年轻人；没想到眼前的这个人简单、风趣、对手工感兴趣且有着良好的学识。而且，开普勒说话有时会带着当地的口音，还会笑着用些本地人生猛的表达。总之，他们聊得很高兴。马斯特林会负责要购买的册数以及经费的问题。

接着，开普勒被召去参加大学学术理事会，为他的《宇宙的奥秘》辩护，有点类似其他人参加的答辩。出乎预料，一切顺利地完成了，只有一些原则上的反对意见：他们觉得引言过于晦涩，哥白尼体系也没有得到充分解释。院长还劝他不要将雷迪库斯的《初讲》放在附录里发表，因为在院长看来，过于冗长且偏题了。开普勒对这一要求感到十分震惊，回应说他从来都没想过要这样做，有马斯特林作序就够了。几天后，他收到了这次会议的纪要，便着手对手稿进行修改，听从了理事会的一些批评意见，包括对不要发表《初讲》的反复要求。大学理事会在阅读新版本的同时，出版授权也拿到了。印刷商可以开始工作了。

开普勒还在等关于天象仪的答复。他怀着轻松的心情回到莱昂贝格，让家人享受大公的恩赐，特别是旅馆的屋顶，需要好好地修理一番。他的母亲一点也不感激他；她一直在为他不知去向的弟弟海因里希的命运而哭泣，责备开普勒作为哥哥没有照顾好他。他又去见了村里的牧师，拜托他照看自己的母亲，特别是格雷琴。而克里斯托夫刚刚找了个新老板做镀锡工，在另一个村子里，似乎不太关心家庭。毕竟，谁才是一家之主，约翰还是他？

一旦把旅馆这边的事处理好，他就回到了大学。关于天象仪，斯图加特还没有答复，但从格拉茨寄来了两封信。第一封有施蒂利亚州议会的封印。以哈布斯堡费迪南大公的名义，告知他，两个月的假期已经结束，如果他没有尽快返回继续担任数学家一职，就会被免职。第二封信外表看朴素得多，盖有牧师舒伯特的封印。这个善良的人告诉他，磨坊主穆勒克心情大好要把女儿嫁给他，并建议他回程经停乌尔姆，"在那儿买上些上好的丝绸，或至少要最好的双面塔夫绸，为你和你的未婚妻做套衣服"。这份关心让开普勒很高兴，把施蒂利亚州的最后通牒所引起的轻微焦虑一扫而空。他第一次去找马斯特林的时候带去了这些信件，想要一起取笑一下这些土里土气的笑料。但他没机会说。马斯特林见到他，面露难色地说：

——"约翰，我有不太好的消息要告诉你……"

——"是关于书吗?"

——"哦，不是，书那边一切进展顺利。相反，关于天象仪，大公延缓了他的决定。好像要延缓很久。据我所知，是财政问题。但我觉得是因为别的事。这是一个日心说天象仪，我的朋友! 史无前例。尊敬的殿下不敢做第一位信奉哥白尼的改革派王子。他的决定要取决于你的书是否能大获成功。可能……"

开普勒脸色苍白。颤抖的双腿使他站立不稳。离开格拉茨的这两个月以来，都没发过烧的他突然一下子又发起烧来。他坐下来，更确切地说是倒在了老师及时递过来的扶手椅上，含混不清地说：

——"完了! 给，看看这个。"

他把施蒂利亚州的信递给他。马斯特林看了之后说：

——"你得回去。由于你的杰作还没出版，你在符腾堡或其他地方都别指望什么。在我看来，还得有两个月再出版。到时候，你的名声就会让你必须拒绝这些提议。只要在格拉茨待上短短一个季度的时间，很快就会过去的。我来负责印刷的顺利进行。你的钱在哪儿?"

开普勒用窘迫的眼神望向马斯特林。这个小气鬼会提出借他一笔钱吗?

——"……恕我冒昧，你走之前必须支付格鲁潘巴赫要求的 200 本书的保证金。"

——"我会付的，谢谢你"，开普勒假装从容地说，他在想自己要如何度过这"短短的一个季度"。

两天后，他动身了，骑着英俊的马。路过乌尔姆的时候，他忘了买丝绸和塔夫绸给他的未婚妻做件婚礼那天要穿的衣服。

42

他又一次从天堂掉入了地狱。从最高层次的思想掉入了最平庸的日常琐事。从图宾根掉入了格拉茨。他离开了半年，但在施蒂利亚州，就好像他才离开一天，仿佛他从未见过符腾堡大公，仿佛他从来都没有与欧洲最重要大学之一的理事会辩论，仿佛他从未发现过宇宙的奥秘。

为了逃离 7 月的酷暑，议会成员去了他们的避暑山庄，这些庄园栖息在他们狩猎的山中，其他人在远离敌军的马里博尔，假装与土耳其人战斗。因此，只有一些无名小秘书会见了他，对他的无理由离开进行第二次责罚。之后，就轮到福园学校的校长来训斥他，并要求他去感谢霍夫曼男爵，成功让国家没有克扣他的全部或部分年薪，也就是说没有彻底解雇他。

令他感到些许安慰的，是舒伯特牧师沮丧地说：磨坊主穆勒克得知开普勒回来了，突然取消了女儿的婚事。数学家表面上装作很苦恼，内心却十分高兴：一方面他省下了布料钱，另一方面他的媒人们也无法在三个月内给他找新的妻子。之后……他将远离这儿。去斯图加特，去法兰克福的集会，去布拉格……但厄尔苏斯还是没回信，摘要寄给他都已有十个月了。

他还得上课，还要思考下一年，也就是 1597 年的星历表，还得等待，继续等待。10 月的时候，施蒂利亚州议会照例都会召开议会，到时候要把星历表交上去。开普勒必须在他已付款的两百册书中先拿到手二十来本，送几本给这个贵族议会中最有影响力的几位成员，首先肯定要给费迪南大公，还有省内两位皇帝的代表：他的资助人赫伯特·冯·赫伯斯泰恩州长，以及他的朋友枢密院议员腓特烈·冯·霍夫曼。去图宾根的时候，议员跟他说过：《宇宙的奥秘》将会是他去往布拉格最好的通行证。

8月底的时候，他给马斯特林寄去一封焦急的信。9月的第一周收到了回复。信中全是诉苦和抱怨：制作插图、图纸和图表十分复杂，还需要支付额外的费用，但马斯特林称准备提前支付。多么伟大的灵魂！他还说参议会不停来烦他，让他撰写驳斥格里高利历的文章，他可能会遭受责罚。开普勒很清楚自己曾经的老师在暗示什么。一方面，马斯特林与美丽的赫莲娜的婚姻依存于这一驳斥。另一方面，作为预付款的补偿，除非只是偿还预付款的利息，马斯特林让他帮忙做这件反格里高利的苦差，以讨好路德教派，这样做会成为所有称职的天文学家，特别是第谷的笑柄。不论如何，这本书显然要在议会召开后才出版。但是，为了安慰他，马斯特林写道，应该会在明年4月法兰克福集会的时候。显然，图宾根的时间进度与格拉茨完全不同！

开普勒又陷入了沮丧的阶段，和以往一样，又引起了发热。就快没钱了，因为12月底之前他拿不到工资，当然，这是根据格里高利历，不过也都一样。他到处占便宜，还有些欺压牧师舒伯特，他可以随时去牧师家吃饭。而牧师却从来都不抱怨，相反，他把开普勒当作家里人，像捍卫自己的利益一样捍卫开普勒的利益。他一直跟自己的同伴——福园学校的校长一起，继续在跟磨坊主穆勒克进行艰苦的谈判。开普勒心想，作为一个总是担心会受到天主教大公迫害的改革派教区的高级神甫，是不是没有更要紧的利益要捍卫了。

后来，逐渐地，他终于妥协了。毕竟，一个乡村小教师，有个家境富裕的妻子，给他生漂亮的孩子，自己还时不时写篇没有人会看的学术报告，有这样平静的生活，他这个莱昂贝格旅馆老板的儿子还想要觊觎其他东西吗?

　　终于到了 11 月，他收到了第一批待修改的初校样。因鼠疫而逃离了布拉格的霍夫曼男爵，让他的数学家朋友到州长的城堡来，这样三人就能一起打开杰作了。开普勒无法拒绝他唯一的两位资助者的提议。他先是打开了随包裹一同寄来的马斯特林的信，匆匆翻阅后，他大声念出，脸色变得苍白，看了看那两个不知所措的贵族，又含糊不清地发出一声怒吼，最后瘫倒在地大骂着:

　　——"马斯特林，你背叛了我!"

　　州长和霍夫曼男爵从椅子上跳了起来。但开普勒却站了起来，掸了掸衣服，调皮地对他们说:

　　——"没什么，先生们。我在演戏，扮演哥白尼在他的《天体运行说》的前言中发现欧赞德无耻地向读者发出警告，令日心说理论化为泡影，正如去年我在这儿给你们念的马斯特林的信中说的那样。"

　　——"您真是把我吓了一跳!"州长说，"开普勒，我警告您，要是您明年还继续这样跟我恶作剧，我就会要求您做出第三份星历表，到时候要根据月历来做，就像伊斯兰教和犹太教那样!"

　　——"求您发发慈悲，尊敬的阁下!还是让宗教法庭烧死我吧!"

　　——"我亲爱的约翰"，霍夫曼讥讽地说，"您戏演得不如天文学研究得好，您在读这封信的时候，我在您的脸上看到了一丝不快。"

　　——"您看到的没错，议员先生。我的好老师马斯特林竟然想要，引用他的话就是，'除非你不知道，除非我没有跟你商量过，在书的最后加上雷迪库斯的《初讲》'。"

　　——"如此傲慢!"州长惊呼。

　　——"我不是要斥责他的态度"，开普勒回应说，"他习惯这样了，我是要斥责后果:要延迟很长一段时间，还会导致费用的增长。"

　　在以平淡的语气说出这些话时，开普勒好不容易才遏制住内心的怒火。这件事从一开始，马斯特林就一直在骗他、操纵他。印刷商是串通好的吗？还有院长，曾建议他不要把《初讲》加在《宇宙的奥秘》中，又会作何反应？

——"这位马斯特林的方法可能不是很恰当"，霍夫曼插话说，"但对于您的第一本书，您有想过比雷迪库斯更好的介绍人吗？现在，我们可以看这部作品了吗？我等不及了。"

结果几近完美，图表中没有太多错误，插图既精确又好看，尤其是以剖面图体现他的宇宙模型的那张；没能用贵重的材料来制作，他至少为后人留下了一个完美的透视艺术品。

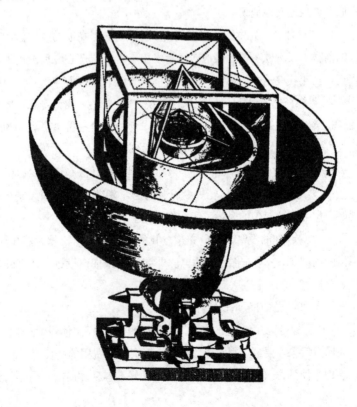

但最令他满意的，就是马斯特林的文章，这篇插在《宇宙的奥秘》和《初讲》之间的文章将开普勒提升到了哥白尼的高度，而马斯特林反过来也对雷迪库斯的文章能得到体现而感到高兴。老师也就承认自己成为了自己学生的学生。然而，由于开普勒对他怀恨在心，并未察觉到。他也没有注意到一些针对第谷·布拉赫却未提及姓名的影射，暗示他刚刚发现自己比天文学教父还厉害。

尽管如此，一完成修改，开普勒就把这些初校样寄去了图宾根，同时寄去了一封言辞激烈的谴责信。1597 年 1 月初，他收到了第二版校样，也就是终版校样，同时寄来的还有一封印刷商写的信。但没有马斯特林的回信。

他觉得自己对曾经的老师不公，便处在懊悔之中，哪怕是最小的过错都会感到懊悔不迭，在将修改过的插图寄回时，他在包裹里也放上了给马斯特林的一封长信，信中充满了友好与感激的言语，完全像一封道歉信。最后，2 月的最后一周，寄来了 50 册成品书。但没有马斯特林的回信。

州长齐格蒙特·赫伯特·冯·赫伯斯泰恩男爵为《宇宙的奥秘》的到来在城堡里举办了一场宴会。很熟悉施蒂利亚州政治秘密的开普勒，在那里精打细算地分发了五六册花了大价钱买来的书，其中一本给了耶稣会会长。之前，他带了两册去公爵府邸，但这个毫无学识的费迪南却不敢见他，而名义上，开普勒是他的"数学家"。为开普勒从布拉格带回所有新面世作品的霍夫曼男爵，会帮他将剩下的《宇宙的奥秘》恰到好处地分发给欧洲所有数得上的学者。宴会上，他的言论十分精彩，开普勒认为也需要跟当地的教友共同庆祝这件大事，那些卑微又平庸的自由民自然不会被请到城堡来。

第二次是在星期日做完礼拜后，在福园学校的大厅里相聚。当地大多数路德派贵族都携家人前来，在场一共有三十来人。只有格拉茨的印刷商没有来，借口说自己妻子身体不适。他在赌气。除了牧师和校长外，还有两位医生，一位金银匠，一位旅馆老板，以及邻村的几个手工业者和农场主。舒伯特发表了激情洋溢的演讲，称这本书、书的作者及赞助者，将会是教会兄弟们对抗迫害的最佳防御。开普勒谦虚地回应了几句。和教会兄弟们一起用德语唱圣歌时，他感到很平静，他内心的折磨和愤怒都消失了。他不知道，这种感觉，就叫做幸福。

尽管饭菜没有州长家的好，当天的谈话却更不受约束、更深奥。谈的必然是天文学问题，开普勒用面包球、盘子和杯子，对日心说做了精彩的演示。他坐在桌子的一端，牧师坐在另一端。他的右边，是校长迷人的妻子，左边是一位自称叫芭芭拉年轻的寡妇。开普勒自然很高兴，用他的博学、讽刺和坦率好好表现了一番，这种年轻人无礼的坦率让他后来在皇帝面前具有极大的魅力。他这样主要是冲着年轻的寡妇，但却让校长夫人当着一脸担忧的丈夫的面，捂着嘴笑。芭芭拉似乎对一切都无动于衷；除非她是个傻瓜，开普勒有些气恼地想。

芭芭拉是个高高胖胖的金发姑娘，有着非常淡的蓝色眼睛，在这儿的山里很常见。这里的姑娘更适合在地里做农活，而不适合与贵族学者一起聚餐。她似乎对什么都不敢兴趣，就连格拉茨改革派尊贵的客人也没能对她起作用。

吃完饭，大家都起身，三两成群地继续交谈着，舒伯特牧师和一位胖胖的、六十来岁的大胡子朝开普勒走来，牧师说：

——"我亲爱的同事，请允许我向您介绍一下穆勒克老板。"

"就是那个不想放手女儿的磨坊主"，开普勒心想，"我中套了"。穆勒克从头到脚打量了一番又瘦又高的数学家。最后，十分讽刺地说：

——"那么，教授先生，就这样写关于星星的书吗？您能挣多少钱？"

开普勒针锋相对的回应道：

——"那么，磨坊主先生，就这么嫁女儿吗？您要卖多少钱？"

他们面对面站着，盯着对方的眼睛，好像要打架。

——"芭芭拉，来这儿，我跟你介绍一下"，牧师说，希望借此缓和一下气氛。

邻座的胖女人便低着头、不情愿地朝前走，就像是要接受酷刑。二十来个客人围在一起，生怕错过任何细节。陷阱早就被精心准备好了。来不及逃跑了！再说，有地方逃吗？他在别的地方也没朋友。又怎么逃呢？他已经没钱了。约翰·开普勒掉到了格拉茨的陷阱里。

43

芭芭拉·穆勒克属于那些所谓的"不幸的女人"。她的父亲，可以说是全省最富有的农场主，丧妻之后，将十六岁的独生女嫁给了一位老木匠朋友，考虑到木匠年龄大了，也就没太计较嫁妆。结婚两年后，木工去世了，给芭芭拉留下一个女儿，芭芭拉为她取名为瑞吉娜。穆勒克老爹没花多久又给她找了个丈夫。是大公的国库主计官，跟过世的木工一样年纪，却比木工机灵很多。腐败至极的他，对磨坊主克扣顾客面粉的举动视而不见，还表现出自己也想来参与其中。这两个坏蛋相互牵制着，年轻寡妇的嫁妆相当丰厚。三年的婚姻中，经历了两次流产，芭芭拉又成了寡妇。国库将死者的财富充公以偿还他盗用的公款。只留给丝毫不悲伤的年轻寡妇一栋位于市中心的大房子。但她更愿意住在自己父亲位于城外庄园里。于是，磨坊主又开始找女婿。但自那以后，想做他女婿的人越来越少：尽管嫁妆会十分丰厚，但也没人愿意成为克夫的芭芭拉的第三位受害者。

于是，就有了牧师和福园学校的校长。他们觉得开普勒这个对抗耶稣会的强有力的武器，一定会离开他们。因此他们想到了做磨坊主的工作。穆勒克还是有把让女儿嫁贵族的想法，要是这个不知名的小老师没进去过城堡，他肯定会立马拒绝他做自己的女婿。剩下的就是要商议嫁妆的总额了。开普勒只有二十五岁，磨坊主几乎指望不上投资能很快有回报。

协商期间，《宇宙的奥秘》出版了。都知道，穆勒克对数学和天文学不感兴趣，可能他这一生中从来就没读过《圣经》和天文历书。但他知道这个年轻人去城堡赴宴，由当地贵族、市政官员，尤其是按理说十分廉洁的新任国库主计官一同作陪，这让他开始考虑，并作出让步。唯一的条件是：只有芭芭拉才有权处置她前夫们的遗产，也就是最后一位前夫的大房子。其余的，他将为两位新人支付一笔生活费，并有权检查这笔费用。事情就这么定下来了。

开普勒从舒伯特那里得知的，都只是些模糊的信息，出于礼貌，他装作对这些谈判很感兴趣，其实只是为了掩盖住想尽快离开此地的想法。现在，连婚期都定了，他也只能屈从。毕竟，这件婚事能让他摆脱所有具体的意外情况，摆脱每天早上醒来都令他窒息的缺钱的痛苦。

婚礼的宗教仪式于 1597 年 4 月 27 日在毗邻福园学校的教堂里举行。仪式过后，已经有点醉了的岳父邀请所有参加婚礼的客人参加在他美丽的乡村庄园里举行的盛宴。

"邀请"有些夸张。因为他跟自己的女婿说，按照施蒂利亚州的传统，年轻的丈夫必须要支付婚礼宴会的一切费用，包括租用马车在教堂前等待他们。为避免惹是生非，也不想让人觉得自己是为了得到嫁妆，开普勒同意了，并耗尽了自己微薄的积蓄。要是他咨询过牧师，便会意识到这一传统完全是由磨坊主穆勒克一手捏造的。不管怎样，他都会付钱的：他不计前嫌，破釜沉舟。

距城里一英里远的地方，穆勒克让人在推动磨坊转动的河水边为自己建造了一个游乐园，就跟乡绅的小庄园一样。天空泛着淡淡的蓝色，几近粉红色；山上，就像大剧院的布景一样，常年的积雪闪闪发光；一阵温暖甘甜的微风轻拂在脸上，鸟儿在柳树上歌唱。然而，施蒂利亚州的天文学家和数学家却在前一天记录下："4 月 27 日，天有不测。"

这不是指这个阳光明媚的春日午后，而是指星座向人们传递可怕的信息。开普勒不认为这些迹象是针对个人，但还是禁不住拟定了婚礼当天的星座运势，彻底把自己说得很可怜。所以，这一天所呈现出的星座运势必然非常糟糕。

春天，微风徐徐，享用过婚礼丰盛的宴席后，泛起的些许困意让他忘记了这些阴郁的预言。除了教堂里那句不能避免的"我愿意"，一整天没说一句话的芭芭拉刚刚在吃甜点的时候，称自己想要在儿时的房间里休息一下。高兴的父亲便嚷嚷着让新女婿去找她。他拒绝了，说自己还得招呼客人。整顿饭期间，新女婿几次试图与她交谈，她都一言不发，除了会咕哝两声作为回应。他一次都没博得她的微笑。他开始认真地认为别人让他娶了个傻子。

一只虎斑猫跳上了他的膝盖，他机械地抚摸着它，旁边的椅子上，喝了太多当地白葡萄酒的舒伯特牧师，正傻乎乎地谈论着亚里士多德。

芭芭拉第一次婚姻生下的女儿，六岁的小瑞吉娜靠近了开普勒，用比她妈妈还要蓝的眼睛瞪着他。她漂亮的小脸蛋上长满了雀斑。

——"嗯，您就是我的新爸爸吗？"末了，她问道。

泪水涌入了开普勒的双眼。有粗鲁的外公、愚蠢的母亲，还有已故的国库主计官，小女孩最初的几年应该过得不太幸福。

——"是的"，他回答说，"我会努力成为你的新爸爸。别看我有大胡子和大眼睛，我很友好的。"

——"你会允许我把鸡油君带回家吗？"

——"鸡油君？"

——"是的，它是我的猫，就是你现在抚摸的这只。"

——"这个名字真好听。它当然会跟我们一块儿去格拉茨。但首先，因为我觉得你是个非常聪明的小女孩，我要跟你讲讲猫的故事。"

他继续挠着猫咪平坦的头骨。鸡油君发出的呼噜声跟磨坊在河里转动时的桨叶声一样响。

——"当上帝创造动物的时候，他想创造一个比其他动物都要更美丽、更温柔、更深情、更自由的动物。于是上帝就创造了猫。但是猫很快就利用这些优势变得懒惰、贪婪、骄奢。于是耶和华很严厉地对它说：'你还会保持美丽、自由、深情、温柔，但为了惩罚你的罪恶，我要给你天地万物中最难闻的气味。'"

开普勒左手捏着鼻子，右手抓着可怜的鸡油君的脖子，伸直了手臂使劲挥动着，模仿造物主用雷鸣般的声音训斥着：

——"他妈的，你怎么这么臭！我把你赶出伊甸园！"

他把猫远远地扔向草坪。穆勒克放声大笑，而他的孙女却大叫一声，跑开了，躲在一棵树下哭泣。

——"我说了什么？"开普勒惊讶地问牧师，"我的故事不好玩吗？"

——"我的好兄弟"，舒伯特回答说，"我认为您在与孩子相处上，还有很多地方要改进。"

下午快过去了。客人们纷纷来与新婚夫妇道别。门口出现了一位骑士，他从马上下来，径直走向开普勒。是枢密院议员冯·霍夫曼男爵。当着傻呵呵乐的穆勒克的面，他拥抱了数学家。

——"恭喜啊，亲爱的朋友。年轻的新娘在哪里？我能见见吗？"

——"她在房间里，男爵先生，一切听您的安排。"

——"我可以带您上去，尊敬的阁下"，岳父巴结地说。

——"这个人是谁？"霍夫曼问，他看都没看磨坊主。

——"穆勒克老板，我温柔的妻子的父亲"，开普勒介绍说，"您放心，岳父先生，男爵完全无意……"

——"您就这么肯定吗，亲爱的朋友？"霍夫曼调皮地眨了眨眼，"严肃地说，我刚从法兰克福集会回来。您的书在那里非常受关注。善良的马斯特林也在非常卖力地做广告：'啊，女士们先生们，过来看啊，优秀的新人开普勒。'但是……"

——"但是什么？"

——"我把书单给你带来了。"

枢密院议员递给他一本封面色彩鲜艳的小册子。开普勒接过来,试图用随意翻阅来掩盖自己的焦躁不安。小册子中的作者按姓名字母顺序排列。字母 K 一个名字也没有。开普勒抬头吃惊地望着霍夫曼。

——"继续往下看",枢密院议员略带尴尬地说。

约翰·莱普勒:《宇宙的奥秘》

莱普勒,而不是开普勒! 书单的印刷商把他的名字印错了! 于是,开普勒说:

——"我的确是个有预见力的星相家。我之前说的对:我婚礼的这天确确实实是多灾多难的。"

他开始纵声大笑,完全停不下来,笑到发出一阵揪心的咳嗽。

Ⅲ　相遇

——"熊（指厄尔苏斯）的皮……这就是我想从皇帝陛下那里得到的。只要这个名叫巴尔的窃贼没被赶出布拉格并被遣送回他的猪圈，我就不能为鲁道夫效力，即便这是我最殷切的愿望！"

第谷也可以像西班牙国王一样，称他"我的表弟鲁道夫"，这也没什么不可以。皇帝的首席医生撒迪乌斯·哈杰克博士，在提议充当他尊贵的病人和丹麦天文学家的中间人时，在想是否有比这更好的主意了。鲁道夫想要第谷。的确，皇帝的身边总是有一群占星师、炼金术师和魔法师；的确，他的官方数学家是著名的厄尔苏斯，其优点是作为德国人且出身卑微，这样就能减少国库的支出，还能说明皇帝陛下会选人用人。但鲁道夫还是想要第谷。首先是因为这个与他通信多年的人十分吸引他，因为这个丹麦人带有乌拉尼亚堡和星堡王公的传奇色彩。皇帝怀有诗意又焦躁的幻想。他想在布拉格建一座比维努西亚岛上巫王的星星之城还要大的星星之城。其次，是想给赶走第谷的丹麦国王克里斯蒂安一个教训，要让他知道世界上的伟人必须要支持艺术。最后一点，也是最重要的一点，就是拥有第谷数千次的观测记录以及他以前所未有的准确度编录的七百颗星星，这些都是第谷小心翼翼隐藏起来的珍宝。他的祖父查理五世拥有一个日不落帝国。他，鲁道夫，要拥有宇宙。

很多年前，撒迪乌斯·哈杰克医生曾在雷根斯堡于鲁道夫第三次加冕之际见过第谷。在工于心计的朝臣中，这两个人却相处得相当好，因为他们只就盖伦和帕拉塞尔斯的比较优势交换了各自的看法。哈杰克发现第谷头脑十分清晰，并信奉伊拉斯谟和拉米斯。后来，时间冲淡了一切。骄傲的金鼻丹麦人有些发胖了。他的博学多识变成了卖弄学问，他的坚定自信变成了狂妄自大，而他的失望则变成了苦涩的悲观。至于哈杰克，他也变了。曾经热忱的帕拉塞尔斯信徒现在必须要把国家的重大机密放在心上，尤其是鲁道夫的病情。众所周知，皇帝跟查理五世、腓力二世以及他的父亲马克西米利安一样，患有黑胆汁症。这种病症让哈布斯堡家族的查理五世在初次与荷兰改革派和法国人对抗中受挫后，主动退位，并把自己锁在一个修道院里。这种抑郁的心情也同样让腓力二世把自己关在阴森的埃斯科里亚尔修道院，与修道士们待在一起，而当时整个伊比利亚都在向新世界敞开大门。

但对于鲁道夫而言，并不仅仅与土星有关：金星也参与了其中（不仅患有抑郁症，还患有性病）。是在他被人抚养长大的马德里，还是在他疯狂寻求交媾，像第谷俘获星星一般成为俘获女人的布拉格贫民窟，染上了这种法国疾病？这就是他的首席医生要肩负的秘密。但还有其他的秘密，比如其实是毒药的解药，病人的弟弟马蒂亚斯国王收买了神医，建议他服用这些解药，再比如某个在布拉格王宫的走廊里游荡的耶稣会士带来的印度菜肴，撒迪乌斯·哈杰克在皇帝品尝之前就在菜中检测出了毒液。

鲁道夫想要第谷，哈杰克只能赞同这个愿望：丹麦人不会像成天在鲁道夫身边跑来跑去的占星家那样，借由星相预言而干预帝国的政治。但第谷不想有厄尔苏斯。

——"这是我唯一的条件"，第谷重复道，"把厄尔苏斯赶出布拉格，免去他一切职务和待遇。而且，亲爱的哈杰克，您要知道，在我这个年纪，也留有作品给后人，陷入布拉格这腥风血雨的泥沼中，我能得到什么？"

——"或许"，哈杰克可没上打算退隐的老学究这番话的当，赞同道，"或许您将《新天文学仪器》一书致献给陛下，便能够满足您的荣耀。陛下迫不及待想看到您所观测到的星星方位表。"

第谷挺了挺胸。一口干了杯中酒，说：

——"请您的主子放心，下个月就会出版。我会派我的儿子第格，我死后他会继续完成我的任务，为皇帝呈上我的作品。对我而言，我只渴望安宁。在这儿，在万茨贝克这座美丽的城堡里，我能看见易北河里的船只驶向海洋，而在北边，我能辨认出家乡的草原，忘恩负义的国王将我赶出了我的家乡。我还能指望比这份简单的生活更好的生活吗？"

他长叹了一口气，摘下鼻子，落下了一滴泪。

——"只有一件事让我感到安慰：留宿我、跟我一样热爱星星的海因里希·冯·兰曹伯爵给了我无瑕的友谊，我已经打扰他快半年了。"

——"八个月"，伯爵纠正道，并示意仆人给第谷倒酒，"我只是将自己曾经在您的岛上受到的款待回馈给您而已。"

如果说冯·兰曹伯爵乐意接待这位伟大的天文学家，那么他并没有想到布拉赫一行人会涌入他家。母亲带领着一群仆人占领了厨房和马厩。腾纳基尔骑士，这位职位不明、狂妄自大的容克占据了整整一层藏书楼，将它变成了全员的暂住地，也算是闺房，因为他把周围的几个房间分给了第谷的四个女儿。每当有荷尔斯坦因的重要人物来城堡见金鼻天文学家，就会有一连串欢笑声和衬裙摩擦的声音冲下通往接待室的楼梯。这个迷人的中队由有权威的腾纳基尔指挥着，意味着每个姑娘都要抓住丈夫。

至于第谷，他边哭边喝。喝酒是为了忘掉国王的薄情寡义，自视清高地哭泣是为了他失去的星星之城，他为这座城作了一首哀歌，哽咽地当众诵读。他在演戏，但他演得不好。所有人都知道，离开丹麦后，他孤注一掷，给克里斯蒂安四世寄去一封满是谴责的信。他坚持把国王当作一个既胆小怕事，又易于摆布的孩子。这个错误很严重！君主的答复很严厉：他把第谷驱逐出王国，并不是惩罚所有的天文学家，而是惩罚侮辱他的封臣。第谷这么个学者完全可以说自己受到了虐待，被驱逐的是布拉赫家族的长子。不论是否承认，欧洲的君主们都或多或少与自己的封臣发生过纠纷，但他们只能对这一决定拍手叫好：英国的伊丽莎白和她指定的继承人苏格兰詹姆士六世、法国的亨利四世、西班牙的老腓力二世、波兰的齐格蒙特三世，甚至连宿敌瑞典的卡尔九世，都绝对不会愿意接受全欧洲最出名也是最无礼的流亡者来自己的王国。只有鲁道夫皇帝愿意接受他。但尽管拥有三座王冠，也还是一位君主吧？况且，这是第谷的想法。不是布拉赫家族的想法。

然而，第谷出人意料地顽固坚持着。他在罗斯托克待了四个月，就是从那里将那封著名的信寄给了国王。在那里，他接连得知，作为教士的俸禄被取消了，在他被遗弃的岛上，巨型的观测设备因缺乏日常维护而很快受到了损坏。他本可以去布拉格，皇帝几乎是恳求他来找自己。不，他更喜欢位于祖国陆上边境的荷尔斯坦因，身后，长长的车队载着他的行李，最袖珍的观测仪器、他的书架、他的绘画以及雕塑，还有为数众多的家眷，当中有他的助手隆戈蒙塔努斯，他死心塌地的爪牙，还有他疯疯癫癫的杰普。看见他们经过，听到小矮人的嘲弄，和两只黑色看门狗，北河二和北河三的狗吠声，农民们都划十字或跑开：至少是魔鬼才有如此一般的车马随从。

在祖国的边境扎营时，第谷还希望他的君主能够悔悟，意识到天文学家对他是不可或缺的，最终改变主意。然而，在哥本哈根，曾经割去他鼻子的曼德鲁·帕斯伯格一直在跟那些想要听的人说，第谷就像是一只被扔出门外的狗，饿着肚子在门前求饶，希望有人能给口饭吃。

于是他不再保持被动。他写了两首拉丁文诗，痛惜他失去的祖国，哀叹国王的无情。他试图采用巧妙的策略。他相信，在哥本哈根，科学院的朋友们正努力让他回去。他怎么可能想到，在那里，他只有唯一一个盟友，就是国王呢？其实，克里斯蒂安不想让他国的王公贵族认为自己把第谷驱逐出境是为了将他的财富和天文台据为己有。于是他阻止布拉赫家族、奥克斯家族及比尔家族瓜分星堡和乌拉尼亚堡的残骸，以及被驱逐者在丹麦和挪威依旧持有的大量不动产。

第谷的手段就是见习外交官所学到的那些。一方面，让对手相信我们已经找到比它更有利的合作伙伴。另一方面，让对手知道我们是无可替代的。对此，第谷着手做自己不喜欢的一项工作：出版。于是，1597年的12月，《新天文学仪器》出版了，这本奢华的大开本非常详细地列出了他建造的巨型测量仪器，最大几个都在维努西亚岛。刻在木板和铜板上的巨型插图，由手工上色，同时复原出乌拉尼亚堡和星堡两座宫殿的地图和布局。

印刷完成后，第谷把现有的几册书上色，并用绒面精装，放上自己的肖像和纹章，送给了各类人物：当然有鲁道夫大帝，还有荷兰省督拿骚的毛里茨，萨尔茨堡大主教，以及其他一些人……狠狠地告诉所有人他曾为自己的王国建造过前所未有的最大的天文台。为了证明建成这件作品并非徒劳，半年后又出版了他所观测到的777颗恒星的位置一览表。

终于，人们惊呼，第谷揭开了他的宝藏！这个小气鬼，开普勒和马斯特林分别在格拉茨和图宾根埋怨着，他只是给人看了大剧院的布景，而不是剧院里的演员，即六颗行星、月亮、太阳以及它们的运动，只有这些才能揭示宇宙的奥秘。

第谷的第二个手段就是高声强调最强大的权威都需要"天文学圣父"，如英国的伊丽莎白、法国的亨利四世、威尼斯共和国总督。但克里斯蒂安清楚地知道，在伦敦、巴黎、威尼斯或马德里，政府配备有天文学家的目的是为了促进航海和地理的发展，而这是第谷瞧不起的领域：他就在他的岛上，在星空中遨游。

第谷着手派他的助手隆戈蒙塔努斯去维腾贝格完成学业。年轻的天文学家在那里走漏消息说，他的导师可以将自己的实验室提供给这所享有盛名的大学。在哥本哈根，人们哈哈大笑：第谷要给饥饿的大学生们上天文学课，这太好笑了！

流亡者还告诉别人，尼德兰七省共和国以及刚刚把西班牙人驱逐出荷兰的拿骚的毛里茨省督都想要他。腾纳基尔和十六岁的小第格，出发去往阿姆斯特丹，而第谷则四处写信说自己很喜欢与这些"有远见的巴达维亚人"相处。这又让哥本哈根的人哈哈大笑。已经能想到，爱讲排场的天文学家应该要向这个唯利是图的商人共和国说明一下自己的开支。

相反，在万茨贝克城堡，此地的主人却再也笑不出来了。由于护卫腾纳基尔不在，闺房十分松懈。布拉赫家最小的女儿，十五岁的塞西尔连兰曹伯爵的床都要上，伯爵不得不把她赶下去。伯爵犹豫是否要提醒第谷，他似乎并不关心女儿们的节操。但在这次夜半入侵的第二天，他没能抗拒伊丽莎白的突袭，而所有人，除了她的父亲以外，都知道腾纳基尔早就选中了她。苏菲也不甘示弱：她装出一副女骑士的样子，大多数时间都在马厩里度过。她对马的喜爱已经扩展到对马夫们的喜爱了。还剩下马德莱娜，第谷千方百计想把她嫁出去。一天，伯爵曾经的奶妈之女、被伯爵当作小妹妹一般爱着的人哭着来找他。她抱怨说布拉赫大女儿的爱太泛滥了。万般无奈的伯爵便写了封信给皇帝的掌玺大臣，希望他能让自己摆脱这群人。

掌玺大臣，是科隆的大选帝侯，也是兰曹的发小，急遣了一位密使到万茨贝克，此人热爱数学和天文学，不是别人，正是开普勒的资助者，腓特烈·冯·霍夫曼男爵，于是施蒂利亚州枢密院议员的处境就变得微妙了。

他到的第二天，腾纳基尔和第格就从驻尼德兰七省联合共和国大使馆空手而归了。第谷之前故意向省督提高要价，就是想遭到拒绝。然而，拿骚的毛里茨却十分乐意地接受了。这位西班牙人的征服者，想要将巴达维亚共和国打造成一个由他担任君主的王国，他十分想找这样一位如此有名望的数学家来帮衬自己。但却遭到了议会的反对。在这个年轻的商人的国度，还有比天文台更急迫的事，首先要建立一支强有力的舰队，从腓力二世手中夺取东印度的香料群岛。

——"要是能为皇帝陛下效力，这将是我一生中最至高无上的荣耀"，第谷说，"但……"

——"是因为厄尔苏斯吗？"霍夫曼问道，"他失宠了。尽管帝国的一些议员一再要求，他还是拒绝给出对进攻土耳其有利的占星。我觉得他的位置不保。"

鲁道夫派来的新使节没用多长时间就弄明白了第谷是怎样的人：欺软怕硬。不过，面对他，霍夫曼处于主宰地位。

——"我不是指这个混蛋"，天文学家说，"他要是知道我去了布拉格，就会立马像猪崽子一样逃走。不，我是想到我在维努西亚岛可怜的天文台，被一个残忍的暴君遗弃了……"

——"对此，亲爱的第谷，还是交由外交途径来解决吧。皇帝迫不及待地想看到布拉格皇宫的公园立起您的那些克里斯蒂安四世急于清除的巨型仪器。"

清除！这个词太重了。但如果不这样，怎么能说服这个野蛮的丹麦人，他再也不会得到国王的厚爱了呢？

——"爽快点，第谷。陛下焦急地盼望着您的到来。鲁道夫爱您，崇拜您，他会为您准备好最合适您工作的场地。他还跟我说他不会给您下达任何指令，对您，他会像最忠诚的信徒一样行事。尽管如此，还是有一件事掌玺大臣公署无法妥协：您的年金数额。"

第谷摘下金鼻子，把它放在椅子旁的茶几上，用双手掩着有窟窿的脸。

——"年金！我，第谷·布拉赫！哦，克里斯蒂安，克里斯蒂安，你对我做了什么？让我变成了不幸的乞丐！"

这一幕很令人反感，特别是像霍夫曼一样想到施蒂利亚州某个数学家，约翰·开普勒干瘪的钱包。他冷淡地说：

——"请不要抱怨太多，您的薪金将会是厄尔苏斯的三倍。而且，在整个帝国上下，并不缺愿意在艺术及自然哲学方面为陛下效力的人才。因此，我荣幸地将一部杰出小作《宇宙的奥秘》呈递给了皇帝陛下，其作者是年轻的约翰·开普勒，并有幸得到了陛下的赏识。"

第谷把金鼻子重新安上，吸了吸气，拿出一股与大学者身份相符的严肃劲儿。

——"您是说开普勒吗？我好像在哪儿听说过这个名字。"

——"父亲，我认识他"，大儿子第格举起手插话说，就像个讨好老师的小学生，"我们出发去罗斯托克的时候您把这本书交给了我，让我为您做读书笔记。唉，我都没有时间。这次去荷兰……"

——"没时间，你说得倒好！"弟弟冷笑着说，"还不如说你根本就没看或者你什么都没看懂呢。"

——"够了，乔根"，第谷训斥道，"不许再拿你哥哥开玩笑，你要努力向他学习。男爵，请告诉我，这个年轻人在这本书里说了些什么？"

于是，霍夫曼开始兴奋地解释开普勒的多面体理论。第谷已经摘下了蹩脚演员的面具，非常认真地听着。

——"太妙了，太妙了"，最后他认可说，"这完全符合第谷的体系。但这个开普勒显然是信奉日心说的。我的朋友马斯特林以前教过他吗？"

——"这是他最好的学生，而且远远超过了他的老师。"

——"他至少会观测吧?"

——"要是他可以的话……唉,他在格拉茨做数学家的工资只能让他买得起必要的仪器,甚至都无法制作仪器。而且,他还饱受近视的折磨。"

——"很好,很好。我会在布拉格见到他吗?"

事情谈妥了!第谷才终于明白他处于他们之间,在学者和艺匠之间,而不再是孤立于丹麦的堡垒里。而霍夫曼已经在设想他与开普勒的碰面了,希望第谷的才华能借由这滴露水再次怒放。可是,腾纳基尔却站了起来,小声念着书名,翻遍了书房的架子。他从架子上抽出一本书,翻阅后叫道:

——"我找到了!我就知道我也在看到过他,这个开普勒。听这句:'……你作为我们这个时代最伟大的数学家,就像星星中的太阳。'"

——"写得漂亮,很中听",第谷清了清嗓。

——"唉,开普勒可不是在写您,而是在写厄尔苏斯。您还记得吗,老师,我们在乌拉尼亚堡整理书房时,无意间看到了牧猪人的这本书,上面就有这句奉承的话。我们还对此嘲笑了一番。"

第谷用拳打在椅子的扶手上:

——"什么?那我们就把他打倒,这个开普勒,这只拜倒在只能照亮龌龊之处的所谓的太阳面前的蚯蚓。您赢了,男爵,我要去布拉格。"

——"这个人是我所认识的最正直、最可靠的人",霍夫曼辩称,"尽管他是个天才,亲爱的开普勒博士还是被打发到了施蒂利亚州的偏僻角落,成为天主教迫害的目标,穷得一贫如洗。站在他的立场想一想:为了逃离这个陷阱,他只能找皇帝的数学家帮忙。"

——"友情蒙蔽了您的双眼",腾纳基尔打断他,"男爵先生,这个人就只是个最坏的阴谋家。"

——"在阴谋方面的确如此,骑士,您可是行家",霍夫曼讽刺地回应道。

——"那当然了!"德国容克说,"您是不知道我从维努西亚岛赶走了多少只寄生虫和骗子,因为他们滥用了第谷老爷的善良。"

腾纳基尔没有明白那句讽刺。这个阴险之人也是个蠢货。

45

　　新婚时光是相当温柔的。第一天晚上在一起时，他们就像处男处女。开普勒只去过图宾根和斯图加特的妓院，但在格拉茨，不可能找城里的妓女或乡下的牧羊女。他被盯得很紧。芭芭拉十六岁就嫁给了一位老木匠，好在老木匠很快就死了。而小瑞吉娜却是这次短暂婚姻的产物。第二任丈夫是位国库主计官，也老得不行了。婚礼当晚，他只是静静地望着她的裸体，一边乱摸自己。后来他就没再打扰她，因为丰厚的嫁妆令他很满意。再次成为寡妇，令她如释重负。

　　和约翰结婚的新婚初夜全然不同。新婚丈夫没有胸毛的胸膛、纤弱的手臂以及她在他脸上读到的恐惧，都让她想要将他拥入怀抱，像哄孩子一样哄他。而他，贴着这散发出甜香的丰腴的粉色肉体。他把头埋在她柔软的乳房里，乳沟处流淌着一股清咸的汗水。在这个美妙的春夜，他们重获了温情。

　　他们的蜜月一直持续到初夏。这对新人搬进了已故的主计官的大房子，他们对房子进行了重新布置，丝毫不留下这个老混蛋的半点痕迹。穆勒克放低了姿态，一个月只去探望女儿一次，只负责管理女儿的嫁妆，因为他至少还头脑清醒。他回避自己的女婿：磨坊主害怕哲学家。而约翰这边，则着手对芭芭拉和小瑞吉娜进行教育。他对她们远比对福园学校的学生有耐心。但是他的妻子，尽管很用功，却在无法理解丈夫的讲解时，时常泪湿眼眶。她会逃到厨房，怨自己太笨，什么都不懂。约翰便安慰她，自责没能讲解得更简单。

当芭芭拉确信自己怀孕后，事情便恶化了。慵懒的小母羊外表下，出现了一只母狼。她偏执地拒绝了兢兢业业的丈夫每日的推进。他把这归咎于她害怕失去未出生的孩子，便强压着怒火。她总是刁难家里的女仆，打那以后拒绝继续上丈夫的"课"，并反对他给自己的女儿灌输邪恶的观点，比如说让她相信地球是围绕太阳旋转的。

开普勒并没有立刻意识到妻子性情的变化。他正处在美妙的欣喜之中：《宇宙的奥秘》引起了一定的轰动。马斯特林和霍夫曼都给了他几个相关地址，让他给这些人寄书，他曾经的老师还亲自在法兰克福集会上做推广。开普勒即使知道自己掌握着未来的伟大事物，还是把自己当作哲学国度的小人物。因此，当他收到这些人的回复时，倍感震惊，受到了所有德国大学知名数学家及神学家的赞扬、批评和建议。他还很吃惊地看到了十分信奉天主教的巴伐利亚大公国掌玺大臣乔治·赫尔沃特·冯·霍恩伯格的署名。这个人，正是与开普勒很合得来的格拉茨前任天主教高级神甫的哥哥，他提议开普勒与其他教派的学者们一同合作，制定新的圣经年表。第二波信件来自意大利，其中有一封来自帕多瓦的一位数学教授，也是研究落体的物理学家和力学专家：伽利略·伽利雷。此人告诉开普勒，自己赞同哥白尼的理论，但还没有勇气在这个问题上发表任何观点：他几乎没有"感官世界"的论据可提出。此外，在天主教国家，公然反对《圣经》是十分危险的：乔尔丹诺·布鲁诺不就是因为支持了反叛的天文观点，而被宗教法庭判罚入狱的吗？

开普勒十分满意，或者说比较满意。在书中，他呼吁读者们进行辩论，不仅要围绕他的假设，也要围绕他的方法。特别是在方法上，引发了一众好评。在他之前，从托勒密一直到包括第谷在内，天文学家都只是星星的绘图师或是星星的植物学家。他们对星星进行描绘、编录，寻找这些运动、这些天体的合和冲的意义。但只是寻找意义，而非寻找原因。就是在这一点上，《宇宙的奥秘》一书革新了思想，而不是在多面体理论中，但多面体理论也另有价值，至少为开普勒的观点及对这些现象的物理成因的研究提供了逻辑基础。大多数的通信者都明白这一点。马斯特林四处声明，在开普勒之前，人们都把天文学"颠倒过来了"，并表示他现在要让路给自己的学生。几乎无处不在的日心说秘密部队被唤醒了，格拉茨的小老师都不知道自己已成为这支队伍的统帅。

开普勒并非好战之人。所有想法应该相互打磨后，变得光滑，而不能像火石一样相互碰撞，只迸发出短暂的火花。他想要的是一个大家庭，而非一个部队。和他接近的那些通信者，他称他们为"亲爱的人文主义者"，比如帕多瓦的伽利略，可惜，在短暂的通信后，就没有再回复他了。

一直都没敢吱声的厄尔苏斯在自己的新作中，发表了开普勒唯一一封两年前写给他的信，不过内容平淡无奇，没有什么新鲜事。但不论怎样，出自皇帝的御用数学家，这还是令人羡慕的，也证明了开普勒的名气正日益增长。但是，除了牧师和中学校长对他怀有崇拜外，他从写给厄尔苏斯的信被发表这件事上，只看到了些许一时的虚荣。

而第谷这边，尽管收到了开普勒寄来的书以及赞赏，依旧保持缄默。开普勒只收到了由一位匿名人士寄来的丹麦人的新书，书中编录了后者所观测到的所有恒星。翻阅这本书的时候，开普勒感觉像是在参观一间古玩陈列室，那些为了显得自己博学的王公贵族会在里面展出奇形怪状的东西，五条腿的羊，三叶草，月光石，拳头大小被野蛮人征服的敌人头盖骨，以及其他一些只会令人发寒颤的东西。第谷的编录是个圈套。只有对行星运动的观测才能证明托勒密、哥白尼……以及第谷的宇宙体系的真实或虚幻。

现在，由于很乐意与众多学者交流他的发现，开普勒明白了为什么丹麦人安坐在他的宝藏上，也不把它们用起来。因为如果他把这么多东西都交给全世界，同时也就揭露了他有关地球是静止不动的，其他五颗围绕自转的太阳进行公转的行星在太阳的率领下围绕地球运动，这一著名体系是错误的。第谷知道这一点，他也知道哥白尼是对的。第谷不仅是个吝啬鬼，还是个弄虚作假的人。开普勒，是个玩家，是最优秀的玩家。对他而言，在骰子上做手脚、把牌藏在袖子里都不起作用。他还是会赢。但首先他要获取财富。对此，要向第谷提出挑战，两人进行决斗。他要夺去的不是第谷的鼻子，而是他只用于观测却从不与灵魂沟通的眼睛。

芭芭拉肚子里渐渐长大的孩子，以及几乎整个欧洲学界对他的认可，都令他前所未有的强大。他的人生路变成了一条通往真理圣殿的康庄大道。

后来，芭芭拉生下了一个小可怜，整整一个月，都不停地因折磨脑浆的脑膜炎而叫喊，直到死才停止。芭芭拉陷入了阴郁的消沉之中，甚至都不是失望，她叫苦不迭，指责自己的丈夫。而约翰，却并没有陷入每次命运多舛时折磨他的发热。婴儿的死亡，不论对贵族还是平民，都只是平常的悲剧。那么，施蒂利亚州的数学家和他的妻子又为何能幸免呢？

"上帝做任何事都是有他的原因的"，他对自己说。后来，在葬礼的前一天，他陷入了沉思，不是在思考神明的无所不能，而是进入了自己的内心深处。开普勒进入了约翰的内心世界，开始摸索他的回忆，那是一个像锡片一样光滑平坦的泥沼。他以为早已消失的记忆却像睡莲一样漂浮在那里。当他要摘下一朵，便要将无数深深扎根于脑子里的泥浆中的枝杈连根拔起。绿色托叶上的粉色花朵只是现在的样子；所有泥泞的黑色细枝，是过去，抛妻弃子的父亲，如哈尔比亚一般的母亲，还有其他所有人，他的家人、老师们、同学们，尤其是他所有的罪。

他必须找出导致这个可怕惩罚的原因。他离开了卧室，去了当作工作室兼书房的房间。他用探索宇宙奥秘的方法来寻找这些原因。但这一次，他不再拥有代数和几何这些可靠的工具。为了探寻内心的奥秘，他只有借助星座运势这些不太管用的东西，作为施蒂利亚州的占星家，他知道这些都是不可信的。然而，除了这些与他和家人的生辰八字以及他一生中发生过的大事小情对应起来的星相，还有什么测量仪器？除了狮子座、处女座、天秤座这些符号，还有哪些三角形或多面体能找出他现在所遭受的残酷惩罚的原因？

葬礼过后，开普勒恢复了活力、工作及研究的欲望。自从他从与自己书信往来的意大利人伽利略那儿弄到相关资料后，便开始研究光、研究落体、研究音乐学。但随着记忆在脑海里慢慢累积，一整个夏天，他主要琢磨并反复推敲了自己的星宫图。他不在其中寻找上帝把他的孩子从他身边带走的原因；在列出一长串他的母亲及祖母生下的夭折儿或低龄死亡儿童后，他很快就意识到，主要原因就是遗传。而他自己，作为早产儿，直到七岁那年才险些死去，为什么他幸存下来了，目的是什么呢？这次寻觅让他变得强大；令他痛苦地清醒着，但让他变强大了。

很多年后，我有幸成为少数聆听开普勒亲自宣读这份他为自己做的偏执的星宫图的人之一。他取笑着这份星宫图，其他人也和他一起笑。而我，感到被眼泪刺伤了双眼。这让我想起了耶罗尼米斯·博斯的画，他作品中的"圣·安东尼"在一个充满淫秽怪物的世界里冥想。不论是画家还是占星家，都需要在大量的象征符号中，发觉编码和奥秘，以及讽刺的那部分。简而言之，就是游戏的一部分。"当然，我也玩符号"，开普勒说，"但我玩是为了不忘记自己正在玩。因为通过这些符号不能证明什么，也无法揭示任何宇宙的秘密。"

46

　　10 月的一个早上，福园学校的门口有两个士兵把守着。一群人围在一块招牌边。约翰·开普勒看见不远处校长正搂着哭泣的妻子。

　　——"发生什么事了？"

　　——"唉，我的朋友，唉。大公下令关停了学校。改革派教师和神甫有八天时间来改宗，要么离开施蒂利亚州。"

　　——"但……我想费迪南正在匈牙利发动战争。州长呢？还有枢密院议员呢？"

　　——"他们俩都在布拉格参加一个什么皇室议会。猫不在，天主教的黑老鼠就趁机为非作歹。"

　　——"那我们现在要怎么做？"

　　——"离开。大家都在教堂里，就只等您来一起汇合了，趁教堂还没关闭。"

　　他还苦笑着，喋喋不休地说：

　　——"但是，跟往常一样，亲爱的开普勒，你迟到了。"

　　教堂里黑压压一片全是人。就连那些未收到驱逐的改革派——医生、批发商、手工业者——都一心要来，团结一致，严阵以待。校长夫人哭干了眼泪。相反，在施蒂利亚州的路德派中，就连最不起眼的乡绅都不屑于离开。

　　——"耶和华对摩西说：'去！跟法老说！让他容许以色列人出他的地！'"

丹尼尔·希茨勒牧师就这样开始了他激昂的布道，这位年轻的牧师负责小城另一边的宗教仪式：舒伯特，由于在学校担任神学教授而遭到驱逐，更愿意让他来主持。开普勒认为引用《出埃及记》并不是最合适的：施蒂利亚州的法老并没有扣留改革派人士，而是驱逐他们；至少是驱逐了宗教首领以及教师，希望以此剥夺他们的信仰，而令其他人皈依。

布道人的演说很快就变成对大规模流亡的号召。但希茨勒不是摩西。况且，他想把大家带去哪里呢？

——"神甫说得很好，但我不会为了让他高兴而离开世代生存的土地的。"

开普勒转过头。他的岳父，磨坊主穆勒克在他的耳边抱怨道，这可能反映了大多数人的意见，因为大家都开始窃窃私语。希茨勒注意到了他，因为他继续慷慨激昂地说：

——"当我们都离开了这个地方，埃及的七灾就会侵袭这里：没有医生来医治这里的孩子，没有农民来收割这里的小麦，没有商人为这里带来繁荣和富裕。到时候，大公就像《出埃及记》中的法老一样，哀叹：'我们容以色列人不再服事我们，这做的是什么事呢？'"

——"而且法老会把我的磨坊给他的修士或意大利人"，穆勒克又补充道。

开普勒点头赞同。这显然就是耶稣会士追求的目标。希茨勒完成了布道，被这些话激怒了，气得竖起了胡子，头发也乱糟糟的，正呼吁那些愿意跟随他的人投票表决。他还指望会有很多人举手。却只有一小拨人，那些最贫穷的人举了手，因为他们离开这里也没什么损失。年轻的牧师气得脸通红。开普勒决定从中调解。

——"弟兄们，我也跟你们一样，作为中学的教师，遭受了这种卑鄙手段的打击。但我不会离开。我想要殉教，而是我作为施蒂利亚州数

学家的身份以及我的小作给我带来的不足道的名声，可能会让国会重新
考虑这一极不公正的决定。我建议我们被迫流亡的弟兄们去林茨找我们
的自己人，先避避难。州长和枢密院议员一定会尽快从布拉格返回的。
在此期间……"

——"在此期间，欢迎你到我家来，我的女婿"，穆勒克说，一边
把手放在他的肩上。

——"那这段时间，会是你，开普勒，代我履行牧师使命吗?"希
茨勒讽刺地斥责道，"你打算根据哥白尼来给他们讲福音吗?"

约翰耸了耸肩，辩驳说:

——"第一批基督徒不需要在奥芬巴赫大学获得神学硕士学位就能
领圣体。"

听到这个机智的回答，大家都笑了起来。这让我精神振奋。舒伯特
决定让大家投票表决自己朋友的提议。除了希茨勒和其他几个狂热者以
外，大家都同意了。

"我绝对是个无可救药的傻瓜"，开普勒坐着岳父的车回家的时候
想，"在这里生活的四年里，我只想着要逃走，而现在，我却自愿在这
么恶劣的形势下留下来。"

于是，他便和家人搬进了磨坊主位于城外的漂亮房子里。在那里，
芭芭拉又重获一些活力，并恢复了对丈夫的温柔。要是他没有不喜欢乡
村生活引起的瘙痒和喷嚏，要是像他这样一个强烈要求自由的人没有觉
得是在寄磨坊主穆勒克篱下生活，要是他没有离图书馆、离他的文件以
及邮局这么远，可能在这个九月，开普勒会是幸福的。但追求幸福并不
是他主要操心的事。

终于在10月初，大公派信使来给他送了一封信。费迪南提醒他要
履行施蒂利亚州数学家的职责，并嘱咐他出版1599年的星历表，当然，

用惩戒和罚款对他进行了威胁。星历表！要是开普勒没觉得气死了，肯定会笑得要死。于是他回到格拉茨，去了公爵的王宫。正如他所料，尽管被传唤了，但费迪南却并不在。他去打猎了。接待人员领他去了一个小厅，州长和霍夫曼男爵正在等他。没有书记官，也没有耶稣会士，只有一个仆人在为施蒂利亚州除哈布斯堡大公外，最重要的两个人物端茶送水。

与两年前对他所做的诉讼有所不同，这次的谈话就像是朋友相见。州长先是说明了形势：格拉茨的耶稣会会长，也是费迪南的首席议员，关闭了福园学校，并驱逐了那里的老师。事情闹得很大，连皇帝都知道了。这件事可能会危及改革教派和天主教派之间脆弱的《奥格斯堡和约》。已经达成了妥协：被驱逐的人可以返回，但学校依然要关闭。

——"可是福园学校并不是耶稣会学院强劲的竞争对手"，开普勒反对道，"而且我比约伯还要穷。"

——"最有趣的是"，与这些具体情况丝毫没有关联的州长继续说道，"最有趣的是，之所以达成妥协，是因为你，亲爱的开普勒。"

——"因为我？"

——"是的，当我跟尊敬的殿下说，请他把您当作整个帝国上下最好的占星家。您的星历表很准确，不是吗？可我也不知道您把他怎么了，费迪南比恨苏丹还要恨你。"

——"但……他并没有见过我。他是不喜欢《宇宙的奥秘》吗？"

——"对于这一点"，霍夫曼说，"陛下还是有必要学习……"

——"学习什么？"

——"当然是学习阅读了！"

两位男爵放声大笑，而开普勒只是皱着眉头。不仅是因为他失去了一半的年收入，更是因为，他的雇主，帝国最强大的王公之一，厌恶他。

　　离开他的朋友们后，开普勒去了邮局，那里有一个月前就寄到的包裹。在一堆寻常的笔友来信中，有一个大大的红色信封：第谷·布拉赫，终于来信了。他匆匆忙忙赶回家。但到了门口，他才发现把钥匙留在了岳父家，因为不知道自己是否能自由地从公爵的王宫里出来。走了两个小时！然后是装载行李，回家，安顿下来，芭芭拉又因某个箱子应该放这里不该放那里而发牢骚。终于能到书房里静一静了。不，还没结束。芭芭拉突然出现在了房间里：

　　——"你想吃什么，亲爱的？我做的美味菜汤，你觉得可以吗？"

　　于是开普勒爆发了：

　　——"一份屎汤，如果你高兴的话！能不能别打扰我！"

　　——"可你怎么这么狠啊？还说这种脏话！我只是想知道你想要……"

　　于是她开始啜泣。他站起来，将她拥入怀抱，解释说自己必须要阅读一些十分重要的信件，在呼吸声中听见她不停说"我太笨了，什么都不懂"，他说不是的，告诉她不是这样，并摸着她丰满的臀部，温柔地将她赶出了房间，深感内疚地重回书桌前。第谷……

　　这是一封相当长的信，先是对耽搁了这么久感到抱歉，并感谢开普勒寄去的书。接着，丹麦人对《宇宙的奥秘》的巧妙之处表示赞赏，并评论了其中一些段落，还要求此书的作者将他的多面体理论应用于自己的体系。这让开普勒觉得很好笑，他早就知道丹麦人为什么要把有关行星的观测据为己有。他在空白处写道："这就是我对第谷的看法；他拥有大量财富，但是像大多数富人一样，他不知道如何利用这些财富。因此，要力图夺取他的财富，而我，也会适当地尽我所能，以便他的观测能被完全公开。"

　　信后还有一段附言。令人费解的是，语气发生了转变，信的其余部分第谷都表现得热情而礼貌，而此处却十分专断。他明确要求开普勒立即终止与厄尔苏斯的一切关系，他将厄尔苏斯视为剽窃者，并拒绝让任何东西将来出现在帝国天文学家的作品中。

在回信之前，开普勒还打开了其他几封信，其中有一封是马斯特林寄来的。马斯特林说，"独裁者第谷"——他称其为星星的独裁者，就厄尔苏斯出版两年前约翰写的颂词一事，写信给他。丹麦人最后坚称自己是丹麦国王策划的巨大阴谋的受害者，当然还有厄尔苏斯、马斯特林和其他很多人，其中包括新来的开普勒。

第谷是个野兽，因流放而受到的伤害，让他变得更加危险。开普勒想象他潜伏在万茨贝克城堡里，他的信就是从这儿寄出的，日夜守着他捕获的肥美猎物，咆哮着，无法吃掉猎物，又拒绝与人分享。当那只熊被它的狮牙撕成碎块后，这只狮子会去寻找另一个洞穴，布拉格。"那么，在这场斗争中"，开普勒心想，"我将会是狐狸。我要用伎俩攫取第谷的猎物，在宇宙真相的盛宴上，与所有人分享。"

他要运用计谋，但他不愿卑躬屈膝：天真、缺乏经验、年轻，这些都将是他的借口。他提笔用考究的拉丁文解释说自己上了厄尔苏斯的当，厄尔苏斯在《天文学原理》中表明，发现了欧几里得和雷格蒙塔努斯已提出的三角法则。我当时因为刚刚得到的发现而有些情绪激动，充满了喜悦。要是出于自私的想法去阿谀奉承，我矢口说了些话，超出了对他的看法……"我会尽快为你效力"，他兴奋地说，这归咎于年轻人易冲动的特性……"也是因为我不了解您那些幼稚的争吵"，他克制住没补充说……像我这样一个无名小卒正在寻找一位知名人士来称赞我的发现……"第谷或是厄尔苏斯，对我来说，都没什么差别。你是否曾跟我一样，喝饱了啤酒的丹麦胖子，数着空空的碗橱中的面包屑？"他继续用荒诞的方式做解释，人们既可以正着理解，亦可反着理解。总之，他用了与占星语言同样的措辞，每个人都能各取所需地阅读。

芭芭拉再一次怀孕了，孕妇的温和表象下，泼妇又出现了。她知道，这个家里的一切都有赖于她。不仅是今后的生活，还有现在每一天的生活，锅里煮的、壁炉里烧的，都有赖于她。约翰，自从学校被关闭以来，从未离开过他书房。他津津有味地专心研究圣经年表，将《圣经》所述事件与古人叙述的天文现象，日食、彗星、行星位形等做印证。这些推测更具有娱乐趣味，而非神学趣味。是上帝邀请他就餐，为了演示星体力学、球体音乐以及《旧约》的经条。他只是偶尔会去城堡，与这些大人物中的某个人交谈；有时候，其中某个人会来拜访他，他们便用拉丁文交谈；又或者，当夜空美妙之时，他会去面粉厂寻找星空中的魔法。但是，对芭芭拉而言，约翰并没有在工作，因为他没为家里挣钱。于是，她觉得自己比他更强大：她的嫁妆赋予了她权利。的确，她在食物方面毫不吝啬，因为她自己就吃很多的肉制品和蛋糕；她还很注重自己的打扮和衣着的雅致，为了保持身份，不在贵客面前丢脸。但对于墨水、纸张、书籍、邮资，她一分钱也不会给，除非他给出这些无用支出的正当理由。由于开普勒的性格也不是很温顺，国库主计官的老房里便开始充斥着争吵声。走投无路的约翰最后找到了正确的方法来得到钱或是单纯地拥有平静：像对孩子说话那样跟她说话，像开导女学生那样开导她。她就会皱着眉头听着，半张着嘴。接着眼里噙着泪水，泪如雨下，一边跑开一边不停说：

——"我太笨了，我太笨了！"

于是，他便略带虚伪地反对说：

——"我可从来没这么说过啊！"

这个手段每次都奏效。她会去厨房，把气都撒在女仆身上，指责她整天围在自己的丈夫身边转。因为除此之外，她还很嫉妒！

47

　　冬天就这么过去了，到了 1598 年的春天。改革派面临的形势变得越来越严峻。最后的信徒，包括开普勒在内，去了距格拉茨两里地的霍夫曼男爵的庄园领圣体。但当他们回到城门口时，被要求支付入市税。不仅是为了标榜自己的信仰、让耶稣会士难堪，开普勒才赶赴庄园：尽管霍夫曼很少在那里，会有邮件和消息在那里等他，因为邮局已经不再保险了。

　　而枢密院议员在 1598 年末出现。他应该是代表皇帝去费迪南那里出席天主教圣诞仪式，接着再出席改革派的圣诞仪式，以表明鲁道夫依旧保护他所有的臣民，不论他们是什么信仰。

　　——"但这不会持久"，霍夫曼在他为施蒂利亚州路德派贵族准备的宴会上，对开普勒说，"尊敬的陛下现在正试图依据法国的亨利四世刚刚颁布的法令，拟定宽容敕令，但这将涉及三个宗教。"

　　——"什么!"芭芭拉惊叫道，"是要和奥斯曼帝国结盟吗?"

　　——"当然不是，美丽的夫人，刚刚说的第三个宗教是指以撒的孩子，而不是穆罕默德的孩子!"

　　——"犹太人! 天哪!"开普勒夫人怨道，接着大叫："哎呀，约翰，你的脚别乱放，你刚刚踩到我的脚趾了!"

　　——"男爵先生，您是说，这不会持久"，开普勒打断说，为了平息对妻子的愤怒。

　　——"是的，因为这次修订《奥斯堡和平条约》时，与罗马方面的谈判十分艰难。耶稣会士假装任由皇家在布拉格挥霍无度，但希望以整个奥地利作为交换，依据奥斯堡合约：一个国家，一个王公、一个宗教。除非我成为天主教徒，否则我也不好继续担任枢密院议员。"

——"他们是要再次把我们赶走吗？"

——"费迪南大公引用了天主教伊莎贝拉有关西班牙犹太人的名句：'三分之一要改宗，三分之一要离开，三分之一要灭亡。'我的弟兄们，准备殉难或准备动身。"

——"唉！我们要去哪里啊？"芭芭拉哀叹着。

约翰附身在妻子耳边低声说了两句：

——"我求求你，闭上嘴。这关乎我们的生活和孩子们的生活。"

——"亲爱的夫人，您丈夫的情况"，男爵回应说，"在布拉格和格拉茨都有所议论。我亲爱的开普勒，似乎耶稣会很想把您收编，这样您就会成为施蒂利亚州最天主教派的数学家。"

——"荒谬！我是绝对不会背叛我的信仰的。"

——"我们都明白，亲爱的朋友。皇帝本人十分欣赏您的《宇宙的奥秘》，可是……"

——"皇帝！"芭芭拉惊叫道。

——"……可是，在把您请去布拉格之前，他还在等第谷的意见。"

开普勒只是在几个月前收到过丹麦人简短的回复，且十分高傲地将开普勒关于"厄尔苏斯事件"所作的解释当作是道歉。

——"目前"，男爵继续说，"他只想着自己的利益。他终于意识到自己的国王克里斯蒂安不会把他的岛归还给他，便撤离了丹麦，我的意思是，去年10月，在他的主人将他和他的家人扼杀之前，他就离开了万茨贝克城堡。我觉得我是最先得知这个决定的。厄尔苏斯一被解雇，他就同意前往布拉格。而他一直都没到布拉格。谣传有瘟疫，于是他现在维腾贝格，和杰森斯基医生一起解剖人类尸体……"

　　——"太恐怖了!"

　　——"芭芭拉,行行好,别说话! 这个关于瘟疫的谣传,有没有什么依据?"

　　——"可能是在贫民区。只是有贫民出现发热。传言说犹太人或麻风病患者往井里投了毒……这也没有阻止第谷派腾纳基尔和他的大儿子去皇宫提高要价。他现在要求陛下为他提供一处远离城市的地方,以重建一个新的乌拉尼亚堡。鲁道夫准备接受,但考虑到帝国的财政情况,议员们仍有所保留。这只是时间问题。您放心,第谷很想让您待在他身边。他所有的助手都离开了他。他就像骑士对待马匹那样欺压他们。还剩下忠实的隆戈蒙塔努斯,但似乎丹麦国王给出了十分诱人的报价。此外,在如愿为我们生下一位粉粉嫩嫩哭哭啼啼的小数学家之前,您妻子的情况不适合做这般长途旅行。"

　　正如霍夫曼男爵所料,这一次,施蒂利亚州首府的所有改革派都因新法令而遭到驱逐。而农村的情况,目前尚不清楚。在基督教仁爱为怀的大力推动下,大公允许他们等到天气转暖的时候再撤离。1599 年 4 月初,格拉茨城完全可以自夸城内只剩一个路德教徒:约翰·开普勒。耶稣会准许他留下来,让他从教友中脱离,并传出谣言称《宇宙的奥秘》的作者很快就会跪拜在圣母玛利亚面前。他在格拉茨的天主教小学院中教授一切他想教授的理论,正如他的同行伽利略在帕多瓦大学中所做的那样。他给开普勒写的两封信以及开普勒的回信的副本都被仔细地归放于罗马宗教裁判所的档案内。

　　1599 年的初夏,芭芭拉生下了一个小女孩,只活了 35 天便夭折了。约翰甚至还没来得及感到悲伤。这次生产十分困难,芭芭拉在这 35 天内一直卧床不起。他们的新女仆也离开了。刚刚皈依天主教的医生,住在小城的另一头,显然十分不乐意来到产妇和婴儿的床头。

　　孩子夭折的翌日,开普勒离开了小城,走了两个小时后,来到了牧羊人位于山间的小屋，希茨勒牧师正在那里避难，一年前，在福园学校关闭之时，数学家还曾与牧师展开激烈的唇枪舌剑。开普勒请求牧师依照改革派的仪式来埋葬他的孩子。等约翰对自己所有的过错做完忏悔后，希茨勒才答应下来。

夜幕降临的时候，他们抵达了城门，经由磨坊主的领地绕行。穆勒克是最先成为天主教徒的。他的女婿并没有难为他，甚至还允许老人来向自己请教。在胁迫下皈依就像屈打成招：只有刽子手是有罪的。穆勒克为了证明自己并非懦夫，要求参加小外孙女的葬礼，并称自己会支付掘墓费用。

当晚，新生儿的葬礼便在耶稣会还没来得及耕挖的改革派墓地中举行。芭芭拉在父亲和丈夫的搀扶下，微弱地呻吟着，而小瑞吉娜的小手滑落在开普勒的手掌中。

三天后，一名士官来通知开普勒，法院传唤他。数学家像是被当场抓住的犯罪嫌疑人一样，被一群士兵押到了法院。路上，士官告诉他，是掘墓人揭发的他。他不得不在法庭前厅等上足足一个小时，夹在一个偷鸡的小偷和两个因修葺共有墙体而依旧在低声争吵的农民之间。不论有其他什么事，施蒂利亚州数学家的事都应该优先处理。但这就是为了羞辱他。终于，他进入了听证厅，依旧由士官和他的小分队押送着。当然，他很熟悉法庭的成员：不久前，城里所有的贵族都在争夺他这个能说会道的杰出人才，这个做出精准预言的占星家。

书记员诵读起起诉书：开普勒依据改革派的仪式私自举行了葬礼。开普勒承认了事实，并开始为信仰及崇拜的自由辩护。检察官打断他：如此天赋异禀的雄辩家会变得很危险。他假装仁慈地只是给予开普勒重罚，而不是监禁他。开普勒当场回答说永远无法支付这么大一笔钱，宁愿被关起来，这样他就不可能编写非常重要的星历表：1600年的星历表。这个理由正中要害。罚款降至十塔勒，数学家可以自由地离开法庭。

于是，神智错乱令开普勒疾走如飞。因为必须要编写星历表，他四处寻找开创新世纪的灾难爆发的迹象：土耳其人入侵，瘟疫和灾害；总而言之，就是一切可怕的事情。他被禁止离开城门，但他的岳父完全不用担心可以随意运送面粉。除了女婿送到家里来的邮件，谨慎起见，他还会将农民们在这个收获的季节将玉米交付给他时，到处散播的最唯恐天下不乱的谣言转达给开普勒。据说树都干了，被蠕虫蛀了，又据说一场痢疾侵袭了所有幼儿，还有其他预示着更严重灾难的迹象。神智错乱的开普勒对此深信不疑。更严重的是当磨坊主告诉他，一位逃离了奥斯曼帝国一年一度进攻的旅行者声称，在匈牙利，看见染着血的十字架出现在门上、长凳上、墙壁上，甚至人体上，无处不在。一旦独处的时候，开普勒便仔细检查自己，他当然在左脚上发现了一个小小的红色十字形斑点，就在钉子插入耶稣肉体的地方。他瘫倒在椅子上，花了好几个钟头等待这些血迹在手掌中发芽。泪水顺着脸颊流下来。

由于没有任何印迹出现在他畸形的双手上，他便从消沉中走出，并决定打开磨坊主交给他的马斯特林的信。图宾根大学的教授非常高兴。他年轻的妻子赫莲娜，刚刚为他生了个孩子。得知这个消息，开普勒既没有感到嫉妒，也没有感到辛酸：马斯特林是为幸福而生的，而开普勒则是为苦难而生。这本就是天经地义的。他在回信中，一开始便用了有利于老师的新生儿的星座运势，认为这会让老师高兴，却忘了马斯特林至少跟他一样，对个人形象占卜持怀疑态度。然后，他把小女儿的死告诉了马斯特林，细数了预示着施蒂利亚州最严重灾难的神谕和迹象，并胡言乱语："正如膀胱排尿一般，山脉分泌出河流；正如身体产生出具有硫味的排泄物以及甚至能燃烧的风一般，地球产生出硫、地火、雷鸣和闪电。"最后，他十分详细地描述了自己认为出现在脚下的印迹。他觉得这样能博取对方的同情，继而提出了自己的要求。当然，他没有恳求马斯特林为他在大学里找一份工作。不，当然没有，而是问生活是否多少比施蒂利亚州要贵一些，他还假以笨拙的玩笑说："关于肉类，因为我的妻子不习惯靠吃鹰嘴豆为生。"这很可悲，这也应该会令马斯特林有所警觉，他朋友有关基督的妄想。但开普勒这封将孩子的星座运势描述得十分美好而其余内容却很可悲的信，却在最不恰当的时候送达了：他的女儿，也刚刚离世。

之后，开普勒便陷入了消沉。1600 年的星历编写完，并印刷出版后，从黑暗忧郁到令最持怀疑态度的读者失望，他感到自己一个字也不能写，一句话也不能念。一切都令他筋疲力尽，特别是因为他自己。而肥胖的芭芭拉就是个横加指责的女怪，她不仅指责他没为家里挣钱，还把两个孩子的死归咎于他。一天，在一场极其剧烈的争吵中，沮丧的开普勒终于承认她说的是对的。于是，她一下子变得怒不可遏，往地上扔了一堆盘子。听到陶瓷破碎的声音，开普勒的脑海中突然浮现出一副清晰的场景，童年的旅店，父亲和母亲，生来就是克星，双双喝醉了，便互打耳光子，还叮叮当当地摔碎碗碟。他抽噎着逃去了书房，而芭芭拉的斥责声还不断跟随着。

几周过去了，就像是一个永恒的黄昏。他似乎被世界遗忘了。待在格拉茨的五个月中，他只收到了一封信，是马斯特林寄来的，信中宣告了孩子的死亡，并鼓励他坚持到底殉教。在同情的冲动下，开普勒试图用哀悼来慰藉图宾根的教授，仿佛这比他自己所经历过的还难以承受。他等待死亡。死亡会来自不断折磨他的发热和痛苦吗？死亡会来自天主教国家无处不在的火堆吗，那个可怜的乔丹诺·布鲁诺在经历了七年的监禁和酷刑后，将要踏上的火堆？

在十六世纪最后一个天主教圣诞节来临之际，整个小城都被厚厚的白雪覆盖着，点亮了火炬和灯笼，唯独开普勒的房子依然紧闭，陷入一片黑暗之中。施蒂利亚州的所有公民都明智地回归了天主教信仰，他应该和家人一起去了教区指定的街区做弥撒。早上，他试图与芭芭拉和瑞吉娜一同离开小城，去往岳父家，但卫兵阻止了他。他被软禁于城内。于是，当格拉茨众多教堂的钟声在午夜响起之际，尽管妻子一再恳求，他仍然幽闭在家。后来，等一切消停下来，整个小城开始沉睡。大半夜，只有开普勒还迟迟不睡，点着唯一的一根蜡烛，因为芭芭拉把其他的蜡烛都锁在了壁橱中，只有她自己有钥匙。他不断修改着二十几个月前，在第一个孩子夭折后为自己编定的星座运势。他不明白为什么自己走到了这一步。

48

前门响起锤子猛烈击打的声音。"好吧",开普勒自言自语道,"他们真是急于来找我。"他的心跳得更快了,双手在颤抖,但他觉得灵魂坚定。他望了一眼瑞吉娜的房间。孩子安静地睡着,尽管已经八岁了,还在吮着大拇指,约翰心想将来要改掉她这个坏毛病。将来……如果他能从遭受折磨的监狱中走出的话。路过自己房间的时候,他听见芭芭拉在打鼾:"安静地睡吧,我的好老婆",他低声说,"你很快就会第三次成为寡妇。我也不确定你是否会为此感到悲伤。"他透过门眼喃喃地抱怨道:

——"别再吵吵了,我的家人都要被吵醒了。"

他吃惊地从门眼中认出了霍夫曼男爵的脸。于是匆匆推开门锁。霍夫曼瑟瑟发抖地冲进门:

——"真冷啊!您有没有地方能停放我的马车,让我的马的我的人睡一下?"

——"应该有……马车停在后院,马匹可以去马厩,您的人可以去阁楼上休息。那边很暖和。"

——"他们会很高兴能有马厩。您现在可以让我进去了吗?见鬼,在这间小屋里都要冻死了。雷纳托,你来生火!而您,我亲爱的约翰,您这儿还有一些您岳父精心酿制的樱桃酒吗?"

开普勒与这位名叫雷纳托的仆人耳语说,柴火在厨房后面,但他必须要强行弄坏门锁。之后,他把男爵请到了客厅里。男爵靠在扶手椅上，而他则尽可能小心翼翼地拧开酒窖的挂锁，再把锁拆下。

——"亲爱的朋友，找不到钥匙的不止你一个"，男爵冷笑着说，"我在格拉茨的家被贴上了封条，城门从中午开始就关闭了。我没法回到自己的庄园。您愿意收留我吗?"

——"对我而言，这是至高无上的荣耀。我这就去叫醒我的妻子，让她为您搭张床……"

——"别麻烦她了。今天夜里可能是她能安睡的最后一晚，往后相当长时间都无法安睡了。"

——"究竟发生了什么事?"

——"唉，亲爱的朋友，从午夜开始，我就什么都不是了。费迪南免去了我作为枢密院议员的职位。我不仅不再于我的家乡代表皇帝了，我在施蒂利亚州的祖产也被没收了。我破产了。或者至少根据格里高利历，我会在下个世纪的第一天破产。正如我的占星家瓦伦丁·奥托预言的那样：'十七世纪只会是天主教的世纪。'不论怎样，我们都要在元旦之前离开这个地方。"

——"我们?"

——"当然了，您和我! 难道您没有收到的信吗?"

——"我已经快三个月没收到任何人的任何东西了。好像大家都以为我死了。"

——"得了! 在布拉格，都在议论您。在格拉茨也一样，因为，请相信我，我们的耶稣会朋友没有忘记您，恰恰相反：他们对所有寄给您的信件都十分感兴趣，并与圣职部的罗马教廷同事一起阅读这些信件。"

——"第谷跟我说了什么?"

——"说他在等你。给，我弄到了一份副本。"

男爵从口袋里拿出了一张纸，读道："我希望您能够来我这里，不是因为受到逆境的强迫，而是出于您自己的意愿，愿意来与我共事。但不论您有何种原因，您都会发现我是一位不会拒绝在逆境中给予您建议和帮助，并随时愿意帮助您的朋友。如果您很快到来，我们应该会挣得金钱，让您以及您的家人将来更富足。"

　　要是在一年前，开普勒可能会兴奋地跳起来，并要求即刻出发。但现在，他已经准备好在十七世纪到来之际在格拉茨殉难，这样一场旅程只让他看到危险和艰辛。要在严冬中走上一百五十多里路，他和他的家人会很难幸存下来。而且，要他放下所有关于光、音乐、圣经年表的工作……要去哪里？要给小瑞吉娜一个怎样的未来？而芭芭拉，在皇宫里……

　　——"开普勒，您不能这么想。这样的一场冬日旅行，是不能带上一个女人和一个小女孩的。您只能等天气转好后再让她们到布拉格，您要先在陛下提供给第谷的城堡里安顿下来。人称波希米亚威尼斯的本纳特凯。"

　　——"但这就是抛弃了她们！大公会将我的逃离怪罪在她们身上。耶稣会士……"

　　——"我可以向您保证，不会有事的。所有的政治观察家都认为罗马在夏天之前，不会开始大规模审讯。"

　　第二天一早，在睡了几个小时后，霍夫曼不得不努力争取让开普勒走出破罐子破摔的状态。男爵意外发现了芭芭拉这个盟友，不是因为她同意开普勒离开，恰恰相反。她又哭又闹，嘴角上都是唾沫星子。霍夫曼心想，她应该是得了重病。她的丈夫很可怜。换作其他任何人，一分钟都无法忍受妻子的这种态度。但他似乎什么也没听见，什么也没看见。直到她突然跪下，对着天花板哀叹地祈祷着：

　　——"主啊，请原谅我，但你让我们别无选择：为了救我的女儿，我们要去做弥撒，要去亲吻罗马敌基督的脚，我们要变成天主教徒。我的父亲不也成为了天主教徒吗？"

开普勒突然直起身，用食指指着跪拜在地的妻子，大声说：

——"这，是绝对不可能的，芭芭拉，你听我说，是绝对不可能的！我的路德教信仰是父母亲传授给我的，通过反复研究，我接受了这份信仰，并且很珍惜这份信仰。我没有学会虚伪。离开这个房间，可怜的女人，让男爵和我好好准备出发，远离你的叫喊和抱怨！"

她的丈夫从来没有用这么专横的语气跟她说过话。通常，他只是用些恶毒的嘲讽，而她也用辱骂和眼泪作回应。被这样的变化吓了一跳，也意识到要在贵客面前卑躬屈膝，她便回到了自己的房间。这两个男人在大房子里待了一个礼拜。只有芭芭拉出门去买面包，因为他们最后一个仆人很久之前也离开了这个地狱。而霍夫曼在书房里帮着开普勒整理并打包他的手稿、信件，以及他在格拉茨待的五年间积累的所有东西。

男爵赞叹不已，并感到欣慰：一直以来，他对这位小老师的资助，都不是徒劳。这个外表脆弱，让人担心禁不起任何挫折的人，思想却十分强大且渊博，既可靠又正直，对思想本身及能力范围十分有把握，却对错误、摸索和疑惑毫不妥协、毫不纵容。事实上，霍夫曼认识过很多哲学家、数学家、艺术家、诗人；都是些了不起的人。他观察他们，向他们提问，听他们回答，每次都能找出他们的主要弱点：巨大的虚荣心。而开普勒却没有。于是，血统可以追溯至本省的开拓者——斯太尔领主们的约翰·腓特烈·冯·霍夫曼男爵，对这位旅馆老板的儿子佩服得五体投地。

他们不需要黄道十二宫来确定出走的日期：格里高利历 1600 年 1 月 1 日早上六时。他们先是绕道把芭芭拉和瑞吉娜送去穆勒克家，她们在那里会比在城里更安全。

山后的天还远没有亮，整个小城也还在沉睡。连教堂的钟都不再报时了。教堂的执事正在靠打盹来醒酒，跟格拉茨其他地方的所有人一样，他们带着因末日而产生的恐惧所造成的致命狂热，一直为进入新世纪庆祝到深夜。

一个半睡半醒的士兵为他们打开了北边的城门，并没有查他们的护照。于是他们十分顺利地离开了小城。一切都按计划进行。等到格拉茨的人们发现数学家不见了的时候，他已经走远了。

——"况且"，开普勒笑着说，"我也不确定大公是否会在大冬天追捕我。他和他的耶稣会士应该会很高兴摆脱了我。这将会弥补他们被愚弄而受伤的自尊心。"

他抬起窗帘，冉冉升起的太阳照亮了他瘦削的脸。

——"您不太了解这世上的大人物"，霍夫曼回应道，"仇恨通常被他们当作策略。惹怒了费迪南，就是与哈布斯堡家族的所有人作对。当然，除了鲁道夫皇帝。但陛下还是哈布斯堡家族的一员吗？"

——"唔！我记不得是哪位哲学家曾经说过，衡量一个人的价值，只要考虑他的敌人的实力。"

芭芭拉被毯子包裹得严严实实，发出一阵令人心碎的叹息。

——"爸爸，我们什么时候才能到姥爷家？"蜷缩在约翰手臂下的瑞吉娜问道。

——"差不多要一个小时吧。但等我春天回来接你们的时候，你将会像阿耳戈英雄一样要长途跋涉。你想听我跟你讲伊阿宋去征服金羊毛的传奇吗？"

——"会有一天，漂亮的巾帼丈夫，你将会讲述开普勒夺取第谷的财富的传奇故事"，霍夫曼男爵补充说。

——"男爵先生，您一直在说的这个第谷，究竟是谁啊？"小女孩问。

——"第谷，就是天文学的哥利亚。而你的父亲，孩子，他是大卫王。"

49

本纳特凯城堡坐落在一座小山丘上，俯瞰着一个经常被纪泽拉河洪水淹没的平原。山脚下原本是一个名叫奥波德的村庄。但是，不到一个世纪前，占领此地的领主在去意大利旅行返程时发现这里和威尼斯共和国有很多相似之处。可能是因为有水……于是，他将此地改名为本纳特凯，即波希米亚语的威尼斯城。他依照总督府重建了城堡，在村庄里建了运河系统，运河上用精工细作的石头铺就了栈桥，甚至还开辟了一个小型的圣马可广场，连钟楼都有。

当鲁道夫皇帝决定定都布拉格的时候，波希米亚的威尼斯城还只是根据杰出的原型制作的半成品。出于对艺术和美的热爱，他买下了本纳特凯，于是曾经的奥波德村庄就真正成了他自己的威尼斯城。

当第谷最终同意成为鲁道夫二世的数学家时，鲁道夫在布拉格接见了他，头上没戴任何王冠，并用拉丁文与他交谈。这件事造成了极大的丑闻。古老的神圣日耳曼帝国的主人应该只能对教皇陛下专用这种接待。但第谷不就是天文学圣父吗？皇帝陛下并没有计较这些。他手握画笔，用大量时间试图解开已故阿尔钦博托的秘密，或是耶罗尼米斯·博斯画布中的象征主义奥秘，这些画萦绕着他的童年，在他舅舅腓力二世阴暗的埃斯科里亚尔修道院里度过的童年。夜里，他就在宫殿的露台上，透过放大镜寻找月球上的居民，当他不远行时，就会乔装一番，去犹太人街区，与成功赋予假人生命的拉比利奥见面。对于一位君主而言，这些行为十分怪异，他对政事几乎不感兴趣，对新教学者和犹太教哲学家充满同情，总而言之，鲁道夫令耶稣会士以及自己的弟弟马蒂亚斯很满意：他们都在等着他迈出第一个错步，继而剥夺他的王冠。第谷会为他们提供机会吗？拿着皇帝应允的三千弗洛林年金，丹麦人在议员、秘书和部长中树敌无数：他们的工资还不到他的一半。

而第谷觉得自己如此受宠，如此被欣赏是天经地义的。他在想象中品味着丹麦国王克里斯蒂安的愤怒，并交由腾纳基尔来捣毁嫉妒者的阴谋。

君主和天文学家和睦相处了一个月。后来布拉格常见的疫情又出现了反复。跟往常一样，鲁道夫应该要去他其中一处避暑山庄避难，随行的会有星相家、预言家、炼金术师、神医、魔法师和画家。但这一次，他只带了第谷。警戒一解除，他们便返回了布拉格，开始有传言说：丹麦人用自己的配方救皇帝于瘟疫之中。很快，城里所有的药剂师都在橱窗里摆放出"第谷的灵丹妙药"，标签上还有金鼻人的肖像。腾纳基尔用销售所得在乡下买了一座漂亮的庄园，他经常带着恩人的女儿们去那里。

然而，皇帝却不让第谷有丝毫休息。他总想整天把他留在身边，与他分享自己的恐惧和焦虑，保护他免受查理五世和腓力二世的威胁，不然就是查理大帝或亚历山大大帝，会趁他睡觉时谋害他。丹麦人自己也饱受幻象的困扰，一度通过酒精和工作来寻求摆脱幻象，不知该如何拒绝鲁道夫对自己这份孩子气的信任。他先是试图为他编定出最悲惨的星座运势，对君主及其统治而言都是如此。当他意识到皇帝对他的正直充满感激时，已经太晚了，皇帝甚至还唆使他将自己的未来描得更黑一些，并就国家的运行征求他的意见。

第谷感到害怕：不断地预言不幸，会不会最终招致不幸？他不得不松开怀抱，与皇帝保持一些距离。于是，他抱怨说无法在布拉格建造一个名副其实的天文台，首先是因为他的测量仪器都还在维努西亚岛，其次伏尔塔瓦河上会起雾，郊区也一直有不断升起的烟雾。皇帝说了自己的几处住所，优点均是离皇宫只有一两个小时的步行路程。第谷拒绝了。他想要本纳特凯，他想要威尼斯，那个他从来都没有去过的威尼斯，尽管他的谎言令人相信他去过那里。

当波希米亚的贵族得知了他的这些要求，便发起了公愤：他们很反感自己国家的珍宝被一个外国人占有。皇帝还亲自为之辩称，将来会在那里建造世界上最大的天文台，但他们还是没有同意。而第谷则与国库协商，并让步同意至少在第一年，只拿一半的应得款。耶稣会士们弹冠相庆。1599 年的七月，第谷搬到了本纳特凯，工程也开始了。俯瞰古老的村庄奥波德的总督府缩影将会成为乌拉尼亚堡的复制品。

——"哎呀，这个开普勒，没花太久时间就来了"，第谷笑着说，"四十天前我给他寄的信！"

——"这个人应该有不少事儿要道歉"，大儿子第格暗讽道，"比如他和厄尔苏斯的阴谋。"

主人忠实的助手，隆戈蒙塔努斯，忍不住耸了耸肩。在维努西亚岛的时候，第谷就命他向自己指定的继承者及接班人灌输一些数学概念，但天文学家的助手却遇到了一堵既愚蠢又自满的墙。他曾试图向第谷抱怨，却差点儿丢了工作。之后腾纳基尔到了。撒克逊骑士不仅已经制服了小布拉赫，还制服了他的父亲和姐妹。隆戈蒙塔努斯刚开始有些嫉妒，但很快就因这个新来的让他摆脱了令人无法忍受的第格而抵消了。他可以全身心地投入自己的工作了。于是他读了《宇宙的奥秘》。他感到十分震惊，并说服第谷这是一部非常伟大的作品。

——"在我看来"，他插话说，"我们的施蒂利亚人已匆忙出发，为了能和您一起观测下周火星与木星的对冲，之后还立马会有一场月食。"

——"这也是试探他能力的好机会"，杰森斯基医生补充说。

冉·杰森斯基，又名杰森尼斯，曾在维腾贝格为第谷提供住处，他在那里教授医学。当著名的丹麦流亡者最后决定拿着三千弗洛林的高价年金，去布拉格担任帝国的御用数学家时，杰森斯基选择追随他：鲁道夫的宫廷的前景会比古老的大学更有吸引力，最重要的是，这位四十来岁的医生能在这里享有安全解剖人类尸体的自由。这个选择是正确的：多亏了第谷的说情，他谋得了布拉格大学院长一职。这将会是他职业生涯的最高成就，他也摆脱了资助者的控制，实际上，后者一直把他当作自己的私人医生。

——"好吧，就这么定了"，第谷说，"我明天就去布拉格。我很好奇见到这个奇才。腾纳基尔，他已经住下了吗？住在哪里？"

——"他住在霍夫曼男爵家，老师，就是在荷尔斯坦因拜访过您的那位男爵。但……"

腾纳基尔并没有原谅那位揭穿他容克学究的外表下寄生虫无赖面目的前枢密院议员。

——"但……听说厄尔苏斯生病了，口袋里没有一分钱，已经回到了城里。在那里，养猪人可以受到自己曾经的学生——非常富有的霍夫曼男爵的庇护，而霍夫曼的占星家，我是否该提醒您，正是瓦伦丁·奥托？"

在提到雷迪库斯曾经的学生的名字时，腾纳基尔做出了优雅的手势，显得有些娘娘腔。只有第格哈哈大笑。他的弟弟乔根，快十七岁了，显得谨慎又稳重，因为他的哥哥既冒失又肤浅。他十分教条地插话说：

——"必须要将开普勒博士从这些人的不利影响中解救出来。他是个外省人，不是吗？他应该不了解布拉格的阴谋，也很快就会受到这些部长以及嫉妒者的摆布，我们刚到波希米亚的时候，也是这些人就串通起来对抗我们。父亲，请派我去找开普勒吧。要是您碰上了厄尔苏斯，我担心您会伤害他。"

——"你说得对，我的儿子。我有时候过于冲动。但是，你又太年轻，容易被影响。一个瓦伦丁·奥托加上一个开普勒，用不了多久就会把你变成哥白尼的信徒。"

——"可能还会更糟！"第格打趣说，还一边重复着腾纳基尔娘娘腔的动作。"让我去吧，父亲，把骑士也带上。我们会把您的乡村小教师给捉回来！"

——"不能这样做！"

第谷醒悟过来。他开始意识到寄托了自己所有希望的大儿子，只是个枯萎的果子：他是位布拉赫，而不是第谷。

——"不能这样做"，他重复道，感到火气上来了，"我需要开普勒的笔，我需要他把想法和假设都用白纸黑字清清楚楚写出来。作为新宇宙体系的建筑师，我需要一位跟他一样灵巧的建筑工人来打造这一体系。但我不想让他来陪你们玩乐，不想让他成为小矮人杰普的帮手！"

——"这，我是绝对不会允许的！"精心布置的桌子下传来刺耳的声音，第谷正围着这张桌子召开他的"议会"。

——"闭嘴，你个小怪物！"，他说着，朝小丑身上猛踹了一脚。之后，他给自己倒了满满一杯酒，仰着头一饮而尽。第谷一直就食量惊人，酒量又大，自从离开了丹麦，他就疯狂地贪食和酗酒。一位仆人随时跟着他，总是至少带着一份鸡肉和满满一壶酒，他不经意间就会一扫而光。他这样也是寄托对祖国的以及自己失去的小岛的思念。天文学圣父曾坚信不疑地认为丹麦国王会将他召回。直到得知自己所有的不动产都被国王没收，剩下的也都被家人偷偷拿走了，他才终于明白他不可能再回到乌拉尼亚堡了。之后，他甘心为皇帝效力——或者说是让皇帝为他效力。腾纳基尔举手示意要发言。

——"有什么话你就说吧"，第谷非常温柔地说，"你几乎是这间疯人屋里唯一明智的人。当然了，还有杰普。"

——"您说得对，老师，自托勒密以来，就没有见过跟您一样伟大的建筑师。但您高高在上，无法体察这人世间悲哀的现实。在您看来，开普勒是个优秀的建筑工人。可能……即便如此，一位建筑师去会见建筑工人还是显得很奇怪。您可是连陛下都要亲自迎接，并脱帽致敬的天文学皇帝，要去接一位施蒂利亚州不起眼的小老师吗？啊，我在这里都能听见这个开普勒趾高气扬地说，伟大的第谷亲自跑去迎接他！老师，您不了解人类极其卑劣！"

——"那你有什么建议呢？"

——"先晾他一阵子再回复他。一星期之内，我会去找他，跟他解释说您忙于工作，无法抽身。毕竟，您邀请他来与您汇合，是出于好心，让他挣脱了宗教裁判所的魔爪，不是吗？他欠您的，而您对他并不亏欠什么。请给我一周时间，我会告诉您跟您打交道的究竟是怎样的人。"

——"你说得对，弗朗兹，你总是这么明智。但是你确定开普勒已经见过厄尔苏斯了吗？"

腾纳基尔咬着嘴唇。他刚刚过于着急，而没能激起第谷对开普勒的不满。他自己也看了《宇宙的奥秘》，但除了体会到作者的天赋异禀外，并没看懂什么。因为他的字很好看，第谷让他誊写开普勒的信件，在这些信件中，精通双语的他也一眼就看出奉承和赞美的客套话中隐藏的讽刺意味。不论开普勒想从第谷这里寻求什么，他都会是一个强劲的对手，很可能会令腾纳基尔失宠。幸运的是，被他当作"小傻子"看待的第格，跳出来为他解围：

——"父亲，厄尔苏斯就交给我来处理吧。要是这个阴险恶毒的养猪人被我碰上了，我就会把他剁成肉末！"

第谷吓了一跳。他儿子的语气完全跟他的生父以及曾经的敌人，曼德鲁·帕斯伯格家族及其他野蛮人如出一辙。他究竟是造了什么孽，有这么些子女？一个是流氓，一个是伪君子，一个女同性恋和两个荡妇……只有乖巧的伊丽莎白才深得他喜爱。但她只是个女孩。只是，在他们还在娘胎里的时候，第谷就为他们编拟定了大有前途的星座运势。至于其他人……隆戈蒙塔努斯，的确在算术方面十分用功，但却平庸，不够独立，根本不会采取主动。至于腾纳基尔，第谷很喜欢他，他认为这位撒克逊骑士对自己的崇拜是矢志不渝的。他的建议总是显得十分中肯，且一心想做好秘书兼管家的工作。第谷只是对他如此平庸的数学能力感到可惜。

　　第谷·布拉赫五十三岁了。超过三十年的时间，他都在对天空进行观测。现在，他望着积累下的数字和图表。这是他毕生的工作，是巨大的，也是未成形的。一堆砖块、柱子、石板、大梁、楼梯、彩绘玻璃，一切都是基于具体的计算，建造一座宇宙殿堂。但他不能这么做。他也不想这么做。他很害怕。担心把这些混乱弄整齐之后，只会揭示出一个更大的混乱：乔尔丹诺·布鲁诺频频出现。担心殿堂最后建成后会是哥白尼的，而不是第谷的。

　　正如每个新世纪来临时一样，在 1600 年这一年，基督教遭受了伤感的侵袭。丹麦天文学家对此比所有人都敏感。"有什么用呢？"他自问，"我的一生有什么作用呢？"当然，他身上的大老爷气息这会儿荡然无存，只是这位最知名的流亡者被孤独和失去家园的忧伤压垮了。"我在我的祖国被雪藏"，有一天他对腾纳基尔说，"而我却全世界闻名。我历经了多大的麻烦、多大的困难，挖掘了多少人身上的智慧，长期以来我自己花钱养了多少人！而作为对此的感谢，哦，上帝却让我带着六个孩子以及他们的母亲过流亡的生活！"

　　第谷失势后，所有的学者都疏远了他。尽管现在皇帝将这座本纳特凯城堡给了他，他可以随意重建一座新的乌拉尼亚宫，人们还是躲着这位马斯特林口中的独裁者第谷。最后，在隆戈蒙塔努斯的坚持下，他终于同意阅读《宇宙的奥秘》，尽管对这位厄尔苏斯及马斯特林的同僚有所偏见，他还是意识到开普勒能作为他的补充：第谷积累，开普勒建造。

丹麦人对任何形式的讽刺都毫不在意，他认为施蒂利亚州老师作品中体现出一种示弱。当开普勒完全依赖他时，就更容易让他屈从。于是第谷等待着，就像一只棕红色的肥猫，潜伏在一簇草丛中，屁股和胡须刚刚轻微地抖动了一下，觊觎想来他爪子够得着的地方。

开普勒早就料到了他会来这手。一路上，霍夫曼跟他介绍了曾经在维努西亚岛见到的第谷，在荷尔斯坦因见到的第谷，以及后来定居本纳特凯的第谷。为了让这张肖像更加完整，约翰还有马斯特林年轻时的回忆以及丹麦人的星座运势。因此，在男爵位于布拉格的豪宅里待了一星期，才等到第谷儿子和一个叫腾纳基尔的前来拜访，他并不觉得奇怪。他们几乎没怎么跟他说话，除了邀请他和他们一起，还有霍夫曼男爵一道去城里的贫民窟、妓院，还有其他一些小酒馆里找乐子。

——"说实话"，开普勒回答说，"我宁愿和男爵的占星师瓦伦丁·奥托一起观测您的老师第谷不让我看的这次星相之合以及月食。"

实际上，他对这两个相当普遍的现象并不感兴趣，他只是想在接受天文学圣父的评判之前，先拿男爵的测量仪器练习操作。另一方面，他也十分想与雷迪库斯曾经的学生进行交谈。

——"您自己去找这个懦弱的老头吧，我们就不去了"，其他人冷笑着说。

在六十岁时，瓦伦丁·奥托成了一个古怪的老人，他受到了赫耳墨斯·特里斯墨吉斯忒斯、犹太教神秘哲学、巴比伦法师以及在帝国首都盛行的秘传宗教的多重影响。总之，他成了布拉格人。

在布拉格安顿好几天后，开普勒去拜访了他。奥托很信任他，像串通好了一样，带着他进了自己的房间。在那里，老占星家掀起床单，拿出了一本用黄麻带粗糙装订的书。他把书递给开普勒：

——"您看看这个"，他说，"但只能在这间房间里看。这份资料不能带出去。您放心，我并不是想打您那方面的主意……"

"但是我没有……"

"唉！我知道大家都是怎么想的：都觉得我这种人脑子里只有一个想法，那就是追求所有下巴上长胡子的人。但不是这样的。况且，您并不是我的菜。您先读读看。"

解开黄麻带，翻开纸板封面后，开普勒差点要叫出来：他眼前的，是哥白尼《天体运行论》的原版手稿。将近六十年前，雷迪库斯将这份手稿交给了纽伦堡的印书商佩特莱乌斯。书中的一切都还在，老师的修改和最后的修正，以及学生印刷的痕迹。只缺了一样东西，阐述日心说只是一种假设的序言。

——"这个序言从来都不存在"，奥托开始解释，"因为……"

"这就是马斯特林没有告诉我的证据"，开普勒打断说，"哥白尼和雷迪库斯都没有写过这篇序言，是狡猾的欧赞德。哦……这就是奇怪的地方。在向先人表示的敬意中，阿里斯塔克斯·德·萨摩斯的名字被划掉。这个老教士难道这么虚荣，想让别人觉得他是第一人吗？显然，这个伟大的人心胸很狭隘。篡改数据、拒绝感谢雷迪库斯……"

奥托吓了一跳，像是听到了一句亵渎神明的话。

——"您又算什么呢，先生，不经判断，就去谴责过去的伟人？要是哥白尼完全没有提到我的老师，那是为了避免置他于危险之中。那个时候太可怕了。要是多说一个字都有可能会被处以火刑。您都不能想象，开普勒先生，您生活在一个宽容的时代，在鲁道夫宽宏的统治下……"

——"您要是这么说……"开普勒反驳说，他想到芭芭拉和瑞吉娜还留在格拉茨，处在耶稣会的魔爪之中。

　　奥托开始在房间里来回踱步，长长的大胡子和花白的头发颤抖着。

　　——"孩子，您说篡改数据，还是太轻率了。哥白尼和雷迪库斯都不像您以及您富有的朋友第谷那样，拥有完美的设备。"

　　——"我的朋友第谷的确相当富有"，开普勒半开玩笑半生气地赞同道，"他随便一件仪器就抵得上我以及我全家的所有财富！"

　　——"……至于说到哥白尼对前人的不敬，您想想，是我的老师，在未征得作者的同意下，在名单里删除了阿里斯塔克斯。是他亲口告诉我的。他这样做是对的。因为，《天体运行论》出版不久之后，梅兰希通就找出了几张亚历山大哲学家早于哥白尼和雷迪库斯一千五百多年提出的日心说的莎草纸副本，就是为了贬低伟大的哥白尼和他的学生。"

　　——"您确定是梅兰希通吗?"开普勒装出一副幼稚的样子。

　　——"当然了！路德的同伙不得不四处搜寻我老师的东西，我的老师将阿里斯塔克斯唯一一份副本藏在了一个秘密的地方。"

　　——"哦，对！就是那个欧几里得手杖的传说，马斯特林跟我说过无数次。迈克尔具有诗人的想象力，却缺乏灵感。"

　　——"传说? 这么说来，马斯特林已经将这个大秘密透露给你了！这个小偷，这个叛徒，在从弗龙堡的哥白尼圣殿中偷走这一圣物后，居然敢把它贱卖了！您见到您的朋友第谷时，好好地观察一下那根他从不离手的手杖。那是欧几里得的手杖！里面会藏有多大的秘密啊?"

　　开普勒受够了这种痴狂。奥托已经扰乱了他对发现《天体运行论》手稿的惊叹。腾纳基尔和第格到底打算什么时候才带他去见第谷及其财富? 为什么他的时间要浪费在这些疯子的身上呢?

50

　　在布拉格逛了一周的酒吧、小酒馆、高级沙龙后，霍夫曼、腾纳基尔和第格又回到了霍夫曼家中。眼圈发黑、双目充血、脸色蜡黄、双手颤抖，他们互相逃避眼神接触，对自己的荒淫感到羞愧。腾纳基尔，像是刚刚结束航行的人员中可怜的船长，他决定当晚就出发，带着开普勒一起去本纳特凯。

　　走了九里路后，他们在清晨抵达了城堡。第格和腾纳基尔睡了一路，这让开普勒有时间好好准备这一令他既担忧又期待的相遇。

　　本纳特凯堡又变成了一个工地。接管这里半年以来，第谷用公家的钱，开始在这些原仿造总督府所建的建筑里开展工程，以便安放他留在丹麦的巨型仪器。因要预留入口和一些公寓，以供皇帝和他的车马扈从随时到访，使得这项改造变得更为复杂。城堡里回荡着工具的锤打声、滑轮的嘎吱声、墙壁坍塌成瓦砾的轰隆声、工头的命令声、建筑工和画师的歌声。一边小心翼翼以免撞上装满砖块的装运车，一边避开泥泞的水坑，开普勒觉得自己进入的并非宁静的乌拉尼亚神殿，而是伏尔甘的锻造间。

　　一下车，腾纳基尔和第格就先走了，留他一个人站在几步高的石阶上，他的小箱子在脚边。为什么第谷没有来迎接他？是想要羞辱他吗？这跟信中慈父般的语气截然不同，却更像是马斯特林及霍夫曼所描绘的大领主傲慢的样子。

　　一个年轻的金发大个子，穿着一袭黑衣，友好地朝他走来，伸出手，脸上带着微笑。用生硬的拉丁语自我介绍：

——"欢迎您，开普勒，来到新乌拉尼亚堡。我是隆戈蒙塔努斯，主人的天文助理。第谷很抱歉无法亲自来接您，因为他正和他的儿子乔根以及杰森斯基医生一起，在炼金术实验室里工作。将《宇宙的奥秘》令人钦佩的作者带到住处，对我而言是莫大的荣幸。"

为了避免因自己在拉丁语上的优势而令隆戈蒙塔努斯难堪，开普勒用德语对他的赞美表示感谢，但隆戈蒙塔努斯却环顾四周担心被人听见了，小声说：

——"用拉丁文，开普勒先生，用拉丁文，主人的助手禁止说其他一切语言。"

助手！尽管想反驳，他还是按章办事。

第谷为他准备的公寓位于城堡一端的尽头：一间大卧室和一间配备有家具的工作间。当然，这个地方远离第谷集中从事工作的一端，但要是窗户没被脚手架所遮挡、窗户下的小院子没有被工人们当作露营地，他会很喜欢这里。

而隆戈蒙塔努斯还在一直称赞开普勒，这些赞美显然都是真诚的。接着，他叹了口气，说：

——"您来得正好。自从我们搬来了本纳特凯，就只有我一个人在协助主人。我也脱不开身。您要明白：我既要研究偏心率，又要研究距离月球及火星的平均距离。"

——"的确是繁重的任务。但第谷在过去的四十多年中收集到的观测数据应该能方便您的工作。"

——"是的……当然了……但是……事情相当复杂。自从我们离开丹麦以来，我们不停地换地方……"

——"我理解。好吧，亲爱的朋友，要是我在火星方面帮您减轻一些负担，您觉得可以吗？"

——"那简直是帮了大忙了！但这事儿只有主人才能决定。"

这种屈从是可悲的。隆戈蒙塔努斯的生活完全依赖于第谷。开普勒并不打算这样。为了让隆戈蒙塔努斯明白，他用自己最喜欢的手段——讽刺说：

——"第谷什么时候才敢来接见我，好让我为他效劳呢？"

对方没有回答，脸色发白，双目圆瞪，张大了嘴，这时候他们身后有人大笑着说：

——"我可没让你这样，开普勒。你只要与你的偶像哥白尼和厄尔苏斯断绝关系，对我而言就够了。"

开普勒迅速转身。他感到很惊讶。依据四处有关第谷的传闻，以及马斯特林和霍夫曼所做的描绘，他想象中的丹麦人是一个有着异教神姿态的巨人，就像索尔或奥丁那样。而他面前这个肥胖的家伙，大腹便便，脸颊鼓鼓，他觉得比自己高不了多少，棕红色的大胡子下，脸红通通的，还有点酒糟鼻，为鲜红的衣物带来了些许缤纷的色彩。至于著名的假鼻子，开普勒觉得很搞笑，小小一只，光亮的肉粉色映照出窗户的样子。"就像是一个萨克森酒店老板"，他失礼地想。但主人浓重的黑眼圈上，还有着蓝色的眼神，十分苍白，有穿透力，且严厉，让人想要垂下眼睛。开普勒应该是强迫自己不要眨眼，一直撑到第谷垂下眼皮。这算是一次胜利吗？

第谷也一样，对开普勒的外貌感到震惊。在他的想象中，应该是介乎于一个故作勇敢乐观的二十八岁马斯特林，和一个阴暗又狡猾的厄尔苏斯之间。又或者，像他在维腾贝格见到的某个神学教授一样，矮小的身躯压在黑色的长袍下，是位既狡猾又严肃的传教士。狡猾，开普勒看起来完全是这样，他一贯的微笑总是掩藏在厚厚的黑胡子之下，露出精心修剪及梳理后的光洁脸颊，这让他消瘦的脸显得更长了。严肃，他的衣着应该会让他看起来如此，要是在狐狸毛披肩下，他的领口没镶花边的话。这肯定不是年轻人会穿的衣服，但不知是什么让如此穿着的人显得优雅考究。年轻人十分修长，以至于第谷觉得比自己还要高。令丹麦人尤为不安的是，他阴郁又深邃的眼神，让人忽略了他苍白的脸上的肉粉色斑点和小时候得天花所留下的坑印。自夸看人很准的第谷，这次却不知道要去喜欢还是讨厌这个人了。他决定，暂时先观望着。

这种相互间的考察，就像两个在露天市场上准备扭打在一起的摔跤手那样，只持续了几秒钟。但这对于一个惊恐万分的隆戈蒙塔努斯而言，就好像持续了很久。听到他们用一种近乎友好的语气开始寒暄，他才安心了点：

——"你对住的地方还满意吧？"第谷问。

——"非常满意，尽管对于我的一家子而言有些小。整治工程会持续很久吗？我的妻子是乡下人，我担心工人的吵闹声会影响她休息。"

——"你有一个女儿，是吗？开普勒夫人是不是又怀孕了？"

——"我不清楚，我也不知道我是不是要希望她怀孕。我们之前生的两个孩子都只活了几个月。我担心芭芭拉还没从第三次生产中恢复过来。"

——"唉！我也是，这种不幸我也经历过。经历过三次。但我现在也有了优秀的子女。你们俩还年轻。别着急。你之前给这些可怜的孩子们占过星吗？刚怀上他们的时候？"

——"应该占过的，但我应该在占卜方面天赋平庸吧。我每次都弄错。"

——"好吧，下次我会帮你的。我找到了一个可靠的方法，结合了星象观测和数字研究。你要是愿意的话，我会教给你。先这样，我得走了。尊敬的陛下还在等我 2 月份的预言。"

——"这我能帮你"，开普勒自信地说，"我为奥地利的费迪南做了那么多星历表，以至于我最后终于弄懂了王宫贵族究竟期待我们怎样的预言。我们会玩得很开心的。西塞罗不是说过吗，两个预言家无法不笑着对视?"

第谷倒退了一步。他面无表情的圆脸皱了一下，额头上显现出一道伤痕。

——"不要拿这个开玩笑，开普勒。这会带来不幸。我们今晚吃饭的时候见。晚八时半准时见。我不允许任何迟到。"

他转身离开，用一根粗杖锤打着地面，在这之前，开普勒都没注意到这根杖子。

  餐桌支在曾经的警卫室里。尽管有两个大壁炉，燃烧着熊熊烈火，还是非常冷。开普勒比约定好的时间稍微提前了一点到，但都过去了十五分钟，一位宾客也没出现。可能是为了让客人们的背部都能靠着火炉取暖，仆人们把十四份餐具都摆放在了桌子的同一边。

  终于，第谷进来了，像是被他牵着的两只看门狗拖着进来的，著名的小矮人杰普跟在他旁边，身后则是其他家人。开普勒微笑着走上前，但房子的主人神情凝重，就像没看见他一样。丹麦人坐在了中间的位子上，他的大儿子第格坐在他右边，然后是腾纳基尔，接着是他的一个女儿，隆戈蒙塔努斯，他的另一位女儿，最后，小矮人爬上了桌子短边的高脚凳。他的左边，是二儿子乔根，布拉赫夫人，牧师，第谷的一个女儿，杰森斯基医生，小女儿……等他们都站到了自己的椅子后，一位仆人示意开普勒去最左边的位子就座。他目睹了这一隆重的入场，就像是一出戏。他成了这出戏的演员，不过是最不起眼的。这一次，显然是在羞辱他。目的是什么？他觉得祷告后会得到答案，第谷对小矮人说：

  ——"杰普啊，你终于在吃饭的时候做主宾了，有什么感想？"

  ——"做主宾，你说什么就是什么吧！我这是坐在可怜人的位子上。要是没有我，你们就只有十三人，连同最那头的瘦高个。厄尔苏斯给他的小猪们吃得真差啊！"

  ——"是瘟疫，啊对，我都忘了"，第谷说，"开普勒，我听说你在布拉格见过那个剽窃者厄尔苏斯。"

——"你可以再说一遍吗？我坐在这儿，不太听得见！"开普勒过于大声地谎称道。

——"不愿意听的人比聋子还要聋"，小矮人用他尖锐的嗓音叫着，"问你是不是在布拉格去过养猪人的猪窠。"

——"一桌人都哈哈大笑。两只看门狗开始吠叫。第谷拍了一下桌子，所有人又恢复了安静。"

——"那么，开普勒，你有没有见过厄尔苏斯？"

格拉茨的老师太了解自己了，他在自己的星相占卜中，都自称"哈巴狗"。他克制住不再吠叫，用平稳的嗓音，尽管有些过于颤抖地说：

——"不，我没有见过他。就算我见过他，跟这个小矮人又有什么关系？我来这里是为了拜访当下最伟大的天文学家的。而不是来看一个从小丑国里径直走出的侏儒的。"

第谷想要回应，却惊讶地张大了嘴。这个小老师敢跟他作对，而并不怕他。其他在场的人也惊呆了，他居然敢把这里的主人说成是小丑国国王。他要赶在烈火骑士腾纳基尔危及这个无礼之徒之前进行干预。至于杰普，已经十分清楚要暂时忘掉他作为小丑的角色。

——"我喜欢你，开普勒"，于是第谷说，"我喜欢有个性的人。我们在一起一定能好好干。明天起，我们就继续投入工作中。我想让你来规整行星的偏心率以及它们的平均距离，火星除外，那个是隆戈蒙塔努斯在负责。"

开普勒放松下来。他在第一场冲突中取胜。

——"你交给我的工作简直是小菜一碟，而我们的同事，由于还要负责月球的相关数据，感到自己不堪重负，来完成比赫拉克勒斯的还要艰巨的任务。"

——"隆戈蒙塔努斯，你从什么时候开始，会跟外人抱怨了？"第谷训斥道。

——"可怜的受虐待的助手，向格拉茨最伟大的数学家哀叹自己的命运，想依赖他！"杰普说。

开普勒不由自主地掸了掸落满工地上灰尘的黑色外衣。而第谷还在继续责骂隆戈蒙塔努斯，后者像个因犯了错而被校长批评的中学生一样涨红了脸：

——"我没有资助你在维腾贝格学习吗？这么些年，我供你吃供你住，就是为了让你跟你遇到的人透露我的秘密吗？……"

——"不是我！是开普勒！"

第谷试图采取惯用的手段：分而治之。而稚嫩的隆戈蒙塔努斯就上当了。开普勒不得不应付最紧急的情况：

——"不关他的事，要怪就怪我吧。出于虚荣心，我向我们的同事提出了本科生才会做的愚蠢的挑战：我跟他打赌我会在一周内解出火星轨道的问题，堵一顿美餐。"

他特意用了"我们的同事"，想告诉房子的主人，在天文学领域，他们三个是平等的。第谷放声大笑，放下心来。竟然是打赌！

——"这样的挑战，就只堵一顿饭？要我说，最好压上一百弗罗林的赌注！"

开普勒咬紧牙关。上哪里去弄这么大一笔钱？因为这场赌博，他肯定会输。他很清楚，自己不可能在这么短的时间内确定反复无常的火星轨道，即便……

——"……要是我能使用你的大量观测数据，我相信隆戈蒙塔努斯肯定会破产的。"

第谷摘下假鼻子，打开了他放在餐桌边的一个小金盒，用食指在蘸了一些软膏，抹在假鼻子内侧。他用余光观察着开普勒。这有些倒胃口的场景令很多人感到尴尬，与他们不同的是，开普勒的目光并没有回避。显然，他很勇敢。除非他的近视让他看不到红润的面部中间的黑洞……丹麦人把假鼻子放回原处，一口气喝完了杯子里的红酒，仆人立刻又给满上。他擦了擦嘴，嘟囔着：

——"1600年1月17日23时05分，赤经9时29分，赤纬19度28分，星等负1.1度。"

——"你能再说一遍吗？"开普勒问，"你的小矮人说得没错，我耳朵有点背。"

——"呃，我可没赌什么。已经很晚了，天阴了。我们要休息了。先生们，明天早上五时见。我要根据我的新搭档，来重新安排工作。"

他起身离开了，家人也跟着他走了。只剩下天文学助理、医生和开普勒。

——"谢谢您，亲爱的同事"，隆戈蒙塔努斯说，"您救我于囹圄之中。但……这个赌，是认真的吗？"

——"先等等"，杰森斯基插话说，"有人在偷听……在我把你踢进壁炉之前，卑鄙的小间谍，你能先滚蛋吗！"

果然，杰普躲在桌子下。

——"你这个投毒的人，难道有什么不光彩的事要隐瞒？"

——"我让你滚蛋，要是你不想尝到我靴子的厉害！"

小矮人晃来晃去地跑开了。

——"医生啊，您这样可不太友好"，开普勒说。

——"呵！布拉格大学将会在春天重新开放。两个半月后，我就会离开这座疯人院。反倒是您，我担心您生活在地狱之中。我不清楚第谷对您的看法。但是其他人……"

——"我小时候，旅馆里有一只恶犬。我的小弟弟很怕它，他被咬了不止一次。而我呢，看到它不会躲开，而是拿着一根棍子慢慢走近它。于是，狗就会趴下，摇着尾巴呻吟。"

医生疑惑地撇了撇嘴。而隆戈蒙塔努斯把手放在开普勒的肩上。他才意识到，开普勒不是敌人，而是盟友。

　　接下来的一周与医生所说的地狱相差无几。尤其是吃饭的时候，总要有同样的仪式，一顿饭要吃上好几个小时。第谷吃得多，喝得更多。中午的时候，他还会打盹，也就不管大家在饭桌上谈论什么。于是，腾纳基尔便唆使小矮人杰普用恶毒又粗俗的话来刺激开普勒，说他瘦弱、胃口小、视力差，手上还总戴着手套。小丑滔滔不绝地讲老瓦伦丁·奥托所谓的奸情，当然，也涉及厄尔苏斯。这很低级，但这逗乐了布拉赫的两个儿子，苏菲、伊丽莎白这两个女儿也用手帕捂着嘴偷笑。母亲什么也没说，因为要是她开口说话，比如问正在谈论的话题，她的丈夫就会清醒过来，大声叫嚷"女人闭嘴"，接着又昏昏欲睡。大女儿马德莱娜也没说话，却表现出极大的不屑。只有小女儿，即将年满十八岁的塞西尔，向开普勒投来同情的目光。但这更糟糕，而且还很可怕。因为少女的同情还表现在桌子下伸来的一只脚或是想把膝盖靠在他的大腿上。为了避免这些触摸，他表现得比丝毫不抱怨小矮人当众对他的嘲讽还要英勇得多。塞西尔的确是太美了。一头金发垂顺在她天鹅般优美的脖子上，完美的鹅蛋脸让人不由得想到波提切利笔下的维纳斯，这幅画的一份复制品曾让他在莫尔布隆中学度过的无数个孤单的夜晚中骚动不已。开普勒并不是木头，但若是经不住第谷的女儿的诱惑，很可能会危及他所肩负的任务：弄到火星的观测数据。

　　吃晚饭的时候，情况更糟糕了。屋子的主人好像傍晚才醒来。难道是夜里要做观测吗？还是他在炼金术实验室中偷偷藏了酒？总之，他变得爱逗弄人，用他的方式。开普勒和他的赌注自然就成了他讽刺的对象，这让他通常的挖苦对象隆戈蒙塔努斯大大松了口气。为了帮助他计算，第谷装作仁慈心善的大师，时不时会无意向他传递一些信息，今天是某个星球远地点的数据，明天是另一个星球的黄白道交点，但关于火星，从来没有什么实际的东西。

每天晚上都会有一位尊贵的客人到访并共进晚餐，比如皇帝的亲近，来一睹工作中的天文学圣父，也是来看他如何花费纳税人的钱的。第谷跟他们介绍说开普勒是自己的"第二助手"，连名字都没提。开普勒怒而不敢言，试图用讽刺来回应迫害者愚蠢的玩笑，以至于很快他就觉得自己在晚餐期间取代了沉默的杰普，扮演了他小丑的角色。他搞错了，因为这些高雅的朝臣更欣赏德国青年的才情，而非丹麦贵族的粗笨，尤其是这种粗笨加重了帝国财政的负担。他们估量着，这个不起眼的小数学老师要是来取代第谷在鲁道夫二世陛下心中的位置的话，对报酬的要求一定会少很多……

在被羞辱了一周之后，开普勒惊奇地看见，坐在第格和布拉赫夫人之间的是施蒂利亚州的州长，冯·赫伯斯泰恩男爵。在介绍完所有的亲属，以及杰森斯基医生和隆戈蒙塔努斯之后，第谷不情愿地说：

——"那边，桌子的那一头，是我的第二位天文学助手，刚刚打赌输了，没能在一周之内计算出火星轨道。"

——"我很熟悉我亲爱的开普勒"，男爵回应道，"我很庆幸得到了他的尊重。在他担任施蒂利亚州数学家的五年期间，他根据两本历书，编制了出色的星历表，当中的预言总是惊人地准确。"

开普勒对男爵会心一笑，以示感谢。第谷顿时很窘迫。一周之内，他就确信已经找到了一位比隆戈蒙塔努斯还要优秀，却没那么言听计从，仍需进行打压的新助手。他天真地震惊道：

——"我都不知道你会占星。你之前告诉我说你不相信星座占卜。"

开普勒认为自己终于占上风了。他明显地耸了耸肩，略带鄙视地说：

——"我只是试图跟你解释，天体的运动和它们的位置肯定在极大程度上影响了人类及国家的命运，因为上帝做任何事都并非偶然。但我们对宇宙的奥秘还是太无知，以至于我们无法像在一本打开的书中冒险去推测未来。尤其是当这关乎我们可怜的个人命运时。"

第谷准备要回应，他的小儿子冷笑着插话说：

——"除了你自己的，小老师，你自己的个人命运！'此人在各方面都体现出犬的特质。他的外表是一只小狗……'"

开普勒一下跳了起来，面色苍白：

——"什么！竟然敢翻看我最私密的文章？这太卑鄙了！这是下等警察的做法，是宗教法庭惯用的手段！"

他控制不住自己，结结巴巴地说。他感到一阵发热急剧上升，而体内的发热让他更加怒火中烧。

——"我不会在这个狼窝里再待上一分钟。我走了，第谷，我不要跟你和你的怪癖待在一起了。你嘲笑厄尔苏斯因为他曾经是养猪人。但是他，至少还知道怎么处理他的那些猪，而你呢，你就坐在你那堆没用的财宝上，还……"

他晃了一下。头很晕。他把脸埋进戴着手套的双手中。杰森斯基医生叫着：

——"别让他摔倒了！他会晕过去的！"

塞西尔扶住他，感叹道：

——"可怜人！怎么这么轻，这么瘦！"

他恢复了意识，躺在自己房间的床上。尽管很冷，他还是一身汗。杰森斯基擦拭着他的额头，第谷牵着他的手。冯·赫伯斯泰恩男爵站在床尾。

——"约翰，我的老弟"，第谷用德语悄声说，"您吓死我们了……"

——"别担心。我偶尔会这样，我发热的时候应该说了些不可饶恕的话。"

——"不，乔根的鲁莽才是不可饶恕的。这孩子在哲学方面不如他哥哥有天赋。所以呢，为了讨好我，他有时候会过分巴结。我的朋友，等你有了儿子，你就会明白，烦恼至少和快乐一样多。啊，乔根很绝望。我让他去实验室，用我的好酒为您配一副曾让鲁道夫陛下本人康复的药剂。"

开普勒微笑着说：

——"即使要中毒，我也宁愿中杰森斯基的毒。他至少还有这方面的文凭。"

第谷赶紧画了个十字，嘟囔着：

——"不应该说这样的话。这会招来厄运。"

开普勒和杰森斯基尴尬地看了看彼此。男爵说：

——"请您原谅，第谷，恕我冒昧，我来本纳特凯也是为了通知我最负盛名的城民，在施蒂利亚州即将发生的令人担忧的情况。"

——"相反，这是您的荣誉"，丹麦人回应道，感觉到这个"小老师"居然如此受待见，还是有些不快。

——"格拉茨发生了什么？"开普勒担心地问，"我的家人呢？"

——"最好让我们的朋友休息一下"，杰森斯基插话说。

——"谢谢您，医生，但我很了解我这弱身子骨。我已经做好准备了，什么话我都能承受。"

——"好吧，大公还没签署法令"，施蒂利亚州州长说，"但我能向您保证，所有没有改宗的路德教徒都要在 7 月 31 日之前离开。"

——"呵！这绝对不会是第三次！"开普勒讽刺地说。

——"当然，但这是最后一次。罗马方面选择了这个 1600 年象征性的日子，是为了发起最大的攻势。比如，昨天在布拉格，我听说乔尔丹诺·布鲁诺在历经八年的牢狱之灾，酷刑折磨后，最终被判处死刑。可能明天早上，这个哲学殉道者就会被撕裂舌头，推上鲜花广场的火刑柱。"

大家都沉默了。第谷起身，摇摇晃晃地走着。他准备要摘下假鼻子，又停住了：他把软膏盒落在了餐桌上。先是开普勒，现在又是布鲁诺成了大家关注的焦点。这件事令人无法忍受。他开始抱怨：

——"总之，他这是自找的。怎么会想到要回威尼斯，明知道人们在意大利到处找他。"

接着，为了显摆自己，他还谎称：

——"我还曾多次向他提出，让他住到乌拉尼亚堡来。布鲁诺从没给我回过信。但愿上帝守护他，可还有你们这些哥白尼的信徒……你们似乎就是想招来反对与批评。在把人类的土地从世界中心拉下来之后，你们打破了恒星的轨道，将天体置于一个无法塑造的无尽空间中。你们永远都不会收手吗？你们四处鼓吹的观点，从未通过计算和观察得到证实。"

——"这还得要"，开普勒虚弱地说，"还得要那些有钱且有时间做这些观测收集的人，将这些数据分享给那些……"

——"第谷，开普勒，我求求你们"，杰森斯基打断说，"不应该在病人的房间里争论这些。"

——"您说的对，医生。我先休息两三天，之后我就返回格拉茨去接我的家人。"

——"但我需要你，我！"第谷叫道。

这样一个人竟说出如此直白的话，让男爵惊得目瞪口呆。他意识到，不论花多大代价，他都不应该打断这两位天文学家的会面。

——"七月底之前不会执行驱逐令"，他说，"我们还有时间。我几天后就回格拉茨。我的朋友，您放心，在这几个月期间，我会保护好芭芭拉和瑞吉娜的。"

——"有必要的话"，第谷突然英雄气概地进一步表示说，"我会亲自去接她们。"

52

　　好好睡了一觉后，开普勒能下床了。他的发热总是来得快，好得也快。以至于第谷心想，前一天晚上的身体不适是否是在演戏。杰森斯基向他保证恰恰相反，并称自己一度十分担心他的新助手撑不过这一夜。第谷怀疑医生和病人串通好了，尽管如此，他还是表现得很高兴。

　　为了从这个难以捉摸的人那里得到他想要的东西，在棍棒之后，第谷决定挥舞"胡萝卜"。他在一间只有他自己有钥匙，且从不让任何人进入的工作室里，接见了开普勒。他先是问了很久他的健康状况，接着询问了施蒂利亚州路德教派的情况。开普勒尽可能认真地回答了。他们就这样一步步地谈判，就像集市上狡猾的商人一样，直到达成最后共识。

　　第谷将自己有关火星的所有观测记录交给了开普勒。作为交换，开普勒用比东道主更加辛辣的文笔，撰文驳斥了厄尔苏斯有关地球一日心说体系的先创性。开普勒唯一的条件就是，他不需要维护这一体系，他认为这样会很荒谬，也不合适，因为这不是他的体系。这篇文章一出版，第谷就把关于其他五个星球的观测记录给了他，作为交换，开普勒正着手写另一篇文章抨击苏格兰詹姆士六世国王的御用天文学家约翰·克雷格。此人刚刚出版了一部作品，文中猛烈抨击了第谷关于彗星的理论，丹麦人认为流星并非月下现象。开普勒应该十分乐意写这第二篇文章，因为他完全赞同宿主的这一重大发现。但第谷关心的是别的事：首先要算清跟厄尔苏斯的账，接着要跟詹姆士国王算账。第谷是个贵族：

生活对他而言就只是一系列的决斗，而他想要获胜。

　　当他们结束交易时，开普勒开玩笑建议第谷和他击掌，就像集市上的两个商人一样。第谷露出屈尊俯就的微笑，慢慢地从椅子上起身，握着他那根沉重的橄榄木手杖，拧开了象牙手柄，很夸张地从欧几里得手杖中取出一卷纸。他把这卷纸递给开普勒，用庄重的口吻说：

　　——"我把我所有关于火星的研究都告诉你了。我交给你的，完全是我生命的一部分。不要试图拿它来论证你的日心说假说。这些都是经过观测、编录的事实。所有的数字都是尽可能准确的，可能会有极少的错误，也是因为我的仪器不够完善。我从来不会弄虚作假，我从来不会扭曲物理事实来迎合我自己的看法。"

　　第谷从来都没这么真诚过，开普勒对此坚信不疑。他们从两个截然不同的极端出发，第谷从物理出发，开普勒从形而上学出发。他们一定会相遇。事实和真理最终会合并吗？

　　两人都满心欢喜地各自离开了。第谷得到了他想要的：一个无与伦比的计算者和一个工作狂，会整理出他自己迷失于其中的浩瀚的数字海洋。而且，他还找到了个笔杆子。一直以来，他都讨厌写作。原因并不像他曾经声称的那样，这有损他的出身，而是因为，他没法将脑海中清晰表述的想法用固定的形式在纸上表现出来。至于他的代表作《新星》，是在他的再三恳求下，才使得普拉登希思和丹麦学院与他合作共同完成，而且他肯定这些人不会泄露他们的合作。而他的信，都是口述给文书来完成的。维努西亚岛上的建筑中随处可见的诗歌，其实都是他曾经的家庭教师韦德尔的作品。离开丹麦以后，他在写作上就丧失了依靠，只有隆戈蒙塔努斯，文笔严谨，却缺乏第谷想要随处表现出的激情。在诗歌方面，他也只有腾纳基尔，但他也知道那些让人刻在本纳特凯城堡入口处浮夸的诗句糟糕透了。因此，在读过《宇宙的奥秘》后，征服他的并不是多面体假说这一内容，而是全新的叙述风格，且这一风格在文末致耶和华的赞歌中达到了巅峰。在开普勒身上，他同时找到了一个新的普拉登希思和一个新的韦德尔。

开普勒也确信自己做了笔好买卖，尽管回到公寓的时候，他发现主人给他的火星表并不完整，且相当混乱。第谷可能想了解一下他的能力。至于对厄尔苏斯的驳斥，他准备先拖着。霍夫曼曾告诉他，这位第谷的仇敌因为受到皇帝的排挤，且被曾经折磨自己的人所取代而绝望垂死。只需等待……开普勒没想到丹麦人的报复一直持续到天国；他的迷信恐惧，也是因为内心深处的宽厚肯定不允许他这么做。

将近中午的时候，开普勒决定开始工作。他先是去了厨房，让人给他生上一炉旺火，并在中午和晚上的时候送些点心到他的公寓。得到的答复是："夫人会安排的"。接着，他开始研究第谷的数字列，尽管有工人的吵闹声——他看见他们的脚在挡住他窗户的脚手架上来回穿梭。谨慎起见，他一开始先是把鼻子贴在纸上，干起了抄写员繁琐的工作。丹麦人性格古怪，很可能会改变主意，并重新收回给予他的这部分财宝。为了防止第谷又使性子，他必须随时准备好在紧急情况下将这一副本塞进一根简易的欧几里得手杖，阿基米德的马裤或是喜帕恰斯的帽子中。

——"开普勒先生，饭菜已经准备好了，大家都在等您呢。"

仆人没敲门就进来了，也没人给过开普勒房门钥匙。

——"我之前要求的是在这里就餐。"

——"主人要求大家每顿饭必须跟他一起吃。"

要是主人这么要求了……开普勒感到十分恼火，他把抄好的那几张墨迹快干了的纸塞进了大衣的内袋中。客人们都坐在与前一天晚上相同的位置上。开普勒跟布拉赫夫人打过招呼，并解释了迟到的原因。她眼睑低垂，心不在焉地微笑着接受了。而第谷则看都没看他一眼：他在狼吞虎咽地吃饭，满脸通红。边上的赫伯斯泰恩男爵表现出厌恶的神情。开普勒坐了下来。

——"我说得没错",小矮人杰普发声说,"他耳朵聋了,这个小老师。他连钟声都听不见。的确,猫头鹰只会在夜间出没。"

开普勒愤怒地摘下鼻子上的眼镜,他之前都忘了自己戴了眼镜。没有人敢发出一点笑声。随之而来的一片沉默中,就只有屋子主人的咀嚼声。尽管很冷,空荡的侍卫厅里却笼罩着如夏天暴风雨发作前一般的沉闷。腾纳基尔试图让雨落下来。

——"开普勒先生,我得让您知道,这个家的规矩。每个人都必须守规矩,除了我们的客人以外,当然,男爵先生不必遵守。主人要求我们所有人严格守时。从早上6时……"

接着,又令人厌烦地枚举了一些时刻和活动,让那些必须遵守规矩的人只剩下极少的自由:午饭后的两小时,为了让第谷消化,还有夜里,当天空不适合进行观测的时候。

对开普勒而言,幸运的是之后的两周,天气都糟透了。当然,他很好奇想看看第谷是如何操作他那些神奇的仪器的,尽管它们中最大的几个都还在丹麦,但目前,他夜里还有更紧迫的事要做。在复制第谷关于火星的数据时,他可以让自己的思想尽情翱翔,尽管他的想法是顺着他用手和眼睛开辟的道路在走。在整理这些数据时,他觉得和在格拉茨拆卸并组装被芭芭拉第二任丈夫——主计官留作遗产的华丽钟表一样有意思。

这就是他在掌握了第谷所有的财富后需要做的事。就像人们用一些分散的零件构出某个机械装置一样,上帝像钟表匠一样构造出了宇宙,而不是像魔术师一样。怎么会有机械师会愚蠢到让机器的某个重要零部件做不规则运动,譬如说本轮?为了重建这位"钟表匠"的作品,开普勒必须摈弃一切与形而上学有关的概念。总之,他必须重新开始天文学的一切。第谷只是给了他这个机械装置的几个构件,开普勒会取得剩下的,不仅有火星的,还有月球的。至于其他的星球,他先不着急。

至于恒星的轨道球体——但真的是轨道球体吗？——那只是个罩子，只是神殿外层的漆面。

在痛苦地被主人强制着一同就餐期间，开普勒试图从他那里攫取更多的数据，但却是徒劳。于是，杰普或腾纳基尔就会嘲笑他无能，无法解决火星轨道的问题。而第谷则带着醉鬼的沮丧和固执，说他的新助手在成任何事之前，应该先写完抨击厄尔苏斯的小文章。

当没有其他人在场时，隆戈蒙塔努斯想要为他的主人开脱，他说，自从离开了丹麦，他的主人就变了。这让开普勒急于得到自己想要的东西：要是第谷过早地陷入衰老，就会像杰普所说的那样，他的乌合之众连其财富的残渣都不会留给"小狗"，但会把他们用不上的东西抛售给出价最高的人。

因此，眼下最紧迫的事，就是获得所有关于火星的观测数据。只有一个人能够补全第谷之前同意交给他的数据：博洛尼亚的天文学教授和数学教授乔凡尼·安东尼奥·马吉尼，也是著名的观测家和计算家，他于教皇而言就像第谷于皇帝而言。但这个意大利人至少从来没有吝啬自己的发现，并乐于将他的发现分享给那些想要获得的人。马吉尼还有一个优点：这位马斯特林的朋友，也是谨慎的哥白尼信徒，是唯一一个在意大利宣扬《宇宙的奥秘》的人。他和第谷之间，没什么关联，或者说就不存在关联。于是，开普勒给他写了封信，出于谨慎，他将这封信和另一封给马斯特林的信交给了要去往布拉格的杰森斯基。

平淡又紧张的几个礼拜过去了。尽管本纳特凯营房里的纪律让他愈发痛苦，格拉茨的小老师还是决心成为最忠实的助手。但他既没有地位，也没有工资。只是在夜里，在安放了仪器的露台上，在美丽的夜空下，儿子第格和腾纳基尔都不在场的时候，第谷才会变得仁慈，而这种情况也越来越频繁。

尽管近视，开普勒还是很快就学会了操作四分仪和六分仪，第谷像父亲一样耐心地指导他，有时候还会给他一些其他数据，就像是给好学生的奖励，或是给狗的一根骨头。等天亮了，在开普勒和隆戈蒙塔努斯的陪伴下，他又下到厨房，喝上一碗泡着面包、兑了红酒的提神汤。只有在疲惫的夜晚之后的些许兴奋中，这个胖子才会说些真心话，或关心一下其他人。他很乐意听开普勒跟他讲述在格拉茨的生活。他觉得这就像是在听一个从印度回来的旅行者讲故事。他从来都不缺任何东西，而悲伤，或者说苦难，对他而言是很稀奇的。开普勒就是趁着这样一个平静的黎明，谈到了自己的财政状况，主人打算支付给他的工资以及为了寻找家人而要做的旅行。第谷答复说他当天就要去布拉格，会问问皇帝是否还需要一位副的御用数学家，由国库来支付报酬。

　　第谷只离开了几天时间。在鲁道夫的再三恳求下，或者说是在某位认为本纳特凯的租户在用国家的钱为所欲为的部长的明令下，他才去了皇宫。他是带着两个儿子，还有一个女儿一起走的，传闻是要为她找位丈夫。他不在的这段时间，城堡里的纪律异常松懈。没什么存在感的布拉赫夫人只管她自己家的人。为了果腹和取暖，开普勒便跟着长期以来小偷小摸惯了的隆戈蒙塔努斯。这个快三十岁，却跟中学生一样单纯幼稚的人，不得不这么做，他几乎就没有自由使用过那些天文仪器。一旦掌握了，开普勒在这些仪器上就没什么要学习的了，特别是因为他糟糕的视力让他没法做精确的观测。而隆戈蒙塔努斯，在厨房和酒窖里顺手牵羊都不觉得害怕，却因为想要窃取天文学圣父最不起眼的成就而害怕不已。

　　1600 年 4 月 3 日，第谷从布拉格回来了，心情非常好。鲁道夫对他上一次的占星感到十分满意，而预言说的是新一年的局势很糟糕。此外，将皇帝从瘟疫中治愈的著名药方在整个波希米亚取得了巨大的成功。最后，也是最重要的，经过长时间的协商，丹麦国王已经同意将留在维努西亚岛的仪器都拆除，并给予一定补偿。

——"隆戈蒙塔努斯，夏初你就去哥本哈根。你到时候监督他们的拆除和运送。不论我野蛮的家族把它们弄成什么样了，都给我带回来。现在，我们俩要好好较量了，开普勒。我跟陛下说了你的情况。他同意将你任命为副的御用数学家，并派他的私人顾问巴尔威茨处理经费问题。这可能需要一些时间。在此期间，我来承担你的费用。腾纳基尔会把合约给你。我让你写的抨击厄尔苏斯的文章，写得怎样了？"

——"正在写，正在写"，开普勒谎称，"至于火星轨道……只有这一研究才能深入了解天文学的奥秘。我们所有的计策对这颗星球都不管用。正如普林纳所说，火星藐视观测。我们需要与它作战。但要是你，我们的总司令，不给我们配备这场战斗所需要的武器，我们又怎么能赢呢？"

——"据我所知，你已经问马吉尼要过一些武器了。不，你可别又来一次发热，我没有偷看你的信件！只是在布拉格，人们什么都知道。还有很多人都等着看我们俩干上漂亮的一架。我的对手是很强大的，开普勒。他们不是在天空中，而是在皇宫的前厅里。这些对手也成为了你的对手。当别人跟我说你给博洛尼亚人写信的时候，我回答说你已经得到了我的允许。况且，这也不是什么坏主意。我可以把他的观测与我的整合起来。"

——"那为什么，第谷，你不给我用来完成你交给我的任务的方法呢？"

——"为什么？那你究竟又算什么，小开普勒，居然想让我把三十年来的研究毫无保留地提供给你？你觉得你能一下子把别人毕生的成果据为己有吗？"

开普勒差点要回答说天空不是他的财产，但是忍住了。实际上，主人说的没错，而且，要是他决心要与之对抗，就完完全全是在夺取第谷这么多年来积累的成果。丹麦人明白这一点吗？既然这样，那为什么他没有像对待厄尔苏斯那样，把他赶走？难道是为了消遣吗？他觉得对方可能在逗他玩，就像符腾堡大公让他重建天象仪那样。这些王公贵族们把人当棋子一样摆布，以衡量他们的能力为乐。

腾纳基尔也在以他自己的方式取乐。以与他在布拉赫家庭中的角色相称的方式。跟物资、工资、食物及供暖相关的问题，他就打发开普勒去找"管家"。而开普勒天文合作的条款，他觉得这不是自己的事，而是隆戈蒙塔努斯这位"秘书"的事。腾纳基尔完全就像霍夫曼跟他描述过的那样，就是个既阴险又狡猾的寄生虫。所以开普勒根本不屑于回应他，只是耸了耸肩，告诉他从今以后只跟第谷打交道。之后便摔门而出。

当天晚上，晚饭的钟声并没有敲响。第谷去布拉格旅行累了，正在休息。开普勒本来想饿着肚子过一晚上，这时候杰森斯基出现了，带来了一篮子肉和一瓶葡萄酒。他没必要偷来这些，因为他的医疗护理让他很容易得到布拉赫夫人的恩宠。也正是因为他是医生，所以才在这么晚的时候来：他担心开普勒在和腾纳基尔大闹过以后，又开始发热。

——"医生，我和我的身体，已经抗争了三十年了"，开普勒让他放心，"我的身体总是会赢。我的时间不多了。而这里的人还在想方设法浪费我的时间。医生，我需要您的帮助。您很快就要离开这个地狱了。而我，在没有完成任务之前，还必须待在这里。可这儿的主人似乎一心想阻止我的工作，让我的处境十分不稳定。我就是想把我的情况尽可能详细地跟第谷谈谈。"

——"但是第谷会像指间沙一样逃避您。我想，您让我去跟他说情，作为一个担心您身体状况的医生。我很乐意这么做，但我们先别预见他的反应。他这个人捉摸不透。他一激动，可能会像辞退最卑微的仆人那样把您打发了。"

——"我没什么损失。总之，相较于这些幼稚的冲突，我更想要正面对抗。"

于是，这两人起草了一份开普勒合作条款的详细列表。在担任皇帝应允的御用数学家副手之前，他的工资将是每季度五十弗罗林，也就是隆戈蒙塔努斯的两倍。另一个要求就是，一个配得上接待他以及他家人的公寓，朝阳，且远离工地的嘈杂声，并配备钥匙。最后，吃饭的时候他要坐更好的位子，腾纳基尔的位子。杰森斯基觉得这一要求不值一提，但开普勒也没松口。他不是想要坐上座，而是想在这个家的主人因酒足饭饱而微微开启藏宝盒时，尽可能离他近一些。最后，他恳请进行一次面对面，没有他人在场的会谈。其余的，就是要医生来确定一对夫妇加一个十来岁的孩子所需的木柴、面包、水和蜡烛的量。也是由他来决定在一夜的观测后，要休息多长时间。

杰森斯基已经给这两位天文学家检查过身体，也为他们截然不同的体质感到震惊：年轻的那个体寒且干瘪，年长的那个体热且湿润。一个是由神经和骨骼构成，另一个是由肉体和血液构成。两者中最弱的那一个并不是我们所认为的那个。多虑的开普勒总是抱怨自己有很多病，最近一次提到的，据他自己称，是由于过度劳累引发的奔马痨。相反，第谷看上去身体很健康，但他的症状却是最令人担忧的。杰森斯基预感到，这两位学者的相遇，要是没有流产，将会是天文学史上的一个重要时刻。

这就是为什么第二天，他借口说要检查尿液，进入了第谷的房间。在确认了病人身体非常健康，并看到病人的心情舒畅后，他向病人提出了自己的苦衷，并解释说十分担心开普勒的身体健康。第谷看了账单，时不时发出叹息"木柴！""面包！"。最后，他摘下假鼻子，说：

——"所有这一切都归腾纳基尔管。我还有其他的事情要操心。"

——"那位骑士把这位老师当作是最卑微的奴仆对待"，医生回应道。

——"是的，我知道，大家都不喜欢腾纳基尔。应该说他做的一切都不讨人喜欢。但我信任他，就像信任我自己一样。换位思考一下……我让他来负责安排开普勒的合作事宜，而这个小老师却跟他谈论木柴的数量。现在先这样吧。一小时后，我要在侍卫厅里见到所有人。"

——"我能跟您保证，开普勒一定会拒绝去那里的。他只想跟您单独见面，在您的儿子们和腾纳基尔，尤其是杰普，都不在场的情况下。"

曾经在罗斯托克和曼德鲁决斗的回忆，闪过了第谷的脑海。

——"啊"，他支支吾吾地说，掩饰不住局促不安，"我不明白……这件事有关我的全家……"

他以前的恐惧又在记忆中重现。今天适合这样一次见面吗，星座位形相符吗？他感到医生的目光注视着他，得赶快作出决定。

"好吧"，他终于用坚定的口吻说，"但我希望见面的时候，您也在场，医生，还希望您能把我们的谈话记录下来。那就……今天晚上，在我的工作室吧。"

——"越早越好。免得夜长梦多。"

像和曼德鲁一起时那样，他又一次无路可退。十分钟后，开普勒到了他的工作室，穿着旅行的服装。

——"你……你要离开了吗？"第谷试图用父亲的口吻说，"你在格拉茨的家人遇到什么事了吗？"

——"跟那无关，第谷，你很清楚"，开普勒十分恼怒地回应道。

他已经为这次交谈做足了准备，他把交谈当成是一局象棋。他曾发誓要保持冷静，要做两人中最理智的那一个。但这份虚伪……他攥紧了戴着手套的拳头。

——"我会离开的"，他接着说，"要是我在账单中强调的各个方面得不到满足的话。"

他本来想更加慎重些，避免与第谷大老爷对抗，而是平等地讲道理。他对自己撒了谎，因为他知道自己在他们研究的共同领域具有优势。布拉赫家族的人只可能会回答："你想走？那你就走吧！"第谷却没有这么说。他太需要他了。但作为一个布拉赫，他又不能对一个平民百姓不值一提的主张有所让步。他选择谈判，就像他曾经在维努西亚岛和一个不满的农民进行谈判那样。为此，他从拉丁语切换至德语。

——"尊敬的开普勒老师，陛下同意您担任我为您请求的职务，在此期间，我觉得我有责任尽可能地在我家招待好您，也会尽可能为您提供最好的物质条件，因为您在计算方面的天赋会对我有一定的帮助。因此，我会把您要求的总数预付给您，等您一旦被雇用为御用数学家副手，国库就会把这笔钱补给我。我会和我的管家沟通一下您有关取暖和食物的需求。不过……"

他倒在椅子里，深吸了一口气，双手合十靠在嘴上，沉默了一阵。

——"不过，这种情况是暂时的，我知道，您既不是我的亲人，也不是我的家人。我很乐意与您交谈，但……"

他的脸一下子怒了。他拍着桌子，怒气冲冲地说：

——"我要邀请那些我觉得好的人就餐，并根据他们的等级来给他们指定位子！什么时候连小酒馆的儿子都要对我管理家事的方法指手画脚了？哟呵，我的孩子，要是我想的话，你也可以在厨房里跟仆人们一起吃饭的！"

开普勒气得脸发白，从座位上跳了起来。第谷往后退了一步，就好像对方要打他一样。

——"先生们，行啦，先生们，看在哲学的份儿上……"杰森斯基嚷道。

——"这里哪有什么哲学家？"开普勒用他细长的手臂指着第谷，愤怒地尖声叫到，"我，我只看到一个独裁者，一个无知的暴君，仗着自己的身份和财富去羞辱知识真正的朋友！一个因酒精麻痹而对星星贪得无厌的人！一个积攒着观测数据的吝啬鬼，愚蠢地担心着其他明智的人会出于对真理的热爱而从他那里偷走那些数据！一个懦夫，害怕若将那些无用的财宝分发给比自己更勇敢的人，这个真理就不再是他凭空捏造的那个不牢靠的体系，而是造物主所想的神圣的和谐！第谷，你让你的奴隶们建造那些跟巴别塔一样高大的日晷，会是白费力气。你永远都够不着喜帕恰斯、托勒密或是哥白尼的脚后跟。他们将毕生的工作成果都给了那些想追随他们的人。而你，你要是入土了，还带着欧几里得手杖，这对你有什么用？我在这儿是浪费时间。再见了第谷，你就和你的虚荣，和你的无用继续待下去吧！"

开普勒转过身，摔门而出。

——"他疯了！"第谷喊道，"这要在其他时候，其他地方，他这是要被轧死、被绞刑的。医生，您快去看看他，我怕他一下子中风了。至少，别让他死在我家里！我的对手们会指责我杀害了他。"

杰森斯基急匆匆地走了。留下第谷一个人惴惴不安。这位大老爷觉得受到了一位平民的侮辱，但作为天文学家，他却受到了深深的触动。开普勒的话像一把尖刀一样，扎进了他厚厚的保护壳，直入他最隐秘的疑虑之中。自流亡以来，这些疑虑就一直在困扰他，归结起来就只有这么一个问题：他的一生都用来观测天空，是否有用只有开普勒知道答案。

杰森斯基回来了，非常担忧。因为刚刚的一通愤怒，开普勒相当沮丧，当然，又发烧了。

——"看到他哭，就算是最坚硬的心也会融化。他感到后悔，他承认他的言论比想法的要过分。他准备向您道歉。"

——"是吗"，第谷嘟嚷着，"我会接受的，但要在明天早上，当着所有人的面，大声跟我道歉。"

——"我能跟您坦率地说说吗，亲爱的第谷？开普勒和您，你们俩就像是两个为了偷来的面包，在大街上争吵的无赖。而作为医生，我要告诉你们，跟其他所有人一样，你们的时间是有限的。你们俩都掌握着一部分天空的真相，就像你俩一样互补。他需要您，正如您需要他。您不喜欢开普勒，他也不喜欢您。但如果让提琴的演奏者与笛子的演奏者同奏呢？他们会配合起来表演，尽管他们讨厌彼此！"

第谷本来想说自己是喜欢开普勒的，但还是忍住了：在杰森斯基看来，这种喜欢应该不是相互的，这样会伤了他的自尊心。

第二天早上，在杰森斯基的陪伴下，开普勒在约定的时间走进了侍卫厅。桌子后面，布拉赫一家人坐在各自的位子上。只有隆戈蒙塔努斯不在；要忏悔的开普勒感谢第谷让自己不用在年轻的同事面前卑躬屈膝。接着他道了歉，或者说是大声念出了道歉。他请求原谅他，这个出身卑微的无名小卒，竟敢侮辱像丹麦王子第谷·布拉赫一样血统高贵的贵族，也没有遵守房客应守的规矩。然后他向男主人表达了谢意，感谢对方在他逃离迫害的时候收留了他。但这次讲话中，没有一个地方提到了天文学。他的意思就是，在这一领域，他们俩是平等的。第谷，从来没有徒弟，却只有助手、劲敌，或是崇拜者，很难承认这一点。然而，他却带着大人物刻意的仁慈，接受了开普勒的道歉。之后，为了再次强调他的胜利，他又说道：

——"这件事就到此为止了。但从现在开始，你的首要任务，就是撰写对厄尔苏斯的驳斥。"

杰普爬上了桌子，趁着公诉人休息期间，报复地用食指指着罪犯：

——"让这只疯狗去咬那只没有毛的熊吧！"

开普勒挺直了身板，冷淡地说：

——"再见第谷。"

于是便出去了，囊空如洗。

——"我说了什么让他不高兴的话了吗？"第谷真的很震惊。

——"我去找他"，杰森斯基说，于是他也走了。

医生在长长走廊尽头，通往开普勒房间的旋转楼梯处追上了他。

——"我的朋友，我的朋友，不要做无法挽回的事。不论事情表面上怎样，您都已经驯服了野兽。但愿滑稽的小丑对您自尊心造成的伤害不会让一次会令宇宙发生变革的会面化为乌有。"

——"您说得轻巧，医生，您马上就要离开这个地狱了，而且您在这里，一直以来也没遭受过任何侮辱。而我，既没有柳叶刀，也没有灌肠器来迫使这些野蛮人尊重我。所以，我要离开。"

房间里，行李箱和手提行李都已经打包好了：开普勒早就预料到可能会匆忙离开。

——"您不能走路回布拉格"，医生叫道，"那可要走上整整一天。而您的身体状况……"

——"医生，您要是知道我可怜的一生中走过了多少路的话……您让他们把我的行李箱寄去霍夫曼男爵家。除非他们想把我的旧衣服当作战利品来瓜分。"

——"我跟您一块儿走。我这就让我的仆人备好车。他会过来取您的行李。请过来吧。"

"我的仆人……我的车……"不只是为了遵守希波克拉底的誓言，杰森斯基帮助处在危险之中的人，才突然决定要永远离开第谷。开普勒很穷，几乎没什么名气，还要负担家庭，未来也不确定。而他，是维腾贝格大学最知名的医学及解剖学教授，单身，拥有一笔可观的家产，且很快就能成为布拉格学院的院长及皇帝的御医之一，却甘愿被关在本纳特凯这个金色的牢笼里，以将奇怪的天文学家作为临床病例来观察为借口，心甘情愿地屈从于任性的第谷以及他恶毒的家人。与这位暴君作斗争的开普勒，刚刚向他证明，还有比财富和荣耀更可贵的东西：自由。

53

掌玺大臣赫尔沃特·冯·霍恩伯格在这个千禧年从罗马返回时，特地去了布拉格跟皇帝问好，之后再回到他的巴伐利亚大公国担任公使及耶稣会会长的职务。一路上，他收到了开普勒寄来的两封信，详细讲述了与第谷之间的不愉快。掌玺大臣刚刚在巴伐利亚使馆漂亮的房子里安顿好，便得知年轻的教师和丹麦天文学家闹掰了。而这件事前一天才发生，开普勒也才在霍夫曼男爵家度过了第一晚。谣言却传遍了布达城堡区这座俯瞰多瑙河的巨型皇家府邸的宫殿和花园：这两个人可能会进行一场肉搏，会有一场决斗，而第谷很可能占不了上风。赫尔沃特·冯·霍恩伯格随即急遣了一名使者将开普勒带来。

他们只是通过信件互相认识，并未见过面。经历了片刻的尴尬后，开普勒开始讲述他在本纳特凯度过的动荡不安的两个半月，用的是家乡符腾堡质朴又生动的方言，这逗乐了十分讲究的巴伐利亚贵族。但当讲述者告诉他，自己一到霍夫曼男爵家，就已经给第谷写了一封信，用白纸黑字清楚记录了两天前言辞激烈的指责时，赫尔沃特就笑不出来了。

——"我必须承认，亲爱的朋友，我不明白您为什么要这么做。第谷把您逼到绝境，让您不得不在意想不到的情况下离开，这我都能理解，因为您年轻气盛，且有着坚定的信念。但您一到布拉格，又开始反复进行书面的指责，这让我觉得太不懂事了。言语扬逝*……"

——"这是因为我有一种奇怪的特质，尊敬的阁下"，开普勒解释道，"面对生活中最大的挫折，我都能保持镇静，但那些嘲讽的话让我怒不可遏，因为那些话毫无道理。所以，我就无法控制我自己了。开始说一些最伤人的侮辱。最可怕的就是，一旦气消了，我就怎么也记不得自己说了什么。在面对愚蠢的学生或是我的妻子时，一旦冷静下来，我总是能找到一个更好的方法来解释同一件事。但第谷却并没有给我这个机会。于是我又通过信件郑重地重申了我的指责及我的要求。要是第谷是个明理的人，他起码会意识到自己的错误。"

——"可我的朋友"，赫尔沃特说，"第谷可不是个明理的人。要是我未曾有幸欣赏到您对圣经年表出色的分析，我可能会质疑您的心理健康。恕我直言，您的文笔很好，可嘴上说得不好。"

——"所以我应该会是个非常糟糕的耶稣会士，阁下！而且，我写的也算不上'好'；我只是想写得'恰当'。恕我直言这么说。"

掌玺大臣吃了一惊。开普勒完全跟他信中所体现的一样：有才，聪明，傲慢，且讽刺。但现在，他还在这个人体弱多病的人身上看到了勇敢。这是一个值得尊敬的人。巴伐利亚耶稣会会长曾数次试图把他吸引到奥格斯堡，而且会把他当作天文泰斗来招待。但这样做有一个条件，且赫尔沃特会满足于此：他要皈依天主教。而开普勒拒绝了这个条件，似乎更多是为了他的家人而不是为了教义。掌玺大臣知道他是绝对不会屈从的。但他还是叹了口气：

——"哎，要是您最后愿意成为我们的人就好了！但我不是想重新开始这场辩论。这可能会破坏我这个天主教徒和您这个路德教徒之间的模范友谊。您刚刚把窃取第谷宝贵财富的仅有的机会给弄砸了。要是您向他表现出最诚挚的歉意，或许能弥补一下这件事。"

——"那是不可能的！这是关乎我荣誉的事！"

——"您的荣誉？不如说是您的自尊心吧。您所遭受的羞辱只会败坏那些侮辱您的人的名声。而且，与第谷断交，也就成了他的敌人。朝廷上有的是想看他失败的人。比如您的朋友霍夫曼男爵以及赫伯斯泰恩。皇帝既反复无常，又容易被影响。他今天有多喜欢第谷，明天就会有多决绝地让他下台。子孙后代在谈到您时，就会说您更喜欢与权贵为伍，而非与哲人、与真理的朋友为伍，还会说是您加速了不管怎样都是上个世纪最伟大的天文学家的衰败。"

　　子孙后代、哲学、真理……面对这三个指引他一生的理想，自尊心受点伤不算什么。可是，完全不谙世事的开普勒，又怎么会知道赫尔沃特的计谋呢？在努力促成这两个天文学家的和解，以此让第谷避免失宠的可能的同时，赫尔沃特是想增加鲁道夫的挥霍，似乎后者在外交上唯一关注的事就是斥巨资将第谷留在丹麦的仪器弄来。除了这次的一时兴起，还曾跟着犹太人、新教徒、意志坚定者，要不就是无神论者，对炼金术、神秘学说及犹太教神秘哲学突发奇想。在联手顺着他喜好的同时，罗马方面和哈布斯堡家族有一天可能会认定他是个不负责任的人，并剥夺他的三顶皇冠……想了很久之后，开普勒同意写这封道歉信，唯一的条件是掌玺大臣参与起草。

　　他们很乐在其中。本着一切被夸张的事物都是无足轻重的这一原则，他们夸大了所谓的开普勒犯的错，以使其成为一个罪行："我恳请您以上帝的慈悲原谅我可怕的罪行……"他们还故意将第谷的行为描述为与开普勒截然不同："……一想到您不胜枚举且无法估量的恩情，我就很痛苦……这两个月以来，您十分慷慨地为我提供了我所需要的一切。您对我如此偏爱有加，您让我拿走了一部分您最宝贵的财富……"

　　——"阁下，您不觉得我们有些夸张了吗？第谷又不是傻子，他聪明着呢。肯定知道我们在骗他。"

　　——"您错了，我的朋友，因为您不知道虚荣心让这个世界上的大人物有多盲目。他们把最会恭维的骗子当作宝贝。"

——"可惜，在改革派大学中不教这个。在你们的神学院中，阿谀奉承是一门新的通识课吗?"

——"说到点子上了! 您知道什么是镜子策略吗?"

——"这个我知道! 就是把指责对方的所有缺点放在我们自己的身上。这种做法在被压迫者中很常见，例如：当我被挖苦的时候，我就陷入了猜测和影射，而不是想向您致以诚挚的问候。我没想过这种卑劣的行径多么残忍地伤害了您。"

——"有进步，学生开普勒。在把'我'换成'您'的时候，第谷就能看到自己的肖像，比印在他的假药瓶子标签上的肖像还要逼真得多。"

整整十二天，开普勒都在霍夫曼男爵的官邸里等第谷的回信。最后他觉得自己这回失败了。他自我安慰，不管怎样，还是弄到了一部分的宝藏：火星的观测数据，对马吉尼刚刚从博洛尼亚给他寄来的观测数据做了补充。但是未来很迷茫。三个半月后，他就要离开施蒂利亚州数学家的岗位，除非他皈依罗马教会，他也没钱把妻子和继女接过来。况且，之后能去哪里呢? 霍夫曼耗费了一大笔家财，已经没钱再请第二个占星家了。开普勒此时比任何时候都需要第谷的援助。

4月27日的早上，一位身着皇家制服的仆人来找他：尊敬的鲁道夫陛下想立刻私下会见格拉茨的数学家。与布拉格所有的贵族住所一样，霍夫曼的府邸离皇宫仅一步之遥。那位仆人把他带到了一间生长着异国树种和植物的温室里。那里面非常暖和，但开普勒虚弱的体质让他对温差没什么感觉。在一条砾石小道的尽头，一个矮矮胖胖的男人正在画画，身上的衣服被染了色。天文学家透过艺术家的帽子，以及将哈布斯堡家族突起的下巴遮住的大胡子，一下子就认出了全世界与土耳其奥斯曼大帝、中国皇帝一样强大的人：鲁道夫。他身边还有两三个绅士，他们身上的华服与他朴素的上衣形成了鲜明的对比。

——"您就是开普勒吧"，皇帝只是偷瞥了一眼深深鞠躬的新成员，"您有喜欢的画家吗？"

——"哎，尊敬的陛下，我完全不擅长绘画，也不太认识画家。"

——"您也不擅长阿谀奉承，我的孩子。不然的话，您就会回答我您只认识一位画家：我。第谷呢？怎么老迟到，这个家伙！我很想知道这回他又要胡编乱造什么借口。路上碰上了个破车轮，遇见了一只黑猫，一个老妇人……"

——"那些都不是，陛下。我先是去了霍夫曼男爵家找开普勒先生，但我发现门是关着的。"

第谷出现了，穿着一身红，手拄着欧几里得手杖。印度国王的使者可能会相信皇帝是他，而不是那位学徒画家。

——"听说"，皇帝说，"你们就哥白尼及经第谷改良过的托勒密体系发生过激烈的争执。总之，你们都是不会改变的。要是把三个改革派放在一个房间里，一小时后，就会弄出三个教会来。"

——"这跟宗教无关"，第谷辩驳道，"但与哲学有关。"

——"那这样的话，我的朋友们，理性和论据应该要高于激情和愤怒。你觉得呢，开普勒？"

显然，第谷是以他们断交的原因促成了这次召见：他们从来都没就宇宙体系产生过争执，尽管他们在这个问题上的观点并非一致。不言而喻，第谷承认了自己的错误。应该要完全同意他的意见。

——"陛下"，开普勒说，"这次闹得不愉快都是我的责任。作为一个狂热的哥白尼分子，出于信念，我对第谷大人说了不可饶恕的话，我忘了他的大恩大德，也忘了对他高贵的血统应有的尊重。当我意识到自己的谬误时，我觉得自己羞愧难当，只好一走了之。"

第谷有些强颜欢笑：

——"啊？只是因为这个吗？因为身份地位的优先吗？可我的约翰啊，我已经很久都不在意这些对出身的偏见了。在哲学方面，我们都是平等的，都是兄弟。"

皇帝的脸色突然大变，仿佛因极度疲惫而起。

——"既然你们二位和解了，那就相互拥抱一下，离开吧。"

开普勒跪在鲁道夫膝前，大声说：

——"陛下，您是艺术及哲学两方面的杰出人物，您宽厚、智慧、热爱真理。只有陛下遥远的祖先，人称圣人、天文学家或哲学家的卡斯蒂利亚阿方索十世国王能与陛下媲美。这些由他下令编订的天文历表至今仍在使用。第谷大人和我已经准备好为陛下建一个更伟大的不朽之作，我们将称之为鲁道夫历表。"

皇帝的厚重的眼皮下暗淡无光的眼睛又再次被点亮了：

——"鲁道夫历表！第谷，第谷，你现在就开始做这项工作，跟你年轻的同事一起。但愿我能在有生之年查阅这份历表。我的时间所剩无几。有人要谋害我，凶手已经在磨那把将要插入我胸膛的刀了，正如你对我预见的那样，忠实的朋友。现在就去做吧！"

为了向皇帝表明已和解，这两位天文学家拥抱了彼此后，手挽着手，走出了温室。但是，一出来，第谷便责怪说：

——"这个鲁道夫历表是怎么回事？为什么不干脆说是开普勒历表？这样你就好继续将我的观察据为己有，就好像是你自己的观察一样。"

——"可这些观察就是我的，第谷，它们是属于皇帝的、属于全世界的，也是属于上帝的。如果你不把毕生的工作展示给所有人，你又有什么用呢，第谷？"

开普勒又一次触及了第谷的痛处。第谷没有回答这个问题。他重新挽起开普勒的手臂：

——"好啦，我们不要又开始吵架。话说，对厄尔苏斯的驳斥文，你写得怎样了?"

——"我讨厌乘人之危"，开普勒回答道，他又生气了，"厄尔苏斯已经失势了，第谷，他完蛋了。没必要再对他凶追猛打了。"

——"这不是理由。他从布拉格消失，要不就是问心有愧，因为他畏惧法律的严苛，要不就是按他的习惯，在密谋什么诡计。不论如何，他都应该被绳之以法，受到惩罚。后人们应该要知道哪些是我的财富，哪些是他偷去的。"

回去的路上，他们只谈论了鲁道夫历表，第谷又将作者身份说成是自己的了，就好像这一直都是他一生中的重大想法。开普勒才不在乎!丹麦人终于敞开了他的宝箱，里面的财宝绝对比他想象的要多得多。

本纳特凯堡变冷清了，就只有在布拉赫夫人严格管控下的一众家仆，和那个几乎不怎么走出炼金术实验室的小儿子乔根。腾纳基尔已经把第格和几个女儿都带去了布拉格，住在皇帝提供的库提乌斯宫，为了消除旨在丧失此地的大阴谋。至于隆戈蒙塔努斯，他去了丹麦，监督留在维努西亚岛的仪器的拆卸和运输。第谷绝对不会承认，正是开普勒那封言辞强烈的谴责信造成了他现在习惯性地反复无常。那次阅读让他更加担忧，自己时日不多，碌碌一生却没给后人留下任何东西。而之后的道歉信，恰恰相反，虽然形式巧妙，却没起到任何改变。

就像一个中学快要开学的差生，第谷采取了"好的解决办法"：远离他喜欢的大排场，远离家庭，他现在要节制、禁欲、专心、细致，像开普勒一样。和开普勒一起。为什么要这样做呢?"小老师"在接受皇帝召见的时候就给出了答案：天文历表，就这么简单。在近四十年的观测中，他只是认真仔细地记录了一夜一夜的数据，给出了准确的日期和时间，包括了所有行星，以及彗星、日食及流星雨等，但一直以来都是按照年代顺序分类，也就并不意味着什么。当然，他偶尔也想根据阿方索表或普鲁士表，根据现象来进行分类，但每次他都有种说不出的害怕，怕最后得出的真实世界与他所认为的不同。而这次，他发誓会坚持到最后。

开普勒掌控了一切。他首先决定，将第谷通常用来举行宴会的侍卫厅当作他们的工作室，因为那里光线充足，冬暖夏凉。他在那里安放了书柜和书架。第谷安详地任由他放手去做，也很高兴自己不需要做任何决定。接着，小老师决定将记录有天文学圣父所有观测数据的笔记本、文件、箱子和纸盒都集中存放在这里。等这一切做完后，他便在大桌子上整齐地排放了一些大标签，他在上面分别标注了：太阳、水星、金星、火星、木星、土星，接着空了一截，能看见玻璃杯划的圆上，标着地球、月球、日食、月食、彗星。

——"正如你所看到的，第谷，我是按照你的体系构建了我们的宇宙，而没有依据我的体系……也就是哥白尼的体系来构建。"

——"这相当不错，但是接下来要怎么做？"

——"一步一步来。给，拿着这本笔记。1569 年。打开它，找到火星是什么角度，水星的远地点是那里，相关记录中，木星与金星之合又在哪里，就这么继续下去。"

——"但这么做肯定会非常枯燥。任何会读会写的人都能代替我们做这些！"

——"完全不会，第谷，我们一定会觉得很有意思的，你到时候就知道了。"

——"我当然愿意相信你，但……69 年。让我想起了什么！那一年我住在奥斯伯格的亨泽尔兄弟家。在那里，我们建了一个巨型四分仪。也就是在那里，我遇见了拉米斯……我要告诉你……"

——"你看啊，第谷！我们已经开始觉得有意思了。啊，这些美好的记忆都浮现了出来！我来说说 1584 年。那一年，我的奖学金……"

——"我明白了，约翰，我明白了！那就让我们尽情玩乐吧！拿酒来，快给我拿酒来！"

他们玩得很开心，就像孩子一样。有时候，当他们需要据同一个标题同时说出一些数据时，他们还会装腔作势：

——"您先说，第谷大人。"

——"我什么都不会说的，开普勒老师。"

接着便笑着碰杯。偶尔，第谷会觉得异常窘迫，当约翰在一片尘土飞扬中掏出一小张匆匆记录了观测数据的破纸，并大叫着：

——"第谷，这个简直太棒了！你为什么要把它藏起来？"

当他的同行沉湎于荒谬的假想时，他就会主动说：

——"圆圈，圆圈！当然，这是一个完美的图形。但火星和他在宇宙中的小尾巴们可不这么认为。还有其他的完美且具有高度象征性的图形。比如说，椭圆形。鸡蛋不就是生育的象征吗？为什么上帝不会给火星一个椭圆形轨道呢？"

——"约翰，我不明白你的意思。你一直在说，要坚持客观的、实体的、数学的、经证实的数据，而你现在却在做最荒谬的假设，胡思乱想……"

到了5月底，他们已经依据无数零散文件，成功制定出了几近完整的火星表和月球表。开普勒便想起自己身处危险之中的家人还在施蒂利亚州等他。至少是一封赫伯斯泰恩男爵的来信提醒了他，并建议他可以跟着自己的车回到格拉茨。

令他震惊的是，第谷对这次短暂的分别没有丝毫反对，甚至还预支给他一大笔钱，这笔钱之后打算向国库报销。他说一想到终于要见到开普勒夫人，就十分高兴，会把她当作自己亲生女儿来看待，他还提醒开普勒7月10日会有一次日食。在格拉茨和布拉格同时进行观察将尤其具有价值。

54

——"男爵先生，我希望您不会因为与有史以来最恶劣的偷星者结伴同行而生气"，1600 年 6 月 1 日这天早上，开普勒在坐进施蒂利亚州州长赫伯斯泰恩男爵的车时，愉快地说道。

他发誓永远都不会再回布拉格。他已经从第谷那里弄到了他想要的东西，但他绝对不会再一次落到这个时而把他当孩子看待，时而当奴隶看待的独裁者手中。而且芭芭拉那么乡土气，还有点傻，她能在一群自恃文雅却只是邪恶、迷信、耍手段的人中生存下去吗？至于皇帝的庇护，还是不要指望了。据男爵所说，罗马方面派来的嘉布遣会修士们四处传言鲁道夫被魔鬼附身了，还拒绝了驱魔师的治疗。皇帝已经几乎失去了理智，陷入了深深的抑郁，甚至想结束自己的生命。不，开普勒是绝对不会回布拉格的。

一到格拉茨，他就给马斯特林写信，告诉他自己从第谷那里取得的战利品，还请他去了解一下符腾堡大公是否依旧对建造天文馆感兴趣。并称自己很着急，因为 7 月底之前，他要去宗教裁判所接受审判，跟所有留在施蒂利亚州的另外三千名改革派一样。一如既往，很快就收到了回信。马斯特林没有改变。关于天文馆，他称自己无能力干预"政治事件"。其他的，他说会为"勇敢而坚定为上帝殉道的人"，也就是他曾经的学生祈祷的。但一个字都没提关于共同研究从第谷那里弄到的星表的事。

殉道者？好吧，在宗教裁判所审讯官面前，开普勒很轻松就能成为殉道者，唯一的风险就是跟其他人一样被驱逐出境。他再向图宾根大学议会，也就是大公灌输路德教教义。接着，他再回到那里强迫他们，可能会为自己弄到一份教师的工作。

在宗教裁判所法庭上，施蒂里亚州数学家的到庭让格拉茨的所有人都很不安，除了相关的大法官以及费迪南大公，在他看来，这是一个要被烧死的异教徒。为了尽可能减小审判引起的轰动，时间被定在了月初。这样，开普勒就会和第一批受审的人一起，先于其他人，秘密地离开该省。法庭上的辩论由一位开普勒认识的年轻的耶稣会士主持，因为此人具有坚实的数学基础。其中一位陪审员不是别人，正是他与掌玺大臣赫尔沃特通信时曾经的中间人，方济各会修士。至于那位多明我会修士，由于年事已高，反应迟钝。

在对起诉书进行了简短的宣读后，年轻的耶稣会士问开普勒是否想回归天主教信仰，好像他知道答案，一定是否定的。于是，开普勒本应在第二天，支付完一笔巨额罚款后，带着家人一起离开。他要求暂缓一周出发，因为第二天他还要观察日食，还得把观察记录下来交给费迪南大公，完成施蒂利亚州数学家的最后一件事。数学家还提醒说上述的施蒂利亚州应该付给他一年的欠款。像在任何一个银行机构里一样，人们经过计算、查阅卷宗、做了一些扣除，最后达成了一致。临走前，天文学家还建议他们，用根据第谷的方子做的染黑油纸来观看第二天的日食。之后大家相互祝贺。审判员们因对文艺表现出了宽容和热爱而感到十分高兴。而开普勒则会被教友们视作马斯特林所谓的"勇敢而坚定为上帝殉道的人"。

第二天天一亮，他就在市场的广场上支了一座黑顶帐篷。然后，等办公室一开门，他就冲进了市政厅。拿到了约定好的那笔钱，三十弗罗林，把他的钱包装得满满的。由于他的大袋子已经被沙漏和便携式四分仪塞满了，他就把钱随便塞进了斗篷的夹层里。帐篷的周围，凑热闹的人聚集在一块儿。开普勒跟他们讲解了日食的原理，然而，为了避免不必要的麻烦，只是讲了托勒密的体系，毕竟，这一体系也完全适用于这一现象。接着，他还说一次日食并不意味着灾难会发生在格拉茨，但可能会发生在能观察到这一现象的地球周围的其他地方。最后，他建议不要一直盯着日食看，否则会灼伤眼睛。然后，他注意到第一排有个看起来看机灵的小男孩，与他的弟弟海因里希十岁的时候有些相似之处。他给了小男孩一块铜币，让他跟自己一起待在帐篷里，帮他翻转沙漏。

　　那些听过他演讲的单纯的人历来都对这位从事神秘工作的博士怀有迷信的恐惧。而且，他曾经去布拉格这座巫婆、魔法师和犹太人围着一个疯子皇帝群魔乱舞的老窝干了些什么？

　　当月亮最后在太阳面前经过，并消失在蓝天中时，临时小助手也消失了。外面，人群也散开了。开普勒把所有的器材都折叠好，像头驴一样驮着很重的东西，回到家中，将帐篷的木桩和帆布放在了门厅里，便上楼进了工作室。他开始为大公撰写有关月食的短篇论著。写了无数遍的陈词滥调，做出某个关于上帝的预言以采取必要措施？不，他要用白纸黑字记录下观察期间突然想到的事：地球上存在某种力量，影响了月球的运动，且与距离成反比。这与他在写《宇宙的奥秘》时，所猜测的太阳引力是同一种。星体就像磁铁一样，相斥相吸，相互接近又相互远离，但从来不会相撞。第谷的月球星表可能会支持这一观点。他便开始查阅这些星表。

　　门开了，芭芭拉进来了。自从三周前他回来后，她就表现得十分殷勤。瑞吉娜和她很喜欢听他生动地讲述在布拉格期间的故事。她们不停地让他模仿第谷摘下假鼻子又放回假鼻子，他模仿得相当好。另一方面，他的妻子却拒绝与他同房，她解释说即将要进行的旅行可能会危及他们交配的果实。这话说得没错，但约翰已经强行禁欲了很久，终于后悔没有屈从于布拉赫小女儿的挑逗。

——"你拿到那笔说好给你的钱了吗？"她一上来就问。

——"是的，三十弗罗林。在我的斗篷里，你去拿吧。但不要跟以前一样，只拿去买糕点和肉类。你注意到瑞吉娜没有观看日食了吗？"

——"我又不止这一件事要做。她也一样。"

她匆匆忙忙下楼去了，很快又回来了。

——"我没找到你的钱包。你确定……"

约翰心里一惊。他在桌子上找了一通，把桌上的纸都掀开看了，也翻遍了所有衣服。什么都没找到。刚刚，那个协助他的小男孩，甚至都没问他要钱。有一会儿，他还听到了一阵窸窣。

——"我被人偷了！"

芭芭拉发出了一声尖叫，开始嚷着一些让人听不懂的话，中间还夹杂着车夫才会说的脏话。接着，她口吐白沫，倒在了地板上。她的身体像被斩断的大蠕虫一样扭动着。约翰赶紧冲过去，抓住她的舌头以防她把舌头吞下去，并试图让她不要动。过了很久，她才平静下来。他费力地把她拖到房间，抬上床。她好像睡着了。

——"您不在的时候，她从来没这样过，父亲。"

小瑞吉娜靠在门边。她说这话时，像是单纯在指责。他没说什么，便不堪重负地驮着背离开了，把自己关在工作室里。他准备继续写论著，但胃里突然一阵恶心。究竟是什么邪神总要打断他的前进呢？为什么他感受不到在写作《宇宙的奥秘》期间一直支撑他的那种心醉神迷？他会在为了探索太阳和地球上令行星进行运动的引力而重拾这份心醉神迷吗？还会有一直有诸如第谷、马斯特林、芭芭拉以及集市小偷一类的人要阻止他完成任务、阻挠他坚持完成对探索的无尽渴望吗？

尽管这项工作很简单，他还是付出了巨大的心血，整整用了三天三夜，他完成了关于日食的短篇论著。用了几句平淡得可悲的话，题献了大公。接着他便去了王宫提呈这篇论著。在一间间办公室时而咄咄逼人，时而固执，时而又巴结地徘徊很久后，他最终拿到了二十几个弗罗林。要是芭芭拉要讽刺说这笔钱抵不上被偷的数目，他发誓会把她揍一顿。但他不必这么做：自从发作以来，她就沉浸在祷告书中，变得沉默寡言且顺从，这比莫名的愤怒还要令人害怕。之后，他又去了邮局，向马斯特林通报他要去图宾根。那里还有一封第谷寄来的信在等他，当然已经被开封过了。宗教裁判所甚至都不再想掩盖他们的监视活动了。"赶快，要有信心"，丹麦人写道，还称皇帝终于同意在皇宫的新天文台为他提供一个岗位，之前留在丹麦的 28 件仪器很快就会运抵那里。信的其他部分充满了粗暴的情感，同情他出席宗教法庭而受到的折磨。如此希望被关爱的开普勒，应该会很乐意改变自己的计划，要不是第谷没有在信末提醒他一定要完成抨击厄尔苏斯的文章的话。为什么那个人要不遗余力地显示自己的权势呢？

主计官老房子里的家具全被清空了，都是托老磨坊主穆勒克处理的，他也负责出售这座房子：他已经皈依天主教了，因此他的财物是无法被扣押的。然后他们就出发了：先是朝着林茨的方向，这是一座特许给改革派的自由皇城。之后呢，再看。可能去雷根斯堡，也可能去图宾根？

开普勒拒绝了州长赫伯斯泰恩本想借给他的豪华马车，宁愿加入一群被驱逐的改革派队伍中，成为殉难者中无名的一员。流亡的路途总是相似的。同样的灰尘、同样的车辙、同样的包裹、箱子、椅子和垫子堆在富人们的车顶上，堆在下人们的拉货马车上，堆在穷人们的背上、手臂上和头上。

老穆勒克因年龄的增长和信仰的转变而变得吝啬又多疑，只同意将一个吱吱作响的运草车给自己的女儿，他的女婿在上面勉强安上了一块遮雨布。拉车的动物则是一头原本一直用来拉石墨的老驴子。8 月 15 日的早上——天主教让他们对离开的日子别无他选——这群可怜的人默默离开了家，车轮的吱嘎声和一个孩子的啼哭声差点扰乱了这份平静。约翰用缰绳拉着驴子。当他们行进到乡野中时，芭芭拉从车上下来，牵着瑞吉娜的手，朝前走着。

——"你要去哪里？"约翰有些生气地问，"这可不是去采蘑菇的时候。"

——"啊，你就是个蠢货。况且，这也不是季节啊。你别管我了。"

他一个人待着，像个载着收成去赶集的骡夫一样，愚笨而安详。他什么也没想，真的没在想任何事，他在深深地享受着这种灵魂的空虚。芭芭拉十五分钟后回来了，还带来了一位身着富人旅行行头的男人。约翰觉得此人似曾相识：这是星历表的印刷商。他朝开普勒走来，张开了双臂，像是要拥抱他，并用同情的口吻惊呼道：

——"教授，教授，您居然坐在这样的车里！我不能容忍这样！我的车就是您的车。上我的车吧。我让仆人来搬您的行李。"

开普勒本来想说自己跟其他人一样，只是一个被流放的人。但他什么都没做，而是遵从了对方。而且，他也感受到芭芭拉朝自己投来了威胁的目光。

去往林茨的四天对他们而言，应该是一段愉快的旅程。印刷商的马车又大又快，还一应俱全。很快，他们就把大部队甩在了身后，因此到了晚上入住旅馆时，他们能选到所有想要的房间。印刷商打算在林茨新开一间工厂。他断言，像开普勒这样一位有名望的人不费吹灰之力就能在那里找到合适的职位，甚至还提议要一起合伙。书店？印刷商？又为什么不呢？他终于能成为自己的主人，远离那些大公、皇帝、丹麦王子，以及他们的反复无常。而且，他还瞥见了瑞吉娜正在乖乖地和与她同岁的印刷商的女儿玩耍；他听见芭芭拉和同行者的妻子在闲聊。妻子说话的分寸令他吃惊。的确，在格拉茨，他从来都没有关心过芭芭拉是否有朋友，瑞吉娜是否有玩伴。

　　林茨是个港口。多瑙河仿佛在这里停下，把来自雷根斯堡的财富卸下，再装上去往维也纳的财富。与畏惧地缩在山谷中的格拉茨截然不同，令芭芭拉和瑞吉娜惊叹不已，因为这里生机勃勃，正如它柔情地盘绕其上的河流一样。开普勒心里更倾向于印刷商的提议了。

　　但是，当他从大马车上下来，便认出了希茨勒牧师瘦削的身影，他们俩曾经在格拉茨发生过不少次暴力冲突。那个狂热分子朝他走来，就像是要跟他打架一样。

　　——"想不到啊，开普勒兄弟"，他带着鼻音说，"我以为你正在布拉格，和你的那些魔法师、犹太人朋友一块儿熬制魔鬼鲁道夫的汤药呢。或是在格拉茨，跟宗教裁判所大法官求情，并承诺会背弃一切，发誓信仰罗马的基督。"

　　开普勒拎起他的衣领，吼道：

　　——"我绝对不会允许任何人怀疑我的信仰。就是那些跟你一样的可怜的疯子挑起了谋杀和战争……"

　　芭芭拉抓住他的手臂：

　　——"约翰，我求你了！我们走吧！"

　　他任由被拉走，还一边胡乱挥舞着细长的手臂。

　　——"你说对了，相对于这个刻意模仿狂热的萨佛纳罗拉统治的佛罗伦萨，我更喜欢鲁道夫的新巴比伦！"

　　没人听得懂他这些语无伦次的话，但却让印刷商有深刻感受，上前拉住他的袖子，把他和他的家人带到了城里最好的旅馆，并自掏腰包在一艘将沿多瑙河而上直至乌尔姆的船上租下一间船舱，最后还向他保证被远远落在身后的行李之后会送达。

　　这天晚上，开普勒发了一夜烧，他以为自己要死了。第二天，芭芭拉，瑞吉娜和他登上了驶往雷根斯堡的内卡河号船，与其他因体形笨拙而被称为"多瑙河上的箱子"的平底大船系泊在一起。天刚亮，长长的船队就出发了，由岸上的一队纤马拉着，偶尔当纤道不好走马时，就换成纤夫拉着。

开普勒一家和另外两家乘客盯着船员操作了很久，之后河道拐了个弯，林茨城便消失不见了。大家聊了起来。他们也是被赶出施蒂利亚州的改革派，但他们觉得林茨还是离费迪南大公太近了，更倾向于在一个像符腾堡这样古老的路德教地区开始新生活。约翰对被这些先生和女士们认出感到受宠若惊，尽管他们欣赏的是他的星相预言的准确性。不过，他还是很快就感到，在这些不断的问题背后，他们跟希茨勒牧师一样，怀疑他要不就是当着宗教裁判所的面，要不就是在布拉格为了讨好皇帝，已经偷偷改宗。更不用说一直传言他赞同加尔文教义了。他严厉地驳斥了这些毁谤，可能有些过于严厉了。他们更是直到旅途结束，也没问这类问题。而且，他十分满意芭芭拉非常好地履行了作为大学者之妻的职责，保持着镇定和孤立。

当他们独处的时候，瑞吉娜在船舱里一睡着，他们就并排站在甲板上，久久欣赏着美丽的夏夜。芭芭拉对星星的名字和它们的运行不感兴趣。她更喜欢听丈夫跟她讲讲自己的童年，尤其是跟她多说说她就要见到的他的母亲和弟弟妹妹们。每次说到私事，他就抑制不住要嘲弄着讲述，她便很生气。于是他就尽可能平淡地讲述。她感到同情，牵着他的手，擦干眼泪，喃喃地说："可怜的女人，可怜的孩子。"可回到船舱里，她却总是拒绝他，理由是不要吵醒小孩。

船队缓缓地沿多瑙河而上，穿过延绵的青山和巴伐利亚森林，他们中途停靠的每一处城市，和那些五颜六色的漂亮房子，似乎在说："在这里停下吧。我们这儿生活安逸。"他们吃得不错，芭芭拉明显长胖了。啊，在帕绍，鳊鱼、白鱼加猪血香肠的混搭很大胆，再喷上梨子烧酒用火点燃！她喂自己的女儿吃下施特劳宾甜腻的榛子蛋糕，不知道里面是否多加了面粉、鸡蛋或白糖，女儿只想着城里为纪念曾在丈夫死后被扔到河里的阿涅丝公主的节日游行队伍。小瑞吉娜之前还因这个悲惨的爱情故事而哭泣，现在又因为看到士兵游行以及脖子上挂着大钟的牧羊人在喧闹的人群中敲着钟，而笑了。啊，雷根斯堡的岸边，世界上最漂亮的姑娘们端上垫在切碎的卷心菜上的烤肠……约翰盯着她们优雅地兜售，而芭芭拉假装很嫉妒，用手拍打着刀把：

——"看够了吧，下流的公羊！"

——"等我老婆愿意满足我动物的本能了，我就看够了。"

然后，他带瑞吉娜游览了哲人王马尔库斯·奥列里乌斯的旧城，感受着历史和宗教建筑，而芭芭拉则在饭后回到船上打盹儿。他们接下来穿越了令人眩晕的峡谷。一队几近赤裸的纤夫取代了纤马，拉着船队行走在白色岩石上挖出的羊肠小道上。他们唱着歌，就像是为了掩盖住栖息在悬崖上的罗蕾莱女妖的致命召唤。船上的乘客们倚着栏杆，打着哆嗦望着这一景象。接着，河道又恢复成直线，穿过巴伐利亚广袤的森林，偶尔会出现一座孤单的山峰或是钟楼。在这片青黑色的密林中，像林中空地一样不时出现一排排绕在高高的杆子上的浅绿色啤酒花。打破这份平静单调的，只有鸟儿的歌声以及马鞭声。酷暑难耐。

大家都在打盹，有的在船舱里，有的在甲板上。舵手自己也在打鼾，跨坐在酷似异常硬挺的生殖器的舵杆上。开普勒铺开了一张简易的挡雨板，用来遮挡太阳。挡雨板下面，他支起了一块搁板来写字。他对关于日食的论著进行润色，因为马斯特林是位比大公强得多的读者。然后他开始思绪万千。他逆流而上，追根溯源。他回到了母亲家。他真正的母亲，母校，图宾根大学。

55

　　莱昂贝格旅馆一点都没变。开普勒的母亲变得异常刻薄、固执了。这座破烂不堪的房子里，一切都显得脏乱、贫穷。距约翰上一次回来只过去了四年。这四年对他来说就像是一个世纪。这一个世纪，有那些男爵、丹麦王子、皇帝、宫殿，甚至还有一个富有磨坊主的女儿……面对这份贫苦，芭芭拉难掩厌恶之情。但她是一个好姑娘，也希望能树立良好的形象。而老凯瑟琳则装腔作势，却只显得更加可怜又可怕。她特别想讨好小瑞吉娜，而她却被吓得躲到了妈妈的裙子后面。当玛格丽特和她的丈夫，魏尔德尔斯塔特的牧师以及在他们已故的祖父塞巴尔德·开普勒的城里当镀锡工的克里斯托夫出现的时候，婆媳间的对话开始恶化了。约翰弟弟和妹妹的到来分散了注意力。玛格丽特把芭芭拉和瑞吉娜带进厨房一起准备她带来的饭菜。

　　这两个年轻的女人相处得很融洽。然而，在客堂里，事情却变得糟糕。首先要说服凯瑟琳关闭旅馆，而那位妹夫却想以牧师的权威取胜，并赶走两位已经入住的客人。然后，一家人静静地入座，只听见厨房里传来芭芭拉、玛格丽特和瑞吉娜的笑声。等她们从厨房回到客堂后，魏尔德尔斯塔特的牧师做了祷告，之后问：

　　——"约翰，你现在的信仰是什么？"

　　开普勒毫不掩饰自己的震惊。他的妹夫比自己小五岁，他们之前也从未谋面，而且，毕竟他才是一家之主。他准备冷淡地回应，家庭聚会不适合讨论神学话题，而对方却继续说：

——"关于你的留言令人不快。听说你在宗教裁判所面前屈从了……"

——"你听谁说的?"

——"我的一位老同学,他在林茨布道,好像对你很了解。"

——"我都不知道你还在奥芬巴赫学院待过!"

——"不,我们当时是在图宾根,你很熟悉的。而且,就是在图宾根,哈芬雷弗院长还透露说你现在教授加尔文的教义。"

——"这太荒唐了! 我根本什么都没教! 况且,也是应了他的要求。我就只想努力解决几个有关行星运行的具体问题。"

——"这都不是理由! 无风不起浪。"

——"啊,又来了,这句著名的俗话。在布拉格和格拉茨,我都听了无数次了! 它证实了所有的谎言和传闻。我不想再听到任何有关这件事的话了!"

他转过身,想跟自己最小的弟弟克里斯托夫说说话。后者用哥哥时而听不懂的符腾堡方言说,自己的工作让他没有时间照顾他们的母亲,说母亲悍然不顾反对继续到森林里采药草来制作药水,说她和邻居们争吵不断,还说这一切都不会有好下场,会被烧死在火刑柱上。老太太把自己的小儿子看作是小毛孩,不该对她的事指手画脚,认为他就像他的流氓父亲,跟他一样是个酒色之徒。约翰觉得自己要发烧了。他绝望地朝芭芭拉看了一眼,但她把女儿紧紧地搂在怀里,像是为了保护她免受这两只像农场院子里的狗一样露出獠牙的巫婆和醉汉的伤害。

玛格丽特用坚定的语气插话说:

——"克里斯托夫,妈妈,你们两个不要再吵了! 我们亲爱的旅客都累坏了。妈妈,你为他们准备了什么房间?"

——"房间是给客人住的,不是给家里人住的",老太太气呼呼地回答道,"你们小时候的房子还不够住吗?"

　　她说的"房子"其实就是院子尽头改造过的一个旧谷仓。妈妈睡一个房间，孩子们睡另一个房间，阁楼下还有几只动物。不顾妈妈的批评，玛格丽特叫来了农场的老仆人，汉斯，村里人都说这个二愣子为凯瑟琳工作不是做家务而是满足她的其他需求。玛格丽特领着约翰、芭芭拉和瑞吉娜上了楼，直到旅馆这两间名叫"王子寓所"的房间，因为传说很久以前，现任大公的一位祖先曾在狩猎期间在此过夜。这地方很干净，只是闻起来有一股很大的霉味。等瑞吉娜在隔壁房间睡下后，约翰便扑在芭芭拉脚边，请她原谅自己强加给了她这样一个家庭。她捧起他的头，把他的脸埋在自己丰满的胸口，像哄孩子一样哄着他。

　　第二天晚上，他们住进了图宾根最好的旅馆。可惜花了很多钱，第谷预支给他的钱剩下了一些，且用得很快。芭芭拉要求在房间里用晚餐。她担心在客堂里，约翰会遇见某个老朋友，她就会被当作白痴。她说，要是他们住在这里，她就应该料理家务，总的来说，他还是满意的。

　　第二天白天她没有出门，而他穿着施蒂利亚州数学家的长袍，去拜访了自己曾经的导师。马斯特林正在上课。一位非常漂亮的女仆带他进到一间小客厅，那里有四位优雅的女士正在聆听一位穿戴上乘、满身花边及饰带的先生说着些可能会有趣的话。而在约翰·开普勒这个非常了解时尚的人看来，这位先生穿得太土气了。

　　赫莲娜·马斯特林起身走向他，握住他的手，惊呼道：

　　——"啊，开普勒先生！迈克尔见到您会很高兴的，他太久没见到您了。"

　　这么些年过去了，第七宫的金星也遭受了耻辱。但带着一丝怀旧之情的约翰，却认为年少时纯洁的爱情并非毫无理由。她的三位朋友，都是女教授，都说已经拜读过了《宇宙的奥秘》，且都赞叹不已。开普勒相信了。哪个作家不会信呢，即使是连一丁点儿虚荣心都没有的作家？

那个自炫其美又多嘴的家伙认为有必要也一起聊聊，并当场说自己是第谷体系的捍卫者。他运气不好。约翰甚至都没回应，因为马斯特林夫人告诉年轻的女性们，开普勒、丹麦天文学家以及皇帝本人在他们位于布拉格的天文台共事了好几个月。尽管极度推崇事实，约翰还是没有反驳。在尴尬地解释了一番后，那个自炫其美的人便在赫莲娜的陪同下离开了，她想留他也没留住。避免了一场男人间的争斗。然而，这些女士们又缠着胜利者问了很多关于他在布拉格的经历、皇帝的宠妃以及时装的问题。在承认了对这些话题的无知后，他开始用粗犷的语言讲述在本纳特凯的日常生活。

　　迈克尔·马斯特林终于出现了。两个朋友相互拥抱并相互庆贺了很久。然后数学教授将自己曾经的学生带到了工作间。他们像许久未见且意见有所分歧的老朋友一样，开始尴尬地聊些有的没的。马斯特林坚持要芭芭拉和瑞吉娜当晚一块儿来吃饭。开普勒说自己可怜的妻子在赫莲娜面前会丑态百出，对方则回应说自己没他那么走运能娶到没受过教育的女人。尴尬变得几乎是显而易见的。为了消除它，开普勒直入正题：

　　——"迈克尔，你必须要为我在图宾根找一份工作，就算比我的格拉茨的职位低也行。学监、助教，都无所谓。这样我就能用一年时间去拿博士文凭。然后，相信我，我要是不能在某个院系或学院当老师，就见鬼了。"

　　——"哎呀，约翰，这是不可能的。为了避免引起那些告密者的怀疑，我在信中千方百计想告诉你这个情况。但在这间不会隔墙有耳的房间里，我坦白地告诉你：符腾堡大公和图宾根大学都不想要你。你在这里就只有一个朋友：我。而这份友谊让我和我的家人都身处险境。连我的岳父哈芬雷弗院长都不想接见你。"

　　开普勒脸色苍白。泪水模糊了他的双眼。他朝着天空举起双臂，喊道：

——"为什么要这么排斥我？把我赶出我的家乡！我没有犯什么错，根本没有写任何与祖宗信仰相悖的东西！"

于是，马斯特林认真严肃地枚举了一些零散的事实，一些口头或书面的语句，一些遇见的人，一些各种不同信仰的笔友。都只是些微不足道的小事、细枝末节、流言蜚语，或是在格拉茨的某条街上碰到某个耶稣会士寒暄了两句而已，但积少成多，就构成了厚厚一叠卷宗，而且马斯特林是通过自己的院长岳父才看到这叠卷宗的，触目惊心的卷宗。开普勒不再是一个路德派异教徒，被怀疑赞同日内瓦方面甚至罗马方面，而是一个精神强大的人、一个无神论者。

——"要是给我机会，我可以否认这一切，解释并说明理由。还有我跟掌玺大臣赫尔沃特的通信……"

——"但是，我可怜的约翰，没有人想听你解释。你让他们感到害怕。你要明白，你让他们感到害怕是因为你不受约束。我就只是条走狗，就像博洛尼亚的马吉尼，爱丁堡的约翰·克雷格……在神殿和教堂前，我们卑躬屈膝。至于帕多瓦的伽利略，迟早也会被他们堵住嘴巴。但是你，他们不敢，于是他们把你赶走，迫使你流浪。即便你愿意去巴伐利亚寻求庇护，你的掌玺大臣赫尔沃特和他的那群耶稣会士肯定很快就把你扔出来，或是等你一发出令人不快的叫喊就把你烧了。你只有一处安全的避难所，只有一个保护人：在布拉格。"

——"第谷，保护人？你开玩笑吧！"

——"谁跟你说第谷了？这个人完蛋了，第谷。他什么都不是了。本纳特凯被封锁了。他那二十六个终于到来的仪器被安放在了皇宫里。鲁道夫要求他一直跟着自己。第谷什么都不是了，因为第谷不再是他自己的主人了。他需要你。没有你，他的观察就只是一团废墟。"

——"你的意思是，我唯一的保护人就是皇帝本人了？"

——"他怎么能呢，这个可怜人，自己都无法防御他那些恶魔、参事、法师、寄生虫……"

——"那你还给我写信说你对政治事务一无所知！那是谁啊，我的保护者？"

——"你的保护者是一个不存在的实体，或者说只是以一堆肥料的形式出现。但就是在这堆肥料上你才能自由地绽放，那就是：神圣罗马帝国。"

　　老狮子失去了獠牙和利爪。五十五岁了，第谷表面上还是一副大老爷的派头。但他的肥胖，他挺拔又高傲的姿态以及他的大胃口都只是假象。他患着病。他的身体遭受着一些小病小痛，耳朵疼，脚趾的阵阵剧痛，尤其是鼻子周围的过敏发炎。这些小病痛在他社交的时候不会干扰他，但当他一个人的时候，它们就像联合起来折磨他。他也变得越来越孤独了。

　　隆戈蒙塔努斯抛弃了他。第谷让他负责去找留在丹麦的二十六件仪器，并把它们一直护送到本纳特凯，他把它们送到罗斯托克后，就返回了哥本哈根。由此，他称克里斯蒂安国王已将他命名为自己的私人天文学家，尤其是有一封谴责信，第谷还以为是开普勒写的。

　　当丹麦来的车队还有不到十天的路程就要到的时候，皇帝的大内侍——第谷怀疑就是他在朝廷上策动了针对自己的阴谋——亲自来到还在施工中的本纳特凯。他来宣布一件第谷不愿相信却必须要接受的事：那些大费周章通过外交手段取得，并花了大价钱运来的天文仪器，将不会安放在这里，而是在布拉格，安放在皇宫内。第谷仍是合法的所有者，但使用权归国王所有。本纳特凯也就没有存在的理由了。他甚至都没提出抗议。他想在波希米亚的土地上重建乌拉尼亚堡的梦想破灭了，成为新威尼斯的总督兼天文学家的梦想也破灭了。

　　当他需要在赐给他的宫殿——库提乌斯官邸周围的布达城堡区山上重建天文台时，他觉得又找回了些干劲。在一位建筑师的帮助下，他根据自己的情况设计了方案。他把方案交给了皇帝，确信能得到批准，因为皇帝十分受他的影响。但是鲁道夫拒绝了。他不希望在这个艺术、诗歌及法术的和平避风港出现工地的吵闹声，这是他的安身之处。以前，当他在布拉格定都时，他曾想在布达城堡区这座山丘上建一座新的埃斯科里亚尔修道院，要比他小时候待过的那座还要大。但刚开工，他便下令停止一切。哈布斯堡的鲁道夫二世陛下绝不会成为一个建造者。因为他不喜欢吵闹声。

第谷勉强把他的大型仪器安放在了露台上、花园里，在那里就不会破坏陛下的安宁。像是为了报复，他为他写的星座运势越来越凄惨。然而，土耳其人正在撤退，弑君者的屠刀还没有出现。但皇帝相信星座运势，而且也越来越容易悲伤。从那以后，在朝廷里，天文学家便被称为"陛下的恶神"。但还有其他的，更糟糕的。不为人知的是，第谷为自己做了跟皇帝一样致命的预言。8月15日，当得知厄尔苏斯死了消息后，他只是说自己很快就回去找他了。在地狱里，他补充道。

至于他家里的情况，也越来越差。他的儿子第格和乔根离开了库提乌斯宫：布拉格的诱惑太多了。女儿中，除了伊丽莎白，都从未走出过帝国的范围，除非被邀请去某个避暑山庄郊游；但她们会参加皇家的所有宴会和舞会，也就是每天晚上、每天夜里都出去。甚至传闻说像迷恋艺术品一样迷恋漂亮女人的皇帝，已经在御用数学家女儿的怀抱中感受到到与欧几里得和哥白尼毫无关系的骚动。布拉赫夫人，经常在厨房里听到或通过贴身女仆了解到她们的放荡行径。尽管一直害怕这个小时候强奸并买下自己的男人，她还是决定提醒他。第谷回答她说，要是这是给她们找到配偶的唯一途径，那就由她们尽情玩乐吧。就只剩下谨慎、贞洁又博学的伊丽莎白了。

腾纳基尔认为在布拉格谋得了一份官职是一种个人胜利。为此，他费尽心机地讨好宫里的人，甚至表示如果有必要，他完全可以皈依天主教，再带布拉赫一家一起。当然，宫里没人关心一个如此懦弱的人的信仰问题，他们用某个官职来诱惑他，把他安插在第谷身边当间谍。他觉得目的达到了，并借口有要事要说，来到第谷面前：

——"主人"，他用庄严的声音说，"我为您效力已经快七年了。我的生命也因此而闪耀。对我而言，您已经取代了我从未谋面的父亲。"

第谷有些犯困。当他还是维努西亚岛国王时，把这个撒克逊骑士视作日常事务部长、内侍，当他心情忧郁时，甚至是知己。腾纳基尔有难得的会倾听的天赋。但现在这个丹麦老爷每天与和自己地位相当的人为伍，他只是把这个无名的小绅士当作秘书，当作一位家仆，别的就没了。

——"你想要什么，我的老弗朗兹，涨工资吗？我做不到。我自己都很难从国库拿到钱，你是知道的。"

——"主人，跟那个完全无关。为您效劳对我而言就是最好的工资了。今天我是跟我的父亲说话，而不是跟我的主人说话。父亲，我希望如此。"

——"好啊，这是个好消息"，第谷十分冷淡地说，"我同意你结婚了。你什么时候把幸福的新娘介绍给我认识？"

——"就是……是您的女儿伊丽莎白。"

第谷惊讶地从座位上站了起来。他一时间不知是愤怒还是高兴。最后不屑地说：

——"哎呀，我的孩子，这是不合理的。一个腾纳基尔要跟一个布拉赫联姻！"

这时候，一个仆人进来通报：

——"开普勒先生和太太求见！"

——"他终于来了！不，别让他上来。我要亲自去迎接他。终于来了，开普勒！只有一个建议，骑士。别想要娶我的女儿。你太弱小了，我的朋友。我给你放一周的假。去城里的妓院醒醒脑。"

　　在芭芭拉看来，第谷和开普勒的重聚热情洋溢。当这个肥胖的男人拥抱她瘦弱的丈夫时，年轻的女人不禁想起了小时候看的圣书里那些父亲与浪子再相见的画面。当第谷对她俯身行吻手礼，还避免自己的鼻子碰到她，接着又恭维了她的美貌，她就觉得约翰这个毒舌对这位有魅力的老绅士太恶毒了。她敬重地说着到处都适用的客套话，一边还用余光取笑着十分担心她说错话的丈夫。

　　第谷亲自把他们带去了为他们准备的寓所。约翰表示十分满意。芭芭拉却难掩失望。她只住过父亲的豪宅和第二任丈夫主计官的大房子，这地方显得又暗又小又脏。然后两位天文学家就去参观露台上的天文台了。芭芭拉待在寓所里，和一个女仆一块儿收拾行李。她也在等布拉赫夫人来。约翰跟她说过第谷和克里斯蒂娜的结合，丹麦农家姑娘隐退在大老爷丈夫的阴影中，他还跟芭芭拉保证说她们会很快成为朋友的。幻想并没有持续多久。

　　一个高高瘦瘦满身珠宝的女人，狂澜般进到了寓所里，身后还跟着六七个仆人。她把芭芭拉从头到脚打量了一番，然后尖着嗓子用芭芭拉听不懂的德语问了她一个问题。以防万一，开普勒夫人回答说她已经安顿好了，但已经 10 月初了，希望能得到一些柴火。布拉赫夫人惊讶地看着她，开始用更大的声音、更快的语速说话。芭芭拉瞪大了眼睛，张开了嘴巴。她开始大喊："柴火，冷，火！"还一边模仿着这些词。克里斯蒂娜耸了耸肩，转身离开了，一边下令给此后协助芭芭拉安排家务的一位仆人。但自那以后，布拉赫夫人就只称呼开普勒夫人为"肥胖的母牛"，而开普勒夫人则称布拉赫夫人为"老八婆"。

　　但是她需要把这四间阴暗的房间改造成一个让瑞吉娜能过上一个十岁小女孩的正常生活的家。布拉赫夫人的随从里只有一位贴身女仆留下了。她只说波希米亚语，但通过比画，这两个女人最后也能明白对方的意思。平时对仆人们如此不耐烦的芭芭拉随他们怎么弄，很快行李箱就搬空了，也整理好了，之后那位贴身女仆带着脏衣服走了。只剩下妈妈带着女儿。她们又冷又饿，挂在墙上的那些巨型肖像也让她们感到害怕，就像在无处不在地盯着她们看，有：托勒密、阿尔巴塔尼、雷格蒙塔努斯、哥白尼……还有那些吱嘎声、窸窣声、脚步声、细雨拍打在脏脏的窗户上潺潺声，以及远处传来的钟声。

门突然开了，烛台的光让她们一阵炫目。

——"我可怜的亲爱的，你们在黑暗里干什么？快要吃晚饭啦！"

芭芭拉听出了布拉赫夫人的声音，以为她终于找回了能让人听懂的语言。当她的眼睛适应了亮光，便吓了一跳：没错就是她，可是用了神奇的魔法，她年轻了二十岁。直到来人自称是第谷的大女儿马德莱娜，她的疑虑才打消。两个年轻的女人因为这个误会而乐不可支。马德莱娜亲吻了瑞吉娜，称她是"世界上最美的磨坊主"。接着她解释了在库提乌斯宫该如何行事：用钟声来宣告用餐时间，以及其他的日常礼仪，比如布道是在老教堂里。她答应明天带她们参观宫殿，之后，如果天气允许的话，再去印度植物园以及关着皇帝的野兽和猴子的动物园。

她们手拉着手一同来到了一间很暖和的漂亮房间里。这跟约翰之前对芭芭拉讲的完全不同，完全相反。那里摆着三张圆桌。围着其中的一张，第谷和开普勒正热火朝天地与四位先生探讨着，其中有一些像是贵族，另一些像是博士。

一位仆人将她带到由布拉赫夫人当席的第二张桌子上，马德莱娜则带着瑞吉娜去了第三张桌子，这让不愿与女儿分开的芭芭拉很不满。幸好，从安排给她的那个座位可以看到女儿，而从开普勒的座位可以看到自己的妻子。布拉赫夫人用可怕的方言把她介绍给了其他四位女士，她们分别是第谷客人们的妻子。然后，直到晚餐结束，她都没说话。相反，其他的邻座都说着考究的德语。她们显得很有文化，还询问她她丈夫对于星星运行的看法。这么久以来，芭芭拉对此也有所了解，但她宁愿装傻，说自己对这些事情从来不感兴趣。然后她还被问到格拉茨的形势。不需要丈夫给她打手势，她也会很谨慎：这是有关宗教的事情。当她知道所有这些女士都信仰路德教后，便很快放下心来。她便能讲述她们的教友在施蒂利亚州遭受到的欺凌和迫害，还故意抹黑了一些，为了更吸引听众的注意力。她也没有减少对另一张桌子的注意，瑞吉娜在那里好像抓住了第谷的女儿们以及弗朗兹·腾纳基尔骑士的所有注意力。

剩下的那桌就不是这样了。开普勒其实已经说服第谷这样是浪费时间，他们最好投入精力，一个来观察，一个来计算。在他看来，在这个可能必然带来不幸的禧年年末，天空不能再等了。他威胁他的东道主，就像东道主威胁皇帝一样。就这样，他现在住着的寓所将归他所有，他会和家人住在一起，对第谷及其家人的唯一条件就是让他担任天文学家的首席助理。克里斯蒂娜和芭芭拉也要商定好这个库提乌斯宫第二家庭，不包括仆人，所需的木材、面包及红酒的数量。第谷全盘接受了这一切。他就像一个被剥夺了所有权力的国王，除了皇冠，一丝不挂。留给天文学皇帝的，就只有他真正的财产和真正的珍宝：天空和星星。

当天空允许的时候，开普勒和他便不间断地工作着。白天观察太阳，认真记录下它明显的运动及在轨道上的位置、赤经和赤纬、距地球的距离。夜里对六颗行星完成同样的工作：高度、方位角，及其亮度的粗略变化。圆胖的身影和瘦削的身影从一个厅到另一个厅，从一处露台到另一处露台，身后跟着一群负责操控那些巨型仪器的助手。他们只是偶尔交谈，关于数据及关键信息，就像航海值夜班的人一样。但要是一个在公园里迷路的游客看见这些人影在屋顶上移动，会加快脚步，还不忘先划个十字。

1600 年就这样结束了，接着开始了一个新世纪，没有任何迹象表明

下一个世界末日会发生。即便是最好的预言家都不会预见到，在 1601
年 3 月 15 日这天，磨坊主穆勒克在格拉茨过世了。当然，除了他的医
生，在信中已经提醒了开普勒，他的岳父病得很重。而他在施蒂利亚州
仍有联系的贵族朋友们都让他赶在耶稣会和宗教裁判所抢占死者的巨额
财产之前，尽快赶到。

　　装作不知道自己无论如何都会赶不上，开普勒向第谷请假，想跟芭
芭拉一起去临终者的床前并参加他的葬礼。一直以来，每每遇上与他们
的天文合作不相干的事，第谷总是不太乐意。但这一次，他还有其他原
因。第谷打听到了一些情况。他知道磨坊主有大量财产，要是不幸被开
普勒获得了，也就不再需要他了。开普勒会从他手中溜走，就像之前他
在维腾贝格的朋友舒尔特图斯那样，去接管了生意兴隆的家族酿酒厂并
担任了格尔利茨市的市长。从那以后，尊贵的舒尔茨便没再有什么作为
了。第谷认为开普勒也会这样，肯定会靠在魏尔德尔斯塔特或莱昂贝格
吃利息过日子，但肯定会在自然科学上荒废了。他还知道，一旦自己的
助手走了，他就彻底孤身一人了，而且除了开普勒，没人能汇编整合他
一辈子的观察。

　　他开始用父亲的语气教导自己的助手：在他看来，芭芭拉目前的情
况不适合这样的旅行。他的大女儿马德莱娜曾告诉他，在得知自己父亲
病危的消息后，这个可怜的女人就陷入了令人担忧的绝望之中。这份对
他人突如其来的关心让开普勒觉得很奇怪，他提出，去父亲的遗体前默
哀并最后看一眼故乡对于自己的妻子来说是最好的慰藉。他还说，芭芭
拉去格拉茨能方便继承问题的解决。第谷也不让步：要么就开普勒一个
人走，否则就不许离开。

　　——"这样一来"，他还补充说："我就能确定你会回来了。"

57

开普勒离开布拉格的四个月中，光是往返路途就用了三周。走之前他恳请芭芭拉按早前在库提乌斯宫商定的方法，定期向他通报新消息。

刚开始，她没什么好抱怨的。马德莱娜成了她的了好友兼知己。特别是，这位布拉赫家族的大女儿将家族历来的大记事都告诉了她，连那些芝麻大小的秘密都和盘托出。她的母亲，那位由于出身卑微而没什么指望又性格粗暴的家产管理人；她的那些兄弟，在她看来，第格就是个堕落的蠢货，而乔根则是个阴险狡诈的骗子；还有她那三个妹妹，和某个令她厌恶至极的腾纳基尔斯混在一起。说起他们，她总是带着某种愤恨。相反，她很崇拜她的父亲，也很同情他：他毕生致力于研习哲学和观察星象，根本不知道这些坏家伙的卑劣行径。她写到父亲的善良、老实甚至盲目，都看不到只有一个人会真心爱着他——那就是她自己，马德莱娜。芭芭拉认为丹麦王子与格拉茨的磨坊主之间有很多相似之处。于是这两个孤独的女人相拥而泣，而相互间的安抚也愈发不单纯。

但丑事并未由此而发。自从被迫移居布拉格之后，第谷每个月都安排处于解散之中的家庭，四个女儿和两个儿子，相聚一堂。儿子女儿都还没成家，布拉格贵族不愿让自己的子孙后代出生在这样一个家族：母亲是个连宗教婚礼都没举行的农民，父亲是个与魔鬼做生意的人，发家致富全靠一个逐渐丧失理性且王位愈发岌岌可危的皇帝。更何况，第谷家族的放荡荒淫也是名声在外。

5月的家庭会议在开普勒出发去往施蒂利亚州之后半个月召开。望着桌子另一端站立等候的子孙后代，这位丹麦爵爷突然意识到他定下的这个仪式是毫无意义的。他的生活与这些已和他不相干的人无关，而是在天上，在于观察这一春日暖阳的行程。他想开普勒了。

——"哎，好吧，那这次你们又要告什么状？"他只好低声埋怨道。

他的妻子克里斯蒂娜开始批评开普勒夫人关于暖气和食物屡次提出的要求，马德莱娜从中调停，她本不插手这类事情。大女儿激烈地抗议说她不想芭芭拉和瑞吉娜挨饿受冻。第谷大吼一声，想让她们闭嘴。伊丽莎白要求发言。他的怒气稍微平息了一些，语气变得温和。三女儿的美貌、温柔、机灵与智慧些许弥补了两个儿子带给他的辛酸和失望。

——"爸爸，我要结婚。"她用低沉稳重的声音说道。

——"伊丽莎白，这也是我最大的心愿，我没有一天不在宫廷里寻找配得上你的人。"

——"爸爸，您没弄明白。我'得'结婚。我'不得不'结婚。"

——"我不明白。"

每每陷入困窘不安，第谷就把手搭在鼻子上，强忍着不拿开。这时，布拉赫夫人站了出来，史无前例的敢她的丈夫面前高声说道：

——"你当然不明白啦！你从来都不懂。宫中城内无人不晓的事儿，你都不愿看到。你的女儿，这个虚伪的人总是装腔作势埋头看书，这么多年来，总是和你那该下地狱的心头肉、你的腾纳基尔一道，两面三刀。但该来的总归要来。他把她的肚子搞大了！"

——"但弗朗兹和我，我们是相爱的！"伊丽莎白夸张地叫喊道。

但这不足以让她那沉默且饱受奴役了28年之后，一开口就滔滔不绝的母亲闭嘴。

——"你那亲爱的腾纳基尔，由于你的女儿们无法满足他，还想把他的魔掌伸向她们的母亲。至于你的儿子们，不说也罢！这个魔鬼已经把他们引到了最最放荡荒淫之处！"

——"妈妈，替第格说说话吧。"乔根抗议道，"因为我，从来都没有人能让我放弃学业。我也从未跟着腾纳基尔做任何见不得人的勾当。"

他哥哥放声大笑道：

——"这倒也是！当一个人没法做到的时候，都会说自己不想去做！"

第谷感到像是有一把尖刀戳穿了他的鼻腔。他起身，跌跌撞撞地跑出了大厅，要多快有多快。又转身关上了天文台所有的门。整整七天七夜，他都没再下楼，拒绝了所有的探访，只留有仆人中最年长、最忠诚的马茨伴随左右。年轻时的每次旅行，都有马茨陪在他身边。当第谷终于再次出现在众人面前的时候，衣衫不整，浑身散发着酒气。又召齐全家人，当着他们的面宣布女儿与弗朗兹·腾纳基尔的婚礼定于7月17日举行，那一天的星相之合是最有利的。而伊丽莎白到那时就怀孕6个月了，会很显怀，但还是没人敢由此反对他的决定。

这些事件中唯一的两个受害者就是开普勒家的芭芭拉和瑞吉娜。她们已经失去了她们的盟友马德莱娜，她认为在暴风雨还没过去之前，保险起见还是谨慎为好。于是，母女俩便受到了各种各样的限制。而且，分配给她们的那个女仆也不再来了。的确有很多仆人都从库提乌斯宫消失了，逃离了克里斯蒂娜·布拉赫的专制，自从她告发了女儿们的行为，而她的丈夫却对家事彻底不闻不问之后，这种专制就一直在持续。

维努西亚岛或本纳特凯的生活就像天文台上被精确校准过的天文钟一样，已经走到了尽头。主人把自己关在实验室里，克里斯蒂娜整日待在厨房里，腾纳基尔和第格则霸占了接待厅和宴会厅，在那里组织一些被他们称为"罗马狂欢"的宴会，布拉格所有堕落的贵族也会在此约见。上帝知道帝国的首都在当时是否认为他们是堕落贵族！

然而，芭芭拉独自一人在顽强地生活着，为了她的女儿。她之前从来不敢走出皇帝的领地，却冒险走上蜿蜒的小路，走在一群散发着臭气的乞丐、麻风病人和残疾人之间，紧紧地搂着被吓坏了的瑞吉娜。在市场上，还得用她所剩无几的钱买吃的。有一次逛了回来后，瑞吉娜就生病了。她发烧打寒颤。在这间阴暗的屋子里请医生来也没有用。也没有让屋子变暖的柴火。正值6月。鼓足了所有勇气，她去到宫里的过道上，准备好应对"老八婆"。她的寓所的门是关的。一个女仆告诉她，夫人因身体不适而无法见她。芭芭拉恳求她给自己一些柴火。出于同情，这个正直的女孩儿悄悄告诉了她储藏室的位置，又用手遮着笑补充说：

——"夫人，不止您一个在这间疯人院偷拿东西。"

于是，芭芭拉变成了小偷。她偷了些木头和面包。总之，她只是拿了她应得的东西，绝对没有多拿，丈夫留给她文件已规定了数量，第谷也签过字了。另一方面，她喜欢这个被禁的游戏，路过厨房或酒窖的时候，她忍不住要藏一块猪肉或是一瓶红酒到裙子里。

在她写给丈夫的信里，并没有提到这些，但是会抱怨克里斯蒂娜·布拉赫是如何对待她的。于是，开普勒从格拉茨给第谷写了一封信，笔调生硬地提醒他要遵守承诺，照顾好芭芭拉。信中还附带了他在爬山时记录下的一些关于地球曲率的观察。第谷认真记下了这些观察，而没管其他的。

开普勒在8月中旬回到了布拉格。继承岳父遗产的斗争取得了局部胜利。在他的朋友赫伯斯泰恩男爵的帮助下，他拿到了芭芭拉的所有嫁妆以及售卖主计官房产的所得。这些属于芭芭拉的财产，却一度被天主教会没收，因为她和她的丈夫都没有皈依，但却成为了双方谈判的焦点。另一方面，否认了改革派信仰的穆勒克的众多财产应该要归他的女儿所有，就像他在遗嘱里明确表示的那样。有磨坊、面粉厂和麦田。总之，甚至是整个省的生命线：面包。要是一个外国人，况且还是个异教徒，要插手他们的生存核心，施蒂里亚州的所有农民肯定会起义的。斗争的诉讼程序很漫长，因为所有既关乎面粉又关乎宗教的事务都涉及复杂的法律、教谕及新旧习俗。而且，诉讼人在长期的逗留期间，一直受到被指控为异端的威胁。但是，这只"小狗"，他喜欢这么称呼自己，不会轻易松开口中的骨头。终于，三个月后，他认为达成了较为合理的妥协。于是，他带着钱包里相当于在布拉格一年才能拿到的钱，还有各种芭芭拉列在清单上东西，从独眼布偶到尿壶，还有首饰盒，当然是空的首饰盒，离开了这个"强盗之地"。

当然，他对自己并不满意。他还没有赢得这一局。回程的路上，他反复回想了自己的疏忽及对法律的无知。要是他知道，他就能……他决心要研究法律，这可从来都不是隐匿于易于解码的行话中的一系列要牢记在心的简单的定理、方程式和规则。总之，是一个游戏。

58

下午，第谷和皇帝以及大部分大臣一起观看了第一次公开的人体解剖，由他的朋友、布拉格医学院的院长杰森斯基教授进行操作。解剖学课程结束时，陷入了深深的忧郁之中的鲁道夫想要一个人独处，而没有和一群总是围在他身边的学者和艺术家对此进行探讨。开普勒，过于敏感，解剖刀刚落他就离开了阶梯教室。而第谷本来是想跟他探讨这个问题的。他的助手回来以后，伊丽莎白和腾纳基尔秘密完婚一个月后，他就不能没有他，胜过一切地欣赏他的谈吐，事事都赞同他，当然除了日心说，这是他强烈反对的。他会突然到约翰的寓所，不请自来地吃饭，给芭芭拉和瑞吉娜带来很多礼物，对她们极为关心，务必使她们什么都不缺。每当皇帝传召他，当时皇帝的传召也越来越频繁了，他就强迫开普勒陪自己一起去，尽管后者不喜欢礼仪。

阶梯教室变得空空落落。人们都不敢对视，就好像刚刚参与了一场犯罪或狂欢。解剖完的尸体已经被搬走了，但血迹和一些内脏的痕迹弄脏了地板。第谷机械地回应着每个人的悄声道别。就像是在葬礼上。腾纳基尔走了过来。

——"你不觉得你应该待在我女儿身边吗?"他毫不客气地说，"她随时都可能要生。不过你也无所谓，对吧，你现在已经从我这里得到了你想要的东西! 不要让我再看到你。"

他的女婿便没再说话。第谷也走出了阶梯教室。他一点也不想回库提乌斯宫，去面对这个背叛他的家庭。走廊上，有两个人在热聊。他认出是罗森贝格男爵和明科维茨议员，这两位皇帝的密友鼓励鲁道夫慷慨资助艺术和哲学，并称他为奥古斯特和美第奇再世。他们也促成了第谷能得到他目前享有的大笔年金。但是他不是很明白这些对学问不感兴趣的人为什么会帮他。但那又有什么关系！是这些快乐的同伴能让他走出阴霾。

罗森贝格男爵的官邸离医学院很近，他们决定去那里聚餐。当然，话题是围绕解剖课。他们喝得越多，说的话就越粗俗恐怖。目的就是让另外两个人吃不下，更想喝。

——"第谷大人"，皇家议员明科维茨含糊不清地说，"您这么见多识广，您认为我们肚子里的血肠比那些胃口最大的人还要长吗？"

——"这是有可能的"，第谷拍着自己的大肚子回答道，"我的肠子，也就是您说的血肠，应该至少有一百肘＊长。"

——"要是这样的话"，男爵说，"您的屎应该非常多。"

——"这可不好说！刚刚以詹姆士一世之名加冕为英国国王的苏格兰国王，之前送我的那两只狗都是高大的看门犬。母狗北河三的屎特别多，而公狗北河二只拉一点点。"

——"北河三？母狗叫这个名字真有意思！这会是一个性别问题吗？"

——"可能吧。有一次我踩到陛下一只母猎兔狗的狗屎。哎呀，相信我，先生们，相比之下，黑海就只是本纳特凯的一条水渠！"

罗森贝格男爵笑得直拍大腿。不知所措的明科维茨议员还沉浸在他自己的思考中：

——"那么，要是您的肠子比别人的大、比别人的长，那不仅您的

―――――――――

＊　肘，法国古长度单位，从肘部到中指端，约等于0.5米。――译注

容量比大多数人的大，您的控尿能力*也比大多数人强。容量，控尿能力，很有趣吗，不是吗？哎，哎！容量，控尿能力！"

——"我会向您证明这一点的，议员先生。别喝这个托卡伊了，这酒就是女人和意大利人喝的。我跟你们打赌，先生们，以跟我的女儿塞西尔睡一觉来堵我一口气喝完我朋友舒尔特图斯的六品脱啤酒，还能憋一个小时不上厕所！"

——"六品脱？一个小时都不尿尿？这是不可能的！"男爵惊叫道，"您会爆炸的！我不赌。"

——"为什么？"第谷问，"我贞洁的塞西尔配不上您吗？您想要更有经验一点的姑娘，比如乖巧的苏菲？伊丽莎白现在可不行，除非解剖课让您想用您的工具探索一个孕妇的肚子！但我还有更好的！去不了基西拉岛，我们去莱斯沃斯岛怎样？我的大女儿马德莱娜也可以。抱歉，男爵先生，我可不能把我的老婆给你。这个依旧满身是泥的农妇……况且，她也完全不懂得调情。相信我，我知道我在说什么。"

他摇摇晃晃地从椅子上站起来，朝着天花板大声叫着：

——"上帝，上帝！我究竟是犯了什么错，您要赐给我这么粗野的后代呢？"

然后他瘫倒在椅子上，头埋在交叉的双臂中，开始啜泣。罗森贝格男爵认为是时候请客人们回去了，过来拍了拍他的肩膀：

——"白天的时候太难熬了，亲爱的朋友，我们都休息吧。"

第谷站了起来，鼻子也歪了，一拳打在桌子上，说：

——"不！我已经向你们提出了挑战，我会面对的。六品托，憋尿一小时。"

---

* 此处，"容量"为 contenance，"控尿能力"为 continence，二者法语写法相近，发音相近。——译注

两个仆人把一桶酒滚到了第谷面前,放好。他没有用精美的蓝纹大陶杯,而是选了一个大大的锡杯,他解释说,因为他的父亲只用锡杯。他取下会阻碍他的杯盖。厅里挤满了来见证这一壮举的男爵家仆人。他亲自给自己倒酒,把酒杯斜放在酒桶的龙头下,以便少起泡沫。很长一段时间,他的脸几乎都被酒杯挡住了。只看见两腮和双下巴在动。他把酒杯放下,重重叹了口气。他红棕色的胡子上都是白色的泡沫。他又重复操作了五次。最后,在一片掌声中,他喘着气深深地倒在了座椅里。明科维茨议员看了看时间,说当时是晚上八时半。

——"三十二分",开普勒确切地说,"我们吃晚餐怎样?这一来我都饿了。"

于是他们便吃晚餐,还吃得很丰盛。第谷只喝了红酒,很有学问地说这是饮料中最不利尿的。另外两个人装作轻轻地吹着口哨,却更像是喷泉的哗哗声。第谷也不傻:

——"不要作弊,先生们,请不要发出这些刺激的声音。"

他们狼吞虎咽了一小时。然后,出于挑战,第谷又等了五分钟,才朝拿着便桶的仆人走去。什么都没尿出来。第谷开始吹口哨,其他人也跟着他一起吹,罗森贝格男爵的房子于是变成了一个鸟笼。他觉得很胀,肾感到一阵剧痛。他决定一个人走花园散步回去,认为这个 10 月的美丽夜晚对他最有好处。

——"而且",他补充道,"一棵梧桐树或从印度带来的某种精油或许可以刺激我的膀胱。再见了,先生们。"

天空中没有一丝云彩,星星正闪闪发光。第谷一下子醉意全无。他自责与傻瓜们玩愚蠢的游戏浪费了自己的时间。他的地盘是在天上,在他的天文台里。他想排尿,却十分痛苦。没有梧桐树,他就在榆树下尝试了一下。没成功。他认为月亮与土星正在相合。库提乌斯宫从外面看一片漆黑。只有开普勒的寓所的窗户是亮灯的。第谷微笑着心想,自己的助手正在攻克火星的难题。他扶着栏杆，吃力地爬上台阶，才意识到自己把欧几里得手杖落在男爵家了。以前可从来没发生过这种事。他感到害怕。这是一个信号。他要死了。

——"有人吗？救命啊，这儿就没人能帮帮我吗？"

看门的人出现在了台阶的高处，拿着烛台。他已经习惯看到主人这副模样了，于是便扶着他，把他带回了房间。当他把第谷抬上床的时候，第谷含糊不清地说了好几遍，要他去罗森贝格男爵家找他的手杖。扶他躺下后，这个聪明的仆人以为可以推到明天再完成第谷交给他的任务。他离开去关上宫殿的大门，以为已经完成了任务，却突然听见一声叫喊：

——"流血了！我尿血了了！快叫医生来！"

看门人匆匆赶回房间，看到了悲惨的一幕：一个没有鼻子的第谷赤裸着身体站在夜壶前。出于好奇，看门人望了一眼夜壶里面。一小滩尿中间确实有一根暗红色的血丝。

十分钟后，全家人都来到了他的床边。最后是在下城区找到了一位给穷人治病的医生，他十分荣幸能为这样一位身份高贵的人治病。医生为第谷排了大量的尿和血。第谷一夜都无法闭眼，因为他的膀胱实在是疼痛难忍。

快到中午的时候，得知此事的皇帝急忙派遣了三位最好的御医，当中就有与第谷熟识的撒迪乌斯·哈杰克，曾经在雷根斯堡就见过他，之后还在维努西亚岛以及荷尔斯坦因又见过他。

哈杰克也无能为力，除了建议病患在饮食上只能每日一份清淡的汤。白天的时候，当罗森贝格男爵有些尴尬地把第谷不停在要求拿回的欧几里得手杖给他带来，他的疼痛略有减轻。出于逞强，也想让来访者知道这只是一场与他们前一天的纵酒毫无关系的小病，他命人端上一块馅饼和一些葡萄酒。医生们强烈反对，但还没有离开自己岳父病榻的腾纳基尔，尽管岳父没跟他说话，却坚称饥饿就表示他们的病人在康复，还把他们撵走了。

　　开普勒直到中午才知道第谷生病了，而他却像往常一样去天文台观察正午的太阳。完成任务后，他回自己家吃饭，大约下午三时时，他决定去邮局收信。邮局是关着的。门口，皇帝的御医们十分生气地告诉他现在的情况：第谷没有遵照他们为他规定的饮食，就是在自杀。开普勒认为腾纳基尔在加害于第谷。他建议他们禀报皇帝。他自己则去找了杰森斯基，因为他知道腾纳基尔不会不让后者进门：院长知道他太多事了。这两人回来后，便很顺利地进入了房间。但错已造成。第谷一丝不挂地躺着，紫红色的脸中间是缺了鼻子的黑洞，正捂着肚子痛苦地呻吟着。开普勒想起了自己第一个孩子夭折的时候。只有马德莱娜守在床边。房间的一头，围在一个小桌旁的腾纳基尔和罗森贝格正喝着一瓶红酒。杰森斯基命他们出去。

　　——"那他呢？"腾纳基尔指着开普勒问。

　　——"我需要教授来协助我。你们去别的地方喝吧。"

　　第谷已失去知觉。解剖学家不停地按压着他，而开普勒协助他给病人翻身。最后医生说：

　　——"所有的器官都在衰竭。肝和肾硬得跟石头一样。心跳得太快了。做什么都无济于事了，只能用罂粟的种子来缓解他的痛苦。"

　　——"荒谬！"有人大声说道，"什么时候轮到一个解剖尸体的人来治疗活人了？"

　　撒迪乌斯·哈杰克和皇帝的御医又气势汹汹地回来了。他们这回一共来了六人，还没算上他们的助手和学生。房间很快就变成了一个罗马竞技场，斗士们拿着希波克拉底、盖伦、赛尔斯、帕拉塞尔斯作武器针锋相对，还提到了一些行星，尤其是水星、木星和土星。开普勒认为对他而言，最大的勇气就是逃避。前厅里，除了担心要是主人走了就会没了工作的所有家仆外，布拉赫家族就只有马德莱娜在。她问开普勒该怎么办，得到的回答却只是一个无能为力的手势。就只能等了。

痛苦持续了十二天。刚开始，第谷由于剧烈的疼痛而无法入睡，便在夜里偷偷让腾纳基尔给他拿些"小菜"，腾纳基尔都迅速办妥。他发烧了，还开始说胡话。开普勒每天都来打探病情，但他不被允许进入病房。只有第谷的家人和医生才能进去。因为第格、乔根、塞西尔都回到了库提乌斯宫。只有克里斯蒂娜和伊丽莎白没在：腾纳基尔的妻子和她的母亲躲到乡下去生孩子了。

终于，10 月 23 至 24 日的夜里，大约凌晨四时的样子，开普勒的房门被敲得咚咚响。是马德莱娜。

——"他让您去一趟"，她小声说。

他跟着她，带着困意沿仆人用烛台照亮的回廊走着。

——"他这一周都在不停地呼唤您。可这个一事无成的第格，现在成了一家之主，其实只是被那个该死的骑士玩弄于股掌之间的玩偶而已，他反对您出现，还说你们又会起争执，而那对我父亲而言可能是致命的。"

——"那为什么今晚可以呢？"

——"一小时前，他突然退烧了。他神志清醒地命我们请您过去。腾纳基尔提出了一些反对，但您知道我父亲的，他要是想要什么东西，就一定要得到。"

房间里潮湿的空气中弥漫着香薰蜡烛都无法掩盖住的酸味。第谷坐靠在垫子上，看到自己的助手来了，很高兴。他没戴假鼻子，红紫色的面色让他的脸显得更加圆润了。

——"你们都出去吧"，他语气坚定地说，"我和开普勒先生有话要说。"

在场的十几个人，包括他的儿子们和哈杰克医生，都出去了。等他们把门关上，第谷便示意开普勒坐在床边的一把小椅子上。

——"我很高兴看到你正在恢复，第谷。"

——"别说傻话了，朋友。你要是学了些医学知识，而不是你那些乱七八糟的神学，就会知道这是回光返照。不要提出异议，让我先把话说完。我的时间所剩无几了。对于你，我犯了很多错。最大的错就是，没有信任你。我把所有可能会丰富你的理论意义，而不利于第谷体系的观察都牢牢攥在手里。我憋着它们，就像憋着我的尿一样。总之，我罪有应得。"

他无力地笑了笑，露出痛苦的神情。

——"会有报应的，会有报应的"，他咬着牙说，"我痛死了，妈的，我痛死了。"

——"别说脏话"，开普勒恳求道，一边把手放在了他的额头上。

——"你做了今天的星座运势吗？没有？也没关系！我现在得快点说。我的手杖……我的欧几里得手杖……我把它传给你。这就是我能为你做的一切了。不，还有一件事。昨天，哎，我也不知道是哪天了，巴尔威茨议员代表皇帝来看我。他向我保证你会继任我担任御用数学家。哎哟！我的肚子！"

——"你冷静点，第谷，休息一下……"

——"开普勒，我昨晚做了个梦……我看到阿特拉斯，抱歉，我看见他正望着一个被你的哥白尼打破了循环和光环的世界，我站在他的位置上，背上扛着地球，而托勒密大声比画着，试图阻止这个球形土块坍塌在虚无之中……虚无，你听到了吗？"

——"别这么担心，第谷。"

——"欧几里得手杖……你知道这个秘密。马斯特林应该已经告诉过你了……正直的马斯特林……多浪费啊……我们浪费了多少时间……终于，你来了，你。我们的儿子，我们两个的儿子……我们得抓紧时间。他们在等着，这些贪婪的人。他们怕我把财富都传给你。他们不知道，这群蠢货，财富就在这儿，在这根手杖里。但不止这个……"

他艰难地从枕头下面掏出了一把小金钥匙。

——"他们不会等到我入土的……他们会在我的工作室里四处搜刮，他们会拆了我的家具，拆开我的床垫……但那上面，他们是不会去找的。在大型四分仪的底座上，我自己挖了个凹洞。所有的都在里面。三十八年对天空的探索。毕生的探索。我的一生……坦白说，开普勒，我的一生是否有所贡献？不，不要回答！我刚刚想到一句很美的诗，写得特别好：愿我的一生不是碌碌无为（Ne frustra vixisse videar）。尽量，我的孩子，不要让我好像白活了一辈子。现在，叫他们来吧。那些星表……要完成，要出版！我，我终于可以知道谁才是对的了，是我，还是哥白尼。还是你。"

当所有人都进来后，他宣布了把手杖交给开普勒的决定，还询问了他们的意见。只有第格眉头紧促：权杖从他手里溜走了。但由于腾纳基尔大领主，默认将此作为礼物赠送给这个默默无闻的劳工，布拉赫家的大儿子也不能做得更好，或者更糟。

当开普勒站在门口，手挂着用作杖柄的象牙斯芬克斯头转过身时，作为道别，第谷又跟他说了一遍：

——"愿我的一生不是碌碌无为。"

结束语

　　阿斯克鲁爵士把笔放回墨水瓶里，感到十分满意。他认为小说的第一部分既没有过多地谈论数学，也没有过多地谈论关于历史和宇宙命运的哲学思辨。的确，小说很长，但像开普勒和第谷这样伟大的两个人物的生平值得如此。

　　他又提笔用大写字母在扉页上写道："第谷的财富，即约翰·开普勒是如何成功获得由第谷·布拉赫收集的成千上万的天文观察材料的，借助这些观察材料，他可以制定一个新的宇宙地图，正如我们将在本书的第二部分中看到。由一位有幸见到过这两位当时最伟大的天文学家的英国旅行者讲述。"他起身，换到躺椅上坐下，头靠着椅背，腿搁在垫子上，决定休息一下再最后看一遍第二部分，标题为《伽利略之眼》。他睡着了。他梦见第谷和开普勒正在操作一个巨型六分仪。这发生在汶岛上的乌拉尼亚堡，也就是维努西亚岛，对一部小说而言这么说更清楚一些。他都忘了要描绘这一场景。应该……他突然醒了。

　　——"我真是傻"，他咕哝着，"开普勒从来没去过那里。"

　　他试图重新入睡。但一个正在拜访丹麦人的开普勒形象一直萦绕在他脑海。他不由自主地扭头望向放着手稿的桌子。一个约莫十二岁的红发小男孩，手靠在额头上挡着光，正在读他的作品。老绅士尽可能小心翼翼地起身。但这份小心完全没必要！那孩子沉浸在自己的阅读中，仿佛暂时离开了这个世界。阿斯克鲁先生把手放在他的肩上，责骂着说：

　　——"你在这儿干什么？"

小男孩抬起头，甚至都没感到惊讶，回答道：

——"我当然在看书啊！"

——"我知道了，可……你又是谁啊？"

——"艾萨克，我的母亲是您的侄女，史密斯夫人，我的父亲是北威瑟姆的主任教士。"

——"是吗？那你是怎么进到公园里的？"

那孩子耸了耸肩，就好像这个问题很愚蠢：

——"就是墙上有个缺口。为什么学校里都不教我们这一切？您在书中讲述的这一切……"

——"你上学了吗？"

——"当然了。甚至去年，您在视察格兰瑟姆中学的时候，还因为我在数学上得了高分而向我表示了祝贺，并奖励了我五便士。"

阿斯克鲁爵士依稀记得这位能用心算做三位数除法的初中生。总之，就像小时候的开普勒，这位老人心想。但他还发现他非常蛮横无理，便冷淡地回答了这个小淘气的问题：

——"这可不是儿童读物。"

——"我说的不是男女之间发生的事。那都是学校里的流氓才会说的。粗俗下流。我所感兴趣的是，科学家们是如何发现地球是圆的，他们如何计算行星之间的距离，以及它们的速度，还有其他的一切……"

这个男孩似乎非常聪明。与他众多又懒又笨的子女形成了如此鲜明的对比！突然，不知道为什么阿斯克鲁先生就觉得这个孩子肯定跟不久前在路上听到的神秘的声音有关，那个声音曾命令他："把一切都告诉他们，把真相告诉他们。你作证！"

——"我觉得也不是你这个年纪能明白的。这实在是太复杂了。为此，要追溯到很久之前，追溯到古希腊时期。你想要听我给你讲一个那时候的美丽传说吗，比最重要的论文还要好地说明了真相，艾萨克·史密斯？"

——"不是史密斯，先生！巴纳巴斯主任教士只是我的继父。我的名字叫牛顿。"

——"好吧，艾萨克·牛顿，我要跟你讲述欧几里得手杖的传说。"

Ⅳ 附录

i. 人物介绍

本书中出现的所有人物，除几个次要人物以外，都是历史上真实存在的。当然，还有根据叙述需要而虚构的叙述者约翰·阿斯克鲁（John Askew），我们在这套书的其他几册中也能看到他的身影。这个虚构人物的原型是基于以下真实存在的人物：亨利·沃顿（Henry Wotton，1568—1639）爵士，这位英国外交官，驻威尼斯共和国大使，兼间谍及科学爱好者，在1620年结识了开普勒，并建议他去英国寻求庇护，沃顿还在自己的祖国大力推广伽利略的作品；理查德·哈克卢特（Richard Hakluyt, 1522—1616），英国外交官兼商人，弗吉尼亚公司创始人之一；以及哲学家、旅行家兼科学爱好者托马斯·霍布斯（Thomas Hobbes，1588—1616），同为弗吉尼亚公司创始人之一。

与哥白尼不同，第谷·布拉赫及约翰·开普勒的生平都有着翔实的资料记载，一方面因为有众多内容详细的传记加以记录*，另一方面也

---

* 有关第谷的有：P.Gassendi, Vies de Tycho Brahé, Copernic, Peurbach et Regiomonta-nus, La Haye 出版社 1655 年出版；J.L.E.Dreyer, Tycho Brahé: A Picture of Scientific Life and Work in the Sixteenth Century, Adam and Charles Black, 爱丁堡，1890 年出版；A. Koestler, Les Somnambules, essai sur l'histoire des conceptions de l'univers, Calmann-Lévy, 1960 年出版；V.E.Thoren, The Lord of Uraniborg: a biography of Tycho Brahé, 剑桥大学出版社，1990 年出版；J.R.Christianson, On Tycho's Island: Tycho Brahé, science, and culture in the sixteenth century, 剑桥大学出版社，2000 年出版；Mary Gow, Tycho Brahé: astronomer, Enslow 出版社，2002 年出版。——原注

有关开普勒的有：M.Caspar, Kepler, C.D.Hellman 译，纽约，Dover 出版社，1993 年出版；G.Simon, Kepler astronome astrologue, Gallimard 出版社，1979 年出版；（转下页）

是更是因为他们自己有大量作品 *。他们的文字及自传让历史小说家得以完全"置身其中"地进行创作。

以下简要传略均为小说中出现过的主要人物的真实事迹。旨在让那些有求知欲的读者区分历史现实与小说创作。

尼古拉斯·莱梅斯·巴尔，又名厄尔苏斯（1551—1600），由一个养猪人的儿子变成了天文学家，还担任了鲁道夫二世的御用数学家。作为第谷的对手，他指责后者剽窃了他的地球—日心说宇宙体系，两人相互指责。然而，厄尔苏斯的体系比第谷的体系运用得更为广泛，因为他承认地球的自转。后来，厄尔苏斯失宠了，御用数学家的位置也被第谷所取代，并很快就因悲伤过度而离世。尽管如此，卷入这场论战之中的开普勒，在自己的雇主第谷的强迫下，还在厄尔苏斯死后写了一部作品对其进行反驳。

勒文努斯·巴图斯，又名巴托（1545—1591），罗斯托克大学的医学教授。作为帕拉塞尔斯的门生，他启发了自己的学生第谷·布拉赫对医学和炼金术的兴趣。

比尔，势力强大的丹麦贵族家族。**贝亚特**（1526—1605）是奥托·布拉赫的妻子，也是第谷的母亲。他的弟弟**斯蒂恩**（1527—1586）是腓特烈二世国王的大内侍；他在赫雷瓦德修道院为年少的第谷建立了他的

（接上页）A.Koestler，见上文；F.Hallyn 著，《La Structure poétique du monde：Copernic, Kepler（世界的诗意结构：哥白尼，开普勒）》巴黎，Seuil 出版社，1987 年出版；J.V. Field, *Kepler's geometrical cosmology*，芝加哥大学出版社，1988 年出版；W.Pauli, *Le cas Kepler*，Albin Michel 出版社，2002 年出版。

* Tychonis Brahé Dani, *Opera Omnia*，1—15 册（1913—1929），J.L.E.Dreyer 出版社。Johann Kepler, *Gesammelte Werke*，1—22 册（1938—2002），慕尼黑：C.H.Beck 出版社。

Johannes Kepler, *Life and Letters*，C.Baumgardt 编，阿尔伯特·爱因斯坦作序，纽约，Philosophical Library 出版社，1951 出版。一小部分被译成了法文，感兴趣的读者可见参考文献目录。——原注

第一座天文台和一间炼金术实验室。

布拉赫，势力强大的丹麦贵族家族。第谷的生父**奥托**（1518—1571），担任腓特烈二世国王的私人顾问；奥托的哥哥**乔根**（1515—1565），是**第谷**的养父，担任丹麦的海军司令，为救溺水的腓特烈国王而牺牲。第谷（1546—1601）有十一个兄弟姐妹，其中，**斯蒂恩**（1554—1620），**亚历克斯**（1550—1616）以及乔根（1554—1601）任朝廷重臣；他的姐姐**伊丽莎白**（1545—1563）英年早逝，妹妹**苏菲**（1556—1643）协助他进行天文观测，被认为是当时最有学问的女性之一。**克里斯蒂娜**，原名乔根斯黛特（1549—1604），农民出身并与贵族第谷通婚，于丈夫死后三年离世，死后与丈夫合葬。她为他生了八个孩子：**第格**（1581—1627）和**乔根**（1583—1640）并没有按照父亲的意愿发展，第格从事财政，乔根从事炼金术和医学；他的女儿**马德莱娜**（1574—1620），**苏菲**（1578—1655）以及**塞西尔**（1580—1640）年轻的时候都有些放荡，而**伊丽莎白**（1579—1613）被第谷的秘书弗朗兹·腾纳基尔搞大了肚子，只能半公开地与后者成婚。

乔尔丹诺·布鲁诺（1548—1600），意大利哲学家及神学家。受哥白尼和尼古拉斯·德·库萨影响，他想要证实宇宙是无限的，当中有无数与我们一样的世界。布鲁诺被宗教裁判所指控为异端，历经八年的审判，最终被活活烧死。

克里斯蒂安四世（1577—1648），丹麦及挪威国王。作为腓特烈二世之子，他在 1588 年父亲驾崩时继承了王位，但直到 1596 年才成年。在参事们的唆使下，他收回了第谷的封地和年金，第谷便于 1597 年彻底离开了丹麦。在第谷移居国外后，克里斯蒂安四世将汶岛赠予一位情妇，这让乌拉尼亚堡和星堡这两座用于科学的圣殿毁于一旦。

查理·德·丹赛伊（1515—1589），这位新教徒是法国查理九世派驻在丹麦腓特烈二世身边的大使。作为第谷的朋友，他曾为乌拉尼亚堡奠基。

托马斯·迪格斯（1546—1595），英国天文学家，1576 年出版了一部《天体轨道详述》（Parfaite description des orbes célestes），支持了哥白尼的日心说体系，并首次展现出星星分布于无限空间的略图。

哈布斯堡家族的**费迪南二世**（1578—1637），奥地利大公，波希米亚国王，1619 年成为神圣罗马帝国皇帝。作为反改革运动的捍卫者，他鼓励天主教修道院和学院的开设。他对宗教的狂热和对新教的仇恨导致了三十年战争。约翰·开普勒的困扰主要是因他而起，他下令关闭格拉茨的路德教会学校，并迫害施蒂利亚州的改革派。后来，和他的表哥，即鲁道夫的弟弟马蒂亚斯一起，密谋让鲁道夫丧权，这也迫使开普勒离开布拉格。

腓特烈一世（1557—1608），符腾堡公爵。他巩固了路德教教义，作为一个知识渊博的专制君主，他为了人民的利益而加强文化教育，这让年轻的庶民约翰·开普勒可以获得一笔奖学金。

腓特烈二世（1534—1588），丹麦及挪威国王。他建立了丹麦对波罗的海的统治，创立了一支海军，结束了汉萨同盟的霸权，并在埃尔希诺尔建造了克伦堡城堡，这是莎士比亚名剧《哈姆雷特》的背景地。作为第谷·布拉赫的资助者，他慷慨地赐予了他封地和年金，如汶岛以及罗斯基勒议事司铎的头衔。

伽利略，又称伽利略·伽利雷（1564—1642），意大利物理学家及天文学家。他奠定了力学的基础，进行了第一次望远镜观测，并坚定地捍卫哥白尼的宇宙观。伽利略一直对私下里曾有过书信往来的哥白尼的才华持怀疑态度。

皮埃尔·伽桑狄（1592—1655），法国数学家、哲学家及天文学家。他是 1655 年出版的第一本第谷·布拉赫传记的作者。

纪尧姆四世（1532—1592），黑森—卡塞尔伯爵（或诸侯），因其在加尔文主义者与路德教徒之间采取调节政策，以及在植物学和天文学上的贡献，而被称为"圣人"。在诸如克里斯托弗·罗特曼和约斯特·比尔吉等天文学家的帮助下，他在宫殿的平台上建造了众多仪器，实现了高质量的观测，并与第谷·布拉赫保持着尽管激烈，却友好的关系。

马蒂亚斯·**哈芬雷弗**（1561—1619），神学家，图宾根大学院长，帮助年少的开普勒获得奖学金。

撒迪乌斯·**哈杰克**，又名哈杰库斯（1525—1600），人文主义者，天文学家及鲁道夫二世皇帝的私人医生。第谷·布拉赫来到布拉格是多亏了他。

保罗·**亨泽尔**（1527—1581），德国天文学家，奥格斯堡市市长。1569年，他和他的弟弟让·巴蒂斯特帮助年轻的第谷·布拉赫建造了一个大型四分仪。

齐格蒙特·赫伯特·冯·**赫伯斯泰恩男爵**（?—1620），施蒂利亚州州长，出身于格拉茨最大的家族，那里壮丽的城堡依旧以赫伯斯泰恩命名。信仰上为路德教派，政治上为天主教派，他是开普勒的朋友和资助者，二者之间有大量书信往来。

丹尼尔·**希茨勒**（1576—1635），图宾根牧师，作为狂热的路德教徒和开普勒的死敌，他公然将后者逐出教会。1623年，在开普勒的《宇宙的和谐》（L'Harmonie du monde）问世两年后，他出版了一部音乐学专论。

约翰·腓特烈·**霍夫曼男爵**（16—17世纪），鲁道夫皇帝在格拉茨的枢密院议员。他在厄尔苏斯的指导下研究天文学，雇用瓦伦丁·奥托为自己的私人占星家。作为天主教徒、哥白尼的信徒以及开普勒的崇拜者和资助者，他把后者带到了布拉格，并在其与第谷不合时，收留了他。

乔治·赫尔沃特·冯·**霍恩伯格**（1554—1622），历史学家、数学家，巴伐利亚掌玺大臣。开普勒的资助者，二者之间有大量书信往来。

埃克，此拉丁文名的原名为高特布鲁特（年月不详），是开普勒在格拉茨的学生。在 1595 年 7 月 9 日那次著名的数学课上，多亏了他打瞌睡，开普勒才有了关于宇宙的奥秘的灵感。后来，埃克装作自己在天文学方面学得比他的真实水平要差，并去了里斯本。事实上，成为作家后，他还出版了开普勒授权的第二本传记。

杰普，畸形的侏儒，他是第谷在乌拉尼亚堡的仆人和"弄臣"，皮埃尔·伽桑狄的传记证实了他的存在。

英格兰的雅克一世（1566—1625），玛丽·斯图亚特之子，先是以詹姆士六世之名成为苏格兰国王，接着从 1603 年起担任英格兰国王。在迎娶丹麦的安娜之时，他于 1590 年到访汶岛，赠予第谷·布拉赫精美的礼物，并作诗以表敬意。

杰森纽斯，即让·杰森斯基（1566—1612），医生、哲学家兼政治家。符腾堡大学解剖学教授，后任布拉格大学院长，1600 年，他进行了第一次公开的人体解剖，鲁道夫皇帝在场。他为第谷致悼词，并提到其死亡是由憋尿导致的。作为新教的积极分子，在哈布斯堡家族衰败后，他被关押，费迪南二世命令将他与其他 26 名波希米亚贵族一同处决。

开普勒，可以说是符腾堡州相当悲惨的一个家族，在这"一堆粪"上开出了**约翰**（1571—1630）这朵花。爷爷**塞巴尔德**（1522—1596），是位皮货商兼魏尔德尔斯塔特的村长，据约翰的描述，他酗酒且生活糜烂。父亲**海因里希**（1547—1589 年之后），是一位旅馆老板及雇佣兵。同样酗酒、暴力的他多次抛弃家庭，最终在 1589 年彻底出走。**凯瑟琳·开普勒**（1547—1622），婚前姓氏为古尔登曼，是海因里希的妻子、约翰的母亲，从小由一位后来被当作女巫而活活烧死的姑妈抚养长大。她自己也是位旅馆老板，并被指怀有巫术。除了约翰，她还生下了**克里斯托夫、海因里希和玛格丽特**。**芭芭拉·**开普勒（1573—1611），婚前姓氏为穆勒克或穆勒，在两度丧偶后，于1597年在二十四岁时嫁给了约翰。她的女儿**瑞吉娜**是她第一次婚姻所生的孩子，由夫妇二人一同抚养。芭芭拉与约翰共育有五个孩子，其中两个夭折。

马丁·克劳斯，又名克劳修斯（1526—1607），知识分子，人文主义者，图宾根大学希腊语及希伯来语教授。梅兰希通的得意门生，他对约翰·开普勒选择信奉加尔文教义起到了关键作用。

希普利安·雷欧维特（1524—1574），数学家兼星相学家，制定了第谷·布拉赫所使用的星历表，曾于1568年邀请后者到自己位于劳因根的家中。作为诺查丹马斯的对手，他计算出耶稣再临人间是在1584年，并极度虔诚地宣告最终的审判即将到来。

隆戈蒙塔努斯，克里斯蒂安·索伦森（1562—1647），天文人才，在乌拉尼亚堡和布拉格先后八年担任第谷的助手。第谷让他来确定火星轨道，而开普勒一到本纳特凯，他便把这一难题交给了后者，接着跑到哥本哈根，被克里斯蒂安四世国王任命为数学及天文学教授。他在作品《丹麦天文学》（1622）中，介绍了托勒密、哥白尼以及第谷的体系，意图调和这些体系，书中，跟厄尔苏斯一样，他承认地球绕自转轴进行自转。

迈克尔·马斯特林（1550—1631），德国天文学家和数学家。他在图宾根研究神学和数学，之后前往意大利，在那里发表了赞成哥白尼体系的演讲，这一演讲也让伽利略决定彻底放弃托勒密体系。从意大利回来后，马斯特林在图宾根教授天文学。尽管宣称拥护哥白尼体系，他还是教授地球是静止不动的，正如他自己在《天文学概要》（1582）中暗示的那样，这是"因为他作为教授的正式职位"。他尤其致力于研究彗星，著有关于1572年新星的文章，并第一次真正地阐释了月球的灰光现象，将其归因于被太阳照亮的地球的反射。马斯特林是开普勒的导师，也是他的良师益友，这是他最荣耀的头衔。而且，他自己似乎也承认这一点，他说："在开普勒之前，科学家们对天文学的研究都只是从后面进攻。"

乔凡尼·安东尼奥·马吉尼（1555—1617），博洛尼亚天文学和数学教授，星相学家及制图家，于1582年和1599年出版了星历。他与开普勒、第谷·布拉赫以及伽利略均有书信往来。

瓦伦丁·奥托（1561—1613），德国数学家。1575年，他来到符腾堡自荐为雷迪库斯工作，第二年，继承了雷迪库斯的文稿，尤其是其未完成的三角函数表手稿，他完成后于1596年出版。他还是霍夫曼男爵的占星家。在他死后，在他的遗物中发现了哥白尼《天体运行论》的原始手稿。

奥克斯，势力强大的丹麦贵族家族。英格（?—1592）是乔根·布拉赫的妻子，也是第谷的养母。

曼德鲁·帕斯伯格（1546—1625），丹麦贵族，第谷的同学，在1566年的一场决斗中割掉了后者的鼻子。后来，他成为了一名有影响力的政治家，成为国家议会的一员。

约翰·菲尔德曼·普拉登希思（1543—1576），帕拉塞尔苏斯学派医生，哥本哈根大学教授，第谷的密友，后者的突然死亡令他十分悲痛。

彼得吕斯·拉米斯，又名拉米斯（1515—1572），法国人文主义学者。信奉加尔文教义的他，严重批判了索邦大学所实施的经院式教育。在几次游历欧洲的旅行中，他在黑森-卡塞尔的纪尧姆伯爵家结识了第谷·布拉赫，回到巴黎后，在圣巴托洛缪大屠杀中遭杀害。

海因里希·冯·兰曹伯爵（1564—1614），德国人文主义学者，在第谷1597年离开丹麦后，邀请他携家人一起入住自己位于汉堡的万茨贝克城堡。他与皇帝面前的红人，即科隆的选帝侯以及鲁道夫的内阁成员让·巴尔威茨共同商议第谷在布拉格的任命一事。

小伊拉斯谟·**莱茵霍尔德**（1538—1592），德国天文学家及医生，大伊拉斯谟·莱茵霍尔德（1511—1553）之子，后者基于哥白尼的观测制定了著名的普鲁士天文表。小伊拉斯谟出版了天文历书，第谷·布拉赫曾去萨尔费尔德拜访过他。

乔治·乔基姆·冯·罗申·**雷迪库斯**（1514—1574），又名雷迪库斯（勒雷提扬），瑞士天文学家、数学家、制图家。父亲在费尔德基希被处死后，他先后在苏黎世和符腾堡学习数学，并在梅兰希通的帮助下，他在符腾堡任教了两年（1537—1539）。之后，他去了弗龙堡，成为著名的天文学家哥白尼的唯一门生，他协助后者进行《天体运行论》的计算，鼓励将之出版，又通过他自己的作品《初讲》再次进行论证，并提出新观点。哥白尼死后，他过着动荡的生活，受到丑闻和道德问题的影响。最后，他先后在波兰、匈牙利担任宫廷御医为生。他与自己的学生瓦伦丁·奥托一起，竭力研究新的三角函数表。

哈布斯堡鲁道夫二世（1552—1612），查尔斯·昆特（查理五世）的孙子，波希米亚和匈牙利国王，1576—1612 年任神圣罗马帝国皇帝。热衷艺术和科学（资助过阿尔钦博托、第谷·布拉赫、开普勒），却内向且犹豫，患有精神错乱。热衷于神秘主义的他，让自己身边围着一群魔术师、炼金术士和占星家。他在统治上的无能直接导致了三十年战争的爆发。

克里斯托夫·**罗特曼**（1550—1608），黑森—卡塞尔纪尧姆四世伯爵的官方天文学家，与第谷保持通信往来，并于 1590 年造访了乌拉尼亚堡。

巴尔多洛梅·**舒尔茨**，又名舒尔特图斯（1540—1614），作为第谷·布拉赫在莱比锡的同学，他鼓励后者从事实用天文学、数学、地理、制图学、航海学以及仪器制造。出生于葛利兹一户富裕的酿酒商家族，他回到了家乡担任市长，并与第谷保持着有趣的通信。

弗朗兹·甘斯内·冯·坎普·**腾纳基尔** (1576—1622)，威法利贵族，自 1595 年起，先后在汶岛、万茨贝克和布拉格担任第谷的"管家"。他费尽心机，在第谷的女儿伊丽莎白·布拉赫怀上自己的孩子后，娶她为妻。第谷死后，他为哈布斯堡家族从政。

安德斯·索伦森·**韦德** (1542—1616)，第谷儿时的家庭教师，负责改变他对天文学的兴趣（却未成功）。诗人，首次将丹麦开国史诗，僧侣萨克索·格拉玛提库斯 (1140—1206) 所著的《丹麦之歌》用通俗语言翻译出版 (1575)。

克里斯托弗·**沃肯特洛普**，或瓦尔肯多夫 (1525—1601)，参议员、克里斯蒂安四世国王有影响力的顾问。在一次关于两条苏格兰国王詹姆士六世赠予第谷的看门犬的争吵后，他参与策划令第谷失势。后来，拉普拉斯评论他说："这个名字，跟所有那些为了阻止理性的进步而滥用权力的人一样，应该遭到所有人的蔑视。"

保罗·**威蒂克** (1546—1586)，数学家及天文学家，舒尔特图斯、罗特曼及哈吉库斯的密友。作为第谷在符腾堡的同学，他于 1580 年在乌拉尼亚堡待了四个月，后在弗罗茨瓦夫任教，并在卡塞尔为纪尧姆四世伯爵工作。作为地球—日心说体系的支持者，他启发了第谷，而后者却未提及过此事。

ii 托勒密、哥白尼、第谷·布拉赫的宇宙体系

一直以来，为了阐释天体运动以及宇宙的整体构造，天文学家都按照当时的认知，来建立宇宙体系。

下图显示了直到 17 世纪中叶日心说观点获胜之前，处在竞争中的托勒密的地心体系、哥白尼的日心体系，以及第谷·布拉赫的地球—日心体系。均摘选自英国人爱德华·舍伯恩的作品《论宇宙体系》（1675年出版）。值得注意的是，它们均假定有一个有限的宇宙，被一个最大限度的星星轨道所包围，就是"恒星"轨道。从封闭的世界到无限宇宙的过度，是一场后哥白尼的革命，要归功于托马斯·迪格斯、乔尔丹诺·布鲁诺、勒内·笛卡尔和艾萨克·牛顿。星体均以符号代表：

Terre	⊕
Lune	☽
Soleil	☉
Mercure	☿
Vénus	♀
Mars	♂
Jupiter	♃
Saturne	♄
Etoiles fixes	✴

（左列自上而下）：地球、月球、太阳、水星、金星；
（右列自上而下）：火星、木星、土星、恒星

图一：托勒密体系

地球—月球—水星—金星—太阳—火星—木星—土星—恒星—原动力

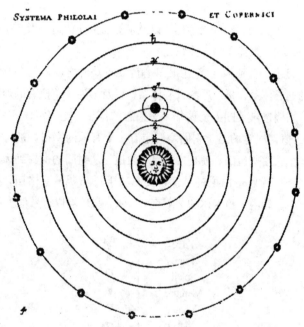

图二：哥白尼体系

太阳—水星—金星—地球（月球绕地球旋转）—火星—木星—土星—恒星

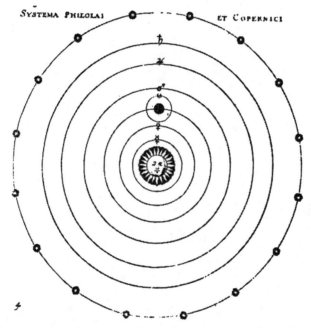

图三：第谷·布拉赫体系

地球—月球—太阳/水星—金星—火星—木星—土星（围绕太阳旋转）—恒星。

图书在版编目(CIP)数据

天空的对决:开普勒与第谷·布拉赫的财富/(法)
让-皮埃尔·卢米涅(Jean-Pierre Luminet)著;张莉
译. —上海:上海人民出版社,2019
(天空建筑师)
ISBN 978 - 7 - 208 - 15786 - 6

Ⅰ.①天… Ⅱ.①让… ②张… Ⅲ.①长篇历史小说
-法国-现代 Ⅳ.①I565.45

中国版本图书馆 CIP 数据核字(2019)第 054461 号

责任编辑 赵 伟
封面设计 林 林

天空建筑师

天空的对决

——开普勒与第谷·布拉赫的财富

[法]让-皮埃尔·卢米涅 著

张 莉 译

出 版 上海人民出版社
       (200001 上海福建中路 193 号)
发 行 上海人民出版社发行中心
印 刷 上海商务联西印刷有限公司
开 本 890×1240 1/32
印 张 13.5
插 页 3
字 数 342,000
版 次 2019 年 9 月第 1 版
印 次 2019 年 9 月第 1 次印刷
ISBN 978 - 7 - 208 - 15786 - 6/K·2838
定 价 58.00 元